바다여 바다여 1

The Sea, The Sea

Iris Murdoch

바다여 바다여 1

아이리스 머독 | 안정효 옮김

문예출판사

로즈메리 크램프에게

| 차 례 |

과거의 역사

글을 쓰고 있으려니까 앞에 펼쳐진 바다는, 온화한 5월의 햇빛을 받아 반짝인다기보다는, 차라리 광채를 낸다. 파도가 쳐도 잔물결이나 거품이 아무런 얼룩도 남기지 않으며 바다가 조용히 땅에 눕는다. 수평선 근처는 화려한 보랏빛이며, 에메랄드빛이 규칙적인 무늬를 수놓는다. 수평선은 쪽빛이다. 웅크린 노란 바위 더미가 솟아 시야를 가리는 바닷가 근처에는 차갑고 맑지만, 광채가 덜 나고, 투명하지도 않고 칙칙한 초록빛 띠가 보인다. 이곳은 북쪽이어서 밝은 햇살이 바다로 스며들지 못한다. 부드러운 물결이 바위를 때리는 곳은 아직도 피부 빛깔이다. 은빛 연필로 살짝 그은 듯한 쪽빛 수평선에는 하늘이 구름 한 점 없이 무척 하얗다. 하늘 꼭대기로 올라가면 푸른빛이 짙어지며 진동한다. 하지만 하늘은 차가워 보이고, 태양까지도 차가워 보인다.

내 회고록의 첫 구절이 될 이 글을 썼을 때, 제대로 묘사할 수 없을 만큼 이상하고 무서운 어떤 사건이 일어났는데, 완전히 납득이 가지 않을지는 몰라도 그럴듯한 설명이 시간이 좀 흐른 지금 내 머리에 떠올랐다. 시간이 좀 더 흐르면 아마도 나는 훨씬 마음이 차분하게 가라앉고 확실히 이해를 할 수 있을지도 모른다.

나는 회고록 얘기를 했다. 이 기록은 회고록이 될 것인가? 시간이 흐르면 알게 되리라. 한 페이지를 써놓고 보니, 이것은 회고록이라기보다는 일기 같다. 그렇다면 일기가 되어도 좋다. 전부터 일기를 적어두지 않았던 것이 후회가 되는데, 그랬다면 얼마나 훌륭한 기록이 되었을까! 하지만 이제 내 인생의 중요한 사건들은 다 끝났고, '정적 속의 회상' 이외에는 아무것도 남지 않았다. 독선적인 삶을 후회하기 위해서일까? 꼭 그렇지는 않지만, 비슷한 얘기다. 물론 나는 이 얘기를 연극계 사람들에게는 조금도 비치지 않았다. 그들은 허리가 아플 지경으로 웃었으리라.

연극계란 확실히 인간 영광의 덧없음을 배우게 되는 곳이어서, 오, 그 모든 멋진 찬란함은 자취도 없이 사라진 무언극이었더라! 이제 나는 마술을 포기하고 은둔자가 될지니, 선함을 배우는 이외에 할 일이 아무것도 없다는 얘기를 정직하게 할 만한 마음가짐이 필요하다. 인생의 끝이 명상의 시기라는 얘기가 옳다. 나는 더 빨리 그 시기를 맞아들이지 못해서 후회를 하려나?

글을 써야 한다는 필연성만큼은 확실한데, 여태껏 썼던 글과는 상당히 다르게 써야 한다. 지금까지 써온 덧없는 글은 일부러 무성의하게 쓴 글이었다. 이것은 오래 남아야 할, 영원한 내용이다. 그렇다, 나는 이미 자그마한 이 책을, 내가 삶을 불어넣고 있으며 당장 스스로의 의지를 지니게 된 듯 싶은 저서를, 물체를 사람처럼 묘사했다. 그것은 살기를 원하며, 존속하기를 원한다.

여기서는 아무 일도 없을 테니까 사건들에 대해서가 아니라, 나날의 관찰을 곁들이며 날씨와 다른 자연 현상에 대한 단순한 묘사를 배경으로 삼아 뒤섞인 생각들의 기록을, '내 철학', 내 pens es〔명상〕를 담은

11

일기를 적겠다고 생각해보았다. 지금 또다시 그것이 훌륭한 계획이라고 여겨진다. 바다, 나는 그것을 묘사하는 글만으로도 책을 한 권 채울 수 있다. 나는 틀림없이 내 주변의 식물과 동물 따위, 여태껏 미루어온 얘기를 좀 쓰리라. 나는 화이트 오브 샐번[18세기 영국의 성직자이며 박물학자인 길버트 화이트]은 아니지만, 기록을 해두면 내용은 흥미가 좀 있으리라. 바다가 내다보이는 창문에서 이 순간에 나는 세 종류의 갈매기와, 제비와, 가마우지와, 노란 바위에서 기적적으로 자라는 꽃 위로 팔랑거리며 돌아다니는 수많은 나비들을 보고 있다…….

하지만 내 계획을 망칠지 모르니까 '좋은 글'을 쓸 생각은 말아야겠다. 그랬다가는 웃음거리만 되고 말리라.

오, 찬란한 북쪽 바다여, 악취가 나고 질퍽한 지중해와는 달리 파도가 깨끗하고 자비로운 참된 바다여!

이곳에 물개들이 산다지만 나는 아직 한 마리도 보지 못했다.

물론 '일기'나 '철학적 수상록'과 '회고록'을 구분할 필요는 없다. 얘기를 해가노라면, 독자여, 나는 내 과거의 삶과 '세계관'에 대해서도 서술을 할 수 있다. 못할 것도 없지 않겠는가? 회상을 하다 보면 모두가 저절로 떠오를 수도 있다. (초조감을 뒤에 남겨놓고 떠나온 지금) 차분하게 나는 내 '문학 양식'을 발견할 터이다. 어쨌든 당장 결정해야 할 이유가 어디 있겠는가? 이 끼적거린 내용들은 나중에 마음이 내키면 더 일관성 있는 기록을 위한 초고(初稿)로 삼으리라. 얘기를 시작하는 단계에서 과거의 내 삶이 얼마나 재미있었는지를 누가 알겠는가? 어쩌면 나는 과거에서 현재가 꼬리를 물고 뒤따라온 듯 얘기를 단계적으로 오늘날까지 끌어와야 할는지도 모른다.

이기주의를 후회하기에는 자서전이 최선의 방법일까? 하기야 철학자가 아니니까 나는 스스로 겪어온 일들을 통해서만 세상을 관찰할 수 있겠다. 그리고 마침내 나 자신에 대해서 '생각'을 해볼 때가 된 듯싶다. 통속적인 신문에서 '폭군'이니, '야만인'이니, (달갑지 않게) '권력에 미친 괴물'이라는 소리를 듣던 사람이 자기는 그런 사람이 아니었다고 믿는다면 이상하게 생각되리라! 하지만 사실이 그렇다. 나는 주체의식이 정말 없었다.

최근에 와서야 나는 개인적이면서도 명상적인 글을 쓰려는 욕구를 느꼈다. 덧없는 글을 쓰던 시절에 나는 요리책 이외에는 저서를 하나도 남기지 않으리라고 작정했었다!

이제는 나를, 누구보다도 우선 나 자신에게 소개를 해야 할 때가 된 것 같다. 자서전이란 알고 보면 정말로 묘한 수련이다. 얼마 후에 이 글이 출판되면 사람들은 자칫 흔한 말로 "소개할 필요가 없다"는 생각을 할지도 모른다. 인간의 명성은 얼마나 지속되는가? 나 같은 사람의 명성이란 별로 오래가지는 않지만, 그만하면 충분한 셈이다. 그래, 그렇다. 나는 찰스 애로우비이고, 이 글을 쓰는 지금 나이가 60이 넘었다고 해두자. 나는 아내도 없고, 아이도 없고, 형제도 없고, 누이도 없고, 명성 때문에 찬란하고 나약해졌던 사람이다. 나는 60이 넘으면 연극계에서 은퇴를 하겠다고 오래전에 결심을 했다. ("자네는 절대로 은퇴를 못할 거야." 윌프레드가 말했다. "그럴 수가 없을 테니까." 그는 잘못 알고 있었다.) 사실 나는 연극이라면 신물이 났고, 지쳤다. 이것은 시드니나 페레그린이나 프리치처럼 나를 잘 알았던 모든 사람들, 또는 윌프레드나 클레멘트가 죽기 전에 상상이나 예견도 못 할 일이었다. 그리고

13

그것은 '인기의 절정'에 이르렀을 때 현명하게 은퇴한다는 단순한 의미도 아니다. (얼마나 많은 배우와 연출가 들이 가엾게도 환영받지 못할 떼끼지 얼마나 오래 서성거리는가.) 나는 그 모든 것에 지쳤다. 정신적인 변화가 일어난 것이다.

"좋아, 가게나." 그들이 말했다. "하지만 다시 돌아올 수 있으리라는 생각은 하지 마."

미안하지만 나는 돌아가고 싶지가 않다!

"일을 그만두고 혼자 살면 자네 소리 없이 미쳐버릴 거야."(이것은 시드니의 말이었다.)

미치기는커녕 나는 평생 처음으로 정신이 말짱하고, 자유롭고, 행복함을 느낀다!

우리 어머니가 걸핏하면 말했듯이 내가 연극계를 '못마땅하게' 생각했다는 얘기가 아니다. 더는 연극계에 남아 있으면 나는 정신적으로 시들기 시작하고, 여태껏 끈기 있게 내 곁에 머물렀지만 내가 신경을 쓰지 않았다가는 언젠가 결국 사라져버릴 그 무엇을, 내 직업에 따른 편견의 지배를 받지 않는 그 무엇을 상실하리라는 사실을 뚜렷하게 알았다. 나는 인생을 동굴 속에서 끝마치는 사람들에 대한 얘기를 제임스에게 들었다. 그렇다면 여기가 내 동굴이다. 그리고 나는 이제야 펼쳐볼 수 있는 부적 같은 소중한 그 무엇을 가지고 이곳에 이르렀다. 얼마나 오만하고 거창한 소리인가! 하지만 나는 내가 한 말의 뜻을 거의 이해하지 못함을 고백한다. 꽤나 엄숙한 이런 명상은 잠깐 동안 잊기로 하자.

위에 적은 글들은 그토록 원하기는 했어도 가능하다고는 전혀 생각지 않았다가 이제서야 찾게 된 공허하고 고적한 멋진 나날에, 며칠에 걸쳐 그때그때 적어둔 것이다.

다시 헤엄을 치러 갔지만, 마음에 꼭 드는 곳을 아직도 찾지 못했다. 아침에는 깎아지른 듯 가파르지만 울퉁불퉁한 바위가 아슬아슬하게 층계를 이루었고 집에서 가장 가까운 곳에 있는 바위로 가서, 깊은 물로 곧장 뛰어들었다. 썰물 때도 겨우 6미터밖에 되지 않는 그 바위를 나는 '절벽'이라고 부른다. 물론 물이 몹시 차가웠지만, 잠시 후에는 인어의 비늘이라도 돋아난 듯, 따스한 은빛 피부가 몸을 감싼 기분이 들었다. 피는 도전을 받아 새로운 힘을 내며 환희한다. 그렇다, 이것이 내 본질의 요소이다. 열네 살 때에야 처음으로 내가 바다를 보았다는 것은 생각만 해도 이상하다.

나는 두려움도 없이 수영을 잘하며, 거친 파도를 무서워하지 않는다. 내가 물에 들어가 돌고래처럼 장난을 치던 날의 성난 파도에 비하면 오늘은 바다가 잔잔한 셈이다. 하지만 까다로운 문제가 있다. 파도가 상당히 얌전했지만, 나는 다시 바위로 돌아오느라고 어처구니없을 만큼 고생을 했다. '절벽'은 너무 가팔랐고, 발 디딜 자리가 너무 좁았다. 차분한 파도는 바위 표면으로 나를 밀어 올렸다가 다시 끌고 나갔다. 틈바구니를 잡으려다가 나는 거듭거듭 밀려났다. 피곤해진 나는 바닷물이 마구 들락날락 쓸리는 다른 곳으로 헤엄을 쳐 갔지만, 그곳은 수심이 깊었으며, 덜 가파르기는 했어도 바위에 해초가 덮여 미끄러웠기 때문에 잡고 매달릴 수가 없어 힘이 들었다. 손가락 발가락을 다 동원해서 매달리고는 바위턱에 옆으로 무릎을 꿇고 앉아 겨우 절벽으로 기어 올라갔다. 꼭대기에 올라가 숨을 헐떡이며 햇빛을 받고 누워 보니 손과 발에서는 피가 났다.

이곳에 온 후로 나는 즐겨 알몸으로 수영을 했다. 바위투성이인 해안에는 다행히도 '애새끼들'을 데리고 오는 휴양객들이 꼬여들지는 않는다. 어디를 봐도 모래밭이라고는 흔적도 없다. 이곳을 흉악한 해안이라고 부르는 사람도 있었다. 사람들이 오랫동안 그렇게 생각하기를 바란다. 양쪽으로 멀리 뻗어나간 바위들은 사실 훌륭한 경치를 이루지는 않는다. 수정 같은 반점이 앉은 바위들은 빛깔이 모래처럼 노랗고, 제멋대로 울퉁불퉁하게 굴곡을 이루었다. 파도가 밀려오는 곳 밑에는 약간 불쾌한 냄새를 내며 반짝이는, 시커멓고 뭉클뭉클한 해초가 꽃줄처럼 늘어섰다. 하지만 위쪽 가까운 곳으로 올라가면 놀랍고 비밀스러운 기쁨을 많이 맛본다. 그곳에는 작은 물구덩이나, 지극히 다채롭고 예쁜 자갈 무더기들을 품은 V형 골짜기들이 많다. 또 틈바구니에 겨우겨우 뿌리를 내린 꽃들이 있어서, 분홍빛 아르메리아와 엷은 자줏빛 당아욱, 하얗게 퍼지는 바다 석죽, 잎사귀가 배추 같은 파르스름한 식물, 그리고 너무 작아서 눈에는 잘 안 보이는 꽃과 잎사귀가 달린 범의귀가 피었다. 확대경을 가지고 범의귀를 자세히 봐야겠다.

해안선의 한 가지 특성을 꼽는다면 여기저기 바닷물에 닳아 바위에 뚫린 구멍들인데, 동굴이라는 이름을 붙여주기는 거북하지만 수영을 하는 사람의 눈에는 무시무시하고 약간 음산한 모습을 드러낸다. 내 집 부근의 어느 곳에서는 바닷물이 반달형 다리를 이룬 가파른 바위 밑을 지나 요란하게 폐쇄된 깊은 웅덩이로 밀려 들어간다. 이 다리 위에 서서 바위 구멍의 협소한 공간 속으로 들락날락하며 힘차게 소용돌이를 치는 격렬한 파도를 쳐다보고 있노라면 나는 묘한 쾌감을 느낀다.

윗글을 쓰고 나서 또 하루가 지나갔다. 날씨는 계속해서 화창하기만 하다. 이곳에 도착한 이후로 편지를 한 통도 받지 못했는데 좀 이상한

16

일이다. 내 비서였던 미스 카우프만이 친절하게도 런던에서 점점 줄어드는 내 우편물을 맡아 처리한다. 하기야 여행을 떠났을지도 모를 리지 이외에 내가 누구에게서 소식을 듣고 싶겠는가?

나는 탑 쪽의 바위들을 계속해서 탐험했다. 그렇다, 나는 이제 집과 수많은 바위들뿐 아니라 폐허가 된 '원형 포탑'도 소유하게 되었다. 아깝게도 그것은 껍데기만 남았다. 나는 그것을 보수해서 나선형 층계와 내가 부자가 아니라는 일반적인 통념에 반박을 하기 위해서라도 고상한 서재를 만들고 싶다. 저축한 내 돈이 바닷가의 집에 거의 다 들어갔다. 하지만 오래전 클레멘트가 발휘했던 사업적인 감각에 힘입어 나는 상당한 연금을 받는다. 돈을 모아야 한다. 탑 근처에서 마음에 드는 유물을 발견했는데, 그것은 이 바다에서 벗어나기가 쉽지 않다는 사실을 깨달은 사람이 나 혼자만은 아니라는 증거도 된다. 바로 위에서가 아니면 보이지 않는 탑의 아래쪽 작은 비밀 출입구에서 옆쪽 계단 몇 개는 바다로 내려가는 도중에 끊어졌고, 철 난간을 둘렀다. 아깝게도 난간의 아랫부분은 부서졌고, 바위 표면이 닳아서 미끄러운 층계는 파도가 솟아오르기만 하면 쓰지 못한다. 파도에 사람이 휩쓸려 들어가버리기 때문이다. 장난스러운 바다가 조용하면서도 얼마나 힘찬지는 놀라울 지경이다. 하지만 분명히 생각만은 좋았다. 나는 난간을 이어야 하겠고, '절벽'의 정면으로 연결한 기둥 몇 개만 박으면 파도가 아무리 심해도 잡거나 딛고 위로 올라갈 수가 있으리라고 생각했다. 일꾼이 없을지 마을 사람들에게 알아봐야겠다.

밀물 때 나는 '탑 층계'로부터 헤엄을 쳐 가서 탑 옆의 풀밭에 발가벗고 누워 지극히 편안하고 행복한 기분을 맛보았다. 섭섭한 일이지만 탑 때문에 가끔 관광객이 찾아오더라도 사유지라는 간판을 세우긴 싫

17

다. 집 바로 뒤의 자그마한 풀밭 이외에는 풀이 자라는 곳이라고는 이 좁은 땅뿐이다. 바닷바람에 시달려 아주 짧아진 이 풀들은 선인장만큼이나 강인하게 자라, 동그랗고 작은 양탄자처럼 펼쳐졌다. 하얗거나 분홍빛인 쥐오줌풀이 탑의 밑동에서 자라고, 보랏빛 꽃이 피는 사향초가 잡초와 뒤엉켜 땅쪽 바위 사이에 여기저기 무더기를 이룬다. 나는 확대경으로 이 꽃과 자그마한 범의귀를 관찰했다. 열 살 때 나는 식물학자가 되려고 했다. 아버지는 잘 알지도 못하면서 식물을 좋아했고, 우리는 함께 많은 식물을 관찰했다. 연극에 미치지 않았더라면 나는 일생을 어떻게 살았을지 모르겠다.

걸어서 돌아오는 길에 나는 여러 물구덩이들을 살펴보았다. 그 속에는 아름답고 묘한 생물체가 얼마나 많았던가. 이 지역에 대해서 내 나름대로나마 길버트 화이트 같은 사람이 되려면 이 분야의 책들을 좀 사야겠다. 나는 예쁜 조약돌들을 많이 주워서 다른 풀밭으로 가져다 놓았다. 조약돌들은 매끄럽고, 말끔하고, 만지기가 좋았다. 하얀 줄이 교묘하게 무늬를 놓은 분홍빛 반점이 박힌 조약돌 하나를 앞에 놓고 나는 이 글을 쓴다. 요즈음에도 생각이 나고 보고 싶은 아버지는 이 돌을 좋아했으리라.

점심 식사가 끝났으니 이제 나는 집에 대해 얘기해야겠다. 점심에는 아주 흡족하게 버터를 바른 따끈따끈한 토스트에 새우죽, 다음에는 구운 완두콩과 강낭콩에 곁들여 다진 셀러리와, 토마토와, 레몬 주스와 올리브 기름을 먹었다. (질이 좋고 정말로 훌륭한 올리브 기름은 필수적이어서 런던으로부터 잔뜩 가져다 놓았다.) 피망을 더 넣었다면 좋았겠지만 (상쾌하게 3킬로미터쯤 걸어가면 있는) 마을의 가게에서는 팔지 않았다. (외딴 슈러프 엔드까지 배달을 해줄 사람이 없어서 나는 우유를 포함한 모든 것을 마을에서 스스로 가져왔다.) 다음에는 흰 설탕을 친 바나나와 크림. (바나나는 짓이기지 말고 토막을 내어야 하며 크림은 묽어야 한다.) 그러고는 뉴질랜드 버터와 웬슬리데일 치즈를 바른 딱딱한 과자. 물론 나는 외국 치즈를 입에 대지도 않는다. 우리 나라 치즈가 세계에서 최고다. 이렇게 한껏 먹은 다음에 나는 조촐한 내 '술창고'에서 꺼내온 뮈스카데 포도주 한 병을 거의 다 마셨다. 나는 빨리 요리해서 천천히 먹는다는 격식에 맞춰 대화나 신문의 방해를 받지 않으며 느릿느릿 먹고 마셨다. 식사는 정말로 즐거운 일이라서 잡념 따위는 하지 말아야 한다. 우리가 음식을 먹는 동물임은 정말로 다행이다. 식사는 모두가 잔치이며, 소화가 잘 되어 배고픔이라는 소중한 선물을 가져다주는 하루하루를 고맙게 여겨야 한다.

내가 언젠가 혹시 《찰스 애로우비 4분 요리책》을 쓰게 될는지도 잘 모르겠다. 물론 '4분'이란 지켜보지 않아도 되는 시간을 제외한 실제 준비 시간을 일컫는다. 이른바 '간단한' 요리책 몇 권을 보았지만, '15분'은 사실상 30분을 뜻하고, '묽은 반죽'을 만들라는 사항 따위가 포함되어 있으므로 거짓말이 심한 편이다. 내 책을 읽게 될 정직하고 착실한 사람들은 묽은 반죽을 만들거나 그것이 무엇인지를 꼭 알아야 할 필요조차 없으리라. 하지만 그들은 향락주의자들이 될 것이다. (항상 그렇지는 않아도) 많은 경우에 음식과 술에서는 단순한 기쁨이 최고임을 이지적인 이기주의자들은 모두 안다. 언젠가 시드니 애쉬는 오래 묵은 포도주에 내 입맛을 들이려고 했다. 나는 코웃음을 치며 거절했다. 시드니는 평범한 포도주를 싫어하고, 연대를 밝힌 비싼 것이 아니면 마시기를 좋아하지 않는다. 값싼 포도주로 무엇 하러 부질없이 입맛을 버리겠는가? (물론 이것은 바나나 맛이 나는 술을 두고 한 말은 아니다.)
행복한 삶의 한 가지 비결은 자그마한 기쁨을 끊임없이 누리는 것이며,
그런 것들을 빨리 값싸게 구할 수 있다면 더욱 좋다. 연극계의 생활이
란 흔히 느긋한 식사를 용납하지 않아서 나는 과거에 천천히 식사를 할
여유가 전혀 없었지만, 빨리 요리하는 방법만은 잘 배웠다. 물론 (통조
림 식품을 마구 사용하는) 내 요리법에 멍청이들은 아연실색을 하겠
고, (주로 지인이나, 도리스나, 로즈메리나, 리지 같은 여자들) 여러 사
람들은 짓궂게 장난삼아 나더러 요리법을 책으로 쓰라는 권고를 했다.
당신 이름 때문에 책은 팔리리라고 그들은 노골적으로 얘기했다.

"찰스의 요리는 성찬이죠."

언젠가 리타 기본스가 말했다. 그래, 훌륭한, 위대하기까지 한 성찬
이겠지. 그리고 한마디 해둬야겠는데, 내 손님들은 물론 식탁에 항상
반듯하게 앉고, 무릎에다 접시를 얹어놓지 않고, 종이가 아니라 항상
헝겊 냅킨을 사용해야 한다.

음식이란 중대한 소재여서, 어느 작가도 이 문제에 대해서는 거짓말
을 하지 못한다. 내 복된 식도락적 지성이 어디에서 연유하는지 모르겠
다. 검소하게 어린 시절을 보냈으므로 나는 음식의 낭비를 두려워한다.
나는 집에서 수수한 요리를 한껏 즐겼다. 어머니는 '훌륭한 보통 요리'
를 했지만, 훌륭한 식사의 본질이라고 여겨지던 산뜻한 소박함이 없었
다. 나는 성 아우구스티누스처럼 무절제에 대한 역겨움에서 각성을 한
듯싶다. 젊은 연출가였을 때 나는 사람들을 유명한 식당에서 접대할 정
도로 어리석고 통속적이었다. 공공장소에서 비싸고, 겉만 화려하고, 대
부분 시시한 음식을 잔뜩 먹어치운다는 행위가 부도덕하고, 불건전하
고, 아름답지 못할뿐더러 즐겁지도 못하다는 것을 나는 점차 깨닫게 되

었다. 나중에 손님들은 내 집에서 소박한 기쁨을 맛보게 되었다. 훈제한 청어를 곁들이지 않았더라도, 버터를 바르고 따끈따끈한 토스트보다 신선하고 맛 좋은 음식이 또 어디 있겠는가? 또는 원한다면 절인 쇠고기를 조금 곁들여 삶은 평범한 쪽파는? 그리고 흑설탕과 크림을 쳐잘 끓인 죽이라면 임금님에게 바칠 만한 음식이다. 그런데도 어떤 사람들은 슬프게도 미각이 너무나 타락해서 내 이지적 향락주의를 단순한괴팍함에서 나온 가식적인 장난이라고 여겼다. (어떤 기자는 그것을 '맛장난'이라고 불렀다.) 그리고 정말로 비위가 상한 사람들도 있었다.

　하지만 고급 요리의 거짓된 신화를 내가 정말로 갈파하게 된 것은레스토랑보다는 만찬에서였다. 나는 오래전부터 친구들에게 요란한 요리를 하지 마라고 충고를 했지만 소용이 없었다. 어떤 불우한 여자들은, 요리 이외에는 할 일이 없다는 얘기가 사실이라 하더라도, 시간 낭비가 너무 엄청나다. 또 무척 복잡한 요리가 단순한 요리보다 훨씬 '창조적'이라고 착각하는 사람들도 있다. (분명히 밝혀주겠지만) 물론 나는 야만인이 아니다. 축복받은 프랑스 땅에서 지금까지도 가끔 발견하게 되는 시골 음식은 아주 훌륭하지만, 그 우수성은 흉내 낼 수 없는 전통과 본능에 속한다. 허식적인 영국의 안주인은 복잡하고 의식적인 면을 미덕으로 잘못 생각할 뿐 아니라, 물론 겉으로 표현하지는 않지만음식을 전혀 즐기지 못하는 사람들에게 그릇된 기술을 자주 발휘한다. 연극계의 내 친구들은 대부분 너무나 미각이 마비가 되어서, 의젓한 식사를 하게 되면 입맛이 없어 차린 음식이 무엇인지 신경조차 쓰지 않는다. 이런 상태에서 먹거나 장난만 치다가 그대로 남기는 사람들을 위해음식을 준비하느라고 하루 종일 시간을 낭비하는가? 진지한 식도락가는 술을 적당히만 마신다. 음식은 만찬회에서 억지 대화 때문에 잡치기도 한다. 사람들의 가장 큰 관심은 두 옆사람들의 세계에 어울리는 것이어서 음식에 신경을 쓰지 못한다. 그렇다, 나는 친근감의 참된 본능보다는 히영괴, 명예와, 사회적 '관록'의 그릇된 개념과 흔히 더 관계가 깊은 이런 '공식적인' 자리를 좋아하지 않는다. 고급 요리는 식도락을 모르는 사람들이 장만했기 때문에 무례나 실수를 범할까 봐 걱정이 되어 마음 놓고 식도락가들을 초청하지도 못해서 친근감조차도 배제한다. 음식은 그러한 '사교적인 배려'에 영향을 받지 않는 친구들과 먹어야 좋고, 혼자 먹으면 가장 좋다. 나는 키스를 잔뜩 나누면서 겉으로는 친하면서도 사실은 전혀 그렇지 못한 '으리으리한 만찬'의 거짓됨을 증오한다.

이렇게 다른 소리를 늘어놓다 보니 집 얘기는 다른 날로 미루어야겠다. (이미 밝혀졌겠지만) 내가 채식주의자가 아니라는 말도 덧붙여두어야겠다. 사실 나는 고기를 아주 조금만 먹고, '스테이크 집 식충'들이 무섭다는 생각이 든다. 하지만 내 식단에서 전략적인 위치를 차지하며, 없으면 섭섭하게 생각될 (새우죽, 간, 소시지, 생선 따위) 것들이 있는데, 여기에서는 없어도 그냥 참아야만 되겠다. 이곳에서는 향락주의가 주눅이 든 난처한 도덕 의식을 격퇴시킨다. 나는 고기를 먹지 말아야 할지도 모르겠지만, 그토록 오랫동안 말로만 떠들며 지금에 이르렀으니, 가망 없는 일일지도 모른다.

그럼 이제 집에 대한 얘기를 하겠다. 그곳은 슈러프 엔드(Shruff End)라 불린다. 정확히 얘기하면 반도는 아니지만 엔드라는 말마따나, 작은 곶 위, 그야말로 바위 꼭대기에 서 있다. 어떤 미친 사람이 이 집을 지었을까? 아마도 1910년이리라. 하지만 왜 '슈러프'일까? 겨우 사권 이곳의 몇 사람들 가운데 두 명인 가게 여주인과 술집을 경영하는 남자에게 물었더니, 더 설명은 않고 둘 다 '슈러프'가 '검다'는 뜻이라고만 했다. (슈러프와 슈바르츠〔schwartz, 독일어로 검다는 뜻〕? 어림도 없는 얘기다.) 집의 역사에 대해서는 아직 아무것도 알아낼 수가 없다. 나에게 집을 판 나이 많은 여자라는 초니 부인을 나는 만난 적이 없다. 값은 싸지가 않았고, 나는 거의 쓸모없는 가구와 시설물 들도 억지로 사야 했다. 집이라는 면에서 슈러프 엔드는 불편한 점들이 뚜렷했는데, 나는 그 얘기를 서슴지 않고 부동산업자에게 해주었다. 이 집은 이상하게 눅눅했고 노출이 되었으며 위치가 외떨어졌다. (미국에서는 없어서 고생을 했지만) 이곳은 다행히도 수도와 하수 시설이 되어 있었는데, 전기나 난방 장치가 없었다. 요리는 캘러 가스〔가정용 부탄가스〕로 한다. 나중에 설명하겠지만 건축상에도 묘한 점들이 있다. 부동산업자는 내가 집이 마음에 들어 불편한 것쯤은 아무렇지도 않게 생각함을 눈치채고 미소를 지었다.

"독특한 집입니다, 선생님."

그가 말했다. 사실이 그렇다.

마을 '이웃'들이 겨울철에는 춥고 바람이 심하리라고 말하면서 은근히 좋아했지만 위치는 마음에 든다. 바람이 불어 거친 파도가 문을 때리기를 내가 얼마나 애타게 기다리는지 그들은 짐작도 못 한다. (이제는 몇 주일이 되었지만) 이곳에서 내가 지내는 동안 날씨가 줄곧 무척 답답할 정도로 잠잠했다. 어제는 바다가 어찌나 잠잠했던지 정말로 수면을 타고 파란 파리들의 소함대가 기어가는 듯싶었다. (지금 내가 앉아 있는) 바다 쪽 창문에서는 온통 바다만 보이고, 아래를 굽어보아야만 바위들이 눈에 띈다. 하지만 밑쪽 창문에서는 바다가 보이지 않고,

23

크기와 모양이 코끼리 같고 집을 둘러싼 바닷가의 바위들만 보인다. 부엌으로 통하는 뒷문으로 나가면 바위로 둘러싸인 자그마한 백리향과 선인장의 '잔디밭'이 나타난다. 이곳은 자연의 섭리에 맡겨두겠다, 어느 모로 보나 나는 정원사가 아니다. (내가 땅을 소유한 곳은 여기가 처음이다.) 자연이 나에게 바위투성이 자리를 주었으니 나는 그 자리에 방석을 깔고, 그 옆 바위 물통에는 모아온 예쁜 돌들을 넣어놓아서, 자리에 앉으면 조약돌을 살펴볼 수가 있다.

집의 앞쪽에는 저절로 생겨난 도개교(跳開橋)처럼 옆이 가파른 바위둑을 따라 고상하게 '바닷가 길'이라고 이름을 붙인 오솔길이 이어진다. 포장이 된 길이지만 한가운데서 잡초가 자라기도 한다. 5월인데도 자동차가 별로 다니지를 않는다. 행복한 내 삶의 또 다른 비결 하나는 운전을 배우는 실수를 절대로 하지 않았다는 점이라고 덧붙여두고 싶다. 어디로 가고 싶든지 간에, 특히 여자들이, 나를 태워다주려는 사람은 항상 있었다. 개들이 있는데 내가 왜 짖는단 말인가? 둑의 밑 양쪽에는 바닷물이 닿지를 않고, 자연스럽게 뒤죽박죽 작은 바위들이 쌓여 황량했다. 이곳은 별로 경치가 매혹적이지를 못하며, 녹슨 깡통과 깨진 병들도 흩어져 있어서 언젠가 기어 내려가 치워야 한다. 길 너머에는 굉장히 커다란 것도 가끔 섞인 노랗고 둥그런 바위들이 질기고 탄력 있는 잡초와 현란한 가시금작화 덤불들 사이에서 다시 나타난다. (인간이 심었는지 저절로 피었는지 모르겠지만) 가냘픈 바늘꽃과 무성한 개불알풀이 모두 꽃피었고, 꽤 예쁘고 잎사귀가 회색인 세이지도 있다. 이 '수풀' 너머는 가시금작화와 보라꽃으로 뒤덮였으며, 냄새가 더럽고 초록빛이나 붉은빛의 유독한 이끼가 가득한 무서운 수렁들이 훨씬 살벌한 불모지를 이룬다. 나는 아직 육지는 탐험하지 않았다. 나는 산책을 무척 좋아하는 편은 아니며, 바닷가 낙원에만 도취되어 만족한다. 그리고 슈러프 엔드에서 2.4킬로미터쯤 떨어진 불모지에는 아모른 농장이 있다. 위층 앞 창문에서 밤이면 그곳의 불빛을 볼 수가 있다.

오른쪽으로 따라가면 곶에 세운 탑 이외에는 슈러프 엔드 지역에서 전혀 보이지 않는 다음 만(灣)으로 바닷가 길이 빠지게 된다. 5, 6킬로미터쯤 떨어진 이곳에는 레이븐 호텔이라는 곳이 있는데, 약간 허식적이고 관광객을 끌어들이기 때문에 호텔에 대해서 나는 복잡한 감정을 지니고 있다. 만 자체는 무척 아름답고, 둥그런 모양을 갖춘 보기 드문 바위 언덕들에 둘러싸여 있다. 그곳은 호텔의 이름을 따서 레이븐 만이라고 부르지만, 지방 방언으로 샤호어인가 뭔가 하는 본디 이름이 따로 있다. (바닷가 만이라는 소리일까? 왜?) 슈러프 엔드에서 왼쪽으로 따라가면 바닷가 길은 내가 '카이버 준령'〔인도에 있는 험준한 고갯길〕이라고 별명을 붙인 묘하고 좁다란 골짜기를 지나가게 되는데, 육지로 상당한 거리를 뻗어 나온 커다란 돌출 바위에서 길이 끊어진다. 처음 내 시선을 끌었던 그 너머의 해안선은 물이 아무리 빠져도 바위까지 높이 차고, 그 지역에는 돌투성이인 아주 작은 모래밭 하나밖에 없다. 모래밭 너머는 약간 내륙으로 들어앉은 마을로, 오솔길이 대각을 이루며 뻗어 나가고, 그 길을 따라가면 모가 나게 돌로 멋지게 쌓은 부두가 잔뜩 기둥을 받친 채 완전히 버림을 받은, 무척 아름답고 작은 항구가 있다. 이곳에는 고깃배들이 있었다고 생각되지만 고기잡이는 북쪽에서 하며, 가끔 나는 텅 빈 바다에서 어부들을 본다. 항구 너머에는 상당히 넓고 완만한 언덕이 바위로 끊겨 '숙녀들의 수영장'을 이룬다. 그곳에서 나는, 가끔 소년 몇 이외에, 숙녀라고는 본 적이 없다. (이곳 사람들은 미친 짓이라고 생각해서 수영을 하는 일이 거의 없다.) '숙녀들의 수영장'에는 미끈미끈한 갈색 잡초가 너무 무성하고, 바닷물에 쓸려 온 바위가 여기저기 흩어져 있어 다른 어느 곳보다 조금도 '안전'하지를 못하다. 바닷가 길은 여기에서 (불행히도 자동차가 다닐 만한) 도로로 바뀌어, 아직 내가 시간이 없어 탐험을 못 했고, 노란 바위들이 멋지고 상당히 큼직한 절벽을 이루는 거친 지역으로 올라간다. 포장도로는 육지 쪽으로 꺾여 마을을 지나 사라진다.

마을의 이름은 내로우딘이다. 옛날식 이름으로는 내로딘이며 바닷가 길의 말끔한 이정표에는 그런 식으로 표기가 되었다. 이 작은 마을은 돌로 지은 오두막들이 늘어선 몇 개의 길거리와, 산비탈 방갈로 몇 채와, 잡화점 하나로 이루어졌다. 나는 《타임스》나 트랜지스터 라디오에 쓸 배터리는 살 수 없었지만 별로 걱정은 하지 않으며, 푸줏간이 하나도 없어도 놀랍지가 않다. 술집은 블랙 라이언 하나뿐이다. 노란 바위로 튼튼하게 지은 오두막들이 마음을 끌지만, 건축상으로 특별한 흥미를 끄는 건물은 주랑을 갖춘 훌륭한 18세기식 교회뿐이다. 물론 나는 신자가 아니지만, 한 달에 한 번씩이나마 예배를 본다니 마음이 기뻤다. 교회는 잘 가꾸었고 때맞춰 꽃을 가져다 놓는다. 멀리서 가끔 울리는 종소리는 내 생각에 아모른 농장 너머 덜 험하고 양을 칠 수 있는 또 다른 작은 마을에서 들려오는 것 같다. 내로우딘에는 목사관이나 영주의 저택이 하나도 없는데, 그렇다고 해서 목사나 영주와 말벗을 삼고 싶다는 생각은 없다. 또 나는 오늘날 어디에서나 귀찮은 존재인 '지성인'들이 이곳에 우글거리지 않음을 깨닫고 기뻐했다. 다시 교회 이야기를 하겠는데, 그곳에는 이 '촌동네'와는 쉽사리 연결이 되지 않을 만큼 꽤나 거창한 과거가 있었음을 증명하는 지극히 멋진 cimetière marin〔선원 묘지〕이 있다. 많은 비석에는 항해하는 배와, 장식적인 닻과, 놀랄 만큼 용맹한 고래를 새겨놓았다. 사람들이 여기에서 고래잡이를 나갔을까? 내 눈을 특히 끄는 비석이 하나 있다. 거기에는 아름다운 '엉킨 닻'과 간단한 비문 〈멍청이, 1879~1918〉이 새겨져 있다. 의미를 몰라 궁금했지만 나중에 '멍청이'가 귀머거리에 벙어리여서 다른 이름이 없었다는 얘기를 들었다. 불쌍한 사람.

그럼 이제 슈러프 엔드로 돌아가자. 길 쪽의 건물 정면은 그 자체가 훌륭하지도 못하고, 외딴 위치와 이상하게 어울리지 못한다. 집은 이중으로 앞을 막아 벽돌로 지은 별장이며, 아래층에는 퇴창이 있고 천장에도 창문이 둘이다. 벽돌은 검붉은 빛깔이다. 버밍엄 교외라면 시선을 끌지 못하겠지만 황량한 바닷가에 있고 보니 확실이 묘해 보인다. 뒤쪽은 비바람을 막으려고 꼴사납게 자갈을 박았다. 매끈매끈한 나무 비녀장이 끈에 달리고, 비단 술과 바닥의 레이스 테가 말짱한 상태로 거의 모든 방마다 그냥 걸려 있는 담황색 창가리개를 보면 전문가는 집을 지은 연대를 알아맞힐 수 있으리라. 창가리개를 내린 슈러프 엔드를 길에서 보면 은밀하게 신비롭고 괴이한 분위기가 풍긴다. 안에 있는 동안에는 창을 가린 방의 노란 광선은 어쩐지 링컨셔에 있던 할아버지의 집 분위기와 비슷해서 어린 시절이 생각나 쓸쓸해진다.

퇴창이 난 두 방을 나는 (아직 풀지 않은 책 꾸러미들을 둔) 서재와 포도주를 보관하는 식당으로 정했다. 하지만 나는 집의 바다 쪽에서만 지내며 위층의 침실과 거실이라고 결정한 방, 아래층에서는 부엌과 '작고 빨간 방'이라고 부르기로 한 그 옆방만 쓴다. 장작불의 그을음이 앉은 훌륭한 벽난로와 점잖은 대나무 탁자와 대나무 안락의자도 있다. 벽의 아랫부분에는 하얀 널빤지를 둘렀고, 그 위에는 집의 어느 부분과도 어울리지 않게 엉뚱한 빨간 페인트를 칠했다. 캘러 가스 난로가 놓인 부엌에는 내가 생전 처음 보는 엄청나게 커다란 판석을 깔았다. 생선을 먹는 사람들치고는 놀랄 일이지만 냉장고가 없다. 쥐며느리가 우글거리는 커다란 식료품실도 있다. 나는 홀의 리놀륨 바닥을 뜯어 보고는 몸서리를 치며 다시 덮었다. 소금 냄새가 났다. 집 밑에 숨겨진 수로를 통해 바닷물이 올라오는 것일까? 측량사의 보고서를 검토했어야 하지만 나는 너무 시간이 없었다. 놋쇠 손잡이와 기다란 줄이 앞문 구석 초인종에 달렸다. 종소리는 부엌에서 울린다.

나로서는 아무런 합리적인 설명을 생각해낼 수가 없는 가장 묘한 점은 위층과 아래층에 '내실'이 있다는 것이다. 그러니까 앞방과 뒷방 사이에 밖으로는 창문이 나지 않았지만 바다 쪽 옆방(위층은 거실, 아래층은 부엌)으로 뚫린 창문에서 빛이 들어오는 방이다. 이 묘한 두 방은 아주 어둡고, 아래층의 푹 꺼진 소파와, 집 안에는 하나뿐이며 놀랄 만큼 장식적인 무쇠 등잔 까치발이 있는 위층 방의 작은 탁자 이외에는 텅 비었다. 나는 틀림없이 이 방들을 쓰지 않을 터이며, 나중에 사람들을 시켜 벽을 없애 거실과 식당을 넓힐 계획이다. 집 전체가 정말로 썰렁하고, 내 가구도 아주 조금만 들여놓았다. (손님을 맞을 것 같지가 않아서 침대는 하나뿐이다.) 제임스와 달리 시끄러운 사람들을 꺼리던 터라, 나는 이 공허함이 마음에 든다. 심지어 사기 싫다고 무척 불평했던 것들까지도 좋아하게 되었다. 나는 홀에 걸린 커다란 타원형 거울에 특히 마음이 끌렸다. 초니 부인의 물건들은 '격에 맞는 듯' 싶었고, 오히려 몇 안 되는 내 물건들이 생소해 보일 지경이었다. 나는 반스의 큼직한 아파트먼트를 떠날 때 상당히 많은 물건들을 팔아치웠고, 나머지는 대부분 셰퍼스 부시의 pied- -terre[날세로 방을 빌리는 집]에 처박아 넣고 채워버렸다. 나는 그곳으로 돌아가기를 무척 꺼린다. 구태여 왜 런던에

28

다 거처를 마련했는지 납득이 가지 않는데, 내 친구들은 근거지가 하나 '꼭' 있어야 한다고 나를 설득했다.

'내 친구들'이라지만, 헤아려보니 연극계에서 평생을 보냈어도 정말로 그 숫자가 얼마 안 된다. 연극계란 겉으로는 무척 다정하고 '온화'하게 보이지만, 정말로 고독한 곳이다. 절친한 사람들은 나에게서 떠나갔으니, 클레멘트 메이킨은 죽었고, 윌프레드 더닝도 죽었고, 시드니 애쉬는 온타리오의 스트랫퍼드로 갔고, 프리치 아이텔은 성공해서 캘리포니아에 정착했다. 몇 사람만 남았으니, 페리와, 앨과, 마커스와, 길버트와, 여자들이 몇……. 얘기가 빗나가려고 한다. 지금은 저녁이다. 바다는 황금빛이고, 하얀 점처럼 광선이 반짝이며 파르스름한 하늘 밑에서 혼자 자아도취에 젖어 출렁인다. 평생 내가 그리던 이 거대한 공간은 얼마나 크고, 얼마나 공허한가. 아직도 편지가 없다.

오늘은 바다가 훨씬 시끄럽고 갈매기들이 울어댄다. 극장에서 말고는 사실 나는 침묵을 좋아하지 않는다. 바다가 요동을 쳐서 검푸른 파도에 하얀 거품이 인다.

나는 떠내려온 나무를 주우려고 돌투성이 작은 모래밭까지 나갔다. 파도가 빠져서 탑의 층계로부터 헤엄쳐 나가지를 못했고, 손잡이를 고칠 때까지는 날씨가 맑지 않으면 '절벽'을 피할 생각이다. 모래밭에서 수영을 했지만 낭패였다. 돌에 발을 다쳤고, 바위턱과 물결에 돌이 내 위로 자꾸만 굴러 떨어지는 통에 이리저리 몸을 피하며 바닷가로 헤엄쳐 나오느라고 무척 고생을 했다. 정말로 춥고 기분이 상해서 바닷물에서 건져 모아놓은 땔감도 잊어버리고 그냥 돌아왔다.

방금 (렌즈콩 수프에 이어서 삶은 쪽파를 곁들인 치폴라타 소시지

29

와 차에 끓인 사과, 다음에는 말린 살구와 쇼트케이크 비스킷에 약간의 보졸레 포도주로) 점심 식사를 했고 기분이 훨씬 좋아졌다. (물론 싱싱한 살구가 최고지만 말린 것도 24시간 물에 담갔다가 물기를 잘 빼면 어떤 종류의 싱거운 비스킷이나 케이크에도 기막힌 짝을 이룬다. 그것은 아몬드로 만든 모든 것에 특히 좋으며, 붉은 포도주와 훌륭하게 어울린다. 나는 복숭아를 별로 좋아하지는 않지만, 살구가 과일의 왕이 아닐까 생각한다.)

이제 가서 오후에는 쉬어야겠다.

밤이다. 아주 희미하게 심지가 타는 소리를 내며 석유 등잔 두 개가 초니 부인의 소유였으며 한때 훌륭했던 자단(紫檀) 나무 탁자의 긁히고 얼룩진 표면에 차분한 크림색 불빛을 비추었다. 책과 원고지를 놓으려고 '내실'에서 꺼내온 작은 접는 책상도 사용을 하지만, 보통 거실 창가의 이 책상에서 집필을 한다. 작은 헬리콥터들처럼 날아 들어오던, 날개가 베이지나 오렌지 빛깔인 나방들을 막으려고 창문을 닫아야만 했다. 그런대로 쓸 수가 있고 모두 해서 네 개인 등잔들도 초니의 소유였다. 그것들은 멋지고, 구식이었으며, 꽤 무거운 편이었고, 놋쇠와 우아하고 불투명한 유리 덮개로 만들어졌다. 나는 프리치와 지내던 미국의 그 오두막에서 석유 등잔에 익숙해졌다. 하지만 아래층의 두 파라핀 난방기는 뭐가 뭔지를 모르겠다. 날씨가 더 추워지기 전에 새것들을 구해야 한다. 어젯밤도 꽤 쌀쌀했다. 나는 작고 빨간 방에서 장작을 지피려고 했지만 나무가 너무 젖었고 굴뚝에서 연기가 났다.

겨울에는 아래층에서 지낼 생각이다. 겨울이 무척 기다려진다. 거실은 방이라기보다는 전망대 같다. 거실은 높다랗고 검은 칠을 한 나무

벽로 장식이 두드러지고, 위에 작은 거울을 놓은 작은 선반들이 잔뜩 있다. 보아하니 열심히 수집한 물건들이겠지만, 어쩐지 무슨 괴이한 종교의 작은 제단들처럼 보인다. (식물 같은 동양적 양상이 드러나기 때문이다.)

오늘 밤 등불을 켜기 전에 나는 도시인에게 항상 놀라움과 기쁨을 주는 달빛을 얼마 동안 물끄러미 쳐다보았다. 지금은 달빛이 바위를 어찌나 환하게 비추는지 그 빛에 책을 읽을 수도 있겠다. 묘한 일이지만 나는 이곳에 도착한 이후로 독서를 할 마음이 내키지 않는다. 좋은 징조다. 독서 대신 집필에 마음이 쏠리는 듯싶다. 그렇기는 해도 나는 나 자신에 대한 기록을 할 순간을 자꾸만 미루고 있다. (나는 19세기 말에 어느어느 도시에서 태어났다거나 뭐 그런 글 말이다.) 명상을 충분히 하고 난 다음이면 내 인생에 대한 글을 적을 용기와 시기가 찾아오리라. 나는 아직도 내 감정과, 어떤 추억들의 무서운 힘이 부끄럽게 여겨진다. 클레멘트와 보낸 시절에 대한 얘기만으로도 책 한 권은 넉넉히 채우겠다.

나는 말없이 내 주변에 존재하는 집을 무척 깊이 의식한다. 어떤 부분들은 익숙해졌지만, 다른 부분들은 지금까지도 생소하고 희미한 채로 남아 있다. 앞에서 얘기한 커다란 타원형 거울 이외에는 입구의 홀은 컴컴하고 두드러진 곳이 없다. (이 멋진 물건은 스스로 광채를 내는 듯했다.) 나는 층계를 조금도 좋아하지 않았다. (층계에는 과거의 혼령들이 서성거린다.) 이 층계는 갈라진 좁다란 계단을 따라 반쯤 올라가다가 길 쪽의 놀랄 만큼 커다란 화장실에서 다락방으로 통하는 또 다른 층계와 묘하고 작은 문 뒤에서 이어진다. 목욕탕에는 백조와 물결치는 백합들을 무늬 놓은 훌륭한 타일이 깔려 있다. 멋지고 커다란 놋쇠 수도꼭지와 발이 달린 큼직한 욕조에는 손때가 많이 묻었다. (하지만 데우는 시설은 없다. 아래층 찬장의 비데를 보면 사정을 알 듯도 하다.) 변기를 어떻게 사용하는지 친절하게 설명한 주의 사항도 있다. 가운데 층계는 안으로 꼬부라져 위쪽 층계참의 터에 이른다. 그 나름대로 독특한 분위기를 지닌 퍽 묘한 공간이기 때문에 나는 그것을 '터'라고 부른다. 그곳은 연극 무대의 기대에 찬 분위기를 지닌다. 가끔 나는 그곳을 오래전에 꿈속에서 본 듯한 기분이 든다. 그곳은 창문이 없고 널따란 직사각형이며, 낮에는 열린 문으로 빛이 들어오고, '내실' 바로 맞은편에는 목이 굵고, 테두리가 부채꼴이며, 불거진 옆구리에는 분홍빛 장미꽃들이 새겨져 있으며, 커다랗고 눈에 거슬릴 만큼 흉측한 초록빛 화병을 얹어놓은 단단한 떡갈나무 받침대로 장식을 했다. 나는 이 음침한 물건에 무척 마음이 끌렸다. 그 위에 있는 얕은 벽감은 성상을 놓아야 어울리겠지만 텅 비어 문처럼 보인다. 그다음에는 층계참에서 가장 매혹적인 물건인 구슬 커튼을 드리운 반달문 출입구가 있다. 이것은 지중해 지방의 상점에서 파리를 막으려고 치는 커튼들과 비슷하다. 구슬은 나무로 만들어 노랑과 검정으로 칠했고, 사람이 지나가며 스치면 가볍게 딸그락거린다. 반달문 다음에는 침실과 거실의 문이 나타난다.

잘 시간이다. 내 뒤 벽에는 몇십 센티미터 높이에 '내실'로 열리며 길게 옆으로 뚫린 창문이 있다. 몸을 일으키면 나는 저절로 그쪽으로 시선이 가서 새까만 유리에 거울처럼 비친 내 얼굴을 보게 된다. 나는 밤을 두려워했던 적은 없다. 어렸을 때도 컴컴한 것을 무서워한 일이 없음을 나는 기억한다. 어머니는 일찍이 어둠에 대한 공포란 하느님을 믿는 사람들은 괴롭히지 못하는 미신이라고 나를 납득시켰다. 나는 신의 가호를 받을 필요가 거의 없었다. 모든 공포에 대해서 부모가 절대적인 보호자였다. 슈러프 엔드가 '으스스'한 데가 있다는 얘기가 아니다. 다만, 방금 내가 깨달았듯이, 방에 정말로 혼자만 있기는 이것이 처음이었다. 어릴 적의 우리 집, 지방의 극장 숙소, 런던 아파트먼트, 호텔, 큰 도시의 임대 아파트먼트—나는 벽 뒤의 인간들에게 둘러싸여 항상 벌집 속에서 살아왔다. 그리고 (프리치와) 그 오두막에서 살 때도 나는 전혀 혼자가 아니었다. 이것이 내가 소유한 첫 번째 집이고, 내가 겪는 첫 번째 순수한 고독이다. 내가 바라던 바는 이것이 아니었던가? 낡은 집은 다 그렇지만, 바람이 자는 밤에까지도 신경을 곤두세울 만큼 삐걱거리는 소리가 가득하고 아귀가 맞지 않는 문들로 창틀에서 바람이 새어든다. 그래서인지 밤에 누워 있으면 위의 다락방에서 서성이는 조심스러운 발자국 소리와 누가 몰래 지나가느라고 층계참의 구슬 커튼이 조용히 딸그락거리는 소리가 들려오는 듯싶다.

이토록 늦은 밤에 다루기에는 좀 바보 같은 얘기일지도 모르지만 갑자기 그것이 생생하게 머리에 떠올랐다. 이곳 바닷가에서 내가 겪었지만 서술을 할 만큼 용기가 나지 않았던 '무시무시한 사건'을 아는 사람이 있다면 내가 어째서 다시 그 얘기를 여태 하지 않았는지 궁금하게 생각할지도 모른다. 지금쯤은 내가 그것을 '잊어버린' 듯싶고, 그 현상에 대한 한 가지 가능한 설명이 될지도 모르겠지만, 어떤 기묘한 각도로 보면 정말로 잊어버렸는지도 모른다. 그럼 무슨 일이 일어났는지를 서술하겠다.

나는 이 공책을 옆에 놓고 '절벽' 바로 위의 바위에 앉아 바다를 내다보고 있었다. 태양은 빛나고 바다는 잔잔했다. (이 공책의 첫 구절에서 묘사한 그대로다.) 그 얼마 전에 나는 바위 물구덩이 속에서 놀랄 만큼 길고, 불그스름하고, 잔털이 돋은 갯지렁이가 묘하게 몸을 튼 다음에 구멍으로 사라지는 것을 자세히 지켜보았다. 나는 몸을 일으켜 바다 쪽을 향해 꼿꼿이 앉고는 햇빛에 눈이 부셔 깜박거렸다. 그러자 당장이 아니라 2분쯤 후에, 눈이 햇빛에 익숙해지자 나는 바닷물에서 솟아오르는 괴물을 보았다.

그것을 달리 어떻게 서술해야 할지를 모르겠다. 5백 미터(또는 그보다 가까운) 거리의 완전히 잔잔하고 텅 빈 바다로부터 거대한 괴물이 수면을 가르고 솟아 몸을 둥글게 휘는 것을 나는 보았다. 처음에 그것은 뱀처럼 보였고, 기다랗고 굵직하며 등이 빳빳하게 융기한 몸은 길게 늘어난 목을 뒤따라갔다. 지느러미 비슷한 것이 달린 듯싶었다. 나는 그 괴물을 제대로 보지는 못했지만, 기다란 꼬리일지도 모를 몸의 나머지 부분은 8, 9미터쯤 바다에서 솟구치며 거품이 이는 물기둥을 휘저어 올렸다. 그러더니 괴물은 두 번 몸을 틀어서 기다란 목으로 두 겹의 동그라미를 이루더니 이제는 모습을 드러낸 머리를 바다 수면으로 나직이 수그렸다. '똬리를 튼 몸 사이로 하늘이 보이는구나.' 나는 또한 눈이 초록빛이고, 이빨과 분홍빛 입속을 드러내며 입을 벌린, 볏이라도 달린 듯한 뱀의 머리를 아주 똑똑히 볼 수가 있었다. 머리와 목은 초록빛으로 번득였다. 그러더니 순식간에 모든 것이 사라져서, 꼬리가 내려오고, 등은 굽이치며 물을 가르더니 괴물이 사라진 자리에는 거품을 일으키며 커다란 소용돌이를 치는 바닷물만 남았다.

충격과 공포로 나는 얼마 동안 꼼짝도 하지 못했다. 나는 도망을 치고 싶었고, 그 동물이 땅에 더 가까운 곳에서, 혹시 바로 내 발치에서 솟아오를지도 몰라서 무서웠다. 하지만 다리가 말을 듣지 않았고 심장은 어찌나 격렬하게 뛰었는지 조금만 더 심하면 의식이라도 잃을 것만 같았다. 바다는 다시 잠잠해졌고 더는 아무 일도 없었다. 마침내 나는

몸을 일으켜 집으로 천천히 걸어갔다. 층계를 올라 거실로 가서 얼마
동안 가만히 앉아 가슴에 손을 얹고 조심스럽게 숨만 쉬었다. 늘상 즐
겨 앉는 창가 자리에 앉을 마음이 내키지를 않아서 내실 벽에 대놓은
작은 탁자에 앉아 벽에 머리를 기대고 반 시간쯤 보낸 다음에야 지금
이 공책의 두 번째 항(項)에 해당하는 부분을 쓸 수가 있었다.

심호흡을 하고 벌벌 떨며 전전긍긍하는 동안에 나는 아까 벌어졌던
일에 대해서 차차 생각을 해보았다. 사고력이, 완전히 패주했던 사고력
이 나를 구해주려고 서서히 돌아왔다. 어떤 사건이 발생했고, 모든 사
건은 설명을 할 수가 있다. 몇 가지 가능한 설명들이 제시되었고, 그것
들을 분류하고 번호를 달고 연결 짓고 있노라니까 안도감이 찾아왔고,
개념화하지 못했던 공포는 물러났다. 나는 그것을 보았다고 '상상할
따름'인지도 모른다. 하지만 물론 그토록 자세하고 끔찍한 것을 '상상'
하는 사람은 없다. 괴물이 놀랍거나 흥미롭지 않고 처음부터 완전히 무
시무시한 형태로 나타났다는 사실은 중요한 의미를 지닌다고 나는 나
중에야 깨달았다. 나는 '지나칠 정도로' 겁이 났다. 나는 술을 삼가고,
엉뚱하거나 미친 사람만큼 '상상력이 풍부하지'는 않다. 또 다른 가능
성은 과학이 모르는 괴물을 내가 '진짜로' 보았다는 것이다. 하기야 그
럴 수도 있겠다. 아니면 내가 본 괴물은 엄청나게 커다란 장어였나? 그
런 장어가 있을까? 장어가 바다에서 솟구쳐 공중에서 몸을 비틀고, 똬
리를 틀고, 떠 있기도 한다는 말인가? 나는 그것이 장어일 리가 없다고
생각했다. 그것은 몸집이 대단했으며, 나는 그 등을 보았다. 나는 또한
장어가 아무리 크다고 해도 똬리를 튼 몸 사이로 내가 하늘을 보았던
그 괴물만큼 클 수는 없다고 확신했다.

그 동물이 얼마나 멀리 떨어진 곳에서 물 위로 얼마나 높이 솟구쳤

는가? 아주 기막힌 것을 보았다는 생각은 변함이 없었지만, 곰곰이 따져보니 나는 첫눈에 본 광경이 별로 자신이 없었다. 떠다니는 해초나 오르락내리락거리며 흘러 다니는 통나무로는 설명이 안 된다. 나는 다른 가능성을 찾아보았다. 거대한 괴물을 보기 직전에 나는 바위 물구덩이에서 제한된 웅덩이의 면적 때문에 15센티미터 정도의 꿈틀대는 몸이 크게 보이던, 털이 돋은 붉은 지렁이를 자세히 살펴보고 있었다. 순전히 어떤 눈의 작용에 의해서, 망막의 보기 드문 장난에 의해서 내가 지렁이의 영상을 바다의 수면에 '투영'시켰을 가능성도 있을까? 이것은 흥미 있는 관점이었지만, 둘 다 몸을 비틀어 똬리를 틀었다는 사실 이외에는 붉은 지렁이와 푸르뎅뎅한 괴물이 전혀 닮지를 않았기 때문에 타당한 설명이 못 되었다. 더구나 나는 망막의 그런 '영사술'에 대한 얘기는 들어보지도 못했다. 되돌이켜 생각하면서 나는 시각적인 인상은 지극히 세밀하게, 지극히 분명하게 머리에 남았지만 나와 괴물 사이의 정확한 거리는 점점 막연해진다는 데 대해서 섬뜩한 기분이 들었다.

앞으로도 그렇게 생각할는지 두고 봐야 알 일이지만, 내 생각에 가장 그럴듯하게 여겨지는 해답을 나는 별로 부끄러움 없이 기록하겠다. 나는 술이나 마약의 중독자가 아니다. 나는 독한 술을 마시는 일이 거의 없고, 미국에서 가끔 '대마초'를 피웠다. 하지만 몇 년 전 언젠가 한 번은 멍청하게도 엘에스디(LSD, 환각제)를 복용했다. (여자의 기분을 맞추기 위해서 한 짓이었다.) 나는 이른바 '나쁜 여행'을 했다. 아주 나쁜 여행이었다. 그 끔찍하고 창피한 사건에서 내가 겪은 경험을 서술할 생각은 없다. (배 속과 관계가 있다는 말만 보태겠다.) 사실 그것은 제대로 말로 표현하기란 지극히 힘들고, 불가능하다고까지 하겠다. 그것은 도덕적으로, 정신적으로 무서운 사건이어서, 마치 악취를 풍기는 내장이 튀어나와 우주가 된 듯, 절대로 피하지 못할 시커멓고 반쯤만 형성된 정신적인 악이 치솟는 분출이나 마찬가지였다. 그런 의식과 더불어 어쩌다 보니 '저절로' 떠오른 말은 '불가분(不可分)'이었다. 사실 시각적 영상은 무서울 정도로 선명하고 정확해서, 이 순간에도 눈앞에 선하게 떠오르지만, 나는 그 얘기를 쓰지는 않겠다. 물론 나는 엘에스디에 다시는 손을 대지 않았다. 더는 부작용이 없었고, 얼마 후에는 꿈을 잊듯 고맙게도 그 경험을 잊어버리기 시작했다. 하지만 내가 '보았던' 바다 괴물은 그 무서운 약의 단 한 번뿐인 어리석은 실험이 야기한 환각이라는 설명이 가능하거나 타당할지도 모른다.

처음에 내가 본 것은 웅덩이의 붉은 지렁이나 마찬가지로 솟구치며 몸을 트는 괴물과는 정말로 닮지 않았다. 하지만 공포감은 성격이 같았으며, 그 사실은 사건을 겪은 얼마 후에 곧 깨달을 수가 있었다. 잊으려는 경향의 성격도 두 경우에 서로 비슷하게 여겨진다. 내가 들은 바로는 나쁜 여행이 이런 식으로 재발한다고 하니, 독자들이며, 조심하라. 하지만 그 사건을 되돌이켜보는 이 순간에 이 설명이 그나마 가장 신빙성이 있다는 근거라고는, 다른 모든 설명이 전적으로 터무니가 없기 때문이라는 점뿐임을 인정해야만 한다.

다시 심장이 심하게 두근거린다. 잠을 자야겠다. 이 얘기는 내일 아침까지 기다렸다가 써야 할 것을 그랬나 보다. 수면제를 먹어야겠다.

윗글을 쓴 다음 이틀이 지났다. 괴물에 대한 글을 쓴 다음 나는 잠을 잘 잤고, 내 설명이 옳다고 아직도 생각한다. 어쨌든 괴물은 물러갔고 공포도 사라졌다. 글로 다 써놓았더니 효과가 좋았는지도 모른다. 다락방의 '발소리'는 쥐들이라고 믿기로 했다. 화창한 또 하루. 아직 편지는 없고.

나는 다시 작은 돌투성이 바닷가에서 헤엄을 쳤고, 바다가 잔잔한 편이기는 했지만 나올 때는 마찬가지로 고생을 해서 화가 났다. 계속 밀려오는 파도가 뒤에서부터 다시 나를 끌어내리는 동안에 나는 헐거운 돌들이 굴러 떨어지는 가파른 둑을 기어 올라가야만 했다. 물을 잔뜩 먹고 발도 베인 다음 내버려두었던 장작 더미를 찾아 집으로 가져왔다. 무척 춥다고 느꼈지만 너무 피곤해서 무쇠로 만든 듯한 비데를 조립하지 못했다. 더운물을 목욕탕으로 올려갈 필요까지는 없다.

탑 층계의 쇠 난간에 밧줄을 매어두면 날씨가 험해도 층계를 사용할 수가 있겠고, 물에서 나올 때 도움이 되라고 '절벽'에서도 밧줄을 내려 뜨려두고 싶다. 마을 상점에 밧줄이 있는지 물어봐야겠다. 캘러 가스를 어디서 몇 통 더 구할 수 있을지도 알아봐야 한다.

나의 친가 쪽 할아버지는 링컨셔에서 시장에 내다 팔 채소를 재배했다. (봐라, 꽤 갑작스럽게 나는 자서전을 쓰기 시작했는데, 첫 문장이 얼마나 멋진가! 기다리기만 하면 이렇게 될 줄 알았다.) 그는 샥스톤이라는 집에서 살았다. 이름이 붙은 집을 소유하면 무척 훌륭한 가문이라고 나는 생각했다. 외할아버지는 내가 어린아이일 적에 죽었으므로 어떤 사람인지 알지 못한다. 내 생각에 그는 우리 아버지처럼 '월급쟁이'를 했던 듯싶다. 보나마나 그는 아버지나 마찬가지로 무슨 사무원이었겠지만, 우리 집에서는 '사무원'이라는 말을 절대로 사용하지 못하게 했다. 친할아버지에게는 아담과 에이블〔에이블은 아벨이라고도 발음됨〕 두 아들이 있었다. 할아버지는 창의력이 있는 사람이라고는 생각되지 않지만, 지은 이름들을 보면 시적인 흥취가 있기는 하다. 삼촌(에이블)이 아버지(아담)보다 사랑도 더 받고 운도 더 좋았음을 나는 일찍부터 알았다. 어린아이가 그런 것들을 얼마나 잘 깨달으며, 어른들 세계의 관습 속에서는 눈에 띄지 않기 때문에 어른들의 속이려는 마음이 무시하게 되는 현상들을 개처럼 눈치채는 어린아이에게는 얼마나 뚜렷하고 분명한가? 두 사람 가운데 나이가 약간 많았던 아버지는 내가 '실패'의 의미도 몰랐고, 돈과, 지위와, 권력과, 명성, 그리고 이제는 끝났다고 믿어지는 광란의 춤을 나로 하여금 평생 추게 했던 무수한 형태의 어떤 승리에 대해서도 전혀 알지 못하던 때에도 벌써 불우하게 실패만 거듭한 사람이었다. 그리고 물론 아버지가 실패했다는 내 말은 지극히 통속적인 의미에서의 실패를 뜻한다. 그는 마음이 순수하고, 이지적이고, 착한 사람이었다.

외할아버지와 외할머니는 칼라일에 살았고, 나는 그들을 잘 몰랐다. 피부가 하얀 두 '아줌마'로 통했던 어머니의 언니들도 칼라일에서 살았다. 친할머니는 젊어서 죽었고, 샥스톤을 회상할 때면 사진 속의 모습으로 내 머릿속에 떠오른다. 내가 싫어하고 무서워했던 할아버지는 웰링턴 장화(무릎까지 오는 긴 장화)와 요란한 목소리만 기억에 남았다. 아담과 에이블은 쌍둥이 신처럼 내 어린 시절의 세계에 군림했다. 어머니는 항상 홀로였고, 별개의 힘이었다. 그리고 물론 내 나이 또래인 사촌 제임스도 있다.

형제들은 다른 길을 걸었다. 아버지는 워릭셔로 흘러가 '지역 행정부'에서 근무했다. 그는 뗏목이나 마찬가지로 흘러 다녔다. 에이블 삼촌은 링컨에서 법정 변호사로 성공했고, 이름을 지닌 유명한 시골 저택 람스덴스에서 살았다. 람스덴스는 샥스톤보다 컸다. 나는 그 집들을 요즈음에도 꿈속에서 본다. 나중에 에이블 삼촌 일가는 런던으로 이사를 했지만 람스덴스는 '시골집'으로 그냥 가지고 있었다. 에이블 삼촌은 돈 많고 아름다운 미국 여자 에스텔과 결혼했다. 나는 그녀가 어머니에게 '상속녀'라고 소개되던 일이 생각난다. 아버지는 농장에서 비서로 일하던 어머니와 결혼했다. 어머니 이름은 마리안이었다. 아버지는 어머니를 '마리안 아가씨'[로빈 후드의 애인 이름과 같다]라고 불렀다. 어머니는 엄격한 복음파 기독교인이었다. 아버지도 물론 기독교인이고, 나도 그랬으며, 에스텔 숙모가 광명의 세계로 끌고 가버리기 전까지는 에이블 삼촌도 마찬가지였다. 나는 어머니가 워릭셔 숲길의 사랑스러운 마리안 아가씨라고는 생각되지 않는다. 내가 기억하는 어릴 적의 어머니 얼굴은 짜증스러운 표정이었다. 어머니는 강한 여자였다. 어머니와 아버지는 은근히 서로 사랑하고, 순종하고, 위로했다. 하기야 우리 세 사람은 모두가 서로 사랑하고 위로했다. 우리는 가난하고, 외롭고, 서로 서먹서먹해했다.

오늘 아침에 나는 괴이할 만큼 커다랗고 통통하게 살찐 거미라고 생각되는 것이 식료품실에서 부엌으로 나오는 것을 보고 아연실색을 했다. 나중에 보니 그것은 꽤나 붙임성이 있는 두꺼비였다. 나는 손쉽게 그것을 잡아 숲을 지나서 바위 뒤쪽 이끼 끼고 질퍽한 웅덩이로 가져갔다. 거기서 두꺼비는 엉금엉금 기어갔다. 그토록 순하고 저항력이 없는 동물들이 어떻게 생존할까? 두꺼비가 사라진 다음에 얼마 동안 배회를 했고, 젊은 시절에 본 기억이 나는 쇠뜨기말과, 빨간 이끼와, 꽃들과, 파리를 잡아 먹는 괴이한 노란꽃을 구경했다. 아모른 농장 쪽 높은 지대에서는 보라꽃이 자란다. 부동산업자의 얘기로는 이 지역에 난초가 있다지만, 나는 하나도 보지 못했다. 아마 물개나 마찬가지로 지어낸 애기일지도 모른다.

　나중에 나는 (가난한 사람에게는 훈제 연어나 마찬가지인) 잔뜩 얼려 저민 연어를 사려고 마을로 들어갔다. 마을 사람들 모두가 자랑 삼아 애기하듯, 물론 여기서는 싱싱한 생선을 사기가 거의 불가능하다. 나는 세탁에 대해서도 물어보았지만 대답이 신통치가 못했다. 여태껏 나는 모든 빨래를 스스로 했으며, 홑이불을 빨아서 풀밭에 내다 널었다. 앞으로도 빨래는 내가 하겠으며, 이런 간단한 일에서 놀랄 만큼 만족을 느끼게 된다. 술집 뒤에 늘어선 오두막들 사이에서 일종의 철물상이랄까, 마을의 또 다른 가게를 발견했다는 애기를 나는 깜박 잊고 기록하지 않았다. 자칭 '어부들의 가게'라는 그곳에서는 틀림없이 한때 어부들에게 도구를 팔았으리라. 오늘 아침에 알아냈지만 이곳에서 파라핀과 캘러 가스를 공급한다. 나는 그곳에서 양초와, 새 석유 등잔과 밧줄도 좀 샀다. 이런 물건들을 들고 집으로 오던 길에 나는 블랙 라이언에 들렀다. 그 술집은 내가 들어가기만 하면 조용해지고, 나오면 시끄럽게 떠들썩거리지만, 그래도 나는 아랑곳하지 않고 들르는 버릇이 들었다. 마을 사람들의 가벼운 적대감쯤은 걱정이 되지 않는다. 물론 텔레비전 덕택에 그들은 내가 누구인지를 안다. 하지만 그들은 애써 모르는 체하는데, 그지없이 소박한 그들은 정말 무관심할지도 모른다. 그들에게는 내가 매체 자체의 비현실성에 물들어 어떤 '비현실적'인 존재로 여겨질지도 모른다. 다행히도 나와 사귀려고 덤비는 사람은 하나도 없었다.

　(햇볕이 거의 다 처리를 한 셈이지만) 끓는 물에 녹인 저민 연어 고기에 레몬즙과, 기름과, 말린 허브를 살짝 뿌려 곁들인 점심 식사를 했다. 특별히 훌륭하다면 몰라도, 그렇지 못한 훈제 연어보다는 저민 연

41

어 고기가 낫다고 우겨볼 만도 하다. 거기에다 새 감자 통조림을 튀겨 더 먹고. (사실은 새 감자도 아니지만.) 나에게는 감자가 날마다 먹는 심심한 음식이 아니라 특별 요리다. 그리고 치즈 토스트와 따끈한 근대 뿌리. 상점에서 썰어 파는 빵은 신통치가 않지만, 짭짤하고 질 좋은 뉴질랜드 버터를 발라 구우면 괜찮다. 다행히도 나는 살이 빠지게 한다고 사람들이 말하는 파삭파삭한 온갖 스칸디나비아 비스킷을 좋아한다. (물론 살은 빠지지 않는다. 살이 찌는 사람은 음식을 먹기 때문에 살이 찐다. 하지만 나는 체중으로 고생을 한 적은 없다.) 이제 나도 땅이 있으니 허브를 가꿔야겠다. 음식을 밝히는 나로서는 신선한 허브를 구하는 것이 항상 문제였다. (물론 부모의 채소밭에다 허브를 기르겠다는 생각이 어렸을 때는 한번도 내 머리에 떠오르지 않았는데, 아이들은 음식을 이해하지 못하기 때문이라고 생각된다.) 하지만 어디다 심을까? 작은 두 풀밭 어느 쪽도 파헤치기가 망설여지고, 어쨌든 그 풀밭들은 바다에 너무 가깝다. 길의 다른 쪽에 몰래 밭을 일궈놓아도 농부나 동물이 채소를 훔쳐 갈까? 이런 것들을 생각해봐야겠는데, 과거의 고민들과는 달리 얼마나 즐겁고 순박한 문제들인가!

점심을 먹고 난 다음에 나는 밧줄을 길게 한 토막 잘라 탑 층계의 쇠난간에 맸고, 이제 그 밧줄은 간편하게 바다로 늘어져 시커멓게 젖어 파도 속에서 흐느적거린다. 움켜잡기 쉽게 바다 쪽 끝에는 매듭을 지었다. 밧줄을 잡아맬 것이 없다는 단순한 이유 때문에 '절벽'은 훨씬 난처했다. 바위는 너무 둥글고 매끄러웠으며, 밧줄은 너무 짧아 집까지 닿지 않았다. 더 긴 것으로 사서 부엌문이나 층계 밑 기둥에 묶고, 젖은 쪽을 밤마다 부엌으로 끌어들이나? 이 문제들도 흥미가 없지는 않다. 밧줄은 살짝 윤을 내고 그리스 포도주 냄새가 나는 아름다운 것이다.

이 고장의 특산품이라는 얘기를 들었다.

나는 집과 탑 사이의 바위 '다리'에 누워 오후 시간을 좀 보내며, 내 밑으로 달려 지나가 육지 쪽의 깊고 폐쇄된 바위투성이 지대에서 분노하며 무너지는 파도를 구경했다. 물이 거품을 일으키며 달려가는 광경은 마치 내가 현기증을 느끼며 휩쓸려 들어간 듯 잠깐 동안 아찔한 기분을 느끼게 했다. 하지만 나는 상점에서 그림엽서들을 뒤적이다가 내 다리와 소용돌이가 이 고장의 명소임을 알고 나서 약간 놀랐다. 다행히도 좀 낡고 구겨져서 나는 그 엽서들을 1파운드도 안 되는 돈으로 몽땅 사버렸다. 나는 '아름다운 경치'를 찾아 여행자들이 이곳으로 찾아오기를 원하지 않는다. 사실 '다리'는 별것이 아니어서, 구멍이 뚫리고 한쪽에 웅덩이가 있는 둥그런 바위에 지나지 않는다. 어떤 때에는 바닷물이 억지로 뚫고 지나가느라고 꾸룩꾸룩 소리를 요란하게 내는데, 이 소리가 사람들의 관심을 끌지 않기만 바란다. 엽서를 보니 폐쇄된 웅덩이에는 '민의 가마솥'이라는 이름이 붙어 있다. 상점 여주인에게 민이 누구냐고 물었지만 모르겠다고 대답을 했다.

멀리서 교회 종소리가 들려오는 것을 보니 오늘은 일요일이다. 오늘은 날씨가 찌푸렸다. 나는 구름을 구경했고, 가만히 앉아서 구름을 구경하기는 평생 처음이라는 사실을 깨달았다. 어렸을 때는 너무 극성이 심해서 그런 식으로 '시간 낭비'를 하지는 않았다. 그리고 어머니도 그러지 못하게 했으리라. 의자와, 방석과, 양탄자를 내다 놓은 집 뒤쪽 풀밭에 앉아 이 글을 쓰고 있다. 저녁이다. 가운데는 파르스름한 빛을 받으며, 두툼하고 짙푸른 회색 구름이, 칙칙한 금박을 입힌 듯 지저분하면서도 황금빛인 하늘을 가로질러 천천히 움직인다. 수평선에는 현대 보석처럼 약간 울긋불긋한 은빛 선이 엷게 반짝인다. 그 밑의 바다에는 하얀 얼룩이 뛰놀고, 황금빛 서정적인 갈색이 생동한다. 바람이 따스하다. 오늘도 행복한 하루. ("거기 가서 뭘 하겠다는 거야?" 사람들이 물었다.)

조용하고 은밀한 만족감을 나는 혼자 한껏 누린다.

또 하루. 나는 연속되는 명상록이라는 감각을 깨뜨리지 않기 위해 날짜를 적지 않기로 작정했다. 자서전의 첫 구절을 다시 읽었다. 그토록 묘하고 갑작스럽게 당당한 투로 어린 시절에 대해서 쓴 그 서술이 적어도 나에게는 섬뜩한 큰소리로 가득 찬 것처럼만 느껴진다. 그 정도로 내가 관심이 많은 사람인 줄은 몰랐다. 클레멘트에 대해서 글을 쓸 생각이었다. 정말로 어린 시절 얘기를 하고 싶은가?

오늘은 수영을 하지 않았다. 수영을 하려고 오후에 탑 층계로 갔지만 난간에 매어놓은 밧줄이 풀려 떠내려가려고 없어서 짜증이 났다. 나는 매듭을 잘 짓지 못한다. 어쨌든 그 밧줄은 너무 굵어 매듭을 짓기가 쉽지 않았다. 기다란 나일론 끈이 훨씬 쓸모 있으리라는 생각이 들었다.

좀 답답한 기분이 들었지만 말린 바질과 버터를 조금 섞은 스파게티를 저녁으로 먹자 유쾌해졌다. (바질은 물론 허브의 왕이다.) 그리고 미나리를 넣고 서서히 삶은 봄배추. 달걀을 하나 풀어 넣고 밀기울과, 허브와, 콩기름과, 토마토를 곁들인 삶은 쪽파. 거기에다 절인 통조림 고기 한두 조각. (쇠고기는 사실 채소를 먹기 위한 구실에 불과하다.) 나는 배은망덕한 밧줄을 기념해서 그리스 포도주 한 병을 마셨다.

이제는 밤이 깊었고, 나는 헌 등잔 하나와 새 등잔을 켜놓고 위층에 앉아 있다. 새 등잔은 불빛이 덜 아름답지만 가지고 다니기가 훨씬 편하다. 양초가 없이는 절대로 지내지 못하리라는 생각이 들기는 하지만 이런 등잔을 더 구해야겠다. 초니 부인은 아름다운 물건은 아니어도 편리한 촛대를 열 개쯤 남겨주었는데, 나는 양초와 성냥을 갖춰 그것들을 집 안의 편리한 곳에 모두 늘어놓았다. 새 등잔 냄새를 맡으니 프리치 생각이 난다. 그럼 자서전을 계속 써야겠다.

나는 스트랫퍼드 어폰 에이번[셰익스피어의 출생지]에서 태어났다. 정확히 얘기하자면 그 근처, 그러니까 '아르덴의 숲'이다. 나는 이 섬나라에서 바다로부터 가장 멀리 떨어진 영국 중부의 숲 지대에서 자랐다. 나는 열네 살 때까지 바다를 보지 못했다. 물론 나는 평생 셰익스피어의 덕을 입은 셈이다. 만일 그 위대한 극장에 그토록 가까이 살지만 않았더라면 나는 연극이라고는 구경도 못 했으리라. 부모는 극장에 전혀 가지를 않았고, 어머니는 연극을 못마땅하게 생각했다. '외출'을 할 돈의 여유가 거의 없었고, 우리는 전혀 나들이를 하지 못했다. 나는 학교를 졸업할 때까지 레스토랑에 가지 않았다. 호텔은 그보다 훨씬 뒤에야 들어가보았다. 휴일이면 우리는 샥스톤이나, 람스덴스나, 어머니가 비서로 일하던 농장으로 갔다. 셰익스피어가 '공부'만 아니었더라면 나는 전혀 극장에 가지를 못했으리라. 교장은 셰익스피어에 미친 사람이었다. 그는 내 인생을 이끌기도 했다. 그의 이름은 맥도웰 씨였다. 우리는 자주 연극 구경을 갔다. 맥도웰 씨가 가끔 내 입장료를 내주었다. 맥도웰 씨는 무대에 미친 manqu [어설픈] 배우였다. 나는 무대에 미친 그의 귀염둥이였다. (웨일스의 바다로 나와 다른 소년 몇 명을 일주일 동안 데리고 갔던 사람은 그였다. 내 생각에 그때가 평생 가장 중요하고 행복했던 날들 가운데 하나였다. '행복'이라는 말로는 부족하다. 나는 줄곧 너무 기뻐서 미칠 지경이었다.) 어머니는 '학교 공부의 일부'라고 생각했기 때문에 연극 구경을 허락했다. 나는 심지어 시험 때문에 필요

45

할 따름이지 사실은 연극 구경이 즐겁지 않은 척하기까지 했다. 나쁜 거짓말쟁이 꼬마. 나는 황홀했다. 아버지는 알았지만, 우리는 어머니를 속이고 있다는 고백을 서로 절대로 하지 않았다.

아버지는 독서를 상당히 즐기는 편이었고, 내가 아는 사람들 가운데 가장 선량했다. 소심하리라는 짐작은 했지만, 나는 그가 소심하다고는 말하고 싶지가 않다. 그는 선량함이라는 긍정적인 도덕적 자질을 지녔다. 나는 지금도 항상 가시지 않는 불안한 미소를 지으며 허리를 굽혀 종이에서 거미를 집어 남의 눈에 띄지 않을 집의 어느 구석이나 창밖에 조심스럽게 놓아주던 아버지의 모습이 눈에 선하다. 나는 아버지가 진지한 대화를 나눈 유일한 사람일지도 모르며, 독서에 있어서도 그의 동지요, 벗이었다. 나는 우리가 같은 배를 타고 함께 모험에 나선다고 항상 느꼈다. 우리는 같이 아동 도서, 모험 소설, 그리고 소설, 역사책, 전기, 시, 셰익스피어를 읽고 토론을 벌였다. 우리는 서로 함께 지내기를 즐기고 갈망했다. 헌신과, 흠모와, 정열보다 더한 그 시련. 누군가 함께 있기를 그리워한다면 그것은 사랑이다. 나는 나중에 아버지가 얼마나 훌륭한지를 다른 사람은 아무도 모른다고 느꼈는데, 어머니조차도 몰랐을 듯싶다. 물론 나는 어머니도 사랑했지만, 어머니는 아버지와 달리 딱딱한 면이 있었다. 그녀는 의로운 하나님을 믿었다. 아마도 이 신념 때문에 그녀는 얼마쯤은 실망스러운 삶을 견디어내었는지도 모른다.

적어도 내 관점에서 보았을 때 부모가 곤란했던 점은 그들이 어디도 가기를 싫어하고 아무것도 하기를 싫어했다는 사실이다. 어머니는 돈이 들기도 하거니와 우리가 속된 허영심에 물들까 봐 걱정이 되어서 어디를 가거나 무엇을 하는 것을 못마땅하게 여겼다. 아버지는 어머니가 반대를 하기도 했거니와 성격이 소심하고 나태해서 어디를 가거나 무엇을 하기를 원하지 않았다. 내 얘기를 들으면 아버지가 처량한 남자처럼 여겨지겠지만, 그렇지는 않았다. 그는 소박한 삶의 기쁨과, 자그마한 즐거움을 기다릴 줄 알았다. 그는 사무실에서 틀림없이 따분했을 일을 부지런히 했고, 집에서도 귀찮은 일들을 열성껏 했다. 그는 내 공부에 끼어들지 않을 때는 소설과 모험 소설을 즐겨 읽었다. 중병을 앓는 동안 아버지가 확대경을 들고 《보물섬》을 읽던 모습이 생각난다. 그는 어머니와 나를 아끼고 사랑했다. 그리고 그의 세계는 거기에서 끝났다. 그는 정치나, 여행이나, 놀이나, 심지어는 문학 이외의 어떤 예술에도 흥미를 느끼지 않았다. 그에게는 (나 이외에) 친구가 없었다. 어느 정도인지는 확실히 모르겠지만 그는 동생 에이블을 좋아했다고 말할 수 있겠다. 아버지는 내 사촌 제임스를 나의 경쟁자라고 여겨서 그를 끝내 못마땅하게 여겼다. 에스텔 숙모를 만나면 그는 거북해했다. 어머니는 그들을 모조리 혐오했으면서도 처신은 무척 잘했다.

물론 나는 셰익스피어 때문에 연극계에 투신했다. 훗날 셰익스피어 연출자로서의 나를 알던 사람들은 대부분 이 신이 처음부터 얼마나 절대적으로 나에게 군림했는지를 납득하지 못했다. 물론 나에게는 다른 동기들도 있었다. 나는 부모의 숨김 없는 소박한 삶으로부터, 우리집의 조용함과 무기력으로부터 예술의 마력과 오묘함으로 도망을 쳤다. 나는 찬란함과, 움직임과, 곡예와, 소음을 갈망했다. 나는 비행기 전문가가 되었고, 싸움을 주선했고, 비평가들의 말마따나, 극장의 기술적인 오묘함에서 거의 어린애같이 지나칠 정도로 항상 기쁨을 얻었다. 나는 연기도 했으며, 스스로 즐기고 아버지에게도 즐거움을 마련해주고 싶었기 때문에 처음부터 연기를 해야 한다고 의식했다. 내가 열심히 암시를 주었지만 아버지가 그 뜻을 터득했거나 나중에라도 깨달았는지는 자신이 없다. 스스로 즐기는 데 있어서 나는 평생 계속 성공을 거두었다. 그러나 부모들로 하여금 스스로 즐기게 만드는 데에는 매우 실패했다. 나중에 나는 그들을 파리아, 베니스와, 아테네로 데리고 갔다. 그런 곳을 가봤다는 생각에 후에 좀 만족감을 느꼈으리라는 생각이 들기는 했지만, 그들은 항상 무척이나 초조해했고, 어서 집으로 돌아가기를 바랐다. 그들은 정말로 줄곧 집과 마당에서만 지내고 싶어 했다. 그들은 그런 사람들이다.

나는 조용하고 얌전하고 착한 아이였지만, 굉장한 투쟁이 기다리고 있음을 알았고, 그 싸움에서 빨리 이기고 싶었다. 나는 뜻을 다 이루었다. 열일곱 살이 되자 아버지는 나를 대학에 보내려고 했다. 돈 걱정은 했지만 어머니도 마음만은 마찬가지였다. 하지만 나는 런던의 배우 학교에 들어갔다. (나는 장학금을 얻었다. 맥도웰 씨의 노력은 헛되지가 않았다.) 내 생애의 가장 슬픈 일 가운데 하나는 여기에서 사랑하는 아버지의 뜻을 거역했다는 사실이다. 하지만 나는 기다릴 수가 없었다. 어머니는 아연실색을 했다. 그녀는 연극이 죄악의 소굴이라고 생각했다. (어머니가 옳았다.) 그리고 내가 절대로 성공을 못 해서 거지가 되어 고향으로 돌아오리라 생각했다. (그녀는 밥벌이를 못 하는 사람들을 경멸했다.) 여기에서는 그녀의 생각이 맞지 않았고, 적어도 세월이 흐름에 따라 내 돈벌이 능력에 감탄하지 않을 수가 없었다. 그로부터 연극은 내 고향이 되었고, 곧 사라지기는 했지만 폐에 흠집이 생겨 군대에 가지 않고 전시에도 연기를 하며 지냈다. 나는 나중에 그것이 상당히 섭섭하게 여겨졌다.

"아크라이트 씨, 이 지역에서 아주 커다란 장어를 본 적이 있나요?"

직접 화법. 이 지방에서 만든 사과술을 좀 사려고 오늘 아침 블랙 라이언에 들러서 내가 한 말을 기록한다. 서운하게도 사과술은 너무 들큼했는데, 얼마 안 있으면 가지고 온 포도주가 다 떨어질 판이었다. 물론 블랙 라이언은 포도주란 얘기도 들어보지 못했지만, 소문에 빠른 상점 여주인은 레이븐 호텔에서 '진짜 포도주'를 판다고 알려주었다.

블랙 라이언 주인의 이름인 아크라이트는 내가 한창 날리던 시절에 고용했었고, 원한과 증오로 나를 대했던 운전사의 이름과 같아서 언짢은 옛일을 일깨워준다. 운전사와 그를 부리는 사람의 관계는 묘하게 격렬한 경우도 있다. 블랙 라이언의 아크라이트도 그 나름대로 상당히 거북한 인물이다. 그는 빅토리아 왕조의 무슨 놈팡이처럼 검은 머리를 길게 기르고 수염도 검은, 덩치가 큰 남자다. 그는 술집에서 나를 난처하게 만드는 장난을 친다. 그는 지금 내 질문을 분석한다. 장어? 큰 놈? 아주 큰 놈? 지역?

"땅에서 말예요?"

그가 묻는다.

"지렁이 얘기겠지."

한 손님이 말한다. 은퇴한 농장 일꾼 같은 손님들은 거의 언제나 마찬가지다. 물론 여자는 없다.

"바다에 사는 장어 말예요."

모두들 음침하게 머리를 젓는다.

"바다에서는 물속에 있을 텐데 보일 리가 없어."

누가 말을 거든다. 다른 사람이 음산하게 말을 덧붙인다.

"뱀장어는 좋지 않아."

질문이 흐지부지된다. 나는 예의 삼아 산 맛없는 사과술을 가지고 집으로 돌아온다.

하지만 한 가지는 성공했다. 길이 내다보이는 (내실과 거실 쪽) 위층 작은 방에는 질긴 명주 커튼이 걸렸다. (맞은편 앞쪽 창문은 화장실 창문이라는 얘기두 해둬야겠다.) 나는 이 커튼 하나의 가운데를 찢어 양쪽 끝에 매듭을 지어 '밧줄'을 만들어서 쇠 난간에 붙잡아 매었고, 그 덕택에 바다가 거칠고 물이 빠졌어도 나는 오늘 아침 수영을 기분 좋게 했다. 점심에는 달걀을 풀어 넣은 소시지, 마늘을 약간 치고 구운 감자, 레몬즙을 짜 넣고 요구르트와 진한 크림을 얹은, 가게에서 사 온 당밀 파이. 배를 가라앉히려고 사과술을 좀 마셨다. 점심을 먹고 나서 모아 온 예쁜 조약돌로 잔디밭 둘레에다 경계선을 만들기 시작했다. 그것이 꼴불견인지 어쩐지 잘 모르겠다. 구름이 조금 끼고 바람이 시원한 날씨 인데, 이상한 커피빛이 바다에 깔렸다. 저녁에는 여느때처럼 구름 구경. 연한 황금빛 갈색 구름이 이룬 거대한 절벽과 곶이 웅장하게 치솟고, 큼직한 옆구리에는 순금빛 거품이 매달려 있다. 작고 빨간 방에서 장작으로 불을 지피려고 했지만 다시 연기가 났다.

집을 청소하고 정리했다. 물건들을 치울 때의 기막힌 만족감! (소유감에서 오는 만족스러움일까? 그런지도 모른다.) 홀과 층계를 쓸었다. 부엌의 커다란 판석을 씻어내었다. (무척 보람 있음.) 층계참에 있는 크고 흉측한 화병도 닦았고 닳아빠진 향목 탁자도 윤을 냈다. (기분 좋다.) 거실의 벽로 선반에서 먼지를 털 생각이었지만 그 안에 사는 어떤 혼령이 저항을 했다. 그리고 지금은 홀의 커다란 타원형 거울을 닦는 중이다. (거울 얘기를 앞에서 했다고 생각된다.) 집 안에서는 (1890년 대 제품인?) 그 멋진 물건이 가장 훌륭한 '작품'이리라. 유리는 비스듬하고 약간 얼룩이 졌지만 광택이 놀랄 만큼 은빛이어서, 빛을 발산하는 듯싶다. 틀은 둔탁한 회색 금속(백랍?)으로 만들었고, 잎사귀와 나뭇

가지와 작은 열매로 만든 화환 모양이다. 이 금속으로 만든 식물은 윤을 내어 광채와 세밀함이 두드러지게 했다. 걸레에는 때가 정말 잔뜩 묻어 나왔다. 거울에서 내 모습을 방금 얼마 동안 쳐다보고 있던 터이니까 내 생김새를 묘사해볼 만도 하겠다. 그렇다, 물론 나는 사진이 많이 찍힌 사람이다. 하지만 카메라는 전적으로 내 편이었던 적이 없다. (영화배우가 될 생각을 한 번도 하지 않았던 것이 나로서는 정말 다행이었다.) 내 참된 모습을 얘기하겠다. 나는 호리호리하고 체격은 보통이다. 얼굴은 타원형이고, 코는 곧고 짧으며, 입술은 얇고, 골고루 하얀 얼굴은 걸핏하면 붉어진다. 약이 오르거나 모욕을 당하면 나는 얼굴이 새빨개진다. 전에는 걱정스럽던 이 버릇은 나중에 상표나 마찬가지가 되어서, '야만인'이라는 별명이 연극계에서 붙은 다음에는 사람들에게 겁을 주기 위해 나도 모르게 잘 써먹었다. 눈은 좀 차갑게 새파랗고, 독서를 하려면 작고 타원형인 테 없는 안경을 쓴다. 길게 기르지 않은 머리카락은 밝고 하야스름한 금발이다. 전혀 광채가 나지 않는 내 머리카락은 빛이 하얘지거나 희미해지기는 하지만, 백발이 되지는 않는다. 염색은 하지 않기로 작정했다. (몇 년 전 머리가 빠지기 시작했을 때 나는 과학의 도움에 의존했는데, 결과는 아주 만족스러웠다.) 물론 말끔하게 면도를 한 내 얼굴의 거의 소녀다운 섬세한 살결과 약간 냉소적이고 뒤틀린 표정을 카메라가 포착하지 못한다는 생각이 든다. (솔직히 털어놓자면, 이지적인 얼굴이다.) 사진사들은 사람을 쉽게 바보로 만든다. 나는 아버지를 닮았다고 가끔 생각하지만, 아버지는 다정하고 소박한 반면에 나는 그렇지가 못하다.

따끈한 물병을 가지고 일찍 잠자리로. 무척 피곤하다.

연극에 대해서 글을 쓰기란 별로 쉬운 일이 아닐 것 같다. 그 광범위한 소재에 관한 내 사상만 가지고도 책을 또 한 권 넉넉히 만들 수 있으리라. 차라리 클레멘트 메이키 얘기부터 우선 해야겠다. 뭐니 뭐니 해도 내가 이곳에 온 것은 클레멘트 때문이다. 이곳은 그녀의 고장이며, 그녀는 이런 외로운 바닷가에서 자랐다. 우리는 그곳을 한 번도 찾아가지 않았다. 나는 미신적인가? 그녀의 머나먼 고향은 우리를 헛되이 기다리기만 했다.

클레멘트는 내 첫 번째 연인이었다. 우리가 만났을 때 나는 스무 살, 그녀는 (자신의 말로는) 서른아홉이었다. 사랑했다가 잃었던 누구 때문이기도 했지만 금욕적인 환경에서 자란 탓도 있어서, 나는 클레멘트가 독수리처럼 덮쳤을 때까지 동정이었다. 그녀는 위대한 여배우였던가? 그렇다고 생각한다. 물론 여자들은 항상 연기를 한다. 사람을 판단하기에는 남자가 훨씬 쉽다. (윌프레드도 그렇지만.) 클레멘트를 부각시키고 그녀가 군림하기에 알맞게 장면을 꾸미기 위해 연극에 대한 얘기를 좀 해야겠다. 그녀는 사람들이 생각하는 바와는 달랐으며, 적이나 친구들이 많았지만 양쪽 다 그녀를 제대로 이해하지 못했다. 그녀는 사랑하는 사람들을 위해 무자비한 투쟁을 벌였고, 완전히 부도덕해서 그들을 위해 속이고 거짓말을 했으며, 권리와 마음을 마구 짓밟았다. 그녀는 나를 사랑했으며, 내가 스스로 그러기도 했지만, 그녀가 나로 하여금 자기를 사랑하도록 만들었음을 인정할 용의도 있다. 불안했던 그녀의 영혼에 신의 가호가 내리기를.

개성의 밑바닥, 그리고 꼭대기에는 정말로 감정이 존재한다. 중간은 연기(演技)뿐이다. 그렇기 때문에 온 세상은 무대요, 연극은 항상 인기가 있으며 존재를 하고, 모든 예술 가운데 가장 저속하고 기막힐 정도로 현실 모방적이기는 해도 삶과 같다. 시시한 소설가라도 진리에 대한 얘기를 상당히 많이 할 수 있다. 그의 초라한 매체는 진실의 편에 선다. 그런가 하면 연극은 가장 '사실적'일 때도 우리가 날마다 하는 거짓말이 지닌 수준과 방법과 연결이 된다. 그런 관점에서는 '일반적인' 연극은 삶과 비슷하고, 극작가들은 아주 훌륭하기 전에는 부끄러운 거짓말쟁이들이다. 그런가 하면 순수한 의미에서 연극은 모든 예술 가운데 시와 가장 가깝다. 시인이 될 수만 있었더라면 연극은 전혀 거들떠보지도 않았으리라는 생각을 나는 가끔 하지만, 다 부질없는 얘기다. 굶주리고 조용한 내 영혼이 필요로 했던 바는 세상 사람들을 마주해 소리를 질러대는 독특한 방법, 바로 그것이었다. 연극은 마술의 힘으로 행하는 인류에 대한 공격이며, 밤마다 관객을 제물로 삼아 그들로 하여금 웃고, 울고, 괴로워하고, 지하철을 놓치게 만든다. 물론 배우들은 관객을 속이고, 마취시키고, 감금하고, 얼을 빼야 할 적으로 간주한다. 이것은 관객이 상고를 못하는 재판소나 마찬가지이기 때문이다. 예술과 손님의 관계는 여기에서 가장 가깝고 긴밀하다. 다른 예술에서는 어리석고, 순진하고, 관심이 부족하고, 미련하다고 손님을 탓할 수가 있다. 하지만 다른 예술가들은 필요하다면 직접적이고 전체적인 의사소통을 여유만만할 때 훨씬 은밀하게 추구할 여유가 있지만, 그것을 이룩하려면 연극은 굴복하고 또 굴복해야만 한다. 따라서 공격과, 소음과, 두드러진 짜증이. 이 모두는 내 복수의 일부였다.

그 모두가 너무 저속했고 잔인할 정도였으며, 마침내 거기에서 완전히 벗어나 이제는 햇빛을 받으며 조용하고 잔잔한 바다를 쳐다보고 앉아 있게 되었음을 나는 흐뭇해한다. 그 모든 치졸한 야단법석과 수다스러움을 거친 다음의 이 고적함과 조용함, 〈템페스트〉 2막이나 피터팬의 등장 같은 극장의 멋진 극적 침묵과는 너무나 다른, 깊고 차분한 고요함. 그리고 텅 빈 극장의 이상하게 친근하면서도 흥분시키는 정적과도 너무나 다르고. 배우들은 그들이 사랑하고 증오하는 짙은 어둠 속에서 사는 혈거인들이다. 구성으로서의 소음과 빛깔로서의 소음, 나는 기대에 찬 침묵을 소음으로 깨뜨려버리기를 정말 좋아했다. (언젠가 나는 오랜 침묵 끝에 비명으로 시작되는 추리극을 연출했다. 그 음향은 유명해졌다.) 그러면서도, 그리고 그렇기 때문인지는 몰라도, 나는 음악에 별로 신경을 쓰지 않는다. 소음은 좋지만 음악은 싫다. 나는 미묘하고 본질적으로 조용한 음악극인 발레는 찬양하지만 오페라는 질색이다. 클레멘트는 그것이 시기심에서 연유한 감정이라고 말했다. 내가 바그너를 질투한다는 사실을 인정한다.

극장은 집념의 터전이다. 그곳은 포근한 꿈나라가 아니다. 실직 상태와, 가난과, 실망과, (지금 이것을 택하면 나중에 저것은 놓치리라는) 고통스러운 우유부단이라는 현실이 얼굴에 자취를 남기고, 가족 생활에서와 마찬가지로 인간 영혼의 좁다란 한계성을 곧 의식하게 된다. 오직 집념뿐이다. 모든 훌륭한 극작가와 연출가, 그리고 (전부는 아니지만) 대부분의 훌륭한 배우들은 집념이 강한 사람들이다. 셰익스피어 같은 천재들만이 그 사실을 숨기거나 어떤 정신적인 것으로 변형시킨다. 그리고 집념은 힘든 일도 몰아낸다. 나 역시 항상 미친 듯 일을 했고, 남들도 그렇게 몰아댔다. 어머니에게 단련을 받은 나는 충동적으로 일을 하는 사람이 되었다. 어머니는 게으른 적이 없었고, 다른 사람들의 나태함도 참지 못했다. 아버지는 고치고 수리하는 일을 얼마만큼은 즐겼어도 가끔 멍하니 앉아 흘러가는 세상을 관조하고 싶어 했는데, 그것은 전혀 용납이 되지 않았다. 어머니는 아버지에 대해서 세속적인 야심이 없었고, 어떤 하찮은 면에서 항상 마음에 걸리기는 했지만 에이블 삼촌과 에스텔 숙모가 누리는 성공의 세계에 코웃음을 쳤다. 어머니는 다만 아버지가 항상 쓸모 있는 일에 매달려 있기만 바랐다. (다행히도 나와 책에 대한 토론을 나누는 것은 쓸모 있는 일로 간주되었다.) 그녀는 아버지가 사무실에서 하는 일을 이해하는 내색을 하지 않았고 호기심도 보이지 않아서, 아버지의 일이 무엇인가 알지도 못한다는 인상을 줄 정도였다. 그녀는 집에서 아버지를 단련시켰다. 그녀는 나를 단련시키기도 했지만, 나는 집요할 만큼 열심히 일할 각오가 항상 되어 있었기 때문에 별 문제가 없었다. 기자들은 내게 어쩌다 희곡을 쓰게 되었느냐고 자주 물었다. 별로 달갑지 않게 그들이 암시를 했듯이 내가 배우로서 만족할 만큼 성공을 못 해서 희곡을 쓰게 되지는 않았다. 나는 할 일 없이 시간을 낭비하면 참지를 못하는 성미여서 상당히 젊을 때 희곡을 쓰기 시작했다. 나는 일이 없어 기가 죽은 동료들을 너무나 많이 보았다. '쉰다'는 것은 배우의 생활에서는 가장 편히 쉬지 못하는 기간이다. 그 시절이 물론 나에게는 대학교 노릇을 했다. 나는 읽고, 쓰고, 스스로 공부를 했다.

제대로 알지도 못하고 때로는 악의가 없지도 않은 추측이 상당히 많았으므로, 내 희곡에 대한 얘기를 좀 해야겠다. 그 희곡들은 사실 무언극처럼 항상 덧없는 작품들이어서, 내가 연출하는 과정에서만 존재할 따름이었다. 나는 아무도 그 작품에 손을 대지 못하게 했다. 무척 재능이 많기 전에는 순박성과 냉소 사이에서 돌파구를 찾지 못하게 마련이고, 풍자의 열매는 부조리성이다. 나는 내 한계점을 알았다. 작품들은 기껏해야 윌프레드 더닝을 위한 도구에 지나지 않는다는 평도 들었다. 왜 '기껏해야'라고 할까? 윌프레드는 위대한 배우였다. 이제는 윌프레드 같은 인물은 배출되지 않는다. 그는 엣지웨어 로드에서 무대 생활을 시작했다. 그는 눈 하나 깜짝하지 않고 가만히 서서도 극장이 오랫동안 웃음으로 들머거리게 만드는 능력을 지녔다. 그리고 눈을 깜박이면 또 다시 폭소가 터진다. 인간 육체의 신비, 인간의 얼굴─그런 힘은 소름이 끼칠 정도다. 윌프레드의 얼굴에는 얼이 빛났으며, 페레그린 아르빌로우가 예외일지는 몰라도 내가 본 사람들 가운데 얼굴이 가장 넓었다. 나에게 극작을 하게 만든 사람이 그라는 얘기가 옳을지도 모르며, 그가 죽자 나는 집필을 중단했다. 내 연극은 과거에 속하며 누구에게도 물려주고 싶지가 않다는 말을 나는 서슴지 않고 하겠다. 그 작품들은 마술적 환상이요, 불꽃놀이였다. 지금 내가 쓰는 이 글만을 영구한 기념비로 남기고 싶은 것이다. 언젠가 누가 나더러 안무가가 되었어야 한다는 말을 했는데, 나는 그 말뜻을 이해했다. 내가 일본에서 그토록 인기가 있다는 사실에 사람들은 놀랐다. 하지만 그 이유를 나는 알고, 일본 사람들도 안다.

'실험적'이라는 소리를 듣기는 해도 나는 고전의 꿋꿋한 수호자이다. 나는 소외감이 아니라 환상을 좋아한다. 나는 관객들에 완전히 둘러싸여 사건의 명확성을 흐리게 하는 무대 위에서의 끝없는 바장임을 혐오한다. 그에 못지않게 나는 '관객의 참여'라는 바보 같은 장난을 혐오한다. 폭동과 다른 단체 행동은 그 나름대로 가치가 있겠지만, 연극 예술과 혼동을 하면 안 된다. 연극은 매혹적이고 현실을 방불케 하는 현재의 순간을 창조하여 관객을 그 속으로 몰아 넣어야 한다. 연극은 우리가 현재에만 존재할 수 있는 잉여 존재라는 심오한 진실을 흉내 내어야 한다. 인간적인 사고의 자유로운 영기(靈氣)가 결여되었고, 그 나름대로의 한계와 결론을 내포하기 때문에 그것은 허구적인 현재다. 따라서 인생은 희극이고, 무대의 교활함이 빚어내는 것이 비극이므로, 그것은 참혹하기는 하지만 비극은 아니다. 물론 대부분의 연극은 거칠고 덧없는 쓰레기이며, 연출가의 주석을 제외하고는 위대한 시인이 쓴 연극만이 읽을 가치를 지닌다. '위대한 시인'이라고 했지만 사실 그것은 셰익스피어를 뜻한다. 진지한 예술 가운데 본질적으로 가장 시시하고 근거 없는 것이 가장 위대한 작가를 배출했다는 사실은 역설적이다. 셰익스피어는 primus inter pares〔동격들 가운데 최상〕가 아니라 질적으로 철저히 다르며, 다른 사람들과 상당히 다르다는 사실을 나는 학창 시절에 완전히 혼자서 깨달았으며, 이 비밀을 계속해서 간직해왔다. 그리스 연극을 꼽지 않는다면 다른 연극이란 존재조차 하지 않는다. 나는 그리스어를 모르고, 제임스의 말로는 그리스어가 번역이 불가능하다고 한다. 번역 작품을 여럿 읽고 나니 그의 말이 옳다고 믿어진다.

물론 극작은 본질적으로 희망과 실망의 터전이고, 그 삶의 순환에서 인간은 훨씬 생생하게 보편적인 세계의 순환 단계를 살아나간다. 새로운 연극의 흥분, 실패작의 충격, 장기 공연의 따분함, 끝날 때 집 잃은 듯한 감정은 영원한 파괴가 뒤따르는 영원한 건설이다. 그것은 끝맺음과, 이별과, 짐 꾸리기와, 가족의 오해와, 분산과 관계가 있다. 이 모두가 연극인들을 떠돌이, 또는 (예를 들면 영구성의 바람 따위의) 자연스러운 감정을 억눌러야 하는 어떤 방랑자 집단의 외톨박이 구성원으로 만든다. 우리는 승려의 '무심(無心)'함을 지녔고, 그런 점에서 숭고하고 상징적인 면으로 차이는 있지만 평범한 삶이 지닌 독특한 변화에 시달린다. 배우, 연출가, 극작가로서 나는 물론 실망과, 잃어버린 시간과, 잃어버린 방향 의식에 잔뜩 시달렸다. 내 '성공적인' 경력은 많은 실패와 많은 좌절을 내포한다. 예를 들면 내 연극은 브로드웨이에서 모두 실패했다. 나는 배우로서 실패를 했고, 극작가로서도 끝장이 났다. 연출가로서의 명성만이 이 사실들의 방패막이가 되었다.

절대적인 권력이 철저한 타락을 뜻한다면 나는 가장 타락한 인간이리라. 연극 연출가는 독재자다. (그렇지 않고서는 제대로 일을 못 한다.) 나는 무자비하다는 평판을 소중히 여겼는데, 그것은 한없이 편했다. 내가 곁에 있으면 배우들은 눈물과 신경쇠약을 예상했다. 그들은 자아도취뿐 아니라 자기 학대에 익숙했고, 대부분 그것을 좋아했다. 나는 언제나 발작적이면서도 즐거워하던 길버트 오피안을 잘 기억한다. 물론 여자들은 항상 울었다. (출세를 해서 내가 클레멘트의 연출자가 되었을 때 우리는 같이 울었다. 맙소사, 우리는 싸움을 굉장히 했다.) 나는 주정뱅이들에게 항상 무자비했고, 그래서 로시나 사건 전에는 페레그린 아르빌로우와의 관계가 팽팽했다. 페리는 가장 지독한 에이레 주정뱅이다. 윌프레드는 술고래였지만, 무대에서는 전혀 그런 기미를 보이지 않았다. 나는 정말 그가 그립다.

나는 '야만인'이라는 내 편리한 평판이 좋았다. 널리 알려진 나의 다른 인상들은 훨씬 추악하고 엉뚱했다. 나는 여자들을 침대로 끌어들이려고 내 권력을 이용했던 적이 한 번도 없다. 물론 어머니는 연극이란 그것이 모두라고 생각했지만, 가엾게도 그녀는 별로 이해를 하지 못했다. 그렇기는 해도 연극도 당당한 직업이며, 철저히 '전형적'인 수많은 배우들이 정기적으로 일이 있으며, 교외에서 아내와 가족과 함께 살아간다는 사실을 잊으면 안 된다. 그런 사람들이 진골이다. 물론 연극계는 섹스, 섹스, 섹스이지만, 전문가에게 그것이 얼마나 영향을 주는가? 어머니는 내가 타락할까 봐서 '나쁜 사람 역'을 맡으면 실망을 했다. (사실 그녀는 학교 공연 이외에는 내가 연기하는 것을 거의 보지 못했다.) 그런 타락이 실제로 발생한다고 믿어지지가 않는다. 그것은 따져 볼 만한 문제다. 어느 정도는 연기를 위해 악인과 '혼연일체'가 되어야 하지만, 사악함은 너무나 전문적이기 때문에 동화(同化)에도 한계가 있다. (어느 배우에게나 주인공의 묘사가 불가능한 한계가 있다. 그 이상이나 이하는 해낼 수가 있다.) 그리고 우리는 가면을 쓴 존재이며, 그 가면이 우리에게 거의 영향을 주지 않는 것이 이상적이다. (어떤 바보들은 의견이 다르겠지만 내 견해는 그러하다.) 나는 노인의 역을 맡으라고 했더니 놀라서 "난 노인 역을 맡은 적이 없는데요"라고 말했다던 늙은 배우를 기억한다. 그것이 직업 의식이다.

하지만 다시 내 얘기를 하자. 요새는 시대에 뒤떨어진 소리겠지만 나는 '섹스를 심하게 밝히는 편'이 아니다. 나는 '성관계' 없이도 거든히 살아갈 수가 있다. 계속 사귀는 애인이 없으니까 내가 동성애자라고 생각한 사람들까지도 있다. 나는 난잡한 것이 싫다. 아마도 도덕적으로 건전한 어머니에게서 영향을 받았기 때문인지도 모른다. 그리고 추잡하고 음탕한 소리를 늘어놓는 남자들끼리 통하는 세계를 전혀 좋아하지 않았다. 물론 나는 연애를 적게 한 편은 아니다. 하지만 여자를 꾀어 잠자리를 같이 한 적은 없다. 언젠가 누가 (로시나가) "당신은 여자에 대해서 연극만큼도 신경을 쓰지 않아요"라고 말했는데, 그것은 사실이었다. (젊었을 때 한 번밖에는) 나는 결혼을 진지하게 고려해본 적이 없었다. (그때) 한 번밖에 나는 사랑을 하지 않았다. 그러다가 클레멘트가, 한없이 멋지고 비견할 데가 없는 클레멘트가 등장했다. 그리고 나는 '미친 듯이 빠졌다'. 그리고, 오, 그토록 다정한 여인들이. 하지만 나는 여자를 쫓아다니는 사람은 아니다. 나는 항상 헌신적인 직업인이었다. 이런 점에서 나는 다른 사람들뿐 아니라 나 자신에 대해서도 가혹했다. 번잡하고 시시한 연애는, 특히 폐쇄된 집단 내에서는 진지한 일에 방해가 된다. 나는 질투가 강한 기질이 있고, 아주 질투가 강한 사람들과 어울렸다. 시기심이 언제나 덜 고통스러웠다. 시기심을 마비시켜버리는 것은 연극에서는 무서운 무능력을 뜻하기도 했고, 나는 일찍이 그것을 정복함이 성공의 전제 조건임을 깨달았다.

일류 배우가 되지 못해서 나는 섭섭했던가? 그 질문을 무척 자주 받았다. 글쎄, 그렇다. 연출가들은 항상 배우들을 부러워하고, 거의 모든 위대한 연출가는 은근히 위대한 배우가 되기를 더 바란다. 어떤 사람들은 영화와 텔레비전에서 연기자로서 훨씬 더 성공하리라고 믿고는 나를 끌어들이려고 했지만, 여러 번 즐거운 외도는 했어도 그런 매체는 별로 관심이 없었다. 나는 항상 참된 드라마는 관객 앞에서의 연기라고 믿었다. 나는 물론, 특히 셰익스피어 연극에서, 야심이 있었지만, 항상 리어왕을 꺼렸고, 햄릿 얘기는 남이 꺼내지 않기만 바란다. 나는 리지가 에어리얼[정령精靈] 역을 맡았을 때 프로스페로[〈템페스트〉의 주인공]를 훌륭히 해내었다. 이제는 꽤 오랜 세월이 흘렀지만, 그것이 나에게는 마지막 주역이었다. 그 후 나는 허영심을 버렸다. 연극계에서는 허영심이 혹평의 대상이 되므로 없어질 것처럼 생각되지만, 직업상의 질병일 뿐아니라 사실상 생존에 필요한 수단으로서 대부분의 배우들은 그것을 그대로 간직한다. 순수하고 푸짐하고 너그러운 찬양은 항상 도움이 되고 아물게 한다. 나는 훌륭한 배우들을, 위대한 배우들을, 윌프레드를, 시드니 애쉬를, (역시 클레멘트의 연인이었던) 마커스 헨티를, 페이비언을, 심지어는 페리와 앨까지도 보아왔다. 그리고 배우로서 나는 조용히 뒷자리로 물러났다. 그 무렵 연출에 몰두했으므로 그것은 쉬운 일이었다. 나는 내가 연출한 작품에서 하찮은 역들을 맡음으로써 나 자신과 대중을 즐겁게 했으며, 한번은 〈갈매기〉에서 제이콥으로 나와 무대를 독차지하기도 했다.

이런, 나는 한꺼번에 뒤죽박죽 온갖 얘기를 다 늘어놓고 있는 듯싶다. 이 일기는 정말로 초고라고 생각해야 할 모양이다. 적어도 현재로서는 내 작품들을 회상하려는 유혹을 막아야 한다. 나는 셰익스피어라고 평판이 났지만 물론 손을 안 대본 것이 없다. 그러니 — 자랑은 그만하자. 클레멘트 메이킨을 소개하려다가 잔소리만 늘어놓았다. 하지만 가엾은 클레멘트는 기다리는 도리밖에 별 수가 없다. 의지력의 그 위대한 싸움은 영원히 끝장이 났다. 그리고 나는 여기 앉아 혼자 생각에 잠긴다. 나는 그 마력을 포기하려고 책을 물속에 던져버렸는가?〔프로스페로처럼〕 적들을 용서하고? 권력을 포기하고 마술을 마지막으로 혼으로 바꾸면서? 세월이 가면 알게 되리라.

좀 묘하고 언짢은 사건이 방금 있었다. 나는 윗글을 바깥 잔디밭의 물통 옆에 있는 바위에 앉아서 썼다. 아침 태양이 뜨거워져서 안으로 들어가 모자를 가지고 나오려고 작정했다. 두통이 약간 있는데, 안경을 새것으로 바꿔야 하나 보다. 집으로 들어가니 갑자기 어두워서 눈을 깜박이며 층계를 올라 위쪽 층계참에 이르렀는데, 무엇인지는 몰라도 무슨 일이 있었음을 순간적으로 깨달았다. 나는 커다랗고 흉측한 꽃병이 받침대에서 사라졌음을 알았다. 그것은 마룻바닥으로 떨어져 산산조각으로 깨어졌다. 하지만 어쩌다가? 받침대는 아주 견고하고 움직이지 않았다. 구슬 커튼이 움직이지 않는 것을 보니 바람도 불지 않았다. 어제 먼지를 털다가 내가 꽃병을 움직였나? 아니면 지진이 있었나? 내 잘못이라고는 믿고 싶지 않다. 나는 그 흉측한 물건이 늙은 개 같아서 좋아했다. 손질을 해보겠다고 막연히 생각하며 조각들을 주웠지만, 물론 그것은 불가능했다. 어떻게 그것이 받침대에서 떨어졌을까? 통 영문을 모르겠다.

"편지는 모두 개집 안에 있는데요, 애로우비 씨."

결국 견디다 못해 나는 우체국에 가서 따졌다. 그래 봤자 마을 사람들에게 체면을 잃는 짓이었으며, 그보다도 나 자신에 대해서 부끄러웠다. 이제 와서 내가 왜 편지가 필요하고, 받고 싶어 하고, 애타게 기다리거나, 아무도 편지를 안 보낸다고 해서 놀란다는 말인가? 나는 이미 미스 카우프만에게 사무적인 편지를 런던에 두라고 일러놓았다. 친구들에게서 온 편지만 전해주고. 이런 설명을 하면서 생각하니 사실 나에게는 친구가 없다. 하지만 받았으면 좋겠고, 꼭 오기로 되어 있는 편지가 하나 있었다. 어쨌든 개집 이야기로 돌아가자.

"개집요?"

나는 우체국 여자에게 물었다. (우체국이라야 상점의 일부였으며, 그녀는 상점 여주인의 동생이었다.)

"그래요, 집으로 가는 길에 있는 돌로 만든 개집요. 초니 부인은 언제나 편지를 거기 넣어두라고 하셨어요."

내 땅의 경계선이라고 부동산업자가 나에게 가르쳐준 집 근처의 그 물건을 보기는 했지만 나는 속까지 살펴보지는 않았다. 그것은 상당히 크고 정말 개집 모양을 갖추었지만, 내 생각에는 돌로 만든 개에게나 어울릴 듯싶었다. 무엇인지는 짐작이 안 가지만 본디 다른 목적이 있어서 만들었으리라.

나는 항의를 했다. 내가 어떻게 아나? 짐작으로 알아내었어야 하나? 왜 누가 얘기를 해주지 않았는가? 편지를 하나도 꺼내지 않았음을 집배원이 어째서 눈치채지 못했는가? 비가 오면 어쩌려고? 그런 식으로 말이다.

우체국 여자는 초니 부인이 항상 우편물을 개집에서 찾았으며, 그러면 집배원의 수고를 덜어주고, 내가 집에 없을지도 모르니까 편지가 없어졌는지 들여다보고 확인할 의무는 집배원에게 없다고 점잖게 되풀이해서 말했다.

나는 (대구보다 훨씬 좋은) 얼린 콜리를 좀 사고 서둘러 집으로 갔다. 그렇다, 다른 온갖 문서들과 더불어 내가 기나리던 편지는 (비가 오면 물이 넘칠) 개집 안에 있었고, 나는 내용물을 몽땅 집 안으로 들여갔다.

내가 원하던 편지는 리지 셰러의 것이었는데, 그 편지를 옮겨 적는다면 이 일기에서 내가 어떤 면이 덜 솔직했는지가 분명해진다. 최근에 내가 그녀에게 한 행동에 대해서 어정쩡한 기분이 들어 사실 리지 얘기는 선뜻 하고 싶지가 않다. 화가 났거나 불안하기 때문은 아니다. 이곳에 올 때 나는 개인적인 관계에 대한 불안은 흔히 허영의 한 형태라는 생각에 그런 불안감은 느끼지 않겠다고 작정했다. 나는 리지에게, 뭐랄까, 일종의 시험이나, 게임이나, 도박이 담긴 편지를 보냈던 것이다. 심각한 게임이다. 나는 리지와 항상 심각한 게임을 벌였다. 편지를 보낸 것을 나는 후회하는가? 후회하게 될까? 먼저 그 여자 얘기부터 좀 하자.

클레멘트 메이킨은 위대한 여배우였다고 생각된다. 거기에 비하면 리지 셰러는 전혀 배우도 아닌 셈이다. 리지가 성공을 했다면 그것은 내 덕택이다. 나는 그녀의 한계점을 극복시켰고, 어떤 면에서는 사랑했기 때문에 그녀를 위해 애를 썼다고 고백하고 싶다. '어떤 면에서'라는 이유는 (대단한 존재는 아니었던) 그녀를 겨우 한때 사랑했을 뿐 아니라, 때가 되자 헤어지기가 놀랄 만큼 쉬웠기 때문이다, 나는 (로시나나 지인 같은) 다른 여자들에게 가끔 그랬던 것처럼 리지에게 '미쳤던 적'은 없었다. 나는, 내 삶에 있어서의 독특한 면이지만, 조용하고 꿈꾸는 듯한 방법으로 그녀를 아꼈다. 하지만 나는 그녀와 헤어졌다. 그녀는 나를 훨씬 더 열렬하게 사랑했다. 리지에게는 내가 대단한 존재였다.

리지는 스페인·포르투갈 계 유태인 피가 섞인 스코틀랜드 여자였다. 내가 육체관계를 맺었던 여자들 가운데 젖가슴이 가장 기막히기는 했지만 그녀는 젊었을 때도 별로 아름답지는 않았는데, 그래도 매력은 지녔다. '입맛을 끄는' 매력과 젊음이 지속되는 동안 그녀는 연극에서 조금쯤 성공을 했다. 그녀는 열심히 일했고, 항상 강점이었던 끈질긴 스코틀랜드 사람답고 믿음직스러운 자질을 지녔다. 그녀의 용모는 묘사하기가 어렵다. 이마는 크고 넓으며, 옆얼굴은 힘차고 사람의 마음을 끈다. (옆얼굴을 보고 사랑에 빠지는 사람도 있다.) 이마의 선은 매끄럽고 고운 곡선을 지으며 자그마하고 예쁜 코로 흘러내리는데, 콧대가 별로 드세지는 않지만 세상 사람들에게 기가 죽지도 않는다. 그리고 아주 희미하게 보조개를 짓는 단단한 턱에는 곧은 선이 있다. 입술도 단단한데, 통통하지는 않아도 틀이 잘 잡혔고 감촉이 민감하다. (입술이란 얼마나 개성이 뚜렷한가.) 예술이 아니라 자연이 입술에 매혹적인 적갈색으로 물을 들였다. 그녀의 윗입술은 길고 아름답게 옴폭 들어갔다. (입과 코를 연결 짓는 부드러운 홈을 일컫는 단어를 지닌 언어가 있을까?) 저절로 드러나는 어린애 같은 수줍음만 아니었다면 이지적인 얼굴이라고 할 수도 있으리라. 나는 이 나긋나긋하고 애원하는 망설임이 그녀의 매력이라는 생각이 든다. 눈은 초롱초롱하고 연한 갈색이며, 내가 키스를 하면 그 맑은 눈에서 광채가 났다. 그녀는 눈이 나빠서 응시를 하는 버릇이 있었다. (언젠가 페레그린이 말했지만 허영심이 안경을 쓰도록 용납하지 않아서 예쁜 여자치고 무엇을 제대로 보는 사람이 거의 없다.) 그녀는 눈썹이 거의 보이지 않을 정도로 오렌지빛이었고, 내 독재하에서 일할 때는 눈썹에 절대로 쓸데없는 손질을 하지 않았다. 혈색은 건강하고, 발그레하고, 좀 빛나는 편이었다. 화장도 거의 하지 않았고 (일부러 그랬는지도 몰라도) 곁에 에나멜로 덧칠을 한 수많은 연극계 여자들이 지닌 멋진 인위적 치장이 결여되었다. 그 인위성은 물론 사람의 마음을 끈다. 적어도 내 마음을 끌었다. 화장을 하는 과정을 처음부터 끝까지 보고 싶은 생각은 별로 없지만 나는 여인의 얼굴에서 예술을 보기를 좋아한다. 지금은 물을 들였지만 리지의 머리카락은 치렁치렁하고 다채로운 보랏빛이 스며나오는 커피빛 갈색이었다. (약간 부풀부풀한 머리는 곱슬거린다기보다는 넝쿨처럼 구불구불 자란다.) 기분이 좋으면 그녀의 얼굴은 눈에 뜨일 만큼 환하고 즐거워진다. (무대에서 한창 날리던 시절에는 그녀의 얼굴만 봐도 관객은 한숨을 지었다.) 이제는 꽤 매력이 있다. 어느 연극 학교에서나 신체적인 훈련을 가르치고, 연기는 신체적인 훈련이다. 연극계의 여자들은 매끈하고 젊게 몸을 가꾸는데, 리지는 거기에서 실패했다. 그리고 그녀는 똑똑하지도 못했다. (나는 총명한 여자가 주는 독특한 기쁨에 무관심하지는 않다.) 그리고 세월이 흐름에 따라 그녀는, 별로 고상한 얘기는 아니지만, 뚱뚱해졌다. 맙소사, 그녀는 이제 나이가 50에 가까웠다.

아무튼 개집에서 꺼낸 리지의 편지에서는 어느 정도 배경이 저절로 드러난다.

당신의 아름답고 너그러운 편지는 받았지만, 난 무슨 소린지 모르겠어요. 아마 난 이해를 하고 싶지가 않은지도 모르죠. 받았다는 것만 해도 만족이니까요. 당신 글씨를 보고는 기쁘고도 두려워 머리가 아찔했어요. 왜 두려웠을까요? 내가 사랑 이외에 당신에게 무엇을 했나요? 편지를 읽고 난 울고 또 울었어요. 엽서 이상 나에게 무슨 편지를 쓴 것이 얼마나 오래전인지 아시는지나 모르겠군요. 당신이 나한테 편지를 썼으니까 얘긴데, 당신 편지나 거기에 대한 답장 걱정을 안 해도 되었을 때가 난 아주 행복했다는 생각이 들어요. 지금은 두려움과 불안에 빠져 들게 되었으니까요.

무얼 원하시는 거예요, 찰스? 아, 편지를 쓰고 있으려니까 당신 생각이 내 머릿속에 꽉 차 있어요. 하기야 처음 당신을 사랑하게 된 이후로 내 마음속에는 항상 당신이 살고 있었어요. 당신 편지에서 특히 기뻤던 한 가지 사실은 아직도 내가 사랑한다는 걸 당신이 의심하지 않는다는 점이죠.

'아직도'란 여기에선 별 의미가 없지만요. 당신에 대한 내 사랑은 어쩌면 영원한 현재일지도 몰라서, 시간의 의미와 같죠. 난 불평을 너무 심하게 하지는 않겠어요. 그런 사랑은 절망과, 침묵과, 포기와, 평범함과, 피곤함과, 조용함과 더불어 살아가니까요. 난 당신을 사랑해요, 찰스. 난 당신을 죽을 때까지 사랑할 것이고, 그걸 마음에 새겨두고 얼마든지 믿어도 좋아요.

당신 편지는 너무나 차분하고, 일부러 시치미를 떼며 농담만 잔뜩 늘어놓았더군요. ('뒷바라지를 해줄 여자'가 필요하다는 소린 다 뭔가요!) 나를 만나고 싶다는 얘길 했는데, 옛 친구들끼리야 못 만날 이유도 없겠죠. 하지만 이런 경우의 두 옛 친구는, 적어도 이쪽만은 그냥 '안녕' 소리를 할 수는 없어요. 난 당신 편지에서 숨은 뜻을 찾으려고 애씁니다. 숨은 뜻이 뭘까요? 당신 기분을 나더러 맞춰보라는 것 같더군요. 당신 '기분'이라니, 맙소사. 짧막한 정사를 벌이게 나더러 들르란 말인가요? 끔찍한 어휘를 사용해서 미안하지만, 나를 끔찍한 입장으로 몰아넣은 사람은 당신예요. 아마 당신 편지는 별다른 의미가 없는데 나 혼자 상상을 하는지도 모르죠. 아마 당신 자신도 무슨 얘길 하고 있는지 모르고 관심조차 없을지도 모르고요. 당신다운 일이죠. 용서하세요.

보세요, 찰스. 난 고맙다고 그랬고, 정말 그래요. 당신도 알지만 무척 오래전부터 난 당신이 손가락만 까딱해서 불러도 당신과 결혼을 했을 거예요. 그리고 우리가 함께 있을 때면 날마다 난 결혼을 하자고 청했죠. 당신 편지가 물론 결혼에 대한 건 아니라는 걸 알아요. 그럼 무슨 얘기인가요? 주말의 방문요? 당신은 날 사랑한다는 얘긴 않는군요. 이제는 시간이 있으니까 실험을 해보시겠다는 거예요? 찰스, 난 살고 싶고, 생존하고 싶고, 두 번째로 미쳐버리기는 원하지 않아요. 이제 곰곰이 따져보니 난 당신 곁으로 가기가 두려울 뿐예요. 당신이 나에게 납득을 시켜야만 하는데, 그러실 수 없을 거예요. 언젠가 당신이 스스로 말했듯이, A가 B를 얼마나 사랑하느냐 하는 건 비어져 나온 속치마만큼이나 빤히 보이죠. 우린 1년 이상이나 만나지 못했고, 마지막으로 시드니 애쉬를 위한 만찬에서 만났을 때 난 그토록 만나기를 고대했었지만 당신은 나한테 거의 말도 걸지 않았어요! 그리고 그 택시로 단둘이 가기를 바랐지만 당신은 갑자기 넬 피커링더러 같이 가자고 청했어요. (당신은 아마 잊어버렸겠죠.) 그 이후로는 연락도 없었고요. 당신 소식을 들으면 뛸 듯이 기뻐하리라는 걸 알면서도 전화 한 번 안 걸고 편지 한 줄 안 보냈어요. 당신은 내가 어디에 사는지조차 몰라서 대리인 주소로 편지를 보냈더군요!

이게 다 증거예요, 찰스. 그러다가 불쑥 이상하고 알쏭달쏭한 편지를 보냈어요. 그냥 생각이 나서 보낸 막연한 편지겠죠. 혹시 벌써 후회를 하고 있지나 않을지 모르겠어요.

당신이 나를 보고 싶은 기분이 들었다는 한 가지 이유 때문에 같이 지내면 어떨까 한번 시험 삼아 원하시는 대로 만일 내가 찾아간다면 나는 곧장 옛날의 미친 상태로 되돌아갈 거예요. 그렇다고 해서 그것을 정말로 극복했다는 얘긴 아니지만, 난 살았고, 견디어냈고, 마침내 내 인생에 질서가 좀 잡혔어요. 어쨌든 당신이 떠난 다음에 시간은 넉넉히 있었으니까요! 그 무렵에 내가 얼마나 미쳤었는지를 당신은 잘 몰라요. 나는 복수를 위해 내 고통을 보여줌으로써 당신을 괴롭히고 싶지는 않았어요. 우리가 함께 지낸 모든 순간에도 나는 언젠가 끝장이 오리라는 걸 알고 있었죠. 당신이 그런 소릴 꽤나 자주 했으니까요. 하지만 나는 고통을 감수했고, 더 고뇌를 할 필요가 있었다면 더 많이 고뇌를 했을 거예요. (난 그 정도로 미쳤었죠.) 당신이 누구를 그토록 사랑한 적이 있는지 궁금하군요. 아마 당신은 그런 사랑을 무대 위에서만 이해했을 거예요. (로미오와 줄리엣더러 "서로 만지지 마!"라고 소리를 지르는 당신을 보고 난 사랑하게 되었나 봐요.) 당신은 젊었을 때 깊은 사랑을 했었다지만, 그건 날 충분히 사랑하지 못하기 때문에 위로를 해주느라고 한 말이었겠죠. 어쨌든 당신은 날 별로 사랑하지 않았고 지금에 와서 — 난 기적을 믿지 않아요.

찰스, 난 지옥에 떨어졌다가 나왔는데, 다시는 그곳에 가고 싶지가 않아요. 질투는 지옥이고 난 그 상처가 아물지를 않았어요. 옛사랑을 모두 간직한 채 내가 찾아간다면—당신은 미소를 짓고 어슬렁어슬렁 가버리겠죠? 편지를 보니 분명하지만, 당신은 자유로워요. 이런 얘기 죄송하지만, 사람들이 어떤 얘기를 하는지는 당신도 아시겠고, 세상에 무슨 비밀이 있겠어요. 그래선지 난 요즈음에도 자주 당신과 아는 사이인 줄 내가 몰랐던 아가씨들을 만나는데, 물론 거짓말인지도 모르지만 그들은 당신과 연애를 했다더군요. 당신은 여자들을 건드리지 않고는 못 배기고, 난 이젠 젊지도 예쁘지도 않고, 당신은 얻기 힘든 대상만 쫓아다니고, 누구하고도 정착하기를 싫어하고, 마지막에는 모두 버리죠! 언젠가 당신은 결혼이 인형을 사는 것이나 마찬가지라고 말했는데, 그걸 보면 당신이 결혼을 어떻게 생각하는지 알 만해요. 그리고 난 당신이 정말로 은퇴했다고는 생각지 않고, 당신은 너무 들뜬 사람이라 은퇴는 어림도 없다고 길버트가 말했어요. 당신은 나에게 연기를 시켰고, 모든 사람에게 연기를 시켰고, 꼭 춤을 추는 사람과 같아서 다른 사람들이 춤을 추게 도와주지만 늘 당신하고만 춤을 추어야 하죠. 당신은 사람들을 인간으로서 존경하지 않고, 그들을 보지 않고, 사실은 선생이 아니라 일종의 욕심 많은 마술사예요. 이 모두가 끝나리라고 어떻게 나더러 상상을 하란 말인가요? 당신은 내가 인내하는 친구, 뜨개질감을 든 보호자, 차분하고 현명하고 나이 많은 여자, 다른 아내들에 대한 불평을 털어놓을 수 있는 물러난 손위 마누라가 되기를 원하나요? 소용없어요, 찰스. 난 차분하지도 현명하지도 않아요. 난 바라는 게 많고요. 당신은 아직 아이를 낳을 수 있어요. 당신이 정말 아들을 갖고 싶다고 말한 게 한두 번이 아니죠. 당신은 아직도 아들을 둘 수 있지만, 내가 낳아줄 수는 없어요. 오 찰스, 찰스, 내가 그토록 사랑했는데 당신은 왜 오래전에 나하고 결혼을 하지 않았나요. 난 무척이나 당신을 사랑했는데——다만 나는 목을 질질 끌려갈 수는 없답니다. 당신에 대한 내 사랑은 조용히 가라앉았어요. 난 그것이 들끓는 용광로로 변하기를 원하지 않아요.

그리고 할 얘기가 또 있어요. 난 길버트 오피안과 살아요. 편지에 그런 얘기가 없는 걸 보니 틀림없이 당신은 모르고 있었겠죠. 내가 누구하고 아주 자리를 잡게 되는 경우에는 알려줘야 한다고 나더러 약속을 하라고 그러셨죠. (리타 기본스에게서 당신이 그녀에게도 똑같은 약속을 시켰다는 얘길 듣고 난 너무 속이 상했죠. 내가 한 약속에 대해서는 그녀에게 얘길 하지 않았어요. 그녀는 강제로 한 약속이기 때문에 그것이 구속력은 없다고 그러더군요.) 내가 길버트 얘기를 하지 않은 까닭은 우리가 '그런 식'으로 같이 사는 게 아니기 때문인데, 물론 길버트가 이성을 사랑하게 되지는 않았으니 우린 연인들은 아니죠. 우린 그냥 서로 사랑하고, 아끼고, 같은 집에서 사는데, 찰스, 난 평생 처음으로 행복해졌어요. 이건 내가 한 일들 가운데 가장 창조적이고, 연기보다도 훨씬 창조적인 거였어요. 우리가 시드니의 오찬에서 만났을 때 난 그런 상태로 살았고, 당신이 조금이라도 관심을 보였거나 물어보았더라면 그 자리에서 얘기를 해주었겠죠. 그리고, 찰스, 난 연극계를 떠났는데, 속이 훨씬 후련해졌어요. 솔직히 얘기해서 연극은 나에겐 항상 고통이었죠. 난 당신을 위해서만 빛났고, 당신이 떠나자 빛을 잃었어요. (하기야 난 별로 재주도 없었지만요!) 오랜 세월에 걸쳐 내가 살아온 비참하고 어리석고 불안하고 지저분한 삶을 돌이켜보면 어떻게 그걸 내가 견디어내었는지 상상이 안 가요. 난 충분히 행복할 수가 있었지만 항상 삶을 엉망으로 만들어놓았죠. 남자들은 나에게 언제나 짐승처럼 굴었어요. 길버트는 너무나 달라요. 이 말을 비웃지 마세요. 난 평생 거지 같은 남자들에게 당하기만 했어요. 이제 난 점잖고, 질서 있고, 명랑한 생활을 얻었어요. 난 쓸모 있는 일도 한답니다! 병원 사무실에서 시간제로 근무해요. 그림도 배우고 (아직 하나도 출판은 못 했지만) 동화도 쓰고요. 당신 생각에는 처량한 소리

같겠지만, 나에게는 이것이 행복과 자유랍니다. 그리고 길버트 역시 행복해요. 그는 성공을 하거나 유명해지려고 조바심을 내지는 않아요. 우린 부자가 아니지만, 돈을 벌고 서로 보살펴줄 수가 있어요. 다정함과, 절대적인 신의와, 의사소통과, 진실, 나이가 들면 이런 것들이 점점 중요해져요. 길버트는 '방황'을 포기했고, 항상 원하던 사랑을 나에게서 찾았다고 그러더군요. 웬일인지 갑자기 모두가 간단하고 순수해졌어요. (이제 우리는 '섹스'에 대해서도 모두 세뇌가 된 듯싶어요!) 부탁이니 이해를 해주시고, 찰스, 화는 내지 마세요. (항상 당신이 짜증스럽게 생각하던 문제니까 더 얘기를 않겠지만) 길버트가 당신을 얼마나 사랑하는지 아실 거예요. 정말 그는 당신을 숭배하죠. 하지만 지금은 당신을 무척 두려워하고 있어요. 당신이 트로이카를 몰고 와서 나를 집시들에게로 데려갈 거라고 말예요. (내가 셰익스피어, 그것도 내가 맡은 역 이외에는 아무것도 읽지 않는다고 항상 그러셨는데, 집시 얘기는 누가 어디서 한 말인가봐요.) 그는 당신을 두려워하고, 나도 그래요. 당신에게 순종하는 버릇이 우리 두 사람 마음속에 강하게 남아 있어요! 당신의 힘을 이용해서 우리를 해치지 마세요. 당신은 우리에게 가장 끔찍한 압력을 가할 수 있지만, 제발 그러지 마세요. 너그러움을 보여줘요. 당신은 우리 두 사람을 다 미치게 만들 수가 있어요. 우린 오랜 고생 끝에 고민을 해결했는데, 남들이 한심한 해결이라고 생각한다면 그건 이해와 상상력이 모자라기 때문이죠. 그리고 당신에게는 그 두 가지가 다 없어요.

찰스, 지금은, 아직은 당신을 만나고 싶지가 않아요. 난 그냥 무릎을 꿇고 말겠죠. 난 당신 편지에서 느낀 감정을 이겨내야 해요. 제발 화가 나지 않았다는 답장을 해주세요. 내가 마음이 진정되면 만나기로 하고, 당신도 여기 와서 길버트를 봐야죠. 무슨 수가 있겠죠. 당신 편지를 읽고 나서 가슴 아픈 공허감과 부족한 마음을 느껴 난 다른 사람이 되겠죠. 하지만 여기서 난 행복하고, 길버트에게는 내가 필요하고, (사실은 반쪽짜리 집이지만) 우리가 함께 가꾼 이 집이 있고, 만일 내가 그를 버린다면 우리 두 사람 다 철저히 파멸할 거예요. (어쨌든 난 당신이 무얼 원하는지 모르겠고—그것이 무엇이건 간에 지금은 원하지 않을지도 모르죠. 아, 하느님.) 길버트는 결국 당신이 우리를 자식들처럼 받아줘야 한다고 말해요. 오, 찰스, 내가 잠재운 그 강렬한 힘에, 나는 놀라요. 당신에 대한 모든 사랑은 아직 그대로예요. 사랑이란 희귀한 것. 어떻게 해서든지 사랑은 낭비하지 말아요. 당신은 내 생각을 했고, 그토록 다정했고, 그토록 너그러운 편지를 썼어요. 이제 늙어가는 나이에 우리는 한심한 소유욕과, 격정과 공포가 없이, 마침내 자유로움 속에서 서로 사랑하고 만날 수는 없을까요? 난 우리 둘이 무척 사랑하기를 바라지만, 나를 파멸시키는 그런 방법으로는 싫어요. 난 당신을 생각할 때마다 오랫동안 무척 슬프게 느꼈어요. 당신에 대한 내 사랑은 항상 슬픈 얼굴을 했죠. 오, 사랑의 나약한 힘이여! 사랑하는 이를 뜻대로 움직일 수 있다고 생각하겠지만 그건 환상예요! 나는 이 편지를 쓰며 울고 있어요. 제발 어서 답장을 쓰시고, 얼마 후에 우린 다시 만날 것이며, 끝까지 나를 사랑하겠다고 말해주세요. 무슨 일이 있어도 사랑을, 무엇인지는 몰라도 당신으로 하여금 편지를 쓰게 만든 그 사랑을 상실하지 말아요. 그리고 우린 만날 거예요.

언제나 당신의 여인

리지 드림

나는 마침내 불을 지피는 데 성공한 작고 빨간 방에 얼마 동안 앉아 있었다. 굴뚝은 뚫린 것 같다. 혹시 나무가 너무 젖어서 그랬던 것은 아닐까?

　나는 리지의 편지를 두 번 끝까지 읽었다. 그것은 하고 싶은 말을 반쯤은 반대로 얘기하는 한심하고 두서없는 여자의 편지였다. 리지는 노골적으로 털어놓으려는 충동을 제대로 가누지 못한다. 그리고 그녀는 물론 일부러 초연하게 쓴 내 편지에 대해서 너무 불만이 심하다. 더 똑똑한 여자였더라면 느긋하게 답장을 써서 내가 행간을 읽게 만들었으리라. 더 똑똑하거나 또 진지한 여자라면. 리지의 편지는 그 나름대로 알쏭달쏭한 태도를 몇 군데서 보이려고 했지만, 속이 너무 빤했다. 가엾은 리지. 약속을 깨뜨리고 나에게 얘기를 하지 않았다는 데 대해 화가 나기는 했지만 길버트 오피안 얘기를 너무 심각하게 생각하지는 않는다. 그들의 관계가 무엇이란 말인가? 리지가 곁에 있으면 어떤 남자라도 이성에 대한 성욕을 느낀다. (젖가슴만으로도 충분하다.) 그들은 잠옷을 걸치고 코코아를 마실까? 모두가 무척 소름 끼치는 일이다. 물론 길버트는 하찮은 존재이고, 시시한 인간이어서, 내가 한 손으로 그를 뭉개버리고 다른 한 손으로는 리지를 차지할 수도 있다. 나는 어떤 정신적인 삼각 연애도 상상할 수가 없다. 리지의 이 편지는 날짜를 보니 개집에서 일주일을 훨씬 더 보낸 듯싶다. 생각해보니 그것은 나쁜 일도 아니었다. 만일 당장 그 편지를 받았더라면 나는 돌아가는 집배원 편으로 신경질적이고 뻔뻔스러운 답장을 보냈으리라. 보아하니 그녀가 궁금해할 만큼 소식이 없게 된 셈이었다. 그 침묵을 연장하는 것이 가장 좋으리라.

　리지의 지극히 합리적인 질문을 되풀이하자면, 도대체 무엇을 원하는 것일까? 아, 여자들이란 왜 모든 일을 그토록 파고들어 복잡하게 만드는가? 왜 그들은 항상 정의와 설명을 요구하는가? 사실 그녀의 편지에는 꽤 날카로운 추측이 좀 있었고, 조용한 분노의 폭발도 나는 놓치지를 않았다. 약점을 찌르고 어느 정도 근거가 있는 그 판단은 틀림없이 오랫동안 속에 품고 있었던 것들이리라. 아마도 나는 허물이 없고 사이가 가까우며 우정 이외에는 아무런 속박도 없는 동반자같이 친구가 된 늙어가는 후궁처럼, 물러난 시간제 '마나님'을 정말로 원하는지도 모른다. (그렇다고 해서 가끔 갖는 육체관계가 배제되는 것은 아니다. 사실 후궁이라면 나는 꽤나 만족하리라.) 왜 리지는 이해를 할 만큼 똑똑하지 못할까? 내 편지는 때와 곳에 대해서는 아무 얘기도 없었고, 나는 그냥 그녀 생각만 하고 보고 싶었다. 하지만 그녀는 절대적인 문제들을 묻기 시작하리라. '실험'이라고? 그래, 그러면 못쓰나? 감정의 노출을 내가 얼마나 증오하는지를 알면서도 그녀는 상관없이 감정을 모두 쏟아낸다. 그녀는 몽땅 다 원한다. 하지만 어림도 없는 일이다.

나는 길버트를 질투하지는 않지만, 좀 부럽기는 하다. 그는 약삭빠른 사람이다. 그는 단순한 리지를 다정하고 사랑스러운 가정부로 삼았는데, 그렇다고 해서 '방황'을 집어치웠는지는 무척 의심이 간다. 나는 아직 리지에 대한 소유 의식이 있음을 고백한다. 그녀는 내 마음속에서 사라지지 않았다. 언젠가 그녀의 속치마가 비어져 나왔을 때 내가 말했듯이, 어쨌든 사랑이란 속치마만큼이나 빤히 보인다. (여자들은 누가 한 말을 정말 소중히도 간직한다.) 나는 그녀를 게을리했고 잔인하게 굴었는데, 그것은 사랑의 표시요 무시는 신뢰의 표시라고 일컬어지기도 한다. 사실 나는 시드니의 오찬 후에 있었던 택시 사건을 기억한다. 나는 리지가 나와 함께 가려는 것을 눈치채었다. 하지만 마지막 순간에 일부러 넬 피커링을 동행시켰다. 넬은 점심 시간 동안에 줄곧 내가 수작을 걸었던 새 뮤지컬 희극의 여주인공이었다. 넬은 스물두 살이다.

(그녀를 내 후궁으로 두어서 나쁠 것도 없겠다.) 가엾은 리지. 무엇이 갑자기 나로 하여금 그녀에게 반쯤 진지한 편지를 쓰게 했을까? 바다에서 나에게 전해진 고독과 죽음에 대한 두려움이었을까?

이왕 얘기가 나왔으니 리지 셰러에 대해 좀 더 자세한 기록을 해야겠다. 그녀가 나를 얼마나 사랑하는지를 알게 된 다음에야 나는 그녀를 사랑하기 시작했다. 가끔 그렇듯이 그녀의 사랑은 나를 감격시켰고, 내 마음을 움직였다. 나는 한 시즌을 위해 셰익스피어 작품들을 연출 중이었다. 그녀는 〈로미오와 줄리엣〉 동안에 나를 사랑하게 되었고, 〈십이야(十二夜)〉에서 사랑의 뜻을 표했고, 〈한여름 밤의 꿈〉에서 우리는 서로 사귀게 되었다. (나중이기는 했지만) 그러다가 나는 〈템페스트〉 동안에 그녀를 사랑하게 되었고, (더욱 나중 일이었지만) 나는 (앨로이시어스 불이 공작 역을 맡았던) 〈자에는 자로〉 동안에 그녀를 버렸다. 나는 리지가 나를 사랑함을 처음으로 깨달았던 때를 아주 분명히 기억한다. 그녀는 비올라(〈십이야〉에서 남장을 하고 시종이 되어 몰래 공작을 사랑함) 역을 맡았다. (이것은 리지가 잠깐 '반짝이던 시기'의 일이었다.) 그때 공연에서 보통 토비 벨치 경을 맡던 윌프레드 더닝이 갑자기 말볼리오 역을 달라고 나섰다. 나는 그 청을 들어주었다. 획기적인 일이기는 했지만 공연은 엉망이 되었다. 무슨 이유에서인지 그 무렵에는 다른 연습 장소를 구할 수가 없었기 때문에 할 수 없이 쓰기로 했던, 바람이 꽤 새어들어오는 교회 홀에서 리지와 나는 단둘이 있었다. 겨울 저녁이었고 가스등이 켜 있었다고 기억된다. (이제 2막 4장에 들어선) 리지는 "그녀는 사랑을 절대로 얘기하지 않았어요"까지 했다. 그러더니 그녀는 말을 중단하고는 숨이 막히는 듯 더는 입을 열지 못했다. 처음에 나는 대사의 연극 효과를 노리고 그러는 줄 알고는 그녀가 말을 계속하기를 기다렸다. 그녀는 나를 물끄러미 쳐다보았다. 그러자 커다랗고 반짝이는 눈물이 그녀의 눈에 고였다. 왜 그러는지를 깨달은 나는 웃고 웃고 또 웃었으며, 잠시 후에 리지도 조금 웃더니 걷잡을 수 없이 웃고 울어대었다. 나는 그 웃음도 사랑스럽게 여겼다. 지금도 그렇다.

웬일인지 나는 항상 바지를 입은 모습으로 리지를 상상한다. 그녀는 처음에 작은 시골 무언극에서 주연급 소년 역으로 약간의 명성을 얻었다. 그 무렵 그녀는 무척 날씬하고 상당히 애티가 나는 용모를 지녔으며, 머리를 아주 짧게 자르고 장화를 신고 활기 있게 돌아다니곤 했다. 끝까지 이루어지지 못했지만 그녀의 커다란 야심은 피터팬 역을 맡는 것이었다. 그녀는 셰익스피어 연극의 남장 소녀 역들로 (잠시나마) 꽤 쓸 만했다. (나중에 시드니는 로살린드 역을 맡은 그녀를 연출했다. 나는 그녀를 기막힌 비올라로 만들었지만, 그 역사적인 시즌에서 그녀가 거둔 가장 큰 성공은 퍼크[〈한여름 밤의 꿈〉에 등장하는 장난꾸러기 요정]였다. (〈로미오와 줄리엣〉에서 그녀는 벙어리 여인이었다. 누가 맡았는지는 잊어버렸지만 줄리엣은 형편없었다.) 나는 그녀의 사랑과 기막힌 순종에 감격을 했지만, 그 무렵에는 로시나에게 매인 몸이었고, 리지는 매혹적이고, 앙상하고, 좀 어린애 같다고만 생각했다. 만나기만 하면 나는 웃었고 그녀도 뒤따라 웃었다. 우리는 식당에서 만나도 웃었고, 이상하고 갑작스러운 일이지만 연습 중에도 웃었다. 그녀가 절대로, 심지어는 처음 그때에도 아무 얘기를 하지 않았어도 나는 그녀가 얼마나 나를 사랑하는지 환히 알았다. 그런 점이 그녀의 멋이라고 나는 생각했다. 〈꿈〉 동안 줄곧 그녀의 빛나는 눈길은 나에게 머물렀고, 그녀의 마음이 내 마음에 닿아 떨었다. 그녀는 이해하고 순종했으며, (나중에 털어놓았듯이) 로시나에 대해서 알기는 했지만, 고뇌라는 일종의 천국을 누렸는데, 솔직히 얘기하면 그녀의 고통이 나에게는 흡족함을 느끼게 했다. 아마도 이 흡족함은 그녀에 대해서 내가 나중에 느끼게 될 사랑을 예언하는 광채였는지도 모른다. 그리고 그때쯤에 나는 로시나에 대해서 완전히 신물이 난 터였다. 〈꿈〉의 그 공연에서 (가장 들쑥날쑥하는 배우) 앨 불은 오베론 역을 촌스럽게 해내었고, 나는 그 역을 차라리 내가 직접 맡을 것을 하고 후회했다. 그랬다면 리지는 기뻐 어쩔 줄을 몰랐으리라(오베론은 요정의 왕임). 그 시즌의 마지막에 나는 미국으로 갔고, 할리우드에서의 끔찍한 사태와 프리치 아이텔과의 첫 패배가 뒤따랐다. 내가 할리우드로 간 이유는 부분적으로 로시나에게서 도피하기 위해서이기도 했는데, 어쨌든 도피는 했다. 로시나는 리지 때문에 내가 자기를 버렸다고 생각하지만, 그렇지 않다.

다시 내가 영국으로 돌아온 다음에는 갑자기 평화로운 기간이어서, 기쁨과 순결이 회복된 분위기가 감돌았다. 여름이었다. 나는 그 무렵 바보 같은 젊은 남자를 구한 클레멘트와 사이가 좋았다. 캘리포니아의 공포를 겪고 난 다음인지라 나는 자유롭고 행복하다고 느꼈다. 나는 미국에서 더러운 꼴을 본 다음이라 셰익스피어로 되돌아가고 싶었다. 아이세이아 맘센이라는 뜨네기 미국인 연출가가 나에게 프로스페로 역을 주었다. 그것은 내가 마지막으로 맡았던 주역이었다. 리지가 에어리얼이었다. 내가 여태껏 본 가운데 그녀는 가장 정신적이었고, 가장 묘하게 '정확한' 에어리얼이었다. 나에 대한 사랑 때문에 그녀는 그러했고, 그 모든 마력으로 내가 그녀를 사랑하게 만들었다. 그때는 묘한 기분이 들었고, 그녀를 내 아들처럼 사랑한다는 그 기분은 지금도 그대로 남아 있다. 그녀는 가끔 스스로 내 시동(侍童)이라고 말했다. 그녀는 노래하듯 목소리가 가늘고 예뻤으며, 아직도 그녀가 여리고 진실한 목소리로 부르던 〈다섯 길 바닷속〉(〈템페스트〉 1막 2장에 나오는 에어리얼의 노래)이 귓전에 생생하다. 그토록 오랜 세월이 지나도 내 정신력은 장난스럽기만 하다. 그녀는 언젠가 〈피가로〉의 아마추어 공연에서 체루비노 역을 맡았는데, 내 생각에는 이 자그마한 성공은 그녀가 가장 소중히 여기는 것들 가운데 하나일 듯싶다. 맙소사, 길버트 오피안이 그녀를 혹시 소년으로 여기고 있을지도 모른다는 생각이 방금 내 머리에 떠올랐다.

리지에 대한 내 사랑은 어쩐지 순진한 사랑 같다. (리타와 로시나와 지인과 도리스와 나머지 여자들과는 얼마나 문제가 복잡했던가.) 순진함이란 리지의 천성이었다. 그녀의 사랑은 너무나 조심스럽고 너무나 이지적이었다. 그녀는 아무리 가벼운 도덕상의 구속이라도 나에게 행사하려고 애를 쓴 적이 전혀 없었다. 하지만 속박은 그래도 존재한다고 독자는 말하리라. 글쎄, 그렇기는 하지만, 리지의 헌신적인 태도에서 연유하는 어떤 은총이 그것을 없애버려서 우리는 황금의 세계에서 살았다. 물론 그녀는 절대로 내 탓을 하지 않았다. 마치 그녀는 내가 그녀에 대해 어떤 의무감도 느끼기를 분명히 원하지 않았으며, 내 행복을 위해 그녀를 이용하기만 바란 것 같았다. 글로 써놓으니 잔인하게 여겨진다. 하지만 실제로 그렇게 살아보니 그것이 그녀에게는 가장 심오하고 겸허한 전략이었고, 내 쪽에서는 부드러운 고마움으로 이루어진 사랑으로 보답했다. 우리는 서로 다정했다.

그렇기는 해도 물론 그것은 동시에 참혹한 상황이기도 했다. (나는 이 글을 쓰면서 왜 이토록 즐거워하는가?) 나는 결혼할 생각이 없다고 애초부터 그녀에게 일러두었다. 그래도 나에게 한없이 착했던 것은 맹목적이고 어리석은 희망 때문이었을까? 매정한 얘기지만, 그녀는 희망을 품지 않았으리라. 나는 우리 관계가 일시적이고, 그녀에 대한 내 사랑도 일시적이고, 틀림없이 나에 대한 그녀의 사랑도 일시적이리라고 말했다. 내가 숙명적인 죽음과, 인간 상황의 그늘지고 덧없는 본질과, 인간 마음의 뒤죽박죽인 비현실성에 대한 얘기를 하는 동안 그녀의 커다랗고 엷은 갈색 눈은 나에게 영원한 것들에 대해서 얘기했다. 당신이 고통을 당하지 않으면서 나와 헤어질 수 있도록 난 완벽해지고 싶어요, 라고 그녀가 말했지만, 이런 완벽한 사랑의 표현은 나를 불안하게만 만들었다. 비록 내가…… 아무것도 기대할 수 없다는 걸…… 알기는 하지만, 그래도 난 영원히 기다리겠어요. 그녀가 말했다. 비록 그녀의 고통 때문에 나도 조금 괴롭기는 했지만, 얼마나 기막힌 사랑의 이중창이었던가. 분명히 그녀는 가능한 한 고통을 감추었지만, 끝에 가서는 그것이 불가능해졌다. 그녀는 눈물을 억제하지 않으며 내 앞에서 눈을 커다랗게 뜨고 울었다. 그녀의 눈물이 내 소매와 손에 폭우처럼 쏟아졌다. 그리고 결국 내가 가라고 말했을 때, 그녀는 서슴지 않고 조용하게 순종하며 그림자처럼 갔다. 그 후에 나는 두 번째로 일본을 방문했다. 사케〔일본 술〕의 맛은 지금까지도 리지의 눈물을 나에게 연상시킨다.

　내가 떠난 다음에 그녀는 연극계에서 한번도 성공하지를 못했다. (로시나 이외에는 모든 여자들이 내가 떠난 다음 몰락 과정에 들어섰다. 다른 연인들에게는 소름이 끼칠 노릇이었지만, 두 사람 다 다른 애인이 생겼을 때에도 물론 나는 클레멘트와 정말로 헤어지지는 않았다.) 리지가 에어리얼 역으로 대성공을 거두고 2년이 지나 사람들은 리지 셰러는 어떻게 되었느냐고들 물었다. 나는 그녀에게 고마움을 느꼈고, 이 감정만이 내 마음속에서 그녀가 사라지지 않게 했다. 그 착한 여인은 절대로 내가 죄의식을 느끼지 않게 해주었다! 내 추억 속에서는 용기와 진실의 빛이 그녀를 비춘다. (한 번의 예외를 제외한다면) 아마도 그녀는 나에게 전혀 거짓말을 하지 않은 여자이리라. 그리고 그녀의 고통을 회상하면 내 마음은 부드러운 기쁨으로 가득 차는데, 다른 여자들의 고뇌를 생각하면 오히려 무관심, 심지어는 짜증까지 느끼게 된다.

나는 젊었을 때 한 번 아내를 원했지만, 그 여자가 달아나버렸다. 그후 나는 사실 한 번도 진지하게 결혼을 생각해보지 않았다. 내 주변을 둘러보니 그럴 생각이 싹 없어졌다. 내가 잘 아는 사람들 가운데 행복한 결혼 생활을 하는 부부라고는 케임브리지에서 친구였던 빅터와 줄리아 반스테드, 그리고 연극계에서는 시드니와 로즈메리 애쉬뿐이었는데, 그들이라고 해도 누가 아는가…… 사람들은 너무나 비밀이 많다. 윌과 아들라이드 보아스도 손꼽을 수 있겠지만, 내 생각에는 그것도 한 방법인 듯싶은데, 그녀가 항상 양보를 하기에 그냥 지탱할 뿐이다. 가장 내 마음에 드는 것은 약속과 만남의 기대를 품은 이별의 드라마다. 만남과 이별의 마술보다 결혼이라는 끔찍하고 영원한 영속성을 더 좋아할 수는 없다. 나는 침대를 같이 쓰는 것을 신경조차 쓰지 않으며, 성교를 한 여자와 날이 새도록 밤을 보내고 싶은 때가 거의 없다. 아침이 되면 그 여자는 갈보처럼 보인다. 결혼이란 너무 많은 참혹함을 수락하도록 만드는 일종의 세뇌다. 얼마나 많은 사람들이 결혼한 다음에 자기도 모르는 사이에 지저분해지고, 추해지고, 매력을 잃는가. 나는 다만 그 참혹함을 벗어났다고 생각하며 기쁨을 얻기 위해서 때때로 그 참상을 머릿속에 그려본다. 나에게는 '어머니뻘'임을 항상 지나칠 정도로 의식해서인지는 몰라도 이런 면에서 클레멘트는 나를 완전히 이해했다. 그토록 오랫동안 간직해온 그 유명한 아름다움과 매력이 넘치는 표정으로 그녀는 그 말을 나에게 얼마나 마구 퍼부었던가! 우리는 절대로 결혼을 하지 않을 터이며, 서로 괴롭히지는 않으리라고 생각하면서도 행복을 찾으려고 애썼고, 그 문제를 해결하려고 정말로 함께 머리를 짜내었다. 물론 어떻게 보면 한심한 상황이었어도, 클레멘트의 생애는 끝까지 그 희망 없는 상황으로 이루어져서, 그 멋지고 미치게까지 하는 여자와의 관계는 별로 나쁘지가 않았다. 얼마나 내가 사랑하는지를 절대로 얘기하지 않고, 항상 그녀가 영문을 모르고, 좌절하고, 불리하고, '안절부절못하게' 만들었던 나는 그녀에게 너무 잔인했을까? 그랬는지도 모른다. 나는 '빠지기'가 두려웠다. 나는 떠나고, 돌아가고, 다시 떠났다. 그녀도 혼자는 아니었다. 그녀에게는 항상 유혹이 뒤따랐다. (그녀에게 내가 그렇게 말한 적은 없지만) 정말 그녀가 나에게는 어머니와 마찬가지였고, 그녀와의 관계가 너무나 가까웠기 때문에 나는 짤막한 기간 동안 마커스에 대해서 이외에는 심한 질투를 한 적이 없었다. 그녀는 마지막 몇 년 동안에 무척 초조해했고 독차지하려는 태도를 드러냈으며, 가슴 아플 정도로 내 기분을 맞추려고 애썼다. 그녀는 주체를 못 할 정도로 애교를 부렸다. 종말이 가까워서 병이 들었을 때 그녀는 몰골이 흉악해졌고, 용모에 대해서 그녀에게 거짓말을 해줘야만 했다. 그녀는 몸매를 잃었고, 펑퍼짐한 저고리와 코르덴 바지 차림으로 돌아다녔다. 그녀는 옷에 술과 양초 얼룩이 지저분한 늙은 홀아비 같은 모습이었다. 그래도 그녀는 '모양'을 내느라고 하루에 한 시간씩 보냈다. 아마 그것이 여자에게 남는 마지막 기쁨인지도 모른다. 그렇다, 나는 결혼을 생각해본 적이 없었다. 첫 번째 여자 때문에 나머지는 모두 찌꺼기만 같았다. 아니면 셰익스피어 여주인공과 비교가 되는 대상들이었다.

나는 저녁을 먹은 다음에 이 글을 쓴다. 저녁에는 스크램블드 에그에 반숙한 달걀을 얹어 먹었고, 다음에는 쪽파를 넣고 카레 가루를 살짝 뿌려 토마토 케첩과 겨자를 조금 쳐 찐 콜리 샌선을 들었다, (토마토 케첩을 비웃는 자들은 바보들이다.) 다음에는 기막힌 라이스푸딩. 라이스푸딩을 아주 맛 좋게 직접 만들기는 쉽지만, 구해 먹기는 얼마나 힘들던가? 나는 생선의 맛을 돋우기 위해 뫼르소를 반 병 마셨다. 포도주가 바닥이 나려고 한다.

리지, 그렇다. 그녀는 끝까지 견디었다. 불가해한 일이지만 확실히 A는 사랑하면서 B에게는 무관심한 까닭, 어둠 속에서 더듬는 재빠르고 끈질긴 촉각, 인간들이 어떤 특정한 상대자를 서로 골라서 좋아하게 되는 신비하고 깊고 반쯤은 맹목적인 감정—나는 다른 사람에게서는 열정을 더 느꼈어도 아늑함은 덜했다. 나는 리지와 함께 있으면 마음이 편했고, 나긋나긋하고 재치 있게 그녀가 보채면 자유로움을 느꼈다. 그렇다, 종국적인 문제는 어떤 사람과 같이 있기를 얼마나 갈망하느냐 하는 점이고, 그것은 정열이나 흠모나 '사랑'보다 훨씬 중요하고 근본적이다. 그럼 나는 늙고 두려워졌을 때 누가 나를 아껴줄지를 궁금해하는가? 이것저것 따지고 보면 그녀의 편지가 단순한 거부라고 받아들이는 쪽이 속은 편하다. 불안과 결정의 부담도 이제는 없어지고. 그 문제는 흘려버려야겠다. 보잘것없는 길버트는 내가 알 바가 아니다. 리지가 그를 가슴 아플 정도로 신뢰한다는 것이 좀 신기하다. 그들 두 사람에게 내가 가장 무서운 압력을 가할 수 있음은 사실이지만, 물론 나는 그러지 않겠다. 내 존재를 가엾은 리지에게 상기시켜준 것만으로도 나는 틀림없이 상당한 피해를 주었으리라.

"아크라이트 씨, 폴터가이스트〔시끄러운 소리를 내는 장난꾸러기 요정〕가 뭔지 알아요?"

아크라이트 씨는 코웃음을 치고 잠깐 침묵을 지키면서 걸레로 천천히 카운터를 닦는다. 그의 침묵은 머뭇거림을 뜻하지는 않는다.

"예, 선생님."

여기에서의 '선생님'은 존경이 아니라 비꼬는 의미를 지닌다.

"슈러프 엔드에 그 요정이 있다는 얘기 혹시 못 들으셨나요?"

"아뇨, 선생님."

"뭐라고? 저 사람이 뭐라고 그랬지?"

손님 한 사람이 물었다.

"장난꾸러기 요정 말야."

아크라이트 씨가 말한다.

"그건…… 뭐랄까……."

그가 설명을 잘 못하므로 내가 말을 거든다.

"그건 물건들을 깨뜨리는 일종의 귀신이죠."

"귀신이라고요……?"

엄숙한 침묵이 흐른다.

"슈러프 엔드에 귀신이 나타난다는 얘긴 듣지 못하셨겠죠."

"어느 집에라도 귀신이 나올 수는 있죠."

누가 얘기에 끼어든다.

"초니 부인이 그곳에 출몰했죠."

다른 사람이 말한다.

"그 여자는 모습이…… 모습이……."

적절한 비유가 떠오르지 않는다. 난 거기서 문제를 접어두기로 한다.

아크라이트 씨에게 내가 그런 질문을 한 까닭은 보기 흉한 화병 때문만은 아니었다. 상당히 무서운 사건이 어젯밤 벌어졌다. 나는 밑에서 무엇이 부서지는 무시무시한 소리에 잠이 깼는데, 나중에 보니 다섯 시 반이었다. 벌써 날이 밝았지만, 홀과 층계가 컴컴해서 나는 촛불을 켰다. 솔직히 얘기하면 나는 잔뜩 겁을 먹고 밑으로 내려갔고, 홀의 커다란 타원형 거울이 바닥에 떨어졌음을 알게 되었다. 유리는 산산조각으로 깨어졌다. 묘한 일은 거울 뒤의 철사와 벽에 그대로 남아 있던 못이 말짱해 보였다는 점이다. 나는 너무 놀라고 당황해서 제대로 살펴보지를 않았고, 촛불이 꺼질까 봐 걱정이 되어 그 자리에 머물지도 않았다. 놀랄 만큼 세찬 바람이 새어 들어왔다. 나는 서둘러 침대로 돌아갔다. 오늘 아침에 나는 어리석게도 벽에서 못을 뽑아 제대로 살펴보지도 않고 던져버렸다. 물론 거울의 무게에 못이 서서히 휘고 결국은 철사가 벗겨졌는지도 모른다. 나는 이상하게도 그 사건을 곰곰이 생각하고 싶지가 않다. 거울이 무척 아까운 생각이 든다. 틀은 부서지지 않아 다시 유리를 끼우면 되지만, 본디 유리는 신비하게 은빛이고 아름다웠다. 다시 잠이 들기에는 시간이 한참 걸렸고, 나는 새벽빛 속에 촛불은 그냥 켜놓았다. 마침내 잠이 든 나는 벽감의 문으로 초니 부인이 나와서 나더러 자기 집에서 무엇을 하고 있느냐고 묻는 꿈을 꾸었다. 그녀의 모습은―.

허브를 심을 만한 밭을 찾다가 길의 다른 쪽에서 훌륭하고 어린 쐐기풀을 몇 무더기 발견했다. 집에서 만든 신선한 핫케이크도 오늘 아침에 마을에서 좀 샀다. 어느 솜씨 좋은 이곳 여자가 가끔 그것을 상점에 내다 판다. 그녀가 빵도 굽는다는 얘기를 듣고 주문을 좀 했다. 점심에는 설탕을 친 통조림 베이컨과 쐐기풀과 반숙한 달걀을 먹었다. (쐐기풀은 시금치처럼 요리를 한다. 나는 보통 렌즈콩을 넣어 퓨레처럼 만든다.) 다음에는 버터와 나무딸기잼을 발라 핫케이크를 실컷 먹었다. 입맛을 들이려고 이곳 사과술도 마셨다. 포도주 문제는 아직도 해결이 까마득하다.

개집에서 편지를 몇 통 발견했다. 편지는 꽤 규칙적으로 온 모양이지만 아직 집배원은 보지 못했다. 리지에게서는 소식이 없고, 사촌 제임스에게서 온 편지를 기록하겠다. 특징이 있는 편지다.

　　찰스에게
　　바닷가에다 집을 샀다더구먼. 그럼 연극 활동은 때려치웠다는 얘기인가? 그렇다면 이제는 '시간'을 염두에 두고 서둘러 일하지 않아도 되니까 속이 편하겠어. 어쨌든 바닷가 집에서 배가 고생한 보답으로 휴식을 즐기고, 네 '재산'들이 만족한 안식처를 찾았고, 식도락의 신비성을 실현할 쾌적한 부엌이 생겼으리라고 나는 믿어. 런던 아파트먼트는 그냥 두었는지? 착실한 런던인이라고 생각했는데, 이렇게 망명을 했다니 놀라워. 거긴 바다가 내다보이는 곳인지? 바다는 항상 영혼의 청량제이고, 깨끗한 일직선을 이룬 수평선을 보면 기분이 좋지. 나도 신선한 공기가 좀 아쉽구먼. 런던의 날씨는 참지 못할 만큼 덥고, 기온이 올라가니 소음이 더욱 심한 것 같아. 날씨와 음파는 어떤 유기적인 관계가 있는 모양이지? 수영 실컷 하겠구먼. 넌 수영이라면 항상 미치는 사람이었으니까. 어서 소식 좀 전해주고, 이곳에 들르면 같이 한잔 하지. 네가 기분 좋게 자리를 잡고 집이 마음에 들기를 바라. 그 묘한 이름이 흥미가 있어. 항상 너를 생각하며.

　　　　　　　　　　　　　　　　　　　　　　　　　　　　제임스

제임스의 편지들은 그가 손아래 사촌이라기보다는 형으로서 약간 이래라 저래라 하는 것처럼 느껴지는데, 아닌 게 아니라 때때로 내가 한 행동이 무척이나 철없게 여겨질 만큼 자식을 아끼는 부모의 엄격함이 드러나기도 한다. 그러면서도 내가 1년에 두세 통 정기적으로 받는 그의 편지들은 항상 멋없는 예절과 아주 희미하게나마 광증이 담겨 있는 듯싶다.

아마도 여기에서 나는 사촌에 대한 보다 솔직한 얘기를 좀 길게 해야 할는지도 모른다. 제임스가 신통한 배우였다거나 앞으로 배우가 되리라는 생각에서 하는 얘기가 아니다. 지난 20년 동안 우리는 점점 만나는 일이 드물어졌고, 최근에는 그가 런던에 머물고 있어도 거의 만나지를 않았다. 편지에서 얘기한 '한잔'이란 물론 '예의상' 한 빈말에 불과하다. 나는 제임스를 내 친구들에게 소개한 일이 거의 없었고, (여자들에게는 접근도 못 하게 했으며,) 친구가 있는지는 모르지만 그도 나를 자기 친구들에게 인사시키지 않았다. ('바닷가의 집' 얘기를 그가 어디서 들었을까? 한심하게 그 얘기도 신문에 난 모양이다. 여기에 와 있는데도 신문이 나를 귀찮게 굴 모양인가?) 그렇다, 사촌 제임스는 내 삶의 평범한 사건들에 있어서 중요하거나 적극적인 인물 노릇을 한 적은 없다. 그의 중요성은 내 머릿속에만 있을 따름이다.

우리는 만나는 일이 드물었지만, 일단 만나면 깊고 오랜 관계가 되살아난다. 우리는 (에이블 삼촌이 우리 아버지보다 약간 나이가 적어도) 나이가 아주 비슷하며 다른 자매가 없는 두 형제의 외아들이다. 비록 회상을 하는 일이 별로 없어도, 우리 어린 시절의 추억이 다른 어느 누구와도 나눌 수 없는 공통 소유라는 사실만은 변함이 없다. 소중하기는 해도 기분 나쁜 과거의 증인들이 있는 법이다. 나에게는 제임스가 그런 증인이다. 우리가 서로 좋아했는지조차 분명치가 않다. 제임스가 죽었다는 소식을 오늘 듣는다면 내 첫 감정은 즐거움일 듯싶지만, 그것이 얼마나 신빙성이 있는 증거일까? 우리 경우에는 Cousinage, dangereux voisinage〔사촌간은 위험한 이웃〕이라는 말이 상당히 특별한 의미를 지녔다. 나는 과거 시제를 사용했는데, 사실 돌이켜보면 이 모두가 얼마나 멀리 과거 속에 파묻혀버렸으며, 마음 깊은 부분들만이 시간이란 개념을 초월함을 깨닫게 된다. 세월이 흐름에 따라 나는 위협적인 존재로서의 제임스라는 영상에 저항하기가 점점 덜 어려워짐을 알았다. 어느 날 그를 우연히 만난 내 친구(윌프레드)가 말했다.

"자네 사촌은 실망을 많이 맛본 사람 같아."

날이 환해졌고, 곧 기분이 좋아졌다.

어렸을 때 나는 제임스가 현실이고 내가 비현실인지, 아니면 그 반대인지를 전혀 분간할 수가 없었다. 어쩐지 우리는 둘 다 현실일 수가 없으며, 한 사람은 현실 세계에 살고 다른 사람은 그림자들의 세계에 사는 것만 같았다. 제임스는 항상 일종의 동물적인 완벽함을 지녔다. 글쎄, 애초부터 그랬다. 이미 내가 설명했듯이, 어린아이들이 마땅히 지니는 심리적 투시력을 통해 나는 일찍부터 우리 아버지보다 에이블 삼촌이 훨씬 '수지맞는' 결혼을 했으며, 삶의 오묘한 계보에서 에이블 애로우비 집안이 아담 애로우비 집안보다 위에 선다는 사실을 깨우쳤다. 어머니는 이것을 무척 의식했으며, 신앙심이 깊은 영혼의 밑바닥에서 '개의치 않으리라'고 분명히 투쟁을 했으리라. (어머니는 에스텔 숙모 얘기를 할 때마다 '상속녀'라는 단어를 강조하는 묘한 버릇이 있었다.) 나는 나 때문이 아니라면 아버지는 정말 전혀 개의치 않았으리라고 믿는다. 거의 겸손할 지경인 묘한 목소리로 그가 언젠가 한 말이 기억난다.

"너한테 망아지를 못 줘서 미안하구나, 제임스처럼 말이다……."

그 무렵 나는 아버지를 무척 깊이 사랑했고, 그러면서도 (내가 열 살이었나, 열두 살이었나?) 너무 감정이 예민해서 사랑을 표현하지 못했는데, 내 사랑이 얼마나 깊었는지를 아마 그는 몰랐으리라. 나중에라도 알았을까?

물질적인 면에서 본다면 두 집안은 확실히 다른 운명을 지녔다. 제임스는 아까 얘기한 망아지와, 온갖 동물을 소유한 자랑스러운 자였고, 일반적으로 망아지가 있는 집안의 격식에 맞게 살았다. 그리고 그 거지같은 망아지들 때문에 나는 얼마나 괴로워했던가! 람스덴스로 내가 찾아가면 제임스는 가끔 나더러 타보라고 했고, (역시 승마를 하던) 에이블 삼촌은 나를 첫 승마에 데리고 나가고 싶어 했다. 말을 무척이나 타고 싶었어도 나는 자존심 때문에 겉으로 무심한 척하면서 거절했고, 오늘날까지 나는 한 번도 말을 타본 적이 없다. 더 열망하지는 않았더라도 훨씬 중요했던 것은 유럽 여행이었다. 에이블 애로우비 가족은 거의 방학 때마다 외국으로 여행을 갔다. 그들은 유럽을 두루 돌아다녔다. (물론 우리 집에는 차가 없었다.) 그들은 미국으로 가서 에스텔 숙모 '집안 사람'들과 지냈는데, 나는 그 '집안'에 대해서 일부러 가능한 한 알지 않으려고 애썼다. 나는 전쟁이 끝난 다음 클레멘트와 파리로 갔을 때까지는 영국을 떠나지 않았다. 내가 부러워했던 것은 망아지와 온갖 종류의 자동차뿐 아니라 분방한 생활도 있었다. 에이블 삼촌은 해결사이자 모험가요, 발명가였고, 쾌락주의자이기도 했다. 우리 착한 아버지는 전혀 그렇지가 않았다. 삼촌과 숙모는 그 멋진 여행에 같이 가자고 한 번도 나에게 청하지를 않았다. 훨씬 뒤에야 내가 깨달았고, (아직도 어느 구석엔가 박혀 있겠지만) 작살처럼 내 마음을 찌른 사실이지만, 그들은 제임스가 반대했기 때문에 나를 부르지 않았는지도 모른다!

내가 말했듯이 이 상황은 오직 나 때문에 아버지에게 걱정을 불러 일으켰다고 생각된다. 내 마음에도 걸렸지만 아버지는 그 나름대로 마음이 아팠다. 나는 아버지 대신에 그의 가난한 처지를 슬프게 생각했다. 너그럽고 천성이 다정다감해서 아버지가 느끼지 못했던 분개를 내가 대신 느꼈다. 그리고 어린 나이였지만 나는 그런 점에서 정신적으로 내가 아버지보다 열등함을 의식했다. 비록 가정이 그토록 행복하고 사랑하는 부모가 있었어도, 나는 아버지를 보면 경멸하게 되는 그런 것들을 뼈아프게 갈망하지 않을 수가 없었다. 나는 에이블 삼촌과 에스텔 숙모를 신에 가까운 찬란한 존재들이라고 여겼으며, 그들에 비하면 부모는 보잘것없고 멋없어 보였다. 그렇게 비교하면 나는 부모가 실패한 사람들이라고밖에 생각이 되지 않았다. 그러면서도 한편 우리 아버지가 덕망이 높고 초탈한 사람인 반면에, 굉장히 멋진 에이블 삼촌은 평범하고 완전히 이기적인 사람임을 알았다. 물론 삼촌이 '천박한 사람'이나 '졸부'라는 뜻에서 하는 얘기는 아니다. 그는 아름다운 아내를 사랑했고, 내가 알기로는 그녀에게 충실했다. 그는 내가 알기로는 애정과 책임감을 지닌 아버지였다. 그가 일과 돈에 있어서 정직하고 양심적이며, 사실상 모범적인 인물이었다고 나는 확신한다. 하지만 그는 평범하고 이기적인 행동주의자였고, 평범한 관능주의자였다. 그런가 하면 우리 아버지는, 어머니와 나 이외에는 아무도 몰랐지만, 상당히 다른, 특별한 인물이었다.

아무리 그렇기는 해도 나는 에이블 삼촌을 숭배하고 기분 좋은 강아지처럼 그의 주변에서 맴돌지 않을 수가 없었다. 적어도 어렸을 때는 그랬다. 나중에는 제임스 때문에 나는 약간 점잖고 초연해졌다. 에이블 삼촌이 그렇게 멋있는 사람이라고 내가 생각했기 때문에 아버지는 가끔 기분이 상했을까? 그랬을지도 모른다. 지금 이 글을 쓰고 있노라니까 나는 뼈아픈 슬픔을 느낀다. 아버지는 속된 것들을 탐내지 않았지만, 겉으로 전혀 나타내지 않았더라도 자기가 '신통치 못한 위인'이라는 사실이, 역시 나 때문에 괴로웠는지도 모른다. 아버지의 그런 회한을 어머니는 눈치채었을지도 모르고, (혹시 그녀에게는 그런 마음을 털어놓았을 수도 있으며) 그래선지 어쩌다 에이블 애로우비 집안 얘기가 나오거나 특히 그들이 방금 다녀간 다음에는 어머니가 때로는 참지 못하고 짜증을 내기도 했다. 어머니는 만족스럽게 그들을 '대접'할 수 없다고 느꼈고, 어쩌다 찾아오더라도 우리의 초라한 생활에 대해서 덤벼들 듯 사과를 해댔기 때문에, 사실 그들은 우리 집을 별로 자주 방문하지 않았다. 우리가 고독과 사생활의 결핍이 짝을 지은 집단 주택에서 살았다는 얘기도 해둬야겠다. 어머니는 시동생 집에서 잠을 자기를 두려워했고 아버지는 남의 집이라면 어디에서든 자기를 두려워했으므로, 숲에 둘러싸이고 돌로 지은 람스덴스를 나는 보통 혼자서 찾아갔다.

어머니 얘기를 하려면 에스텔 숙모 얘기도 빼놓을 수가 없다. 이미 얘기했듯이 그녀는 미국인이었지만, 그녀가 정확히 어디서 불쑥 나타났는지를 나는 알아내지 못했는데, 그 무렵 나에게는 미국이 커다랗고 막연한 개념이었다. 나는 삼촌이 어디서 어떻게 그녀를 만났는지도 알지 못한다. 그녀는 분명히 자유, 쾌활함, 시끄러움 따위의 미국에 대한 일반적인 개념을 나에게 제시해주었다. 에스텔 숙모에게는 웃음과, 재즈 음악과, (너무나 충격적이었지만) 술이 따라다녔다. 이것도 역시 그

룻된 인상을 줄지 모른다. 나는 어린아이의 꿈을 얘기하고 있다. 에스텔 숙모는 '술주정뱅이'가 아니었고, 그녀의 '방종'은 건강, 젊음, 미모 따위 지극히 단순하고 선량한 요소들에 불과했다. 그녀는 철저히 재수가 좋은 사람 본능의 너그러움을 지녔다. 그녀는 막연하게나마 어렸을 때 나에게 애정을 나타내었다. 겉으로 나타낼 줄을 모르던 어머니는 어쩌면 무의미할지도 모르는 이런 감정의 노출을 싸늘한 눈으로 지켜보았지만, 나는 마음이 끌렸다. 에스텔 숙모는 목소리가 노래를 부르듯 가늘고 아름다웠으며, 1차 세계대전 시절의 노래나 최근의 낭만적인 유행가를 자주 불렀다. (〈피카르디의 장미〉, 〈발돋움을 하고 튤립 꽃밭으로〉, 〈오, 너무 울적해서〉, 〈제인과 둘이서 비행기를 타고〉 따위의 유명한 곡들 말이다.) 언젠가 람스덴스에서 밤에 '잠자리를 봐주려고' 왔던 그녀가 "달 밝은 밤에 혼자 울타리에 나가 앉아야 무슨 소용이 있나요"라는 내용의 노래를 부르던 일이 생각난다. 나는 그 노래가 무척 익살맞다는 생각이 들어 그만 그 노래를 불러 부모를 즐겁게 해주려는 실수를 범했다. ("혼자 몸부림이나 치며 나무 밑에 앉아 있어야 무슨 재미가 있나요.") 노래하는 사람의 목소리를 들으면서 내가 항상 무서울 정도로 짙은 감정에 마음의 동요를 일으키는 까닭은 어쩌면 에스텔 숙모 때문일지도 모른다. 가수들, 특히 여자들의 뒤틀리고 벌어진 입, 축축하고 하얀 이빨, 축축하고 빨간 입속은 뭔가 이상하고 오싹한 데가 있다. 통틀어 얘기를 하자면 나에게는 숙모가 상징적이고, 현대적이고, 심지어는 미래적인 존재였으며, 나를 미래로 끌어들이는 예언적인 유혹이었다. 그녀는 내가 찾아서 정복하고 차지하기로 결심한 땅에서 살았다. 그리고 어쩌면 나는 그 결심을 실현했는지도 모르지만, 그 땅에서 내가 왕이 되었을 때 그녀는 이미 죽어버렸고, 사실 우리가 서로를 전혀 이해하지 못했고, 참된 얘기를 나눈 적도 전혀 없다는 것은 이상하게 여겨진다. 나중에 우리는 얼마나 간단히 나이 차이를 극복하고 좋은 친구가 되었을 것인가. 가끔 나는 클레멘트에게 숙모 얘기를 했는데, 그녀는 우리 가족 가운데 만나고 싶은 사람은 숙모 하나뿐이라고 말했다. (나보다 나이가 두 배나 되는 여자와 공공연히 같이 산다는 것을 알면 무척 언짢게 생각할 것 같아서 물론 내 부모는 클레멘트를 만나지 못했지만, 숙모에게라면 소개를 할 수가 있었다.) 내 나이 열여섯일 때 에스텔 숙모가 교통사고로 죽자 나는 생각했던 것보다 마음이 덜 아팠다. 그때 나에게는 다른 걱정거리들이 있었다. 하지만 막연하게나마 그녀 나름대로 그토록 친절하게 대해주었으면서도 나를 아마도 제임스의 촌스럽고, 어정쩡하고, 잘난 곳도 없는 사촌이라고밖에는 마음에 없었을지도 모른다는 생각을 하면 슬퍼진다. 나에게는 그녀가 경이적이고, 예시적인 존재였다. 이틀 전 슈러프 엔드에서 잡동사니를 정리하다가 나는 그녀의 사진을 발견했다. 어머니 사진은 하나도 찾을 수가 없었다.

술이나 소란스러움에 질색을 하기는 했어도 어머니는 에스텔 숙모를 아주 싫어했거나, 격렬하게 반발하지는 않았으며, 에스텔 숙모의 마음을 기쁘게 하던 속된 물건들을 원하지 않았기 때문에 꼭 부러워한 것도 아니다. 어머니는 그녀가 곁에 있으면 그냥 주눅만 잔뜩 들었고, 아까 얘기했듯이 그녀가 찾아오기만 하면 우울증과 짜증에 휩싸였다. 삼촌과 숙모는 내가 너무 엄격하게 자랐다고 생각할는지도 모른다. 규칙만 알고 숨겨진 사랑을 보지 못하는 바깥 사람들은 너무나 서슴지 않고 다른 사람들에게 '포로'라는 딱지를 붙인다. 약삭빠른 에이블 삼촌과 자유분방한 에스텔 숙모가 실제로 아버지와 나를 불쌍히 여겼고, 그들의 생각에 억압적인 분위기라고 생각되는 우리 생활을 어머니 탓으로 돌렸을 가능성도 있다. 만일 그런 판단을 했다고 짐작했다면 어머니는 괴로움과 분개를 느꼈을 터이고, 이 분개는 그녀로 하여금 결과적으로 우리를 더욱 엄격하게 대하게끔 만들었을지도 모른다. 에스텔 숙모가 상징했던 '미국'에 대한 내 어린애다운 환상을 눈치채고 어머니가 질투를 느꼈을 가능성도 있다. 훨씬 뒤에 나는 아버지가 활기찬 제수에게 마음이 끌렸다고 어머니가 의심했는지도 모른다는 생각이 들었다. 내 문제와 관련이 없다면 아버지는 에스텔 숙모에 대해서 어떤 깊은 감정도 없었다고 나는 확신하는데, 어머니도 틀림없이 그렇게 생각했으리라. (부모의 세계에서 내가 중심인 듯 서술을 하니 무척이나 이기적이라고 생각되리라. 하지만 나는 그들 세계에서 중심이었다.) 결국은 어머니가 너무 울적하고 화가 나게 되었기 때문에 나는 항상 신나게 생각하던 에스텔 숙모의 방문을 고대하지 않게 되었다. 그녀가 찾아오면 우리 집은 항상 어쩐 일인지 '분위기가 잡쳐버렸고', 본디대로 되돌아가려면 시간이 좀 걸렸다. 에이블 애로우비의 롤스 로이스가 마침내 길을 따라 사라져버리면 어머니는 잠잠해지고, 무뚝뚝하게 대답을 했고, 아버지와 나는 서로 시선을 피하며 조심스럽게 돌아다녔다.

나는 학교에서 행복했지만, 가까운 친구도 없었고, 극적인 사건도 없었으며, 맥도웰 씨처럼 영향력이 있는 몇 사람 이외에는 별로 좋아하는 선생도 없었다. 삼촌과 숙모는 어떻게 보면 이상할 정도로 공허한 어린 시절의 막연한 감정의 초점이요, 커다랗고 뜻 깊은 낭만적 존재로서 모습을 드러냈다. 그러면서도 그들은 아득하고, 약간 희미하고, 약간 어렴풋했는데, 물론 그것은 그들이 나에게 부분적으로만 관심을 가졌기 때문이었다. 나는 그들이 별로 나에게 신경을 쓰지 않았다고 생각한다. 사촌 제임스는 훨씬 달랐다. 제임스와 나는 처음부터 소리 없이, 민감하게, 의심을 해가며 항상 상대방을 의식했다. 우리는 서로 눈여겨보면서 무언의 본능에 의해 이 상호간의 관심을 부모들로부터 대부분 비밀로 지켰다. 우리가 서로 두려워했다고는 말할 수 없겠고, 두려움을 느낀 쪽은 나였으며, 그 두려움은 제임스가 아니라 제임스가 상징하는 그 무엇에 대한 것이었다. (그 무엇이란 실패하고 완전히 패배할 내 삶에 대한 예언적이며 비밀스러운 관념이었다고 생각된다.) 우리는 서로 불안하고 거북한 분위기 속에서 살았다. 그 모두가 물론 침묵으로 이루어졌다. 우리는 적절한 말을 찾지 못해서였는지는 몰라도 이 이상한 긴장에 대한 얘기를 전혀 하지 않았다. 그리고 우리 부모들은 그것을 전혀 짐작도 못 했으리라. 심지어는 내가 제임스를 부러워하는 것을 알았던 아버지까지도 이것만은 몰랐다.

내가 암시를 했듯이 사촌에 대한 내 거북한 감정은 부분적으로 그는 성공을 하고 나는 실패를 하리라는 두려움이었다. 망아지는 제쳐놓더라도 그것은 견디기가 너무 어려웠다. 제임스보다 훌륭해지고 그의 기를 죽이려던 본디의 깊은 의도가 내 '권력에의 의지'를 자극했다는 얘기는 하기가 어렵다. 제임스가 내 기를 죽일 생각은 따로 없었다고 생각하며, 그는 그럴 필요조차 없었는지도 모른다. 그는 모든 면에서 유리한 입장이었다. 사실 내가 이를 갈게 된 이유가 그것이었지만, 그는 나보다 훌륭한 교육을 받았다. 나는 (이제는 없어져버린 점잖고 재미없는) 시골 초등학교를 다녔고, 제임스는 윈체스터로 갔다. (아마도 그것은 어쩌면 잘된 일인지도 모른다. 어떤 면에서 그는 전혀 주체성을 찾지 못했다. 그것은 아주 보기 드문 일이라고 사람들은 말한다.) 나는 꽤 건전한 교육을 받았고, 특히 셰익스피어를 배웠다. 하지만 그 무렵에 내가 보기에 제임스는 모든 것을 다 배웠다. 그는 라틴어와 그리스어와 몇 가지 현대 언어를 알았고, 나는 프랑스어와 라틴어를 조금씩만 배웠다. 그는 그림에 대해 알았고 정기적으로 유럽과 아메리카의 화랑들을 방문했다. 그는 외국에 대해서 잘 안다는 투로 얘기했다. 그는 수학을 잘했고, 역사에서 상을 탔다. 그는 시를 써서 학교 잡지에다 발표했다. 그는 '빛났지만' 전혀 뽐내지는 않았고, 제임스와 같이 있으면 나는 점점 더 촌스러운 야만인 같은 기분을 느꼈다. 우리 사이의 간격은 점점 넓어지는 기분이었고, 그 간격은, 더 이지적인 면에서 관찰하니, 절망으로 채워지기 시작했다. 틀림없이 사촌은 성공을 하고 나는 실패할 운명이었다. 이런 것들을 아버지는 얼마나 이해했을까?

윗글을 다시 읽으니 내가 그릇된 인상을 주고 있다는 생각이 또 든다. 자서전이란 얼마나 쓰기가 어려운 형식인가! 제임스가 무의식적으로 내 마음속에서 자극했던 분개와 맹렬한 야심은 서서히, 그리고 조금씩 무르익었다. 어렸을 때, 그리고 좀 자랐을 때도 우리는 다른 소년들이나 마찬가지로 같이 놀았다. 어머니가 다른 아이들을 집에 부르기를 원하지 않았기 때문이기도 하지만 나는 친구가 거의 없었다. (나는 개의치 않았다. 나는 다른 아이들을 별로 좋아하지 않았다.) 그리고 제임스는 자기 친구들에게 나를 가까이하지 못하게 했다. 그래서 우리는 서로 감시를 하며 같이 놀았지만, 위에서 서술한 것처럼 날카로운 의식은 지니지 않았다. 하지만 평범한 장난에서도 제임스의 우월성이 드러나게 마련이었다. 그는 새와 꽃에 대해서 나보다 훨씬 많이 알았고, 나무를 무척 잘 탔다. (아주 어렸을 때 그가 날아보려고 무척 진지하게 애쓰던 일이 생각난다!) 그는 여우처럼 시골길을 잘 찾아내었다. 그는 사물과 장소에 대해서 신비한 본능을 지녔다. 공을 잃어버리면 항상 제임스가 찾아내었고, 내가 잃어버렸다고 얘기를 해주자 당장 낡은 장난감 비행기를 찾아주었다.

런던에서 내가 연극을 공부해서 부모가 낙심했을 때 제임스는 옥스퍼드에서 역사를 공부하는 기특한 아이였다. 그때 나는 그의 성공에 대한 소식을 더 듣고 싶은 생각이 없었고, 사촌 제임스가 어떻게 지내는지도 알고 싶지 않았으므로 우리 사이에는 연락이 끊어졌다. 무엇인지는 몰라도 그는 전쟁 때문에 하던 일을 끝마치지 못했다. 그는 나중에 '녹색 재킷'이라고 불린 무슨 소총대에 들어갔고, 그 무렵에는 의식하지 못했겠지만 결국은 군인으로서의 생애를 시작했다. 사실 지금은 군인이 아닌 제임스를 상상하기가 힘들다. 내가 버스를 타고 돌아다니며 광부들 앞에서 셰익스피어를 공연하는 동안 그는 상당히 흥미로운 전쟁을 치렀다. 얼마 후에 나는 그가 인도의 데라둔에 있다는 소식을 들었다. 나는 내 나름대로 문제들이 있었는데, 첫사랑과 그 후유증, 그리고 클레멘트와의 오랜 싸움의 서두를 손꼽을 수 있겠다. 나는 제임스의 모험을 나중에 대충 들었다. 그는 여러 산을 올랐다. 그는 티베트에 관심을 가졌고, 티베트 말을 배웠으며, 망아지를 타고 자꾸만 국경 너머로 행방을 감추었다. (어린 시절의 훈련이 틀림없이 도움이 되었으리라.) 그러더니 독일 포로들에 관련된 무슨 일 때문에 티베트에 가까운 어느 대사관으로 파견되었다. 그는 다채로운 시절을 보냈지만 진짜 전투는 한 번도 치르지 못했다고 생각된다. 그가 부영사라도 되었다는 소식이 들려올까 봐 나는 항상 두려웠다. 나하고는 달리 그가 용감한 사람임을 나는 의심해본 적이 없다.

전쟁이 끝난 다음에 제임스가 직업군인이 되기로 결심했음을 알고 아버지와 어머니는 무척 놀랐다. 그 결심에 에이블 삼촌이 실망했다고 그들은 말했다. 에이블 삼촌은 그가 수상이 되리라고 기대했다. (그때는 에스텔 숙모가 죽은 다음이었다.) 나는 제임스가 길을 잘못 든다는 육감이 들어 어쩐지 기분이 좋아졌다. 그때쯤 나는 연극계에서 성공을 하기 시작했고, '권력에의 의지'는 결실을 거두는 중이었고, 클레멘트는 어쩌다 들른 것처럼 내 삶에 끼어들었다. 그리고 사촌 제임스는 군인이 될 터였다. 에이블 삼촌은 그것이 일시적일 뿐이며 시를 쓸 시간을 더 얻기 위해 그러는 것이라고 말했다. 어머니는 에이블 삼촌이 허세를 부리는 거라고 그랬다. 그때 우리는 아무도 전통적으로 군대 또한 권세와 영광의 길임을 미처 깨닫지 못했다.

나는 전쟁이 끝난 다음 생존자들의 재회가 벌어지는 꽤 감격스러운 시절에 그를 좀 보았지만, 그는 다시 행방을 감추었다. 그는 걸핏하면 행방을 감추었다. 그는 인도에서 돌아와 독일로 파견되었다. 다음에는 다시 영국의 참모 대학에서 근무하다가 인도로 돌아갔다. 그가 비밀 임무를 띠고 티베트로 가서 그곳에서의 소련 활동을 조사한다는 얘기를 누가 나중에 나에게 전해주었다. 물론 제임스는 그의 일에 대해서 나에게 전혀 얘기를 하지 않았다. 점점 더 규칙적으로 성탄절과 내 생일에 카드를 보냈기 때문에 나는 그의 여행에 대해서 약간이나마 알았다. 나는 그에게 그 정도로는 신경을 쓰지 않았지만, 편지가 오면 항상 짤막한 답장은 보냈다. 그의 편지들은 보통 재미없고, 내용도 없었다. 그러더니 그는 중국이 티베트를 침공한 직후 런던에 나타났다. 나는 그가 그토록 감정을 노출시키는 모습을 전에도 후에도 보지 못했다. 그 사건은 틀림없이 그에게 직접적인 영향을 주는 비극이었다. 그는 러시아가 아니라 중국이 정말로 위험한 존재임을 깨닫지 못했던 자들의 멍청함을 맹렬히 힐난했다. 하지만 그의 마음을 아프게 한 것은 자기의 충고를 (아마 자신도) 무시했다는 사실보다는, 그가 사랑하던 그 무엇의 파괴였다. 이 감정은 곧 가라앉았고, 그는 나에게 그 문제를 다시는 들먹이지 않았다.

내가 다음에 받은 엽서는 싱가포르에서 왔고, 역시 싱가포르에서 온 그다음 편지는 아버지의 죽음에 대한 조의를 표하는 내용이었다. (어떻게 알았을까?) 그 후 얼마 동안 나는 삶의 불꽃이 꺼지고 아무것도 염두에 없어졌기 때문에 제임스도 염두에 없었다. 나는 아버지의 죽음을 오랫동안, 깊이 슬퍼했다. 그 선량하고 착하기만 한 사람의 상실은 지금도 나를 무척 가슴 아프게 한다. 그리고 장단이라도 맞추듯 다른 일도 모두 잘못 돌아갔다. 나는 클레멘트와 헤어졌고 다른 여자들과의 관계는 한심했으며, 내 활동은 회복할 수 없을 듯한 파멸을 맞았다. 얼마 후 어머니의 죽음은 개인적인 사건이라기보다는 아버지의 상실이 연장된 불운처럼 여겨졌다. 얼마 안 있다가 에이블 삼촌이 죽었다. 나는 오래전부터 그에게는 관심이 없어졌고 생각조차 하지 않았다. 나는 제임스에게 편지를 쓸 생각이었지만, 결국은 쓰지 않았다. 그제서야 어릴 때 훌륭한 어머니가 죽은 다음 제임스의 기분이 어땠을지 궁금해했던 생각도 난다. 그 무렵에 나는 내 나름대로 슬픔에 깊이 젖어 에스텔 숙모의 운명에는 별로 마음이 동요되지가 않았다. 웬일인지 나는 그 죽음이 제임스에게 어떤 영향을 주었을지 전혀 생각해보지도 않았다.

조금 아까 한 얘긴데, 나는 티베트에서 제임스가 수행한 '비밀 임무'를 나에게 들려준 사람의 이름을 밝혔어야 한다. 그의 이름은 토비 엘스미어였다. 다른 면에서는 전혀 신통치 않은 그 남자는 사촌의 소식을 가끔 나에게 전해주었다. 그들은 학교와 녹색 재킷에서 같이 지냈다. 엘스미어는 주식 브로커였다가 출판도 했으며, 재미 삼아 연극 일에도 투자를 했고, 그래서 나와 알게 되었다. 내가 곤경을 당하고 얼마 후 첫 공연 파티에서 엘스미어가 말했다.

"당신 사촌이 불교 신자가 되었다는 건 알고 있겠죠?"

나는 이 소식을 듣고 놀라는 한편 흥미도 느꼈다. 나는 제임스와 종교를 연관 지어 생각해본 적이 없었다. 우리는 둘 다 사춘기에는 잊게 되는 애매한 영국의 기독교를 믿었었다. 여기에서 말해둬야겠지만, 어머니는 아버지나 나에게 유별난 복음과 신앙을 강요하지는 않았다. 아마도 그것이 '소용없는 짓'임을 깨달아서였으리라. 어쨌든 그녀는 우리가 당연히 기독교 신자라고 생각했다. 우리는 성공회 교회를 다녔다. 자연히 제임스와 나는 종교 얘기를 하지 않았다. 우리가 어렸을 때 그 문제를 고려해보았다면 나는 제임스의 삶에서 기초적인 정신적 원칙이란 속된 것을 피하려는 것이었다고 말했으리라. '예모 바름'으로서의 종교인가? 더 심한 사람도 있다. 나는 그가 동양의 이국적인 신비를 열렬히 추구하는 사람이라고는 상상도 못 했으리라. 정말 얼마나 희한한 일인가!

내 놀라움은 곧 진정되었다. 그래서 어쨌다는 말인가? 보나마나 제임스는 윤회를 믿지 않았을 터이다. 다시 사촌을 만난 다음에 우리 삶은 웬일인지 새로운 시대에 들어선 듯싶었다. 아버지의 죽음, 직업상의 좌절을 맞았던 기간, 할리우드에서의 실패, 이런 것들은 이제 과거지사가 되었다. 클레멘트와도 화해를 했다. (우리는 함께 일본에 가 있었다.) 이때쯤 나는 상당히 성공을 하고, 에스텔 숙모의 나라에서 왕이 된 셈이었다. 나는 제임스에게 말했다.

"그래, 애길 들으니까 넌 불교 신자가 되었다면서?"

그는 미소를 지으면서 "그럼"이나 "웃기지 마"를 의미하는 듯싶은 어투로 "아, 그래!"라고 말했다. 나는 그 얘기를 집어치웠다. 나중에 그는 지금도 그러듯이 국방부에서 근무하며 더 오래 머물 계획으로 런던으로 왔다. 핌리코에 있는 그의 아파트먼트에는 불상이 잔뜩 있는데, 보아하니 힌두 물건들도 있고 온갖 동양 쓰레기투성이였다.

별이 몇 개인지는 잊어버렸지만 제임스는 지금 장성이다. 내 생각에 그는 어떤 면에서 성공을 한 사람이다. '경쟁에서 이겼다'고 내가 느끼는 까닭은 그는 인생에 실망을 했고, 나는 그렇지 않다는 이유에서이기도 하다.

"거기선 사람이 1초 안에 빠져 죽을 거야."

"3초는 가."

"1초."

"3초."

블랙 라이언의 대화와 토론 수준의 예. 손님들은 사람이 잘도 빠져 죽는 바다에 들어가 내가 수영을 하는 것이 못마땅한가 보다. 이런 종류의 대화는 내가 나타나기만 하면 튀어나오지만 나한테 하는 얘기는 아니다.

내가 끼어든다.

"난 수영을 잘해요."

"그런 소리를 하는 사람들이 빠져 죽게 마련이죠."

"당신은 벗고 치더군요."

누가 말을 거든다.

"벗고요?"

"당신은 벗고 헤엄을 쳐요."

"아…… 발가벗고 말이죠."

하니까 나는 염탐질을 당하고 있구나.

그들은 막연한 악의를 품고 나를 말없이 쳐다보았다.

"물개 봤어요?"

아크라이트 씨가 쾌활하게 묻는다.

"아뇨, 아직 못 봤어요."

나는 오늘 아침 탑 층계에 갔다 커튼 '밧줄'이 어쩐 일인지 풀려 없어졌음을 보고는 기분이 언짢았다. 그래도 수영은 했다. 근육이 훨씬 튼튼해지고, 기어 나오는 기술이 나아진 듯싶다. 그래도 항상 긁히거나 베이기 십상이다. 멀리서 보면 아주 매끄러운 것 같은 노란 바위들은 작고 날카로운 몇백만 개 깨진 삿갓조개로 빽빽하게 덮인 듯 표면이 거칠고 우툴두툴하다. 어제는 밀물 때 슈러프 엔드 '절벽'에서 물로 뛰어들었다가 별일 없이 나오기는 했지만, 약간 불안해서 수영을 잡쳤다. 나는 '숙녀들의 수영장'으로 갔다가 블랙 라이언에서 놀림감이 되지는 않겠다!

오늘은 하늘 전체에 기분 좋게 아주 엷은 안개가 깔렸고, 큼직한 파도는 거품의 흔적조차 보이지 않으며 힘껏 바위들을 어루만지기로 작정한 것 같았으며, 바다는 잘못 보면 얌전하고 하얗기만 했다. 알차고, 빛나고, 흡족한 바다, 무척 아름답다. 틀림없이 물개들이 있겠고, 오늘은 파도가 물개처럼만 보이지만, 망원경으로 바닷물을 살펴봐도 헛일이었다. 부리가 노랗고 큼직한 갈매기들이 바위에 웅크리고 앉아 유리처럼 반짝이는 눈으로 나를 노려본다. 가마우지 그림자가 바닷물을 스친다. 바위에는 나비들이 잔뜩 몰려 있다. 기온은 계속 아주 높다. 나는 빨래를 하고 옷을 잔디밭에서 널어놓는다. 날마다 수영을 해서 몹시 가뿐하고 기분이 산뜻하다. 아직 리지는 반응이 없지만 나는 걱정을 않는다. 침묵 속에서 나는 행복하다. 신들이 리지와 나에게 재미를 좀 보게 해주다면, 좋다. 그렇지 않으면, 그래도 좋다. 나는 순결하고 자유로운 기분이다. 수영을 많이 한 덕택인 모양이다.

산문 작가가 된 지금, 나는 얼마나 고상하고, 건방질 정도로, 기분 좋은 글을 쓰는가! 산문이란 정복하리라고 섣불리 꿈도 꾸지 못할 낯선 언어라고 여기는 극작가들을 나는 여럿 알고 있다. 나도 한때 그렇게 생각했다. 하지만 내가 벌써 채워놓은 페이지들을 보라! 제임스에 대한 짤막한 묘사를 다시 보니 꽤 멋이 있다. 하지만 그것은 사실인가? 전적으로 틀린 얘기는 아니지만 너무 짧고 '재주'를 부렸다. 실재 인물을 어떻게 묘사하나? 내가 묘사한 바로는 제임스가 너무 완벽하고, 너무 딱딱한 것 같다. 그의 이가 작고 네모지며, 바보처럼 벌쭉 웃는다는 얘기를 빼놓았다. 가끔 그의 입이 멍청하게 벌어진다. 그는 매부리코에 혈색은 가무잡잡하다. 에스텔 숙모도 가무잡잡한 편이었다. 인디언 피가 혹시 섞였을까?

인물 묘사에 공을 더 들여야겠다. 아마 이 책은 내가 알았던 사람들의 묘사를 통한 내 생애의 얘기로 끝날지도 모른다. 클레멘트, 로시나, 윌프레드, 시드니, 페레그린, 리타, 프리치, 지인, 앨 불…… 얼마나 엉뚱하고 이질적인 모임인가. 클레멘트 얘기를 써야겠다. 그녀가 주제다. 미모가 사라지고 머리가 이상해지던 말년에 그녀는 얼마나 미치고 약해졌던가. 그리고 아연실색할 만큼 추잡한 얘기를 자꾸만 되풀이하던 그녀는 얼마나 한심하고 따분한 상대였던가. 그녀 아파트먼트의 한심한 분위기, 술 냄새, 눈물의 냄새, 그리고 신경질. 술 취한 그녀의 굵고 낭랑한 목소리는 끝없이 트집만 잡으며 앵앵거렸다. 나는 그것을 잘 견디었던가? 그런 것 같다. 그녀의 운명을 깨닫자마자 용서와 자비를 선 뜻 베풀 수가 있었다. 이 얘기는 냉혹한 소리처럼 들린다. 나는 항상 그 녀를 사랑했고, 우리는 보람을 느꼈다. 종말에 우리 두 사람은 다 완벽 했다. 가엾은 클레멘트. 늙는다는 것은 처참하다. 나도 곧 그렇게 되리 라. 그래서 나는 리지가 필요하다고 느끼는가?

나는 이 글을 이튿날 아침에 쓰고 있다. 어젯밤 내가 거실에서 윗글 을 쓰고 있을 때 무척 어리둥절한 일이 벌어졌다. 머리를 든 나는 내실 의 유리창으로 나를 들여다보는 얼굴을 잠깐 동안 '확실히 보았다'. 공 포로 마비가 되어 나는 꼼짝 않고 앉아 있었다. 환상은 순간적이었지 만, 지금은 묘사를 못 하겠어도 그 얼굴은 선명했다. 얼굴을 기억하지 못한다는 것이 무슨 의미를 지니는가? 물론 잠시 후에 나는 몸을 일으 키고 살펴보았다. 새 등잔은 가지고 다니기가 쉬워서 촛불로 비춰볼 필 요도 없었다. 그런데 아무것도 눈에 띄지를 않았다. 나는 집을 한 바퀴 돌아보기도 했다. 무척 묘한 기분이 들었음을 고백한다. 나는 일부러 천천히 층계를 올라가서 수면제를 들었다. 밤중에 구슬 커튼이 딸그락 거리는 소리가 나는 것 같았지만 그것은 당연한 일이었다. 오늘은 바람 이 좀 일었고 바다는 파랗다가 다시 하얘졌다.

나는 내 환각에 대해서 두 가지 가능성을 고려해보았다. 하나는 유리 의 검은 부분에 내 얼굴이 비쳤다는 것이다. 하지만 (무의식적으로 내가 일어나지 않았다면) 나는 비친 모습을 볼 수 없을 만큼 훨씬 낮은 자리 에 앉아 있었다. 또한, 얼굴은 창문의 꽤 위쪽에 나타났으며 (더 생각해 보니) 무척 키가 크거나 어디 올라선 사람의 얼굴 같았다. (그렇지만 접 는 탁자를 이곳으로 들여놓았으므로 올라설 것이 하나도 없었다.) 그가능성을 나는 오늘 밤 확인하겠다. 바다 쪽으로 열리는 창문에는 커튼이 없고, 달은 거의 찼다. 내가 안쪽 유리에 비친 달을 보았을까?

"모든 것에 신들이 가득하지."

누군가의 말을 인용해서 사촌 제임스가 언젠가 말했다. 나는 평생 신과 혼령 들에게 둘러싸여 살아왔으며, 연극의 마술이 그들을 쫓아버렸거나 흡수했는지도 모르는 일이 아닌가? 연극계 사람들은 미신적이기로 유명하다. 이제는 우리만 남았다! 하지만 나는 피해망상증에 사로잡힌 적이 없었고, 지금부터 그렇게 될 생각도 없다.

포도주를 좀 더 구하러 곧 레이븐 호텔로 가야 한다. 블랙 라이언에서는 귀신이나 괴물 얘기를 그만해야겠다.

오늘은 수영을 하지 않기로 작정했다.

물건을 사러 나갔다. 상점에서는 시금치를 구해주마고 약속만 했지 지금까지 소식이 없다. 싱싱한 생선도 물론 없고. 돌로 지은 개집에서 편지를 몇 통 더 발견했다. 리지에게서는 소식도 없고. 하지만 페레그린 아르빌로우에게서는 연락이 왔다. 점심에는 쪽파와, 홍당무와, 토마토와, 밀기울과, 렌즈콩과, 흰 보리와, 채소 단백질과, 흑설탕과, 올리브 기름으로 기막힌 채식 스튜를 만들었다. (채소 단백질은 내가 런던에서 가지고 왔다.) 먹기 직전에 레몬즙을 조금 쳤다. (아주 가벼운) 그 식사 뒤에는 크림 치즈를 발라 구운 감자. 다음에는 바텐부르히 빵과 말린 자두. (말린 자두는 잘 구우면 맛이 기막히다. 레몬즙을 짜 넣거나 오렌지 꽃물을 치지만 크림은 절대로 안 된다.) 내 식사에 사과가 없다고 혹시 궁금해하는 사람이 있을지 모르지만, 귀족적인 취향이 그런 면에서는 내 입맛을 버려놓았다. 나는 콕스 오렌지 피핀(사과의 한 품종〕 씨만 먹고, 4월부터 10월까지는 사과를 삼간다.

페레그린을 소개하기 위해서 그의 편지를 옮겨 적겠다.

　찰스, 어떻게 지내나? 우린 모두 궁금해서 죽을 지경이라네. 초청을 받았다는 사람은 하나도 없고. 자넨 우리가 별로 보고 싶지가 않나? 아마 자넨 새 아파트먼트로 남몰래 돌아와 살면서 전화도 받지 않고 밤에만 외출을 나가는지도 모르지. 자네 집이 파도가 치는 외딴 곳에 있다고 누가 그랬지만, 그럴 리가 없어. 난 바닷가의 아늑한 방갈로에 있을 자네의 모습을 상상하지. 아무튼 즙을 짜는 기계가 없이 어떻게 살아가겠나? 자네가 정말 인생을 달리 살기로 했다면 난 참지 못하겠네. 그건 내가 항상 바라던 것이지만 뜻을 이루지 못했고, 앞으로도 가망이 없지. 난 항상 그랬듯이 고지식하게 살다가 죽을 거야. 나는 벨파스트라는 이름의 지옥에서 돌아온 후 일주일째 술을 마시고 있어. 문명은 잔혹하지만, 자네라고 해서 도피할 수 있다고는 생각하지 말게, 찰스. 자네가 뭘 하고 지내는지 궁금해. 그리고 자네 '그림자'인 나한테 조금이라도 숨길 생각은 하지 마. 성신 강림 축일에 자넬 만나러 내려갈까 해. (누가 나더러 그러라고 권하던데, 남이 권하면 나야 쪽도 못 쓰지.) 내가 편지를 쓴다는 걸 알면 자네한테 안부를 부탁할 사람이 많겠지만, 물론 그건 사랑이 아니라 뻔뻔스러운 호기심 때문일 거야. 자네만 한 사람도 별로 없어, 찰스. 이 몸은 어떨까? 세월이 가면 알겠지. 수영복을 가지고 갈까? 산타 모니카에서 우리가 보낸 기막힌 시절 이후로는 난 수영을 못 해봤어. 자네가 영국에 있지를 않고 여자와 스페인으로 도망쳤다는 소문도 돌더구먼. 그렇지 않다는 걸 증명하려면 답장을 쓰게. 그림자가 자네에게 경배를 드리네.

　　　　　　　　　　　　　　　　　　　　　　　　　페레그린

점심 식사를 하고 나서 (정말로 즙을 짜는 기계가 그립다) 위층 바다 쪽 창문가에 자리를 잡았다. 날씨가 흐렸고 바다는 담청회색 파도가 거칠어 불쾌하고 요란하다. 갈매기들이 밤샘을 한다. 집 안이 눅눅하게 느껴진다. 물론 단순한 시각적 착각이었겠지만, 어젯밤에 겪은 일로 아직 마음이 찌뿌드드하다. (어쨌든 달에 대해서는 확인을 하리라.) 그러면 적어도 '무섭다'보다는 '찌뿌드드하다'는 소리를 하기가 쉽겠다. 무서워할 것은 하나도 없다.

페레그린의 인물 묘사를 위해 몇 가지 적어놓아야겠다. 이것은 로시나 얘기와도 관련이 있는데, 나는 그녀를 잊고 싶다. 하기야 자서전이라는 것이 끝까지 혼자 기분만 채울 수야 없는 노릇이겠다.

(나를 모르는 사람들이나 '찰리'라고 부르는데, 내가 '찰리'라고 불리는 것을 싫어하는 만큼이나 '페리'라는 애칭을 싫어하던) 페레그린은 인생을 어떻게 살아나가야 할 것이며 어떤 역을 맡아서 살아야 할지에 대해서 강렬한 의식을 지니고 있으며, 그 목적을 위해서라면 모든 사람들, 특히 가장 가깝고 가장 아끼는 이들이라도 희생시키는 그런 인물이다. 그런데 묘한 것은, 그런 사람들이 잘못일 수도 있으며 엉뚱한 역을 해내기도 하지만, 그들의 '제물'들이 비판적이고 고통스러운 개념보다는 단순하고 명료한 감각적인 판단을 더 좋아해서인지 그들은 끝까지 성공적으로 싸움을 이끌어 나간다. 여러 면에서 착하고 친절한 사람이기는 해도 페레그린은 시끄러운 곰의 역을 맡기로 작정했다. 이 역을 맡게 된 그는 어리석고 조심성이 없이 적들을 마구 만들었다. 인생은 물론이려니와 연극계에서 필요 없이 적을 만든다는 것은 직업인으로서의 부족함을 노출시키는 셈이다. 페레그린은 끊임없이 실수를 범했다. 그에겐 참된 예술가의 치밀한 자질이 결여되었다. 나는 술에 취하지 않

고 그가 무대에 오르도록 하려고 항상 그를 닦아세워야 했다. 그는 훌륭한 배우가 될 소질을 지녔지만, 너무 잘난 체하고 무관심하며, 무모한 에이레 사람 기질이 있고, 빼먹는 날이 너무 많다.

페레그린은 얼스터 천주교도이며, 벨파스트의 퀸스대학교에서 의학 공부를 시작했다가 더블린의 게이트 극장으로 도망쳤다. 그는 에이레 사람 특유의 증오로 에이레를 미워한다. 그는 일찍이 마르크스주의를 위해 종교를 버렸고, 다음에는 마르크스주의도 버렸다. 처음에 (그가 날씬하던 그 먼 옛날에) 나는 그를 한량이라고 생각했으며 당장 그의 재능을 탐내었다. 몇 년 전에 나와 극단을 떠난 그는 지금 텔레비전에서 뚱뚱하고 매력 있는 악당을 단골로 맡는다. 내가 그의 활동을 어떻게 생각하는지를 그는 알고 있다. 그래도 우리는 계속 친구로 지내고, 내가 그의 아내를 빼앗았음에도 그 우정에는 변함이 없다. 그는 파멜라 헤케트라는 전직 여배우와 재혼을 했다가 또다시 실패를 했는데, 그녀는 '진저' 가드원과의 한심한 먼젓번 결혼에서 얻은 어린 딸이 하나 있었다. (아, 지금 그는 어디에 있을까?) 사람들은 도대체 왜 결혼을 할까?

그렇다, 어쨌든 로시나 얘기를 해야 할 것 같고, 그 얘기를 모두 글로 쓰면 나에게 도움이 좀 될지도 모른다. 몇 권에 담더라도 그 얘기는 다 쓰지 못하리라. 로시나는 굉장한 여자였다. 내가 처음 만났을 때 그녀는 이미 페리와 결혼한 몸이었다. 내가 그를 게이트에서 처음 발탁한 후 좀 있다가 그들은 미국에서 만났다. 비록 극작가요, 연출가로 이름이 알려지기 시작했지만 나는 아직 상당히 젊은 나이였다. (일기를 써두었더라면 얼마나 좋으련마는) 시간이 좀 더 지난 다음이어서, 클레멘트와 얼마 동안 다시 산 후에 내가 로시나를 쫓아다니기 시작했을 때의 얘기다. 나는 평생 여자들에게서 도망치느라고 꽤 정력을 소모했다.

리타 기본스도 등장하는 것으로 미루어보면 그보다도 나중 일인지도 모른다. 클레멘트는 리타와 리지와 지인은 참아주었지만 로시나는 혐오했다. (그녀가 나를 속였듯) 나도 그녀를 속였지만, 여러 사람들이 그녀에게 끊임없이 정보를 제공했다.

로시나란 물론 로시나 밤버를 뜻하는데, 이 책에서는 나 다음으로 가장 중요한 인물이다. 비밀로 간직하던 그녀의 진짜 이름은 (존스인가 데이비스인가 윌리엄스인가 리스인가 하는) 남자 같은 이름이었고, 출신은 웨일스이며, 할머니는 프랑스계 캐나다인이었다. 나는 로시나와 '사랑에 빠진' 적이 없었다. 나는 그 구절을 내가 절대적으로 어느 여인을 사랑했을 때를 묘사하기 위해 간직해두고 싶다. (물론 클레멘트는 아니다.) 하지만 나는 확실히 로시나에게 미쳤었다. (더구나, 아름답고 재치 있는 여자가 당신에게 열중한다면 당신은 그녀에게서 뭔가 찾아낼 수 있으리라고 느끼게 된다.) 그녀가 나를 '사랑'했는지는 잘 모르겠다. 상호간의 강렬한 소유욕이 처음부터 끝까지 우리의 관계를 지배했다. 어느 때인가는 그녀가 나하고 결혼을 하고 싶어 했지만 나는 그녀와 결혼할 생각이 추호도 없었다. 나는 그냥 그녀를 원했고, 이 욕구를 만족시키려면 그녀를 영원히 남편으로부터 떼어놓아야 한다는 문제가 야기되었다. 더 젊었을 때의 클레멘트는 내가 만난 여자들 가운데 가장 아름다웠을지도 모른다. 하지만 로시나는 가장 멋이 있었고, 기막혀 감탄할 만큼 가공적이었다. 그녀의 매력은 어딘가 허구적이고, 나약하고, 철저히 여성적이어서 나는 그녀를 으스러뜨리고, 아삭아삭 깨물어 먹고 싶었다. 그녀의 한쪽 눈초리는 이상할 만큼 집중된 강렬함이 드러났다. 그녀의 눈은 실제로 불꽃이라도 발산하듯 반짝였다. 그녀는 짜릿했다. 그리고 그녀는 뒷굽이 높은 구두를 신고도 내가 아는 어느 여자보다도 빨리 뛰었다.

그녀는 (지금도 그렇지만) 훌륭한 여배우요, 아주 총명한 여자였다. (이 자질들은 겸비하기가 힘들다.) 그녀는 켈트인과 골인의 미모를 함께 지녀서, 눈은 파랗고, 질긴 머리카락은 검고, 입은 크고 육감적으로 촉촉했다. 키스란 저마다 얼마나 다르던가. 리지의 키스는 메마르고 순결했지만 착 감겨들었다. 로시나의 키스는 암호랑이 같았다. 로시나는 동화에서 왕자를 얻지 못하지만 왕자를 차지하는 처녀보다 훨씬 흥미가 있고 더 훌륭한 대사를 맡게 되는 버릇없는 처녀처럼 강렬한 매력을 지녔다. 그녀는 뛰어난 희극배우였으며, 나는 전혀 관심도 없던 허섭스레기 왕정복고 시대 희극에서 존재가 두드러졌다. 그녀의 헤다 가블러〔입센의 연극의 주인공〕 역은 인상에 남고, 〈시골에서의 한 달〉의 나탈리아 페트로브나 역은 상당히 감동을 주었다. 불행히도 그녀는 오노 클라인 역은 한 번도 못 맡았다. 그녀와 함께 일할 때 나는 그녀의 타입과 반대되는 역을 주었는데, 나는 이런 시도에서 자주 성공을 거두었다. 그녀는 시드니가 각색한 〈위험한 관계〉에서 대통령 부인 역을 놀랄 만큼 훌륭하게 해내었다. 나는 그녀에게 절대로 맥베스 부인 역을 시키지 않았는데, 훨씬 뒤에 아이세이아 맘센이 시도를 했다가 실패를 맛보았다. 나와 헤어진 다음에 로시나는 얼마 동안 길을 잃고 한심한 영화나 텔레비전에서 일했다. 나는 기뻤다. 그녀와 헤어진 후 나는 샤프츠버리 애비뉴의 전등 간판에서 그녀의 이름을 더는 보고 싶지가 않았고, 누가 그녀를 연출하는지도 관심이 없었다. La jalousie na t avec l'amour, mais ne meurt pas toujours avec lui〔질투와 사랑은 함께 태어나지만 항상 함께 죽지는 않는다〕.

좋았다고 고백은 하지만 소유와 지옥 사이의 기간은 짧았다. 로시나는 '한바탕 싸우고 나면 사이가 좋아진다'고 믿는 그런 여자였다. 내가 경험한 바로는 한바탕 싸우면 사이가 좋아지기는커녕 오히려 평생의 적을 만들기가 십상이다 연극계에서는 싸움을 벌이면 결과가 험악할 지도 모를 일이어서 나는 싸움을 피했다. 그래서 로시나가 나더러 겁쟁이라고 말한 적이 한두 번이 아니었다. 그녀는 싸움이라면 다 좋아했으며, 싸움을 사랑하고 신봉했다. 나는 짜증이 나기 시작했다. 내 딴에는 항상 내가 떠나가는 연인에게 필요한 때가 오면 황금의 다리를 놓아주었다고 생각한다. 내가 식어가는 것을 알게 된 로시나는 그런 자비로운 잔재주에 대한 준비가 되어 있지 않았다. 그녀는 점점 더 매달리고 점점 더 발악을 했다. 그녀는 나보다도 질투가 심해서 항상 발광을 할 지경이었다. 질투의 괴로움과 소란스러움이 내 생애를 얼마나 많이 차지했던가. 이제 나는 너무나 다르지만 똑같이 끔찍했던, 에스텔 숙모가 떠난 다음 어머니의 침묵이 머리에 떠오른다.

결국 우리는 둘 다 반쯤 미쳐버리고 말았다. 사촌 제임스가 인용했던 어느 철학자의 말이 생각난다.

"손가락이 가려운 것보다 오히려 세계의 파멸을 원한다고 해도 합리성에 어긋나지는 않아."

(비록 나로서는 합리적이라는 표현을 쓰고 싶지는 않지만) 차라리 세계의 파멸을 더 원하는 그런 상태에 로시나와 나는 도달했다. 언젠가 로시나가 격분을 참지 못해 아래층으로 몸을 던졌던 일이 생각난다. 몇 차례 위층 창문에서 그녀가 밑으로 뛰어내리려고 했을 때, 어서 그래주기를 나는 은근히 바랐다. 항상 그랬는지도 모르지만, 또다시 어느 프랑스 사람의 말을 빌면 나는 elle n'a qu'une faute, elle est insup-portable〔잘못이 없는 여자는 견딜 수가 없다〕고 느끼게 되었다. 요즈음에도 나

는 때때로 한밤중에 잠이 깨어 어쨌든 여자가 마침내 내 삶에서 없어져 다행이라는 생각을 한다. 물론 나와 헤어진 다음에 그녀는 페레그린에 게 다시는 되돌아가지 않았다.

나는 페리의 태도에 대해서 굉장한 고마움을 느끼고, 정말로 그를 훌륭하다고 생각했다. 독설가들은 로시나를 떼어버려서 그가 속이 시 원했으리라고 말했다. 진실은 내가 더 잘 아는데, 그는 괴로워했다. 그 와 로시나가 영원한 전쟁 상태에서 살았음은 분명하지만, 불행하지 않 은 부부들도 싸우는 경우가 많다. 나처럼 그도 나중에는 그녀에게 두 손을 들었겠지만, 그래도 그는 그녀를 사랑했다고 믿는다. 그러니까 스 스로 애쓰지 않고도 문제가 해결되어 굉장히 안도감을 느꼈을 만한 까 닭도 있기는 하다. 나중에 그는 짐짓 남성적인 우정의 표시를 상당히 많이 했다. 그는 아직도 나에게 무척 애착을 느끼며, 나는 이것을 소중 히 여긴다. 참으로 놀라운 그의 너그러움과 친절함의 한 가지 결과로 나는 비록 못된 행동을 했음을 알면서도 사실상 죄의식은 느끼지 않았 다. 그것은 페리가 나를 한 번도 욕하지 않았기 때문이었다. 그와는 대 조적으로 나는 내 운전사 프레디 아크라이트에 대해서 항상 죄의식을 느껴왔는데, 그것은 나만 코노트 호텔에서 잔뜩 먹어대면서 몇 시간 동 안이나 배고프게 기다리도록 해서 그를 분개시켰기 때문이 아니라, 그 가 나에게 덤벼들었기 때문이었다. 죄의식이란 범한 죄보다는 비난 때 문에 자극되는 일이 무척 많다.

나는 바위로 나가 꽃을 땄다. 쥐오줌풀과 아르메리아와 하얀 바다 석죽을 모으니 멋진 한 다발이 되었다. 석죽은 향기가 무척 강하고 감 미롭다. 자꾸만 돌을 모으고, 좋은 것들을 잔디밭에 둘러놓았어도 물통은 그대로 가득하다. 잔디밭 경계는 꼴이 약간 기묘하니까 다 만들어봐야 좋은지 어쩐지 알게 되리라. 돌멩이를 잘 늘어놓기는 했지만, 흙 때문에 아래쪽은 빛깔이 변하지 않을까?

오늘 아침에는 돌투성이 바닷가에서 비를 맞으며 수영을 했다. 그 바닷가는 마을 쪽의 집에서 1.6킬로미터쯤 떨어진 곳이라 수영복을 가지고 갔지만 아무도 없기에 입지는 않았다. 비는 바다를 침묵시키는 효과가 있어서, 바닷물을 매끄럽고, 깊숙하고, 기름 같은 모습으로 바꿔놓았다. 나올 때도 고생을 하지 않았다. 조약돌을 더 주웠다. 그러고는 집으로 가서 민의 다리에 발가벗고 앉아 따스한 비를 맞으며, 폐쇄된 웅덩이로 몰려 들어가는 반들반들한 바닷물을 구경했다. 조용한 날에도 그 물은 파도처럼 들락날락한다.

하늘에 구름이 끼었기 때문에 어젯밤에는 귀신의 '얼굴'이 달이 비친 것이라는 가능성을 확인하지 못했다. 하지만 이제는 그것이 시각의 착각이었다고 확신하며, 더는 설명이 필요치 않다. 저녁에는 작고 빨간 방에서 불을 지피고 보냈다. 바람의 방향 때문인지 또 굴뚝에서 연기가 났다. 반쯤 탄 장작에서 도망치는 거미를 구해주면서 나는 아버지를 회상했다. 나는 이곳에 온 다음부터 몇 년 만에 처음으로 장작불로 지내게 되었다. 클레멘트는 그냥 노출된 불을 항상 사랑했다. 불이 타는 과정은 얼마나 이상한가. 그것은 정말로 침착하게, 철저하게 사물들을 변형시키고, 죽음처럼 아주 깨끗하다. (나는 화장을 해달라고 할까? 누가 뒤처리를 해주나? 죽음은 생각하지 말자.) 지금까지는 장작을 식료품실에 두었는데, 자리가 모자라고 마룻바닥이 이상하게 축축해서 탈이다. 아래층 내실을 연료실로 사용할까 보다. 떠내려온 통나무들은 너무나 아름답고, 바닷물에 매끄러워지고 연둣빛이 되어 때기가 미안했다. 몇 토막을 꺼내놓고 그 결에 감탄했다. 떠내려온 나무토막 '조각품'을 수집해야 할지도 모르겠다.

차를 마신 다음 거실 창가에 앉아 끊임없이 바다에 내리는 비를 지켜보았다. 그 회색 풍경에는 무섭고 음울한 단순성이 담겨 있다. 수평선의 시커먼 선과는 달리 바다와 하늘은 빛깔이 상당히 비슷해서, 은근히 광채가 나고 조용한 잿빛이며, 마치 무슨 일이 벌어지기를 기다리는 듯싶다. 번쩍이는 번갯불이나 파도 위로 솟아오르는 괴물들처럼. 다행히도 그런 환각은 더 없었고, 그토록 빨리 잊어버리게 된 것을 보니 내 눈에 보였던 것들은 정말로 내가 그토록 바보같이 먹었던 약의 후유증이 틀림없다고 혼자 생각했다. 아니면 이만큼의 설명이 필요할 만한 것을 정말로 '보았다'는 말인가? 비가 내리는 평탄한 바다를 열심히 지켜보지만 몸을 뒤트는 거대한 형체는 솟아오르지를 않는다! (물개도 없고.) 묘한 일이지만 블랙 라이언의 촌뜨기들이 '지렁이'에 대해 한 얘기를 따져보겠다는 생각이 나중에 떠올랐다. '지렁이'란 옛날에는 용을 의미했다. 용이니, 시끄러운 요정이니, 창문의 얼굴이니 하다 보니 너무 환상적이다! 그리고 비가 이렇게 내리니 무척 불안한 기분이 든다.

제임스와 페레그린에 관해서 쓴 글을 다시 읽고는 상당히 감격했다. 물론 인물 소묘에 지나지 않으므로 정말로 참되고 '생생해지려면' 더 자세히 써야 할 필요가 있다. 이 회고록에다 내 생애에 대해서 온갖 환상적인 헛소리를 다 써넣어도 모두들 믿으리라는 생각이 방금 머리에 떠올랐다. 인쇄된 글자나, 어느 유명한 '이름'이나 '연예계 인물'의 힘과 인간의 어리석은 마음은 헛되기가 그지없다. 독자들은 "에누리를 해서 듣는다"고 주장할지 모르지만, 사실은 그러지 않는다. 믿는 편이 안 믿는 것보다 쉽고, 글로 써놓은 것은 무엇이나 '어떤 점에서는 참되기' 때문에 그들은 믿기를 갈망하고, 믿는다. 어느 누구라도 지나가는 말로 얘기한 이 책의 한 부분이라도 진실이 아니라고 의심하지는 않으리라고 믿는다. 클레멘트 메이킨과의 내 생활에 대한 서술에 이르면 신빙성이 희박해지지만, 그래도 애는 써보겠다!

　'책'인가 뭔가 하는 이것을 쓰기 시작한 이후로 나는 바깥 세계로 뻗어나간 구멍이나 틈으로 여러 가지 '빛'이 들어오는 컴컴한 동굴 속을 돌아다니는 기분이었다. (내 마음을 음산하게 묘사했지만, 그 뜻하는 바가 음산한 것은 아니다.) 그 빛들 가운데에는 내가 반쯤 의식적으로 따라가던 위대한 빛이 하나 있었다. 그것은 환한 곳으로 터진 거대한 '입구'이거나, 지구의 중심으로부터 불이 쏟아져 나오는 구멍일지도 모른다. 그리고 나는 아직도 그것이 무엇인지 확실히 모르기 때문에 이제 알아내기 위해 그곳으로 접근해야 하는가? 그 영상은 너무나 갑자기 나를 찾아왔으므로 뭐가 뭔지를 모르겠다.

　나 자신에 대해서 글을 쓰기로 작정하자, 그렇다면 하틀리에 대해서도 써야 하는가 하는 문제가 물론 대두되었다. 내 인생에서 가장 중요한 부분이기 때문에 나는 하틀리에 대해서도 써야 한다고 생각했다. 하지만 그토록 신성한 얘기에는 어떤 형식이 알맞으며, 그 형식을 제대로 구사할 수 있을까? 그리고 그 시도는 나를 괴롭혔던 사건들을 참을 수 없을 정도로 되불러 일으킬지도 모르지 않는가? 아니면 그것은 단순히 신성모독일까? 또는 내가 분위기를 잘못 설정해서 경이적인 것을 괴이하게 바꿔놓으면 어쩌나? 하틀리를 언급하지 않으면서 내 생애를 얘기하면 더 좋을지 모르지만, 그것을 빼놓으면 엄청난 거짓말이나 마찬가지다. 이런 자서전에서 그 사람의 존재 자체에 영향을 주었고, 평생 날마다 생각했던 그 무엇을 빼놓을 수가 있겠는가? '날마다'는 과장이지만, 별로 심한 과장은 아니다. 나는 하틀리를 '머릿속에 그릴' 필요가 없으니, 그녀는 여기에 있기 때문이다. 그녀는 나의 끝이요 시작이며, 나의 알파요 오메가다.

나에게 큰 걱정을 불러일으키게 된 이 문제는 덮어두는 것이 좋겠다고 생각했다. 나는 그냥 써가면서 하틀리라는 엄청난 주제에 어떻게 접근할 수 있을지를 두고 보기로 작정했다. 그리고 나도 모르게 순간적으로 불쑥 "나의 친가 쪽 할아버지는 링컨셔에서 시장에 내다 팔 채소를 재배했다"고 썼듯이, 지금 나는 동굴 안을 헤매다가 사실상 위대한 빛의 근원에 가까이 왔고, 내 첫사랑에 대한 얘기를 하려고 한다. 하지만 내가 무슨 말을 하겠는가? 나는 갑자기 말문이 막혀버렸다. 내 첫사랑, 하나뿐인 내 사랑. 가장 좋았던 모든 사랑, 심지어는 클레멘트까지도 거기에 비하면 그림자일 따름이었다. 내 경우에는 이 필연성이 어찌나 컸던지, 모든 사람들이 그렇지 않다는 사실이 오히려 상상하기 어려울 지경이었다. On n'aime qu'une fois, la premi re[사랑은 꼭 한 번, 첫사랑뿐이다].

그녀의 이름은 메리 하틀리 스미스였다. 얼마나 서슴지 않고 거침없이 나는 그 이름을 쓰는가. 하지만 가슴은 너무 두근거린다. 오, 하느님. 메리 하틀리 스미스.

그렇다면 그것이 이 얘기의 표제이다. 하지만 나는 사실 그 얘기를 할 수가 없다. 몇 가지 간단히 적어놓기만 하고 얘기는 하지 말아야 할까 보다. 사실은 어린아이와, 젊음과, 젊은이의 감정, 인생의 그 무엇보다도 모호하고, 성스럽고, 강렬한 감정 이외에 '사건'이랄 것도 거의 없으니, 정말로 얘기할 수가 없을지도 모른다. 나는 하틀리를 의식하지 않았던 때가 없었던 듯싶다. 나는 사내아이들만의 학교를 다녔지만, 여학교가 바로 옆에 있어서 우리는 계집아이들을 항상 만났다. 그 무렵에는 메리라는 이름이 흔해서, 그녀는 항상 '하틀리'로 통했고, 웬일인지 그 이름이 그녀에게 썩 잘 어울렸다. 우리는 일찍부터 짝을 이루었지만, 내가 기억하기로는 처음부터 명랑하고, 어린애 같았으며, 떨리는 깊은 감정은 없었다. 우리가 열두 살쯤 되었을 때 감정은 싹이 텄다. 그 감정에 우리는 놀라고 당황했다. 개가 쥐를 물어 흔들 듯 그 감정은 우리를 흔들어놓았다. '사랑에 빠졌다'는 막연하고 김빠진 말로는 그것을 표현하지 못한다. 우리는 서로 사랑했고, 상대방의 마음속에, 상대방을 통해서, 상대방에 의해서 살았다. 우리는 서로였다. 그것이 어째서 그토록 순수하고 티 없는 고통이었던가?

물론 그것은 순수한 기쁨이었으므로, (그 표현을 바꾸지 않겠지만) '고통'이라는 어휘를 지금 써놓고 나니 기분이 묘하다. 그것이 무엇이었든지 간에, 극단적이고 순수했음을 의미하나 보다. (눈을 가린 사람은 아주 뜨거운 것과 아주 차가운 것을 분간하지 못한다는 얘기를 들었다.) 아니면 아마도 그런 나이에는 사고의 빛을 받지 못하기 때문에 감정이 고통으로 느껴지는 경향이 있는지도 모른다. 모든 것은 두려움과 공포로 바뀌고, 기쁨과 경이가 짙을수록 그만큼 두려움과 공포가 더 짙어진다. 하지만 그것이 사고나 지각이 아니었음을 거듭 말해두고 싶다. 그녀가 영원히 내 것임을 당연하게 생각했으므로, 하틀리가 계속해서 나를 사랑할는지에 대해서 의식적인 회의는 염두에 두지 않았다. 하지만 기쁨의 눈물에 눈을 감고 나면 엄청난 두려움이 있었다.

물론 본능적으로 우리는 그 모든 것을 비밀로 해두었다. 학교 친구

116

들은 우리의 장난스러운 우정에 익숙해졌다. 이제 우리는 조심을 하고, 태연하게 행동하고, 비밀 장소에서 만났다. 내가 얘기했듯이 이 모두가 본능적이어서 의논이나 결정을 할 필요가 없었다. 우리는 어쩌다가 상처를 받거나, 조롱을 당하거나, 피해를 입거나, 비위에 거슬릴까 봐 그 소중한 것을 숨겨야 했다. 물론 우리 부모는 하틀리에 대해서 막연히는 알았지만, 부모가 손님을 거의 병적으로 싫어했고 내가 청한 적도 없었기 때문에 그녀는 집으로 찾아온 일이 거의 없었다. 부모는 그 무렵 특별한 관심을 가지기에는 너무 어리다고 생각했기 때문에 내 특별한 관심을 눈치채지 못했다. 마찬가지로 나에 대해서는 막연히만 알았던 그녀의 부모도 나를 좀 싫어하는 정도 이외에는 똑같이 관심이 없었다. 그녀에게는 오빠가 있었는데, 그는 우리 두 사람을 다 경멸했다. 우리 세계는 폐쇄되고 은밀했다. 우리는 물론 열여덟 살에 결혼할 계획이었으므로 부모에게는 나중에 결혼을 할 때 정식으로 알려줄 터였다. (우리는 동갑이었다.) 애무는 많이 했지만 우리는 성교는 하지 않았다. 그 때만 해도 옛날이었다.

하틀리를 묘사하도록 노력해야겠다. 오, 내 사랑, 지금 네 모습이 내 눈에 너무나 선하다. 분명히 이것은 상상이 아니라 인식이다. 동굴 속의 광선은 불이 아니라 빛이다. 아마도 그것은 진리를 보여주는 빛, 내 인생의 유일한 참된 빛인지도 모른다. 내가 빛을 잃고 어둠 속에 영원히 버림을 받기가 두려웠음은 전혀 이상한 일이 아니다. 키스를 참고 안 한다거나 촛불을 빼앗아가는 따위, 어머니가 일찍이 내 마음속에 심어놓은 어린애의 맹목적인 두려움이 거기에 있었다. 하틀리, 나의 하틀리. 그렇다, 나는 줄넘기를 하며, 점점 더 높이 줄이 올라가고, 하틀리가 아직도 뛰어오르고, 그럴 때마다 구경꾼들은 다같이 안도의 한숨을 쉬고, 은근히 자랑스러워서 내가 몸을 움츠리는 장면이 선명하게 떠오른다. 그녀는 학교에서, 여러 학교에서 줄넘기를 제일 잘했고, 달리기도 제일이었으며, 항상 첫째였고, 나는 다른 사람들과 함께 응원을 하고 비밀스러운 기쁨을 느끼며 웃었다. 숨찬 정적 속에서 하틀리는 빛나는 허벅지를 드러내고 평행봉 위에서 몸을 움츠렸다. 체육 선생은 올림픽에 나가라는 얘기를 했다.

〔성령께서 강림하셔서 우리 영혼을 일깨우고 천국의 불로 밝혀……〕우리는 우리 사랑에 신의 축복을 받고자 함께 견진을 받았다. 순결하고, 밝고, 사랑스러운 얼굴로 빛을, 하느님을, 그녀의 소유이며 그녀가 가져야 할 기쁨을 향해 교회에서 노래를 부르던 하틀리를 나는 기억한다. 우린 (모든 것에 대해 많은 얘기를 했고) 종교에 관해서도 많은 얘기를 했으며, 우리가 사랑의 보호를 받는 성실한 사람들이라고 느꼈다. 우리는 순결을 경험했으며 선해지기가 힘들다고는 생각하지 않았다. 나는 하틀리의 찬란한 미소를 기억하지만, 그렇다고 해서 우리가 심하게 장난을 치거나 항상 농담을 하지는 않았다. 우리의 행복은 엄숙하고 성스러웠으며, 다른 학생들과는 달리 조잡한 얘기는 삼갔다. 우리는 섹스에 대해서 호기심이 거의 없었다고 생각한다. 우리는 하나였고, 그것만이 중요했다. 우리는 천국에서 살았다. 우리는 자전거를 타고 가서 미나리아재비 밭과, 철교 옆과, 운하 근처와, 집단 주택이 들어설 황무지에 누웠다. 그곳 시골은 이미 도회지의 교외가 되었지만 우리에게는 에덴 동산처럼 아름다웠고 의미가 깊었다. 그녀는 이지적이거나 책을 파고드는 여자가 아니었지만 순진한 사람다운 지혜를 지녔고, 우리는 천사처럼 대화를 나누었다. 그녀는 시간과 공간의 제한을 받지 않았다.

나에게 미소를 짓는 그녀의 모습이 지금 눈앞에 선하다. 그녀는 아름다웠지만, 그 아름다움은 비밀스러웠다. 그녀는 학교에서 '예쁜 소녀'들 축에는 끼지 못했다. 가끔은 얼굴이 무겁고, 거의 음침해 보였으며, 울 때는 《이상한 나라의 앨리스》에 나오는 아기 돼지 같았다. 그녀는 무척 창백했고, 사람들은 그녀가 아주 튼튼하고 건강했어도 가끔 병들어 보인다고 생각했다. 얼굴은 비교적 하얗고 둥글었으며, 눈은 어린 야만인처럼 임종시의 당황한 표정을 담고 노려보았다. 눈동자는 자주 팽창이 되어 눈이 거의 다 검어졌다. 머리는 아주 고운 금발이었고, 길게 땋았다. 입술은 핏기가 없고 항상 차가웠으며, 내가 눈을 감고 어린애답게 머뭇머뭇 입술을 마주 대면 차가운 기운이 창날처럼 찌르르해서, 무릎을 꿇고 삶을 되살리는 무슨 성스러운 돌을 만지는 순례자 같은 기분이 들었다. 내가 껴안으면 그녀의 몸은 수동적이었지만, 영혼은 차가운 불빛을 나에게 비추었다. 아름다운 어깨와 긴 다리 역시 하얗고 차가워 보였다. 나는 완전히 옷을 벗은 그녀를 보지 못했다. 그녀는 날씬했고, 다리가 멋지고 말끔했으며, 힘이 아주 세었다. 그녀는 한 번도 나를 끌어안지 않았지만, 가끔 큼직하게 멍이 들 때까지 내 팔을 꼭 잡았다. 내가 키스를 하려고 다가가도 그녀는 은밀한 자줏빛 눈을 감지 않았다. 그녀는 정열적이기도 하며 이상스럽고 당황한 눈으로 물끄러미 쳐다보았다. 그 조용하고, 말없고, 뻣뻣한 포옹보다 더 정열적인 것을 나는 알지 못한다. 우리는 순결했으며 절대적으로 서로 존경했고 순결하게 서로 숭배했다. 그것은 다시 오지 않을 터이며 이 세상에서는 보기 드물다고 믿어지는 순진한 사랑이었고, 정열이었다. 그런 추억들은 나에게는 어떤 예술작품보다도 훨씬 찬란하며, 셰익스피어나 피에로 델라 프란체스카[15세기 이탈리아 화가]보다도 훨씬 생생하고 고귀했다. 내 마음속에는 시간과 변화를 모르며, 한때 우리가 있었던 좋은 곳에 지금도, 영원히 하틀리와 함께하는 깊은 뿌리가 있다.

이만큼 썼으니 이제 무슨 말을 하겠는가? 그냥 계속해서 하틀리를 단순하게 묘사할 수도 있다. 하지만 너무 고통스러워진다. 나는 그녀를, 세계의 보석을 잃었다. 그리고 오늘날까지도 나에게는 어쩌다가 그렇게 되었는지가 하나의 신비로, 어린 소녀의 영혼과 인생관에 관한 신비로 남아 있다. 나는 그녀가 죽는다거나, 내가 죽는다거나, 어쩌면 우리가 너무나 행복해서 저주를 받을지 모른다는 온갖 두려움이 많았지만, 아무튼 의식적으로는 나중에 일어날 일을 두려워하거나 상상하지 않았다. 아니면 사실은 나의 두려움이 모두 그 이유 때문이었고, 다만 너무 끔찍해서 의식하지 않으려 했을 따름일까? 지나친 사랑은 꼭 공포를 동반하고, 공포는 전지전능한 신의 능력에 의지하려는 어떤 기도나 마찬가지로 심한 모든 것을 포용하는 무한한 힘처럼 널리 퍼진다. 그래서 나는 두려워했는지도 모른다. 나는 혼란스러운 마음으로, 비록 상상도 못 할 일이지만 그런 일이 벌어지지 마라고 울부짖었을 것이다.

물론 아주 간단한 얘기니까 간단하게 기록을 해보겠다. 때가 되자 하틀리는 나하고 결혼을 하기 싫다고 결론을 내렸다. 왜 그랬는지 정확한 이유를 밝히기는 불가능하다. 나는 너무나 비참해져서 명확히 따져보거나 제대로 묻지도 못했다. 나에게 고통을 주기 싫어서였는지, 아니면 그녀 나름대로 비참했기 때문인지, 또는 내가 어리석게도 눈치를 채지 못한 어떤 갈등 때문인지는 몰라도, 그녀는 갈피를 못 잡고 얼버무리기만 했다. 그녀는 잊지 못할 가혹한 얘기들을 했다. 하지만 그것들이 '이유'였던가? 그녀가 한 얘기는 모두 발작적인 울음으로 나중에 지워지는 듯싶었다. 우리는 열여덟 살이 되어, 어른이 되면 결혼을 하자고 오래전에 말했었다. 그 종잡을 수 없고, 애매하고, 부인을 하는 듯한 울음 속에서 나는 얼마나 열심히 그녀에게 내가 기다릴 터이며, 절대로 재촉을 하지 않겠다고 소리쳤던가. 그것은 어린 소녀의 두려움이었나? 우리가 오랫동안 간직해온 소중한 미래를 그대로 지키기만 한다면 그녀 뜻대로 하겠다고 나는 말했다. 우리의 결혼은 확실하게 결정된 목표였으며, 나는 다만 그때가 오기 전에 죽는 것만이 걱정이었다. 나는 이 확정된 목표를 품고 런던의 연극학교로 갔다. 우리는 아직 부모들에게 얘기를 하지 않았다. 그렇다면 그것이 실수였을까? 나는 어머니가 반대하고 말릴까 봐 두려웠다. 우리가 너무 어리다고 그럴지도 모를 일이었다. 어떤 어려움이라도 이겨내리라고 우리가 너무나 자주 다짐했어도, 나는 부모의 반발이 우리 행복을 그르치기를 바라지 않았다. 하지만 만일 부모들이 알았고 동의를 했더라면, 또는 혹시 우리의 사랑을 위해 우리가 투쟁을 했더라면, 계획이 공개되어 훨씬 현실적이고 구속력을 지니게 되었을지도 모른다. 그러면 틀림없이 우리 작은 천국의 분위기가 달라졌으리라. 나는 이 변화가 두려웠고, 비겁했기 때문에 그녀를 잃었을까? 오, 나는 얼마나 엄청난 실수를 했는가? 내가 런던으로 간 다음 무슨 일이 있었고, 그녀의 마음이 어떻게 되었을까? 그녀는 동의했고, 이해를 했었다. 물론 떨어져 있기는 했지만 나는 날마다 편지를 보냈다. 나는 주말이면 찾아왔고 그녀는 변하지 않은 것 같았다. 그러던 어느 날 그녀는 나에게 말했다……

우리는 자주 찾아가던 운하로 자전거를 타고 내려갔다. 우리의 자전거는 배를 끄는 길 옆 길게 자란 풀밭 속에서 항상 그러듯이 뒤엉켰다. 우리는 낯익은 것들을, 우리의 것으로 삼은 소중한 것들을 둘러보며 거닐었다. 가을철이었다. 나비가 많았다. 나비를 보면 나는 지금까지도 그 무서운 순간들이 연상된다. 그녀는 울기 시작했다. "난 더 못 견디겠어요, 이제는 못 견디겠어요. 자기하고 결혼할 수가 없어요." "우린 서로 행복하게 해줄 수가 없을 거예요." "자기는 내 곁에 있지 않고, 멀리 떠날 터이고, 나한테 성실하지 못할 거예요." "그래요. 사랑은 하지만 난 자기를 믿을 수가 없고, 알 수가 없어요." 우리는 둘 다 슬픔으로 발광 상태였고, 슬픔을 이기지 못해 서로 소리를 질렀다. 절망을 하고 겁에 질려 나는 횡설수설했다.

"적어도 우린 영원히 친구가 될 수 있고, 절대로 헤어지지 말고, 그건 불가능하니까, 서로 잃으면 안 되고, 난 죽어버리고 말겠어."

그녀가 흐느끼며 머리를 저었다.

"이젠 우리가 친구가 될 수 없다는 걸 알잖아요."

나는 지금 눈물로 젖은 입술이 움찔거리고 두 눈을 부릅뜬 그녀의 얼굴이 눈에 선하다. 어떻게 그녀가 그토록 강해졌는지 나는 이해를 못한다. 그녀는 진심으로 그런 얘기를 했으며, 그 말은 감히 꺼내지 못한 다른 말을 감추기 위한 것이었을까? 왜 그녀는 마음이 달라졌을까. 왜 내가 성실하지 못하리라는 생각을 했고, 왜 우리가 행복하지 못하리라는 생각을 했으며, 왜 이제는 미래를 믿지 못하게 되었느냐고 나는 그녀에게 묻고 또 물었다.

"난 이제 견딜 수가 없어요. 그냥 그래요."

누가 그녀에게 나에 대해서 거짓말을 했나? 그녀 생각 외에는 아무 짓도 하지 않았던 런던에서의 내 생활에 대해서 그녀가 질투를 했을 리는 없다. (클레멘트는 물론 그 후의 일이었다.) 다른 남자가 생겼나? 아녜요, 아녜요, 아녜요라고 말하더니 그녀는 말도 안 되는 끔찍한 얘기만 되풀이했다. 그렇다, 그녀는 무척 강했다. 그리고 그녀는 도망쳤다.

나는 런던으로 돌아가야 했다. 하루 이틀이 지나자 나는 그토록 끔찍한 가능성이 믿어지지가 않았다. 나는 그녀에게 명령적이고, 이해심을 보이는, 은밀한 편지를 썼다. 나는 모든 일을 집어치우고 다시 달려갔다. 그녀를 다시 만났고, 똑같은 일이 벌어졌고, 다음에도 마찬가지였다. 그러다가 갑자기 그녀는 자취를 감추었다. 나는 그녀의 집으로 찾아갔다. 그녀의 부모와 오빠는 나를 싸늘한 눈으로 쳐다보았다. 그녀는 친구와 같이 지내려고 떠났으며 주소를 모르겠다고 했다. 다음 주에 나는 다시 찾아갔다. 거기서 나는 하틀리가 나를 만나기 싫어하며 더는 그들을 괴롭히지 마라는 그녀 어머니의 편지를 받았다. 나는 수소문을 하고 감시를 했다. 어떻게 20세기에 사람이 그냥 사라져버릴 수가 있고, 물어보거나 편지로 문의를 할 곳조차 없다는 말인가? 나는 탐정 노릇을 하며 휴가를 보냈다. 학교에는 그녀의 행방을 아는 아이들이 하나도 없었다. 나는 시골 신문에다 광고를 냈다. 나는 그녀가 얘기했던 모든 곳과, 그녀를 잘 아는 모든 사람을 찾아다녔다. 편지도 몇십 통은 썼다. 그녀가 도망을 쳐 자취를 감춰야만 벗어날 수 있으리라는 사실을 내가 깨달은 것은 훨씬 뒤의 일이었다.

이 무렵에 그녀의 부모가 이사를 갔고, 얼마 후에 나는 하틀리가 결혼했다는, 주소도 없는 편지를 그녀의 어머니에게서 받았다. 나는 그 말을 믿지 않았다. 부모는 음흉한 영향력을 지닌 거짓말쟁이였고, 하틀리가 사랑했기 때문에 나를 미워했다. 나는 계속해서 기다리고, 찾아다녔다. 틀림없이 그녀가 달아난 무슨 특별한 이유가 있을 터이며, 시간이 흐르면 그 이유는 해결되고 옛날처럼 되리라고 생각했다. 나는 꽤나 미친 듯 마구 날뛰어서 많은 사람들이 내 사랑에 대해 알게 되었고, 나는 사랑에 미친 놈으로 유명해졌다. 그때쯤에는 혹시 누가 소식이라도 전해줄지 모른다는 생각에 고민을 선전하고 싶었다. 그리고 소식을 전한 사람이 있었다. 맥도웰 씨가 하틀리의 결혼은 사실이라는 편지를 보냈다. 나는 그의 말을 믿었다. (내가 무슨 난폭한 짓이라도 저지를까봐 걱정이 되어서였든지) 자세한 얘기는 없었고 나에게 꼬치꼬치 캐묻지도 않았다. 편지 내용은 이러했다.

"그 여자가 다른 남자를 사랑하고, 자네를 원치 않는다는 사실을 받아들여야 해. 그건 누구도 어쩌지 못할 문제이니까."

물론 나는 어떤 의미에서는 '정신을 차렸다'. 나는 일을 했다. 클레멘트 메이킨을 만났고, 아무 저항도 없이 그녀의 손아귀에 잡혔다. 처음 만났을 때인 듯싶은데, 나는 그녀에게 얘기를 다 해주었다. 부모에게는 얘기를 하지 않았는데, 그들은 전혀 몰랐던 것 같다. 그들은 사람을 만나는 일도 없었고 너무 순박해서 의심을 할 줄 몰랐다. 그녀는 나와 내 질투를 걱정해주었고, 얼마 동안 우리 사이에서는 그 얘기가 굉장한 '화제'였다. 그녀는 내 상처를 아물게 해준다고 생각해서 퍽 재미있어했고 나도 그렇게 믿도록 그냥 내버려두었지만, 그녀는 잘못 알고 있었다. 상처는 너무 깊었으며, 이제는 질투의 격노한 쓰라림까지 겹쳤다. 맥도웰 씨의 편지를 읽었을 내 삶의 썩어버린 부분은 그 후 영원히 낫지를 않았다.

"그 여자가 다른 남자를 사랑하고, 자네를 원치 않는다."

그녀를 찾아 헤매는 동안 나는 희망 때문에 판단력이 멍해졌다. 나는 마음속으로 끊임없이 그녀를 용서했는데, 이 끊임없이 새로 반복되는 용서의 행위가 나에게 위안을 가져다주었다. 나는 어쨌든 그녀가 내 괴로움이 얼마나 심한지를 알며, 내 생각의 촉각이 그녀에게 닿으리라고 느꼈다. 하지만 나는 항상 그녀를 혼자라고만 생각했다. 그녀가 결혼했다는 사실을 정말로 납득하게 된 다음에도 나는 그녀를 미워하지 않았지만, 질투의 악마는 과거를 더럽혔고 내 마음은 쉴 곳이 없었다. 질투란 아마도 강렬한 여러 감정 가운데 가장 마음이 내키지 않는 것인지도 모른다. 그것은 생각보다도 깊이 깔려 양심을 훔친다. 눈의 티처럼 그것은 항상 존재하며 세상을 더럽힌다.

하틀리는 도덕적인 이유로 나를 거부함으로써 내 인생에 영원한 형이상학적 계기를 마련해놓았다. 그것이 나로 하여금 불멸성을 내 필생의 과업으로 삼게 했을까? 그런 과장된 추측은 물론 일종의 헛소리이며, 그 얘기를 써놓고는 나도 놀랐다. 하틀리의 '사연'은 무엇이었을까? 영원히 알 수 없으리라. 클레멘트와의 관계에는 마치 내가 하틀리에게 너는 나를 믿지 않았노라고 말한 듯 순진하고 악마적인 굴복감이 작용했을 가능성도 있다. 좋다, 네가 얼마나 옳았는지를 지금, 그리고 앞으로 끊임없이 보여주리라! 아마도 내 연애 사건들은 모두가 하틀리에게 결국 그녀가 얼마나 옳았는지를 보여주려는 악착 같은 시도였는지도 모른다. 하지만 그녀가 옳은 이유는 오직 나를 버렸다는 것뿐이다. 사랑의 패배로 네 마음이 죽어간다. 그런 패배에 대한 어머니의 꾸짖음은 나로 하여금 하틀리의 나쁜 짓에 꼼짝도 못하게 만들었다. 하틀리, 그녀와 질투의 악마는 내 순결을 파괴했다. 그녀는 나를 불충실하게 만들었다. 하지만 그녀였다면 나는 충실했을 터이고, 내 인생 전체는 달라졌으며, 덜 불안하고 덜 공허했으리라. 그렇다면 내 인생이 과연 공허했다는 말인가? 웃기는 소리다! 하틀리는 정말로 그때 젊은 나를 '속된 남자'라고 생각했을까? 그렇다면 내가 생각했던 것보다 훨씬 그녀는 우리 어머니를 닮았다. 그녀는 나를 걱정하는 마음에서 나를 도덕적으로 파멸시켜 속된 인간으로 만들었다. 그녀는 내가 연극계에서

'방황'하리라고 생각했을까? 그런 소리를 그녀는 한 번도 하지 않았다. 내가 길을 잃은 것은 그녀의 거부 때문이었다. 나는 충실한 사람이 될 수 있었을까? 그녀가 나와 함께 살고, 나를 위해 바느질과 요리를 했다면 그렇게 되지 않았을 리가 없다. 우리는 하나가 되고, 결혼의 성스러움은 영원히 우리를 안전히 지켜주는 안식처가 되었으리라. 그녀는 나에게 다시는 없었던 선에 대한 순수하고 금이 가지 않는 신념이요, 증거요, 한 부분이었다.

훨씬 지난 다음에야 과거가 약간쯤 되살아난 듯싶었다. 과거는 되살아날 수가 있다. 아담과 이브를 그린, 희미하지만 빛을 내는 아득한 옛 벽화처럼 깨끗한 빛에 감싸인 두 순결한 인간을 나는 다시 보았다. 그녀는 나의 베아트리체가 되었다. 살아가는 동안 내 삶의 모든 선은 그녀와 함께 있는 듯싶었다. 선─아니면 그것은 순수와 순결한 정열의 아주 특별한 조화였던가? 실제 모습 그대로 그녀에 대해 쓸 수가 있었고 그럴 수 있다는 것이 무척 기쁘다. 과거의 어떤 것이 생생하고 완전하게 표면을 찢고 솟아오르면 불과 유황의 희미한 냄새가 난다. 물론 내 인생 전체가 하틀리에 대한 추억으로 이루어졌다. 하지만 전에는 이런 얘기들을 쓰지 못했을 테고, 그녀와 내가 어찌 되었든지 간에 웬일인지 옛사랑이 그대로 살아 있음을 인정하지도 않았으리라. 물론 나는 그녀를 다시는 만나지 못했다. 그 후 오랫동안 나는 자세한 사실을 알아내어 훨씬 더 큰 고통을 받지 않도록 조심을 하라고 질투와 악마가 스스로 경고했음을 하느님에게 감사했으며, 그래서 나는 그녀의 남편의 성이 무엇인지도 모른다. 나는 찾기를 중단했고, 어디서 그녀가 초라한 꼴로 살아가는지 알고 싶지도 않았다. 나는 제자리걸음만 하는 생각에 이름과 지명 따위를 밥으로 주고 싶지는 않다. 하지만 그녀가 따분하게 살아가리라고 생각하면 기분이 좋았다. 그러다가 유명해져서 내 이름이 신문에 자주 나타나자, 후회와 회한이라는 무서운 비밀의 고통을 그녀가 느낄 터이며, 나를 짓씹었듯이 쓰라린 아픔이 그녀를 짓씹으리라고 상상하며 즐거워했다. 그녀는 나를 버렸을 때 행복을 버린 것이다. 나는 그녀를 이 세상의 여왕으로 만들 수가 있었다.

그 가혹한 시절 이후로 나는 인생의 벅찰 만큼 강한 고통의 원천이 될 만한 것들을 두려워했고, 너무 심한 고통을 받지 않으려고 스스로 조심을 했다. 내가 결혼을 하지 않은 깊은 이유는 그것이었는지도 모른다. 우리의 삶이란 정말로 묘한 도박이다. 사람은 B 대신에 A를 하려고 결정하고, 길은 완전히 둘로 갈라져 결국은 각각 천국과 지옥으로 이끌어가기도 한다. 운명이 어떻게 얼마나 심하게 달라질는지는 나중에야 알게 된다. 그런데 선택의 이유들은 무엇인가? 그것들은 잊혔는지도 모른다. 인간은 알면서 선택을 하는가? 물론 그렇지 않다. 어떤 인간의 삶에서는 "어쩌면 그랬을지도 모르지"가 너무나 많다. 견진을 받았을 때 나는 영원히 선하리라고 결심을 했으며, 그렇게 될 수도 있었으리라는 희미한 환상을 아직도 지니고 있다. 하틀리의 영상은 내 마음속에서 불타는 고통에서 슬픔으로 변했어도, 공백만 남았던 적은 없었다. 그리고 어떻게 보면 나는 그녀를 정말로 계속해서 찾았으며, 다만 그 추구는 다른데, 나도 모르는 사이에 이루어진 일종의 꿈의 추구였다. 그것은 마치 그녀의 걸음걸이나 몸의 움직임 따위 육체적인 요소가 항상 곁에서 나를 따르듯, 내 끈질긴 추억이 그녀의 몸을 되살려놓는 것 같았다. 그래서, 특히 아픔이 사라지면, 나는 그녀의 어깨와, 머리카락과, 걸음걸이와, 당황하고 시체 같은 표정, 그러니까 그녀의 그림자가 아주 다른 여자와 겹친 모습을 자꾸만 보았다. 요즈음에도 나는 이 그림자들을 보는데, 최근에는 완전히 다른 어떤 사람의 몸에 가면을 올려놓은 듯 그녀의 머리가 순간적으로 겹쳐 보이던 늙은 여자를 마을에서 보았다. 오래전 런던에서 한두 번 나는 그녀처럼 보여서라기보다는 단지 나 자신을 괴롭히고, 아직도 잊지 못하는 나를 스스로 벌하기 위해 그런 유령들의 뒤를 쫓아가기까지 했다.

얼마 전에는 그녀가 죽었으리라는 생각이 들었다. 그 이상한 창백함, 팽창한 두 눈동자, 아마도 이것들은 질병의 전조, 조용히 죽을 시간을 기다리는 그 무엇이 아니었을까? 내가 아직 젊었던 오래전에 그녀는 정말로 죽었는지도 모른다. 그녀가 죽은 게 확실하다면 어떤 면에서 나는 마음이 기쁘다. 그렇다면 그녀에 대한 내 사랑은 어떻게 되나? 그것 또한 평화롭게 죽어가거나 욕심이 없고 순수한 어떤 것으로 변모할 것인가? 이 책에서도 불타오른 질투, 그 질투가 마침내 나에게서 떠나고, 불과 유황의 냄새도 사라질 것인가?

지금 글을 쓰면서도 나는 전율한다. 이 무서운 초혼(招魂)을 묘사하기에 추억이란 단어는 너무 미약하다. 오, 하틀리, 하틀리, 사랑은 얼마나 영원하고, 얼마나 절대적인가. 그대를 향한 내 사랑은 내가 늙었으며 어쩌면 당신이 죽었으리라는 가능성을 의식하지 못한다.

오늘 아침 열한 시에 오렌지 세 개를 먹었다. 오렌지는 배가 고플 때 혼자서 실컷 먹어야 한다. 보통 식사와 함께 먹으려면 너무 번거롭고 거추장스럽다. 아침 식사를 꼭 하는 사람들을 존경은 하지만 나는 아침을 안 먹는다는 것을 밝혀두고 싶다. 나는 맛 좋은 인도 차로 아침을 때운다. 커피와 중국 차는 아침 식사 때는 역겹고, 다른 사람이 마련한 아주 좋은 것이 아니면 커피는 비위가 상한다. 내 생각에는 커피란 마시기에 불편하고 도가 지나치지만, 그것은 개인적인 취향임을 인정하겠다. (하지만 음식에 대한 다른 내 견해들은 진리에 가깝다.) 버터를 바른 토스트 반쪽이라도 거추장스러울 만큼 배고픔을 자극하며, 아침을 너무 많이 먹으면 하루가 아주 기분 나쁘게 시작되므로, 보통 나는 아침 식사를 하지 않는다. 하지만 아침 열한 시의 다양한 간식에는 전혀 이의가 없다. 앞에서 얘기했듯이 오렌지를 먹을 때도 있다. 통조림 돼지고기나 건포도 케이크를 먹는 경우도 있다.

오렌지를 실컷 먹었어도 입맛은 떨어지지를 않아서, 점심에는 인도 짠지를 곁들여 생선 케이크와, 홍당무, 무, 네덜란드 갓냉이, 콩 싹을 갈아 만든 샐러드를 먹었다. (간 홍당무를 어디에나 넣어 먹던 시기가 있었지만, 그것도 한때였다.) 그러고는 아이스크림과 버찌 케이크. 아이스크림에 대해서는 어째야 할지 몰랐지만 결국은 과일 한 가지만이 아니고 꼭 케이크와 과일 파이도 함께 먹어야 함을 깨달았다. 견과나 다른 허섭스레기를 잔뜩 넣었다손 치더라도 아이스크림 한 가지만 먹는다면 물론 상관이 없다. 그리고 '아이스크림'이란 크림이 든 바닐라 종류를 뜻한다. '가미한' 아이스크림은 순수파에게는 '가미한' 요구르트만큼이나 속을 뒤집는다. 혀에 닿으면 딱딱하게 언 얼얼한 덩어리였다가 마찬가지로 맛없는 한입의 물로 불쾌하게 변하는 이른바 '물 얼음'〔과즙이나 설탕을 넣은 물을 얼린 셔벗류〕의 raison d'tre〔존재 이유〕도 나는 통 모르겠다. 냉장고가 없어서 음식이 상당히 낭비되어 마음이 아프다. 냉장고가 없어도 어머니는 빵 부스러기 하나 낭비하는 일이 없었다. 다 먹지 못한 것은 모두 손을 써서 보관해두었다가 다음에 먹었다. 그녀의 빵 부스러기 푸딩을 우리는 얼마나 좋아했던가!

하틀리에 대해서 쓴 글을 다시 읽고는 그것을 쓸 수 있었다는 사실

만으로도 나는 가슴이 뭉클했다. 그것은 허황된 찬사에 지나지 않으므로 더 쓸 용기가 난다면 그 얘기를 가꾸어보도록 하겠다. 기억이란 얼마나 이상한가. 글을 쓰기 시작한 이후로 내 마음 깊숙이 어둠 속에 축적되었던 그녀의 더 많은 모습들이 되살아났다. 자전거를 타던 긴 다리, 샌들을 신어 먼지투성이가 된 맨발. 체조 시험 때 평행봉 위에서 균형을 잡고 도사려 앉았다가 일어서던 유연한 동작. 내 어깨를 움켜잡던 힘센 두 손의 감촉. 우리는 점잖지 못하게 서로 주무르지는 않았다. 불타던 우리 젊음은 순수한 정열의 기사도에 순종했다. 우리는 기다릴 각오가 되어 있었다. 슬프고도 슬프구나. 한 인간의 육체와 영혼에 대한 그토록 절대적이고 성스러운 갈망은 그토록 순수하고 부드럽게, 그토록 강렬하게 다시는 타오르지 않았다. 하지만 내가 쓴 글을 읽으면서 나는 그 무서운 신비를 다시 느낀다. 그녀는 언제부터 돌아서기 시작했을까? 그녀는 나를 속였나? 아, 어쩌다 그렇게 되었을까?

집 안을 치우느라고 오후를 보냈다. 쓰레기통 두 개를 둑길 끝까지 옮겨다 놓았다. 청소부가 지난번에 아래 바위에 쓰레기를 좀 흘린 것을 보고 기분이 나빴다. 일부러 내려가 그것을 주워야만 했다. 부엌을 청소하고 마룻바닥의 커다랗고 검은 석판을 닦았다. 성당만큼이나 훌륭하다. 캘러 가스 통을 배달하러 사람이 찾아와서 나는 좀 놀랐다. (어부들의 가게에다 내가 부탁을 했었다.) 캘러 가스 냉장고를 잊지 말고 부탁해야겠다. 남은 아이스크림이 녹아버렸다. 식료품실은 아직도 눅눅하다. 작고 빨간 방에 불을 지피고 아래층 문들은 열어두었다. 말리려고 장작을 꽤 많이 아래층 내실로 옮겨다 놓았다. 이제는 집 안에 가득 찬 나무 연기 냄새에 점점 익숙해진다.

비가 멎었고 해가 났지만, 바다 위 하늘은 대부분 짙은 회색빛이었다. 햇빛에 반짝이는 황금빛 바위들이 컴컴한 배경 속에서 두드러진다. 의자와 책상을 바위들 너머 탑으로 옮길 수만 있다면 거기에 앉아 레이븐 만을 쳐다보며 글을 쓸 수 있겠다. 이렇게 환한 동안에 나가서 바위물구덩이들을 살펴봐야겠다. 나는 점점 관찰력이 좋아지는 모양이어서, 최근에는 작고 투명한 노란 포도알처럼 무척 작고 재미있는 게의 서식처와 축소판 실러캔스〔고생대부터 살았던 물고기〕를 닮고 수염이 달린 작고 무시무시해 보이는 물고기를 좀 보았다.

하틀리에 대한 생각이 웬일인지 고맙게도 집의 건전하고 탁 트인 공기에 흡수라도 된 듯, 나는 이제 그녀를 생각해도 기분이 차분하다. 새로운 환경에 대한 시련기인 듯싶다. ("외롭고 권태로워서 미칠 거"라고 사람들은 말했다!) 내 육감이 모두 옳았다.

이 얘기를 모두 누구에게, 리지에게 하고 싶다. 나는 첫사랑과 더불어 내 순결과 애틋한 마음을 많이 간직했다가 나중에 파괴하고 부인했지만, 마침내 지금에 와서 다시 되살아났는지도 모르겠다. 그토록 오랜 세월이 흐른 다음에 한 여인의 유령이 마음의 문을 열 수가 있을까?

현재의 역사

하나

결국 나는 바보 같은 짓을 하고 말았다. 나는 의자와 책상을 탑으로 가지고 나가고 싶은 집념에 사로잡혀서, 내실에서 거실로 옮겼던 작은 접는 탁자를 들고 바위를 건너기로 했다. 그 물건은 곧 이상할 정도로 무겁게 느껴지기 시작했고, 미끄럽고 가파른 바위 표면은 한 손에 탁자를 들고 올라가기에는 짜증이 날 정도로 힘들었다. 결국 탁자를 바위틈으로 떨어뜨렸다. 탑으로 가는 쉬운 길을 찾아내야겠다.

나는 계속 올라가서 젖은 바위에 앉아 레이븐 만을 굽어보았다. 태양은 아직 빛났고 바다 쪽 하늘은 아직도 잿빛이었다. 매끄럽고 거품이 일지 않는 바다는 차분하고 유혹하듯 리듬에 맞춰 바위 앞에서 솟았다가 무너졌다. 그림자들이 더 길어지자 검기도 하고 반짝이기도 하는 커다랗고 둥근 바위들이 만에서 우뚝 두드러져 보였다. 묘하게 찬란한 빛 속에서 레이븐 호텔의 길고 조용하고 아름다운 정면이 아주 선명하게 드러났다.

탁자 때문에 짜증이 났다가 막 진정이 되려는데, 만 쪽의 길모퉁이를 돌아 슈러프 엔드 방향에서 길을 따라 걸어오는 남자가 눈에 띄었다. 그는 멋진 양복에 펠트 모자 차림이었고, 그런 힘찬 경치 속에서는 초현실파 그림의 엉뚱한 인물처럼 생소해 보였다. 나는 그 묘한 사람을 살펴보았다. 그 길에서 행인은 자동차보다도 드물었다. 그가 낯익어 보였다. 곧 그가 누구인지를 알게 되었다. 길버트 오피안이었다.

처음에 나는 본능적으로 숨으려 했고, 불쾌하고 조금쯤은 충격을 받아, 환하고 둥근 하늘 밑 축축하고 찝찔한 냄새가 나는 탑의 안으로 들어가기까지 했다. 하지만 길버트가 위험한 인물이라고는 여길 수가 없었으며, 리지를 데리고 왔으리라는 생각이 떠올라 다시 서둘러 나와서 바위를 뛰어 길 쪽으로 내려갔다. 내가 포장도로에 이르렀을 때 길버트는 나를 보고 돌아섰다. 우리는 만났고, 그는 미소를 지었다.

길버트는 경쾌한 검은 양복에 줄무늬 셔츠와 화려한 넥타이 차림이었다. 나를 보자 그는 모자를 벗었다. 길버트를 못 만난 지가 3, 4년 되었고, 그동안 그는 무척 늙었다. 인간의 얼굴을 젊음에서 노인으로 바꿔놓는 신비하고 가혹한 변화는 얌전하게 머뭇거리고 시간을 끌다가 순식간에 단호한 행동을 감행한다. 중년에 들어섰을 때 길버트는 혈색이 발그레하고 소년 같아 보였다. 이제 그는 온통 쪼글쪼글하고 우습고 꾸밈이 없었으며, 나이 많고 약삭빠른 사람들이 흔히 본능적으로 갖추는 최후의 방패막이인 알쏭달쏭하고 희미한 냉소적인 태도를 지녔다. 마지막으로 만났을 때 그는 아직도 잘난 체하는 어린아이처럼 신선하고 의기소침하지 않은 분위기를 풍겼었다. 지금 그의 얼굴은 마치 새 주름살을 가면처럼 조심스럽게 써보기라도 하는 듯 세속적인 초연함으로 가장한 의심 많고 긴장한 불안감이 가득했다. 훨씬 땅딸막해지기는 했어도 그는 아직 미남 티를 내려고 세심하게 애를 썼으며, 하얀 곱슬머리는 아직도 멋을 부려서, 늙어 보이기를 마다했다.

나는 무명 바지와 하얀 셔츠를 입고 있었다. 길버트의 넥타이와, 타이핀과, (내가 잘못 보았는지 모르지만) 가벼운 얼굴 화장을 보고 나는 내 몸이 무척이나 단단하고 건강하다는 의식과 더불어 그에 대해 경멸

스런 연민을 느꼈다. 길버트도 똑같은 기분을 느꼈음이 역력했다. 그의 축축하고 분홍빛이 약간 도는 새파란 눈이 멋없는 주름살들 사이에서 초조하게 깜박였다.

"어머나, 당신 아주 멋지고, 가무스름하고, 젊어 보이네요……. 어머나, 혈색이 그만예요."

길버트는 관객석 뒤쪽에다 대고 얘기하듯 항상 목소리가 낭랑하고 야물었다.

"리지도 데리고 왔나?"

"아뇨."

"편지나, 전할 말은?"

"뭐 별로……."

"그럼 뭐지?"

"저 우스꽝스러운 게 당신 집예요?"

"그래."

"술 한잔 마셨으면 좋겠어요."

"왜 왔어?"

"리지 때문인데요……."

"그야 그렇겠지만, 어서 얘기를 해."

"리지하고 내 문제예요. 부탁예요, 찰스, 진지하게 얘기를 들어주세요. 그렇게 쳐다보시면 난 울어버릴 것 같아요. 우리 사이에 일이 벌어졌는데, 그런 얘기가 아니고, 참된 사랑 그런 건데, 아, 이 끔찍한 세상에는 그토록 멋진 행운이란 별로 없는 법이지만, 물론 섹스가 문제여서, 만일 사람들이 영혼으로 서로 추구하기만 한다면."

"영혼?"

"그저 사람들이 보기만 하고, 말없이 부드럽게 사랑하고 함께 행복을 찾고, 글쎄요, 그것도 섹스라 할 수 있으니까, 성기만이 중요한 건 아니니까……."

"성기라고?"

"리지와 나는 정말로 사이가 가깝고, 남매처럼 가까워서, 방황은 끝나고 자리를 잡았어요. 리지가 나한테 오기 전에는 난 그저 다음에 마실 것이나 기다리며, 진(gin) 그다음에는 우유, 다음에는 진, 당신도 아시겠지만, 죽을 때까지 그런 식으로 계속될 줄 알았어요. 이젠 모든 것이 달라져서, 과거까지도 달라졌고, 우린 우리 과거를 하나도 남김없이 털어놓고 얘기를 했는데, 말하자면 우린 과거를 함께 되찾아 간직하게 된 셈인데……."

"정말 한심한 노릇이구먼."

"내 얘긴 경건한 마음으로 그랬다는 건데요, 특히 당신에 대해서……."

"내 얘기를 했어?"

"그럼요, 찰스. 당신이 눈에 띄지 않는 존재는 아니니까 별수 없었고……. 오, 화는 내지 마시고, 당신에 대해서 내가, 우리 둘 다 어떻게 생각하고 있는지는 잘 아시면서……."

"나더러 한 식구가 되자는 얘기군."

"바로 그거예요. 제발 비꼬거나 농담은 마시고, 제발 이해를 하도록 노력하세요. 아시다시피 나는 기적을 믿고, 찰스, 지금은 사랑의 기적을 믿어요. 사랑은, 참된 사랑은 기적예요. 그건 우리가 항상 걸려 넘어지는 울타리와 한계점을 훨씬 넘어서죠. 왜 꼬치꼬치 따지고, 왜 걱정이나 하느냐고, 그냥 단순하고 자유로워져서 다른 사람들과 사랑을 나

137

누지 못하나요? 우린 이제 젊지 않아서……."

"동성애는 포기하고, 위험한 장난은 그만두기로 했나?"

애기를 하는 동안 줄곧 내 셔츠의 터진 목을 물끄러미 쳐다보고 있던 길버트가 머리를 들어 내 눈을 쳐다보았다. 술을 마셨기 때문인지는 몰라도 묘하게 그는 몸을 흐느적거리며 눈알을 굴렸고, 윌프레드 더닝을 흉내 내어 콧등을 찡그리고 입가를 늘어뜨리는 버릇이 있었다. 그는 고통스럽고 우스꽝스럽게 잠깐 얼굴을 찌푸렸다. 늙은 배우들의 얼굴이란 얼마나 자의식이 강한가.

"내 말 들어요. 리지는 나에게 행복을 가져다주었어요. 난 새 사람이 되었고, 종교에서 얘기하듯 개심을 했어요. 물론 나는 완전히 달라진 사람은 아니고, 술 한잔 마시는 건 전혀 마다하지 않아요. 하여튼 리지는 나를 포기하지 않으려 하고, 당신은 우리 사이의 그 유대를 끊으면 안 돼요. 이것이 시시하거나 우습다고 생각하신다면, 그건 이해가 모자라기 때문이죠. 당신은 기껏해야 우리 두 사람을 아주 불행하게 만들고, 난폭하고 잔인한 행동밖에 못 하죠. 아, 그래요, 우린 당신이 무섭고, 그래요. 항상 그랬어요. 당신이 상냥하고 너그러워서 우리를 사랑하고 우리 사랑을 받아주시기만 한다면 우린 아주 행복해지고 당신도 행복해지겠죠. 왜 그러질 않으시나요? 그리고 만일 우릴 비참하게 만들면 결국은 당신도 한심하게 될 거예요. 왜 항상 행복을 추구하지 않죠? 세상에, 그것이 선과 악의 선택이라는 걸 모르시겠어요?"

여기에 적어놓은 것보다 훨씬 길고, 감상적이고, 같은 얘기만 되풀이되던 길버트의 푸념은 물론 어처구니가 없었다. 하지만 내가 정말로 짜증스럽게 생각했던 사실은, 길버트와 리지가 서로 상대방을 분석하고 그들과 나의 관계에 대해서 어떤 추악한 토론을 벌였느냐 하는 것이었다. 그에게는 삶의 거의 모두가 연극이었는데, 그렇게 만든 사람은 나였음을 여기에 부연해두고 싶다. 그는 모든 면에서 나에게 신세를 졌다. 그런데 이제 그 꼭두각시가 나에게 말대꾸를 하고 도덕적인 은혜를 내세워 나를 협박하는 중이었다. 하지만 나는 웃었다.

"길버트, 현실로 다시 돌아와. 자네와 리지의 관계에 대한 감동적인 얘기를 듣기는 했지만, 소용없는 일이야. 자넨 달라졌다고 하지만 동성애에 대해서는 대답을 하지 않았어. 난 자네 m nage(가정을 꾸려나가는 일)에 대해서 완전히 회의적이고, 그것이 좋다고 생각할 이유가 하나도 없어. 우애니 우주론적 섹스 따위 풋내기 같은 얘기를 왜 잔뜩 들고 와서 날 귀찮게 하나? 그건 나와 리지의 문제야. 자네하고는 아무 상관도 없는데, 자네한테 리지가 그 얘기를 했다니 놀랐어. 비록 둘이서 좋아한다고 해도 여동생이 모든 일에 있어서 오빠의 허락을 받을 필요는 없지. 난 자네가 아니라 그녀를 불렀어. 어떻게 할 것인지는 그녀와 내가 결정하고, 자넨 아무 상관도 없지. 여기서 어물쩍거려봐야 자넨 햇볕에 살만 탈 거야."

얘기를 하는 동안에 나는 어쩌면 축복받을 일인지는 몰라도 최근에 리지에 대한 생각에는 내포되지 않았던, 움켜잡으려는 욕망을, 옛 소유욕을 의식하게 되었다. 아마도 소유욕이 없어진다는 것은 기적이나, 단순한 상상력의 결여나, 그녀가 못마땅하게 여기던 '추상적인 개념'의 작용인지도 모른다. 이런 생각을 하니 길버트가 더욱 짜증스럽게 느껴졌다. 그는 찬란할 만큼 너그럽고 모호한 것을 나로 하여금 조잡하게 정의를 내리게끔 만들었다. 이 말다툼은 점잖지 못하고 야비했지만 나는 멈출 수가 없었다.

"찰스, 괴상한 당신 집으로 들어가서 한잔 마실 수 없을까요?"

"싫어."

"그렇다면 내가 앉아도 되겠어요?"

길버트는 바지 자락을 끌어올리고 조심스럽게 바위에 앉았다. 그는 풀밭에 모자를 놓고는 진흙이 묻고 윤을 잘 낸 구두를 살펴보았다.

"찰스, 우리 이 문제로 흥분은 하지 말아요. 가끔 일이 답답하게 돌아가면 당신이 우리한테 마구 화를 내면서 갑자기 '좋아, 여긴 터키가 아니고 영국이야'라고 소리를 지르던 때를 기억하죠?"

"길버트, 거추장스럽게 굴지만 마, 알겠나? 오거나 말거나 그건 리지 마음대로야. 리지와 내 관계는 자넨 이해를 못 해. 난 자네의 완전한 사랑이나 기적의 꿈 따위로 골치를 앓고 싶지는 않아. 난 자네의 계획을 믿지 않고, 자네가 자신과 리지를 기만한다고 생각해. 자네의 썩어빠진 수작을 깨뜨려버려야 하는 게 내 의무일지도 모른다는 생각도 드는구먼. 그러니까 내 성미는 건드리지 말게. 그리고 자네의 거지 같은 손은 내 소매에서 치워."

"항상 그렇지만, 그러면 무서우니까 화를 내지 말아요……."

"별로 무서워하지도 않는 것 같구먼."

"당신의 그 한심한 성미는 한 번도 우리한테 도움이 된 적이 없어요. 당신은 효과가 있었다고 생각했겠지만 그건 다 당신 착각이었어요. 방법에도 좋고 나쁜 게 따로 있어요. 아니, 리지의 편지는 읽지도 못했나요?"

"그걸 써서 자네한테도 보여주었나?"

"아뇨, 하지만 무슨 얘기를 했는지는 나도 알아요."

"내 편지를 자네한테 보여주었어?"

"저…… 아뇨……."

"정말 환장하겠구먼."

"찰스, 리지를 나한테서 빼앗아갈 수는 없으니까, 그렇게 구태의연하게 굴지는 말고, 평범한 섹스가 무슨 문제가 된다고, 결혼을 당신이 존중하는지 어쩐지 모르겠지만, 적어도 리지와 나는 결혼을 존중해서, 그런 성스러운 맺음이니까 그녀는 날 버리지 않겠고, 천 번은 그녀가 말했지만……."

"여자란 거짓말을 천 번은 하지."

"리지 말마따나 당신은 여자들을 경멸하는군요."

"그런 얘기를 하던가?"

"그래요. 그리고 당신이 진지하지 못하다고 생각하더군요. 당신은 리지를 빼앗아갈 수 없지만, 일을 망칠 수는 있어서 후회하고 비참하게 만들어 그녀가 미치게 하고, 희망도 없이 썩어빠진 사랑을 당신에게 다시 느끼도록 만들 수도 있고, 우리 두 사람을 완전히 초라하게……."

"길버트, 그만해. 난 자네 장단에 춤을 추지는 않겠고, 자네의 너저분한 문제에 끼어들지도 않겠어. 자네 혼자서 실컷 허우적거리고 꿈을 꾸게. 리지가 왜 직접 와서 무슨 생각을 하고 무엇을 원하는지 얘기를 하지 않나? 나를 사랑하니까 만나기가 두려운 거야."

"찰스, 내가 당신 생각을 얼마나 하는지 알 테니까, 내 마음의 평화를 마구 짓밟으면……."

"마음의 평화 좋아하는군."

바로 그때 리지가 나타났다. 그녀는 저녁 햇빛을 받으며 내 눈가에 희미하고 아른아른하게 모습을 나타내었는데, 머리를 돌려 쳐다보지 않아도 나는 그녀임을 알았다. 그리고 그녀를 보자마자 그 못된 옛 소유욕이 내 마음속에서 기뻐 날뛰었고, 나는 전투가 끝났음을 알았다.

하지만 물론 나는 약간 역겹다는 것 이외에는 아무런 내색도 하지를 않았다.

길버트는 모자를 집어 움켜쥐고 얼굴을 파묻었다. 그가 리지에게 말했다.

"그러고 싶지도 않고, 그러지도 않겠다더니, 아, 내가 왜 당신을 데리고 왔는지 모르겠어……."

나는 리지 쪽으로 시선을 돌렸지만, 그녀 너머의 무척이나 잔잔하고 푸르며, 길버트와 바보같이 떠들어대고 난 다음이어서 더욱 조용해 보이는 바다를 쳐다보았다. 나는 돌아서서 길을 따라 걸어가 바위로 뛰어올라가서는 될 수 있는 대로 빠른 걸음으로 탑을 향했다. 곧 나는 리지가 뒤따라 오느라고 조심스럽게 타박거리는 소리를 들었다. 나와는 달리 바위를 잘 몰랐던 그녀치고는 잘 따라와서, 나보다 조금 늦게 탑 옆의 풀밭에 다다른 그녀는 한쪽 샌들 끈이 끊어진 채 숨을 몰아쉬었다. 시선을 돌린 나는 윤을 낸 런던 구두를 신은 길버트가 바위에서 미끄러지고 뒤뚱거리는 꼴을 보았다. 그는 바위틈으로 사라졌다. 멀리서 욕을 하고 투덜거리는 소리가 들려왔다.

나는 돌문을 지나 탑 안으로 들어갔다. 리지가 뒤따랐고, 갑자기 우리는 구멍이 머리 위에서 하얗고 동그란 눈처럼 굽어보고, 발목에는 시원한 잡초가 감긴 채 이상하고 푸르스름한 빛 속에 단둘이만 남았다. 탑 속의 습기 찬 공기 때문에 이곳 식물은 상당히 달라서, 잡초는 더 무성하고 길었으며 민들레와 꽃이 막 피려는 쐐기풀이 자랐다.

리지는 눈을 떨구고, 한 손으로 벽을 짚고는 끈이 끊어진 샌들을 흔들어 벗더니 맨발로 풀밭을 디뎠다. 그녀가 말했다.

"바위들 사이에 탁자가 있던데요?"

"그래, 내가 떨어뜨렸어."

"난 바닷물에 쓸려 온 건 줄 알았어요."

나는 말없이 그녀를 물끄러미 쳐다보았다.

잠시 후에 그녀는 나지막이 말했다.

"아, 미안해요……. 미안해요, 미안해요."

내가 말했다.

"그래 길버트하고 내 얘기를 했다지?"

"문제가 될 만한 얘긴 하나도 안 했어요."

그녀는 맨발을 내려다보더니 하얀 쐐기풀을 발가락으로 건드렸다.

"거짓말."

"안 했어요, 난……."

"그렇다면 그에게 거짓말을 했어?"

"아! 이러지 마세요, 이러지……."

"왜 날 안 만나려고 그랬지?"

"난 두려워서……."

"사랑이 말야?"

"그래요."

우리는 둘 다 뻣뻣하게 서 있었고, 그녀의 치마와 내 하얀 셔츠는 열린 문으로 들어오는 바람에 펄럭였다.

나는 그녀의 얌전하고 멋은 없지만 감겨드는 키스가 생각났고, 그 키스에 대한 욕구를 느꼈다. 나는 그녀를 끌어안고 기뻐하며 승리의 웃음을 요란히 웃고 싶었다. 하지만 나는 그러지 않았고, 그녀가 내 쪽으로 다가서자 재빨리 손을 저어 말했다.

"당신은 이제 가야 해. 길버트와 런던으로."

"아, 제발⋯⋯."

"뭐가 제발이야? 리지, 난 당신한테 불친절하고 싶지는 않지만, 항상 그랬듯이 일들을 깨끗하게 처리하고 싶어. 이제 우리가 서로 어떤 관계가 되고 무엇을 해줄 수 있을지 모르겠지만, 진심을 털어놓아야만 해결 방법이 나오지. 잘 들어. 난 당신을 다른 사람과 공동소유하지 못하겠고, 당신이 그런 요청을 했다는 데 놀랐어. 나를 만나고 싶으면 깨끗하게 길버트를 버려야 해. 길버트와 같이 살겠다면 나를 만나지 않아야 하고. 정말 우린 다시 만나면 안 돼. 그만하면 공평한 것 같아. 결정을 꼭 알려주겠지? 그럼 당신 친구가 기다리고 있으니 어서 가."

리지는 다시 손가방을 꼭 껴안고 아주 빠른 속도로 말했다.

"난 시간이 필요해요. 난 길버트와 그렇게 간단히 헤어질 수가 없어요. 그를 그토록 마음 아프게는 못 하겠어요. 이해해주시기를 바라지만⋯⋯ 사람들은 우릴 이해하지 못하고 우리에게 못되게 굴었지만⋯⋯ 당신만은 꼭 이해를 하고 아시기를⋯⋯."

"리지, 전에는 그러지 않았는데 무슨 바보 같은 소리야. 난 당신을 '이해'하고 싶지가 않아. 그건 당신 사정이니까. 홀홀 털어버리고 나한테 오든지 아니면 아예 그만둬."

"오⋯⋯ 찰스⋯⋯ 당신⋯⋯ 당신⋯⋯."

그녀는 뻣뻣한 태도를 누그러뜨리고 무희처럼 갑자기 몸을 돌렸다. 그녀가 손가방을 풀밭에 집어던지고 내 품으로 달려들었지만 나는 뒷걸음질을 치며 다시 말렸다.

"아냐, 당신의 키스나 포옹은 바라지 않아. 당신은 가서 생각을 해봐야 해."

비가 몇 방울 떨어졌고, 그녀의 드레스에는 크고 시커먼 얼룩이 나타났다. 그녀는 발갛게 달아오른 뺨을 매만지더니 얼른 몸을 굽혀 손가방을 집었다.

"가봐, 리지, 골치 아픈 얘기나 말다툼은 하기 싫으니까. 잘 가."

그녀는 흐느끼며 몸을 돌려 밖으로 달려나갔다.

나는 잠깐 기다렸다가 그녀가 거의 길에 다다른 다음에 밖으로 나갔다. 노란 폭스바겐이 레이븐 만 쪽을 향하고 풀밭에 서 있었다. 길버트가 서둘러 나와 다른 쪽 문을 여는 것이 보였다. 리지가 차 속으로 몸을 던졌다. 가는 길에 차가 다시 나타났고, 나는 호텔을 지나 육지 쪽으로 꺾어드는 길로 사라질 때까지 지켜보았다. 그런 다음에 탑으로 되돌아가 끈이 끊어진 리지의 샌들을 집어 들었다. 길에 다다랐을 때쯤에 그녀는 발이 부르텄으리라.

두 시간이 지난 지금 나는 작고 빨간 방에 앉아 있다. 리지의 방문을 방금 소설체로 써놓았는데, 그런 식으로 글을 쓰니 어쩐지 즐겁고 흥분을 느낀다. 생애에 대해서 온갖 얘기를 소설로 쓸 시간이 있다면 정말 보람을 느끼게 되리라. 즐거운 부분은 더 즐거워지고, 우스운 얘기는 더 우습고, 죄의식과 슬픔은 철학적 위안의 빛을 받아 누그러지리라.

리지를 만나서 나는 감격했고, 내가 한 행동이 어리석은지 아니면 현명한지 궁금하다. 물론 리지를 내가 껴안았다면 순식간에 다 결판이 났으리라. 손가방을 던져버린 순간에 그녀는 굴복하고, 모든 양보를 하고, 온갖 약속을 할 각오가 되어 있었다. 그리고 나는 그녀를 얼마나 붙잡고 싶었던가. 그 이루어지지 않은 포옹은 놓쳐버린 기쁨이었다. (그녀를 만나고 나니 내 생각이 훨씬 덜 '추상적'으로 작용함을 인정하겠다.) 하지만 현명한 행동이었는지도 몰라서, 나는 내 단호함이 만족스러웠다. 만일 그때 리지를 빼앗고 그녀의 수락을 받아들였더라도 길버트 문제는 그냥 남을 터이고, 그를 제거할 일은 내가 처리해야 하리라. 리지로 하여금 그 일을 맡고, 나를 잃는다는 두려움에 쫓겨 빨리 행동하게 놔두는 편이 훨씬 편하다. 나는 그 상황이 깨끗해지기나 바라며, 그 일로 신경을 쓰고 싶지는 않다. 내가 그녀의 마음을 아프게 하리라고 리지가 편지에서 한 얘기는 별로 대수롭게 여겨지지 않는다. 그런 위험이 있다고 해서 그녀의 마음이 흔들릴 리가 없다. 그리고 그것은 따져보면 시간을 벌기 위한 핑계에 불과하다. 틀림없이 그녀는 길버트를 쫓아버려야 함을 당장 깨달았지만, 그의 끈질긴 집념 때문에 그러기가 힘들게 여겨졌을지도 모른다. 내가 정말 그토록 돈 후안 같은가? 다른 사람들에 비하면 분명히 그렇지 않다.

리지에게 엄격한 태도를 보여도 나로서는 정말 손해 볼 것이 없다. 만일 너무 질질 끈다면 내가 그녀를 데리러 가리라. 만일 싫다는 뜻을 보인다면 나는 그런 대답을 무시하리라. '다시는 안 만난다'는 내 위협은 물론 속이 빈 소리지만, 그녀는 그렇게 생각하지 않으리라. 결국 정말로 오지 않기로 결심을 한다면 그것은 그녀가 신통치 못한 여자라는 증거이다. 어쨌든 나는 리지를 보낼 수가 있다. 와도 그만, 안 와도 그만이니까.

이제는 만을 지나 레이븐 호텔로 가서 포도주를 배달해달라고 주문해야겠다. 메뉴가 마음에 들면 거기서 저녁을 먹을 수도 있다. 배가 고파졌다. 모든 일이 잘될 듯, 갑자기 기분이 좋다.

그 후 얼마 안 있다가 무척 마음에 걸리는 일이 있었는데…… 하지만 먼저…….

나는 걸어서 레이븐 호텔로 가서 포도주를 배달해달라고 부탁하고는, 집으로 가져갈 스페인 붉은 포도주를 한 병 샀다. 메뉴가 별로 탐탁지 않았어도 너무 배가 고파서 식당으로 들어가려고 했지만, 넥타이를 매지 않았다고 웨이터가 앞을 가로막았다. 내가 누구라는 얘기를 해주고 싶었지만 참았다. 저절로 알게 되도록 내버려두자. 거울로 힐끗 내모습을 보니 셔츠 자락은 여몄어도 작업복 바지에 얼룩이 지고, 머리는 빗지를 않아 삐죽삐죽하고 낡은 스웨터는 뒤집어 입어서 거지꼴이었다. 나는 다시 집으로 출발했다.

호텔로 가는 길은 상쾌했지만 이제는 훨씬 춥고 어두워서, 슈러프엔드에 가까웠을 무렵에는 구름이 없고 막힌 찬란한 담청색 하늘이 아직 환했어도, 해는 졌다. 바다 위에는 파리하고 윤기가 없는 달과 희미하게 점처럼 드러나는 다른 별들 근처에 개밥바라기가 커다랗고 찬란했다. 꽤 커다란 박쥐들이 바위 위로 날아다녔다. 나는 민의 가마솥을 지나가며 요란하게 빨려 들어가는 바닷물 소리를 들었다. 한 손에 술병을 들고 나는 둑길을 따라 집으로 다가갔다.

집 안은 물론 깜깜했지만, 어설프고 높고 가느다란 집의 형체는 바다의 높다란 수평선을 배경으로 눈부신 석양 속에 뚜렷하게 드러났다. 둑길을 반쯤 간 나는 아래층 창문에서 무엇이 움직이는 것을 본 듯했다. 나는 걸음을 멈추고 꼼짝 않고 서서 집을 노려보았다. 뒤에 있는 하늘이 어른거려서 집을 쳐다보기가 힘들었고, 눈에 자꾸만 경련이 일어 초점을 잡지 못했다. 잠깐 동안 아무것도 선명하게 보이지를 않았지만 서재 안에서의 어떤 움직임을 확실히 보았다. 눈을 깜박하고 노려보면서 나는 아주 천천히 나아갔다. 그러자 순간적이지만 분명히 창밖을 내다보며 집 안에 서 있는 시커먼 그림자를 보았다. 그 그림자는 어둠 속으로 스러졌고 나는 앞이 안 보이는 것 같았다. 나는 술병을 놓쳤고, 그 병은 바위의 가파른 옆구리를 타고 미끄러져 내려가 밑에서 조용히 산산조각이 났다. 나는 재빨리 둑길을 지나 다시 길로 나갔다.

집 안에는 누군가가 있었다. 어떻게 하나? 부드러운 표면을 손가락으로 조심스럽게 긁어대는 것처럼 조용히 사근거리는 파도 소리가 들려왔다. 나는 아득하고 혼자 열심히 움직이는 바다의 옆 조용한 바위들 사이에서, 사람이 없고 어둑어둑해지는 길에서 완전히 혼자이며 나약한 존재로서의 나 자신을 의식했다. 레이븐 호텔로 다시 가서 하룻밤을 지낼까 하는 생각도 들었다. 하지만 그것은 말도 안 되는 일이었으며, 짐도 없고 옷차림도 해괴한 나에게 방을 줄는지도 확실치가 않았다. 마을로, 블랙 라이언으로 갈 생각도 해봤지만, 그다음에는? 마을에는 친구가 없었다. 더 끔찍한 생각이 떠올랐다. 어둠은 짙어지는데 인적도 없고 무서운 길을 따라 더 걷기도 두려웠다. 집 안으로 들어가는 수밖에 없었다.

나는 둑길을 천천히 되돌아 걸어갔다. 앞문은 잠겼지만 뒷문은 열려 있어서 부엌 뒤로 돌아가야 했다. 다음에는 어떻게 빨리 성냥을 찾아 등잔을 켜나? 안에 침입자가 있다면 뒤쪽에서 더듬거리는 소리를 듣고 나를 기다리겠지. 겁이 난 좀도둑에게 우발적으로 목숨을 빼앗긴다면 얼마나 바보 같은 짓인가! 나는 주저했지만, 이제는 집 안 못지않게 바깥도 무서웠고 두려움이 어서 끝나거나 적어도 다른 일이 벌어지기를 바라는 마음이 급해서 걸음을 재촉했다. 아마도 모두가 잘못 본 것이어서 곧 혼자 웃으며 저녁을 먹게 될지도 모르겠다.

부엌문 안쪽 선반에 손전등을 놓아두었다는 것이 생각났고, 등잔과 성냥이 어디에 있는지도 머릿속에 그려보았다. 나는 빛이 사라진 하늘을 마지막으로 쳐다보고는 문의 손잡이를 시끄럽게 더듬어대었다. 문을 그냥 열어놓고 더듬거리며 들어간 나는 손전등과, 다음에는 등잔과 성냥을 찾아내었다. 나는 등불을 켜고 심지를 돋우었다. 침묵.

"여보세요."

내가 소리쳐 불렀다. 겁에 질린 멍청한 외침이 썰렁한 집 안에서 되울렸다. 침묵.

등잔을 들고 문으로 걸어간 나는 홀을 들여다보았다. 아무도 없었다. '그림자'가 나타났던 앞방으로 서둘러 걸어갔다. 텅 비었다. 아래층의 다른 방도 살펴보았다. 앞문을 열어보았다. 그대로 잠겨 있고. 그러고는 층계를 천천히 올라갔다. 나는 웬일인지 항상 집 안에서 음산한 일은 틀림없이 기다란 위쪽 층계참에서 벌어지리라고 느꼈다. 마지막 몇 계단을 올라가는 동안 갑자기 한참 동안 딸그락거리는 소리를 들었다. 구슬 커튼이 움직였다.

나는 걸음을 멈추었다. 그러고는 입을 벌리고 귀를 기울이며 기계적으로 계속해서 올라갔다. 층계참 끝에 서서 다시 등잔을 추켜들고 불길한 층계참을 보니, 등잔 빛과 침실의 열린 문으로 스머드는 바깥의 마지막 석양이 짙은 안개를 이루고 있었다. 컴컴하게 그늘진 벽감과 둥근 출입문의 윤곽과 구슬 커튼의 동글동글한 형태가 눈에 띄었다. 그때 갑자기 벽의 저쪽 끝 커튼과 내실 문 사이에 꼼짝 않고 선 시커먼 여자가 보였다. 처음에는 집의 유령이 마침내 나타났구나 하는 생각이 들었다. 나는 겁이 나서 숨 막히는 소리를 내고, 층계를 다시 내려가고 싶었지만 다리가 꼼짝도 안 했다. 등잔을 떨어뜨리지는 않았다.

그림자가 움직이더니 나를 향해 돌아섰다. 유령이 아니라 진짜 여자였다. 설핏 낯익은 사람이라는 생각이 들었다. 등불로 나는 그 얼굴을 볼 수가 있었다. 로시나 밤버였다.

"잘 있었어, 찰스?"

아직도 떨고 있었지만 나는 두려움을 재빨리 진정시켰다. 나는 치솟
는 분노가 뒤섞인 깊은 안도감을 느꼈다. 큰 소리로 욕을 하고 싶었지
만 호흡을 가누면서 잠자코 있었다.

"저런, 찰스, 벌벌 떨고 계신데, 왜 그래?"

그런 여자가 연기를 하지 않는 순간이 있는지는 모르지만, 로시나는
무대 밖에서는 약간 웨일스 억양이라고 여겨지는 묘하고 독특한 말투
로 얘기를 한다.

집 안은 무척 춥게 느껴졌고, 얼핏 집과 내가 서로 증오한다는 생각
이 들었다.

"여기서 뭘 하고 있어? 왜 내 집에 들어왔지?"

"그냥 들렀어, 찰스."

"그럼 어서 가지그래."

나는 층계를 내려가 부엌으로 들어가서 등불을 하나 더 밝혔다. 작
고 빨간 방으로 들어가서 장작불도 지폈다. 두려움으로 잠깐 잊었던 배
고픔을 다시 느꼈다. 나는 부엌으로 돌아가서 캘러 가스 난로로 방을
좀 따뜻하게 하고는 잔과, 접시와, 빵과, 버터와, 치즈와, 포도주 한 병
을 내놓았다. 로시나가 따라와서 난로 곁에 섰다.

"술 한잔 안 주시겠어, 찰스?"

"싫어. 가. 난 밤중에 집으로 쳐들어와 유령 노릇을 하는 사람들을
싫어해. 그냥 가라고. 당신은 보기도 싫어!"

"내가 왜 왔는지 알고 싶지 않아, 찰스?"

그녀가 자꾸 되풀이하는 내 이름은 위험스럽고 최면을 거는 힘을 지

150

넜다.

"아니."

"놀랍고 궁금하실 텐데."

"당신은 2, 3년 동안 소식이 없었고, 그나마 마지막 만났던 것도 파티에서였을 거야. 그런데 이렇게 불쾌한 방법으로 불쑥 나타나다니. 장난을 치겠다는 거야? 당신을 만나면 내가 기뻐할 이유라도 있어? 당신은 내 삶의 일부가 아냐. 그냥 가버리라고."

"내가 당신 삶의 일부라는 건 알고 있잖아. 그래, 당신은 진짜로 겁이 났어, 찰스. 흥미 있는 발견이지만, 사람들을 놀라게 하고, 당황하게 하고, 괴롭히고, 얼이 빠질 만큼 겁을 주고, 비참하게 살도록 만들기란 너무나 간단해. 독재자들이 활개를 치는 게 무리도 아니지."

나는 자리에 앉았지만 그녀가 곁에 있으니까 먹거나 마실 수가 없었다. 로시나는 술잔을 찾아내어 포도주를 좀 따르고는 식탁에 마주 앉았다. 나는 아직도 화가 잔뜩 나고 두려움으로 흥분했지만, 이제는 배도 덜 고파지고 로시나의 이상한 출현에 희미하게나마 호기심을 느꼈다. 어쨌든 가지 않겠다고 버티면 그녀를 쫓아낼 수도 없지 않겠는가? 달래고 설득을 해서 스스로 가게 만드는 편이 좋다. 나는 그녀를 뜯어보기 시작했다. 그녀 나름대로 독특하게 로시나는 지극히 멋진 여자였다.

"찰스, 마음이 진정되는 모양이군. 난 알 수 있어. 그래, bon app tit〔식사를 많이 들어〕."

로시나는 노출된 팔을 끼도록 옆이 터진 검정 트위드 망토를 걸쳤다. 손에는 온통 반지, 팔목에는 팔찌투성이어서 손가락을 가볍게 마주 두드리는 동안 반짝거렸다. 등불이 비춰 거의 검게 보이는 굵은 머리카락은 무슨 그리스의 왕관처럼 틀어올렸다. 머리를 더 길렀거나 가발을 이은 모양이었다. 얼굴에는 짙은 화장을 해서, 분홍과 빨강과 파랑과 심지어는 초록으로 무늬를 이루어 잔잔한 시골 석양빛을 받으니 인도의 가면처럼 보였다. 아름답게 괴이한 모습이었다. 립스틱으로 더 크게 그린 입은 커다랗고 축축했다. 힐끔거리는 눈은 강렬한 악의로 번득였다. 그녀는 배우에게는 감동적이지만 관객에게는 좀처럼 실감이 나지 않는 감정의 억제된 극적 전시를 위한 연기를 하고 있었다.

"꼴이 정말 목불인견이구먼."

내가 말했다.

"말투가 옛날이나 변한 게 없어."

"식사하겠어?"

"아니, 호텔에서 뭘 좀 먹었어."

"호텔이라고?"

"응, 난 레이븐 호텔에 묵고 있어."

"아, 오늘 저녁에 거길 다녀오는 길인데. 식당에서 들여보내주지를 않더군."

"지저분한 학생 몰골이니 그럴 만도 하지. 바닷가 생활이 어울려 보여. 당신은 스무 살난 사람 같아. 서른쯤이라고 해둘까. 술집에서 사람들이 당신 얘기를 하데. 벌써 모든 사람들의 비위를 상하게 만든 모양이야."

"만나는 사람도 없는데 뭘 했다고……."

"시골이란 살아보면 은밀하고 평화로운 면이 정말 없다는 얘길 해주고 싶어. 세상에서 가장 한적하고 평화로운 곳은 켄징턴의 아파트먼트지."

"내가 누구인지 알면서도 웨이터가 날 쫓아냈다는 얘기야?"

"글쎄, 누구인지 알아보지 못했을 수도 있어. 당신은 그 정도로 유명하지는 못하니까. 당신보다는 내가 훨씬 유명하지."

옳은 얘기였다.

"스타란 그들을 창조하는 사람들보다 항상 더 유명하지. 레이븐 호텔에서 뭘 하고 있는지 물어봐도 될까?"

"당신을 찾아왔어."

"언제부터 거기 있었어?"

"아, 아주 오랫동안, 일주일, 모르겠어. 그저 당신을 감시하려는 생각에서였지. 당신 주변에서 유령처럼 출몰하는 게 꽤 재미있으리라고 생각했어."

"유령처럼 출몰한다고? 그럼……."

"유령이 출몰한다는 기분을 못 느꼈어? 머리를 풀어헤치고 홑이불을 뒤집어쓴다든가 하는 요란한 짓은 하지 않았어도……."

나는 분노와 안도감을 느끼며 소리를 지르고 싶었다.

"그러니까 당신이…… 당신이 꽃병과 거울을 깨뜨리고, 밤중에 숨어 돌아다니며 나를 들여다보고……."

"꽃병과 거울은 깨뜨렸지만 깜깜한 밤중에 이곳에 올 생각은 없으니까 밤에 숨어서 돌아다니지는 않았어. 이 집은 으스스해."

"하지만 내실 유리창을 통해 나를 들여다보기는 했잖아."

"아니, 안 그랬어. 그런 적은 없어. 아마 그건 다른 유령이었겠지."

"당신이, 누군가 그랬어. 어떻게 들어왔지?"

"아래층 창문을 열어두시더군. 그러면 못써."

그러자 나는 그녀를 응시하다가 환상을 보았는데, 마치 그녀가 사라지고 구멍만 남았으며, 그 구멍을 통해 내가 보았던 바다 괴물의 뱀 같은 머리와, 이빨과, 딱 벌린 분홍빛 입이 보였다. 그 환상은 잠깐 동안 계속되었다. 그것은 사실 환상이 아니라 상상에 지나지 않는 듯싶었다. 나는 아직도 신경이 무척 날카로웠다. 바다 소리가 더 크게 들려왔다. 하지만 내가 바다 괴물을 헛보게 로시나가 수작을 부렸을 것 같지는 않아서 그 얘기를 꺼내지 않기로 작정했다.

"하지만 왜 나를 그런 식으로 괴롭혔지? 그리고 지금 와서는 왜 모습을 나타내기로 작정했고?"

"오늘 마을에서 리지 셰러를 봤어."

"그래, 여기 왔다가 갔어. 하지만 그게 무슨 상관이 있지? 왜 이러는지 난 이해를 못 하겠어."

"모르겠어, 찰스? 잊어버리셨나? 내가 기억을 상기시켜드리지."

로시나는 식탁 위로 몸을 내밀며 손바닥을 펴 짚고는 작은 창날 같은 손톱을 나를 향해 뻗었다. 손톱은 짙은 자줏빛으로 칠했다. 나무 식탁 위에서 팔찌가 긁히는 소리를 냈다.

"잊어버리셨어? 혹시 결혼하게 된다면 당신은 나하고 결혼하겠다고 약속했어."

싸늘한 놀라움의 환각이, 위험하고 예측할 수 없이 삶을 파고드는 것이 두려움을 되불러 일으켰다. 기를 죽이는 로시나의 파란 눈이 빛났고, 반지들이 반짝였다. 그녀의 말은 사실이었다.

나는 가볍게 말했다.

"내가 그랬어? 기억이 나지 않는데. 내가 취했던 모양이구먼. 어쨌든 난 결혼할 생각이 없어."

"그래? 그리고 당신은 누구하고 영구히 정착을 하게 된다면, 나하고 그러겠다고도 약속했어."

그것도 사실이었다.

로시나는 미소를 지었다. 그녀는 이가 하얗고 길며 약간 불규칙하고, '미소'를 지으려면 아랫니를 내밀어 윗니와 가지런히 세우고는 입술을 뒤로 뺀다. 보기 흉측한 꼴이다.

"당신은 취한 게 아니었어. 그리고 당신도 기억하지, 찰스."

나는 이 위험한 여자에게는 어떤 태도로 나가는 것이 더 좋을지 궁리를 해보았다. 나는 그녀가 다시는 나타나지 않으리라고 확신했었다. 하지만 지금 다시 나타난 그녀의 방법이 마음에 들었다. 깨진 꽃병과 산산조각이 난 거울은 아무렇게나 한 장난이 아니었다. 왜 그런 소도구들이 이제 불쑥 튀어나오게 되었을까? 불행히도 따져볼 틈이 없기는 했지만, 리지에 대한 얘기가 단서였다. 만일 그것이 표적물이라면, 리지가 여기 왔다는 사실이 아무 의미도 없었음을 얘기해준다면 어떨까? 그래 봤자 이제야 그 성격을 알아내게 된 위기를 지연시킬 따름이다. 최근에 내가 영원한 반려자로 리지를 고려해본 적이 있었던가? 그럴지도 모른다. 나는 진지하게 리지와 결혼할 생각을 했던가? 아니다. 하지만 로시나가 공포를 불러일으키려던 짓은 참을 수 없는 못된 짓이었다. 나는 굽히지 않고 단호하며 거세게 나가는 편이 좋겠다고 생각했다.

"이봐, 그런 짓은 그만둬. 내가 정확히 뭐라고 그랬는지는 잊어버렸지만, 그건 당신도 잘 알 듯이 순간적이고 감정적인 허튼소리였어. 사람을 그렇게 속박하면 못쓰고, 난 책임이 없어. 그건 약속이 아니라 그냥 한 말에 지나지 않으니까."

"약속도 말이야. 당신은 책임이 있어, 찰스. 책임이."

그녀는 강조를 하느라고 그 말을 나지막이 되풀이했다.

"로시나, 한심한 소리는 그만둬. 사람이란 연애를 하는 동안 온갖 얘기를 다 한다는 걸 알잖아. 당신 말대로 내가 약속을 했더라도 난 다른 모든 사람이나 마찬가지로 마음이 내키면 언제라도 그 약속을 당장 깨뜨리기도 하지."

"그러니까 당신은 그 여자와 결혼을 할 생각이야?"

"누구하고? 그게 무슨 얘기야? 리지 말인가?"

"그게 사실이군?"

"아냐, 물론 난 그 여자하고 결혼을 하지는 않아."

"그 여자와 결혼은 하지 않는다, 이거야?"

"로시나, 날 가만히 놔둘 수 없어? 도대체 왜 그런 생각을 하지?"

"아, 그거 말이지." 손가락으로 딱 소리를 내며 로시나가 말했다. "런던에선 그 소문이 자자해. 그 여자가 떠들어댔으니까. 결혼을 하자고 당신이 괴롭힌다는 얘길 사방에 하고 돌아다녔어."

물론 나는 그 말을 믿지 않았다.

로시나가 얘기를 계속했다.

"길버트 오피안이 당신과 맞설 패거리를 모으려고 돌아다니며 애를 썼어. 모두들 꽤나 재미있어하는데."

길버트가 범인이었다.

"그리고 내 생각에 당신은 리지가 길버트와 같이 사는 걸 몰랐던 것 같아. 놀랐겠지. 다들 알고 있었는데. 그 여자가 누구하고 사는지도 모를 만큼 관심이 없었다면 결혼할 만한 관심도 없겠지."

"난 그 여자와 결혼하지는 않아."

"그 얘기는 두 번이나 했어."

"내 얘긴…… 아, 가버려, 로시나. 그리고 그들은 사랑하는 게 아냐."

"그렇게 믿어?"

"내 얘긴, 난 내 마음대로 하겠다는 거야."

"당신은 내가 누구와 사는지 항상 알고 있었지."

"혼자 좋아하지 마. 나한테 집적거리지 않는 한 난 당신이 무엇을 하거나 누구하고 살거나 관심이 없어. 그러니 없어져버려."

로시나는 꼼짝 않고 앉아서 한 손만 식탁 위로 내밀었고, 가운뎃손가락의 길고 뾰족한 손톱이 내 셔츠 소매에 닿았다. 팔뚝을 파고드는 그녀의 손톱이 느껴졌다. 나는 꼿꼿이 앉아 몸을 움츠리지도 않았다.

"알아듣지를 못하는구먼." 그녀가 말했다. "내가 왜 찾아왔다고 생각해? 난 혼자 즐거워하다가 나중에 당신과 함께 웃으려고 집으로 들어와 물건들을 부수지는 않았어. 이 말을 해두고 싶어. 나하고 결혼을 하건 안 하건 다 좋지만, 다른 어느 누구하고도 결혼하게 내가 그냥 놔두지는 않을 거야. 난 당신이 꼭 약속을 지키게 만들 테니까."

"그렇게는 못 하지. 당신은 꿈속에서 놀고 있어."

"뭐, 당신이 결혼식을 올리고, 마음에 맞는 계집과 살림도 차리겠지만, 영원히 행복하게 살지는 못해. 리지와 살림을 차린다면, 당신이 내 인생을 망쳤듯이 나도 당신 인생을 망쳐놓겠어. 당신은 나한테서 도망치지 못해. 난 항상 당신 주변에 있겠고, 밤낮으로 당신 머릿속에 있을 테고, 당신과 그 여자의 삶에서 악마 노릇을 하겠어. 당신을 만났기 때문에 비참해졌다고 그녀가 울어댈 때까지 말야. 사람들에게 겁을 주기는 아주 쉬워, 찰스. 해보니까 알겠어. 사람들을 병신으로 만들고, 마음의 평화를 철저히 파괴하고 모든 기쁨을 짓밟기는 간단해. 당신 결혼을 난 못 참아, 찰스. 그 계집하고 결혼을 하거나 애인으로 삼는다면, 난 내 평생을 다 바쳐 훼방을 놓겠고, 그건 아주 쉬운 일일 거야."

그녀가 손을 놓았다. 내 셔츠 소매에 핏자국이 번졌다. 질투심에서 한 여자가 공연히 순간적으로 한 헛소리가 아니었다. 그것은 증오였고, 증오는 그 나름대로의 신비한 힘으로 파괴를 할 수가 있다. 로시나는 협박한 대로 실천할 의지와 힘을 지녔다. 나는 그 시커먼 의지가 방향만 바꾸면 바로 내가 그녀에게 사랑을 느꼈던 요소임을 뼈아프게 느꼈다. 그녀는 하얗고 물고기 같은 이를 내보이며 다시 미소를 지었다.

나는 점잖은 말투를 썼지만, 내 두려움을 눈치 챈 그녀는 속지를 않았다.

"당신 협박은 좀 때가 이른 감이 있지만, 만일 무슨 이유로든 날 괴롭힌다면 나도 틀림없이 보복을 하겠어. 왜 싸움을 벌이고, 당신의 인생과 시간을 낭비하지? 이건 사랑이 아니고 증오야. 당신은 합리적인 여자야. 그건 잊어버려. 바보 같은 질투의 발작으로 왜 스스로 비참해지는 거야?"

이 말은 큰 실수였다.

로시나는 손바닥으로 식탁을 쳤고, 두 눈은 사납게 번득였다.

"질투 얘기를 어디서 감히 들먹여! 당신이 쫓아다니는 하찮은 계집들을 내가 거들떠보기라도 하는 줄 알고! 좋아, 당신은 나를, 그 여자와 놀아나기 위해 나를 버렸고, 난 그걸 잊지 않았어. 난 그 여잘 병신으로나 미치게 만들 수가 있었지만, 누구에게나 그랬듯이 당신이 그녀에게도 싫증을 느끼리라는 걸 알았지. 당신은 내 결혼 생활을 파탄냈고, 내가 아이를 갖지 못하게 했고, 당신을 위해서 난 친구들을 모두 짓밟았어. 남편과 헤어지라고 당신이 무릎을 꿇고 빌었고, 내가 그와 헤어진 다음, 당신은 그 애송이 때문에 나를 버렸지. 우리 사랑이 어땠는지를 당신은 잊었어? 왜 그런 얘기들을 당신이 했는지 잊었어?"

"꿈이나 마찬가지로 인간은 부질없는 사랑을 잊는 은총을 받았지."

"상상력이 하나도 없으니까 당신이 연극을 쓸 수 없었다는 게 이상한 일도 아니지. 당신은 냉정한 어린아이야. 당신은 여자를 원하지만 사람들에 대해서 전혀 관심이 없으니 아무것도 깨닫지를 못해. 당신은 정사를 나눠도 웬일인지 그냥 순진한 채여서, 아니, 순진한 게 아니고, 당신은 근본적으로 악질이지만, 어쩐지 미숙해. 당신의 첫 정부는 어머니였고, 클레멘트는 아기를 낚아챈 셈이야. 하지만 그게 모두 신기록이라는 걸 모르겠어? 그 여자들은 권력과 마력 때문에 당신을 사랑했고, 그래, 당신은 사람을 홀렸지. 그런데 이젠 끝장이 났고, 허황된 것이 아니라 있는 그대로의 당신을 사랑했던 사람은 나 혼자뿐이야."

"그 연설을 리지에 대한 소문을 듣고 난 다음이 아니라 그 전에 했더라면 훨씬 인상적이겠구먼!"

"당신이 자랑 삼아 얘기했듯이 정말로 세상을 버릴지 기다리며 보고 싶었지. 난 당신이 헐벗고 홀로 있게 되길 바랐어. 그다음에는 내가 탐탁히 봐줄 수가 있을 만하니까. 세상에, 사람을 홀리는 기막힌 재주 말고 당신을 존경할 만한 요소가 또 있으리라고 생각한 내가 바보였지! 하지만 진실의 순간에, 평생 아주 소수의 사람들만이 누릴 특혜를 받는 사랑의 절대성을 느낀 순간에 당신이 그 약속을 했다는 건 변함이 없는 사실이야. 그리고 그 약속은 내 소유이고, 파탄이 난 결혼 생활과 어떤 남자에게도 그러지 않았지만 당신에게 쏟아준 사랑의 대가로 내가 얻은 건 그게 전부야. 난 그 약속을 얻었으니 당신 인생을 쓸쓸하고 황폐하게 만드는 것 말고는 아무짝에도 쓸모없더라도, 난 그걸 버리지 않고 사용하겠어."

나는 벌떡 일어섰고, 그녀는 짐승의 앞발처럼 번득이는 두 손을 쳐

들었다. 그녀는 고양이 역을 맡은 발레리나 같았다.

"이봐, 우리 사팔뜨기 미녀, 늦었으니까 어서 길을 서둘러 레이븐 효텔로 가지 그래. 난 자야겠어 그리고 제발 앞으로는 이 집 주위에서 얼쩡거리며 물건을 깨뜨리거나 창문으로 들여다보지 마. 난 어떤 여자 하고도 결혼이나 정착을 할 생각이 없으니까."

"그거 맹세하겠어?"

"아무 약속도 없었어. 리지는 길버트와 살아. 그게 전부야. 물론 난 리지에게 절대로 청혼하지 않았고, 그건 다 한심한 헛소문이야. 그러니까 가. 난 피곤하고, 그렇게 긴 연기를 했으니 당신도 피곤할 거야."

그녀는 일어서서 망토를 더 꼭 여미었고, 옆구리로 두 팔을 빼더니 앞에서 손을 마주 움켜쥐었다. 그녀는 잠깐 동안 가만히 서서 나에게 눈을 부라렸다.

"나 가겠어. 하지만 내가 한 얘기 믿는다고 말해줘."

"일부는 믿지."

"내가 한 얘기 믿는다고 말해."

"믿어. 그러니 어서 나가."

나는 앞장을 서서 등잔을 들고 앞문으로 갔다. 문을 열었다. 등불이 밖에서 유령처럼 기다리던 안개를 비추었다. 둑길의 끝이 안개 때문에 보이지가 않았다.

"길까지 불을 밝혀주지."

나는 손전등을 가지러 갔다.

"이거, 내가 호텔까지 바래다줘야겠구먼. 제기랄."

"그럴 필요 없어."

맥 빠지고 둔감한 어조로 그녀가 말했다.

"근처에 내 차가 있으니까."

나는 둑길 너머로 손전등을 비추었다. 길에는 안개가 덜했다.

"차가 어디 있지?"

"바위 뒤쪽에."

우리는 그곳으로 걸어갔고, 그녀는 차에 탔다. 내가 말했다.

"잘 가."

그녀가 말했다.

"잊지 마."

그녀는 헤드라이트를 켰고, 납작하고 빨간 2인승 자동차가 윤곽을 드러냈다. 차가 뒷걸음질을 쳐 길로 나왔다. 차가 방향을 돌려 호텔 쪽으로 나가려니까 길을 따라 걷고 있던 어떤 사람의 모습이 불쑥 나타났다. 로시나가 가속기를 밟자 차는 갑자기 앞으로 튀어나갔고, 길을 가던 사람이 바위에 기대고 몸을 움츠린 모습을 잠깐 헤드라이트가 비추었다. 차가 끽끽거리며 기우뚱대더니 요란하게 길을 따라 내려갔다. 무성한 풀밭에 손전등을 떨어뜨린 나는 어둠 속을 더듬었다.

로시나가 차로 칠 뻔한 사람은 이상하게도 하틀리를 연상시키던 마을의 늙은 여자였다. 환한 빛이 비추던 그 순간에 나는 깨달았다. 늙은 여자는 하틀리를 닮은 것이 아니었다. 그녀는 바로 하틀리였다.

둘

지금 나는 런던에서 로시나의 방문과 그 후에 있었던 얘기를 쓰고 있다. 로시나의 차가 달려가버린 다음에 나는 공간과 시간을 쫓아버리고 얼을 뺄 정도의 충격을 받은 상태에서 꼼짝 않고 서 있었다. 나는 마비가 되었다. 첫 충격이 그토록 심했던 발견의 순간에 어떻게 내가 땅바닥에 쓰러지지 않았는지를 도무지 모르겠다. 왜 그런지는 모르겠지만 처음에 나는 사람들이 상상하지 못하는 세상의 종말처럼 무섭거나 달갑지 않은 어떤 일이 아니라, 단순히 불가능한 일이 실제로 일어났다는 생각이 들었다. 그리고 사실 그것은 세상의 종말이었다. 다음에 나는 천천히 손을 내밀어 바위를 짚고 몸을 지탱했던 기억이 난다. 땅을 더듬어 손전등을 집어 들었을 때쯤에 나는 하틀리가 가버렸을 터이고, 길을 많이 내려갔거나 아니면 들판을 건너는 지름길로 들어섰으리라고 생각했다. 어쨌든 자동차의 불빛에 잡힌 다음에 그녀가 어느 방향으로 갔는지도 확실치가 않았다.

내 마음은 너무 충격을 받아 어떤 판단도 내리지를 못했다. 나는 서둘러 마을 쪽으로 가다가 걸음을 멈추었다. 왜 소리쳐 그녀를 부르지 않았는지 모르겠지만 그것은 불가능했으리라. 그녀의 이름이 정말 머리에 잘 떠오르지를 않았고, 꿈에서처럼 밑도 끝도 없는 고함 소리처럼 들렸으리라. 나는 서둘러 되돌아가서 그녀가 있던 자리를 바보처럼 손전등으로 비춰가며 살펴보았다. 환한 불빛에 자동차의 바큇자국과, 짓눌린 잡초와, 노랗게 얽은 바위와, 흐르는 안개가 드러났다. 결국 장례식에서 돌아오는 사람처럼 나는 천천히 둑길을 지나 집으로 갔다. 부엌에는 등불을 켜놓은 채였고, 작고 빨간 방에는 장작불이 타올랐다. 온통 조용한 것이 그 옛날 로시나와 얘기를 나누던 때와 똑같았다.

나는 떨었다. 식사나 술을 들기도 마찬가지로 불가능했다. 작고 빨간 방으로 들어가 불가에 앉았다. '그녀는 미망인일까?' 이 고뇌에 찬 의문이 웬일인지 처음 그녀를 알아본 순간에 저절로 튀어나왔다. 그녀가 그토록 철저히 변했기 때문이 아니라 내 주변의 모든 것이 황폐해지고, 모든 옛 자부심은 사라지고, 모든 무서운 가능성만이 시작됨을 알았기 때문에 오싹했다. 머지않아 소름 끼칠 고통이 오리라는 생각이 그때는 전혀 머리에 떠오르지 않았다고 생각된다. 나를 그토록 좌절하게 했던 것은 눈앞에 드러난 고통이 아니라 변화라는 당연한 경험, 그 자체였다. 나는 번데기에서 기어 나오는 곤충이나 세상으로 발버둥치며 나오는 태아가 느꼈음 직한 현재의 고뇌를 느꼈다. 그것은 과거에로의 귀환도 아니었다. 추억이란 이제 거의 상관이 없는 듯싶었다. 그것은 존재의 새로운 상태였다.

결국 나는 잠자리에 들어서 곧 혼곤히 잠들었다. 그때까지 내 머리에는 두어 가지 생각이나 의문이 더 생겼다. '그녀는 미망인일까?'는 의문이라고 하지도 못할 만큼 지배적이어서, 내가 호흡하는 대기나 마찬가지였다. 그녀가 마을에서 나를 보았고, 알아보았을까 궁금했다. 나는 먼발치에서 그녀를 몇 번 보았다. 아, 얼마나 가혹한 일인가. 나는 그녀를 보고도 누구인지를 몰랐다. 하지만 거의 변하지 않은 나를 그녀는 한눈에 알아보았으리라. 그렇다면 왜 말을 걸어오지 않았을까? 혹시 미처 나를 보지 못했거나, 혹시 근시이거나, 혹시—아무튼 그녀는 무슨 일로 마을에 와 있을까? 여기에 사는가, 아니면 놀러 왔을까? 그녀는 내일 사라지고, 다시는 못 보게 될지도 모른다. 밤중에 안개 낀 길을 따라 어디로 가고 있었을까? 그녀가 레이븐 호텔에서 일을 할지도 모른다는 생각이 떠올랐다. 하지만 그녀는, 하틀리는 나이가 예순이 넘었다. 나는 하틀리 역시 늙는다는 사실을 한 번도 염두에 두지 않았다. 어둠 속에서 나를 보았을 때, 내가 그녀를 알아보았다는 것을 눈치챘을까 하는 의문도 떠올랐다. 나는 생각했다—그녀는 내가 로시나와 함께 있는 장면을 보았다. 우리가 무슨 얘기를 하고 있었으며, 그녀는 어떤 말을 우연히 들었을까? 생각이 나지 않았다. 나는 헤드라이트 뒤쪽에 있었으니까 그녀가 보지 못했으리라는 단정을 내렸다. 그리고 내일, 나는 그녀를 찾고 또 찾아서, 찾아낸 다음에는…….

  이튿날 아침 나는 세상이 달라졌다는 절박한 기분을 느끼며 잠에서 깨었다. 기분 나쁜 감정은 덜했으며, 새롭고 지극히 조급한 흥분과 그녀 곁에 있고 싶다는 단순하고 짜릿한 육체적 갈망이, 사랑의 강렬하고 명백한 이끌림이 자리를 대신했다. 마치 밤 사이에 선한 일을 베풀 수 있는 자비로운 존재로 변한 듯 묘하게 너울대는 기쁨도 맛보았다. 나는 선을 행하고 베풀 능력이 있었다. 나는 거지 아가씨를 찾아다니는 임금님이었다. 나는 변모시키고, 죽은 자를 살리고, 병을 고치고, 꿈도 못 꿀 행복과 기쁨을 가져다줄 능력이 있었다. 나는 여기, 바로 이곳에 와서, 생각지도 못하던 그녀를 마침내 찾아내었다! 클레멘트 때문에 이곳으로 와서 하틀리를 찾아낸 것이다. 하지만, 그녀는 미망인일까?
  나는 9시도 되기 전에 마을에 도착했다. 해가 난 아침이었고, 날씨가 무더울 기세였다. 나는 짧은 길거리들을 빠른 걸음으로 지나쳤다. 그러고는 항구로 내려가 집들이 있는 언덕으로 뻗은 오솔길을 따라 다시 올라갔다. 두 가게가 문을 열자마자 두 군데 다 들렀다. 나는 다시 걸어서 돌아다녔다. 다음에는 빈 교회로 들어가 얼굴을 두 손에 파묻고 얼마 동안 앉아 있었다. 나는 기도를 드릴 수 있음을 깨달았고, 진심으로 기도를 드렸다. 하느님을 믿지 않았으며 어릴 적 말고는 교회에 가지 않았던 나로서는 이상한 노릇이었다. 나는 기도를 드렸다. 내가 하틀리를 발견하고, 그녀는 혼자 살며, 그녀가 나를 사랑하고 영원히 내가 행복하게 해줄 수 있기를. 하틀리를 행복하게 해줄 수 있는 능력은 세상에서 내가 가장 갈망하던 것이며, 그 능력은 내 인생이 절정에 올라 완전하게 만들 그 무엇이었다. 나는 기도를 계속하다가 이상하게도 잠이 든 기분을 느꼈다. 하틀리를 발견할 유일한 기회가 내가 잠든 사이에 왔다가 가버려서, 그녀를 잃었다는 전율을 느끼며 잠에서 깨어나는 기분을 확실히 느꼈다. 그녀는 휴가가 끝났거나, 집으로 갔거나, 도망을 쳤거나, 죽어버렸는지도 모른다. 나는 소스라치며 일어나 시계를 보았다. 겨우 9시 20분이었다. 나는 교회에서 밖으로 뛰어나갔다. 그리고 마침내 그녀를 보았다.

꼿꼿하고 늙은 여자가 후줄근한 갈색 천막 같은 드레스를 입고, 장바구니를 들고 꿈속에서처럼 아주 느린 걸음으로 길거리를 따라 블랙 라이언을 지나 상점을 향해 가는 모습을 보았다. 전에는 그토록 멍청하고 막연하게만 의식했던 그 모습이 이제는 완전히 달라 보였다. 배경이 온통 달라졌다. 그리고 나와 그 모습 사이에서, 마지막일지도 모르지만 다시 한번, 다리가 길고 허벅지가 눈부신 호리호리한 소녀의 환상이 아물거렸다. 나는 달려갔다.

내가 뒤따라 그녀에게 이르렀을 때 그녀는 술집 앞을 지나쳤고, 나란히 서게 되자 나는 치렁치렁한 드레스 소매를 잡았다. 그녀가 걸음을 멈추었고 나도 멈추었다. 나는 아무 말도 할 수가 없었다.

낯익은 얼굴이, 보랏빛 눈이 비밀스럽고, 하얗고, 동그랗고, 죽음이 깃든 듯한 얼굴이 나를 향했고, 나는 거의 반사적으로 안도감을 느끼며 생각했다—이제 알겠는데, 그렇다, 같은 사람이고, 누가 뭐래도 내 눈에는 같은 사람이다.

이제는 완전히 새하얘진 것처럼 보이는 하틀리의 얼굴은 너무나 소름 끼치는 공포를 드러내서, 먼 과거와 현재를 배합할 길을, '유사점'을 찾으려는 절박하고 거의 기계적인 노력을 하지 않았더라면 나 역시 공포에 빠졌으리라. 그렇다, 앙상하고, 묘하게 부드럽고 메마르기는 했어도, 그것은 하틀리의 얼굴이었다. 눈가에서는 아주 가늘고 섬세한 주름살이 한 다발 이마로 올라갔다가 턱을 향해 내려가서 얼굴이 꽃다발 같았다. 이마에는 굵직한 주름이 옆으로 파였고, 입 위에는 털이 길고 가무스레했다. 그녀는 촉촉하고 빨간 립스틱을 발랐으며, 얼굴에 바른 분가루가 여기저기 덩어리를 지었다. 머리는 백발이었고, 구식으로 곱게 다듬어 붙였다. 하지만 얼굴과 머리의 모습과 눈의 표정은 과거에서 현재까지 줄곧 변함이 없는 어떤 것을 보여주었다.

그녀는 뭐라고 우물우물 얘기를 시작했다.

"어머…… 이건……."

내가 누구인지를 그녀가 안다는 것이 역연했다. 그녀는 멍해지고 겁에 질려 애원하는 눈으로 나를 응시하며 "어머……"라고만 했다.

나는 겨우 "이리 와요. 이리요……"라는 말을 하고는 다시 소매를 잡고 교회 쪽으로 되돌아가기 시작했다. 나는 섣불리 그녀와 나란히 산

책을 할 엄두는 내지 않았다. 그녀는 몇 발자국 떨어져 따라왔고, 나는 뒤를 돌아다보느라고 자꾸만 고꾸라졌다. 우리의 재회를 누가 보았는지는 알 수가 없는 노릇이었다. 아마도 십여 명이 보았거나, 본 사람이 하나도 없을지도 모른다. 하틀리의 겁에 질린 눈 이외에 나는 아무것도 보이지가 않았다.

나는 교회로 들어가 그녀가 들어오도록 크고 묵직한 문을 잡아주었다. 교회는 아직도 비어 있었다. 커다란 유리창으로 환하고 시원한 빛이 들어왔다. 나는 가까운 의자에 앉았고, 그녀는 내 앞줄에 앉아서 몸을 돌려 나를 쳐다보았다. 축축하고 곰팡이 냄새가 나는 가운데에서 나는 그녀의 분 냄새를 맡고, 그녀 몸의 따스함을 느낄 수가 있었다. 그녀는 가방을 들고 의자의 등받이를 두 손으로 움켜잡았다. 그녀는 빨갛고 주름진 손을 얼른 다시 감추었다. 그녀는 "미안해요"라고 말하더니 눈을 감았다. 나는 그녀가 손을 얹었던 윤이 나는 나무 등받이 표면에 시선을 고정시키고 말했다.

"오, 하틀리…… 하틀리…… 하틀리……."

그렇지 않을 수도 있지만 그녀의 감정이 내 감정만큼 강렬하다는 것을 나는 나중에야 깨달았다. 눈을 들어 보니 그녀는 손수건으로 얼굴을 찍어내며 전율하듯 나를 쳐다보지 않으면서 입을 벌리고 호흡을 했다.

"하틀리, 난— 오, 하틀리— 오, 내 사랑— 당신 어디 살아요, 이 마을에 사나요?"

왜 그 질문부터 먼저 했는지 모르지만, 대답하기가 쉬운 것이어서 그랬을 수도 있으리라. 우리는 언어가 달라서 서로 말을 가르쳐야 하는 듯, 무슨 얘기를 하려고 해도 어려웠다.

"그래요."

"놀러 온 게 아니고 여기 산다는 얘기예요?"

"그래요."

"나도 그래요. 지금은 은퇴를 했죠. 어디 살아요?"

"언덕 위에요."

"방갈로들이 있는 거기요?"

"그래요." 그녀가 말을 덧붙였다. "거긴 경치가 좋죠."

그녀도 말을 더듬었다. 손수건이 그녀의 뺨에 립스틱을 약간 뭉개어 놓았다.

"당신은 결혼을 했죠, 안 그래요? 아직도 당신은— 내 얘긴 남편이 아직도— 지금— 당신 남편이 있나요?"

"예, 예, 아, 그럼요. 남편은 살아 있고— 그래요, 나하고 같이 살고— 우린 여기— 여기서 살아요."

온 세상의 가능성들이 무대의 무슨 기묘한 장치처럼 서서히 접히고, 소리 없이, 무너지고, 접히고, 한데 뭉쳐 아주 작아져서 사라지는 동안 나는 잠자코 있었다. 그러니까…… 결국…… 그렇구나. 이제는 하틀리의 입장이 어떻든지 간에 나에게는 지속적이고 유일한 상황이요, 최후의 사태이며, 세계의 중심이 되어야 할 이 상황에서 존재할 새로운 방법을 생각해내고 마련해야 한다.

"섭섭한 일이군요."

내가 말했다.

그 마지막 어정쩡한 답에 그녀는 머리를 약간 흔들더니 감정이 격해져 번쩍들었다. 짤막한 탄원, 끝없고 간단한 아멘.

내가 말을 이었다.

"난 결혼을 하지 않았어요, 한 번도."

168

그녀는 다시 머리를 움직이더니 빨개진 손수건을 물끄러미 내려다보았다. 방금 일어난 엄청난 사건을 숨을 몰아쉬며 구경하듯 우리는 잠깐 동안 침묵을 지켰다. 그러고 나서 위기를 맞은 사람들이 아무 얘기나 서둘러 떠들어대듯 내가 재빨리 말했다.

"나를 전에 본 적이, 길거리에서라도 보고 얼굴을 알아본 적이 한 번도 없어요?"

"아, 있죠. 삼 주쯤 전에 당신을 봤어요. 당신을 알아봤죠. 당신은 변하지 않았더군요."

나는 "당신도 변하지 않았다"는 말이 나오지를 않았고, 그러지 못하는 나 자신이 미웠다. 모습이 달라지면 여자들은 얼마나 상심하고, 얼마나 신경을 쓰던가? 하지만 또 다른 놀라운 생각이 머리에 떠올랐다.

"그런데 왜 나한테 말을 걸지 않았죠?"

"당신이 나를 아는 체하고 싶어 하는지 자신이 없었어요. 혹시 우리가 모르고 지나치는 게 좋다고 느끼시는 것 같기도 해서……."

"그러니까 내가 당신을 알아보고도 — 그냥 지나치고 — 못 본 체했을 거라는 얘긴가요? 어떻게 그런 생각을 했죠?"

"모르겠어요. 그토록 오랜 세월이 흘렀으니 당신 기분이 어떨지 모르고 — 나를 탓하거나 잊었을지도 몰라서요. 당신은 너무나 굉장하고 유명해서 — 나를 싫어하거나 아는 체하기가 싫어서……."

"오, 하틀리, 나를 알았더라면 어찌…… 난 당신을 찾느라고 여러 해를 보냈고, 당신을 사랑하지 않았던 적이 없는데……."

나는 갈색 드레스의 어깨에 손을 대고 잠깐 동안 옷깃을 두 손가락으로 잡았다.

"그러지 마세요, 그러지 마세요."

약간 몸을 빼면서 그녀가 중얼거렸다.

"어젯밤에 내가 당신을 봤다는 걸 알아요?"

"예."

"그때서야 난 당신을 알아봤죠. 그 후 줄곧 난 미친 상태였어요. 내가 당신을 모르는 체하다니, 그건 말도 안 되는 일이에요! 당신을 탓하거나 잊으리라는 생각을 어떻게 해요! 당신은 내 사랑이고, 지금도 내 사랑이고, 옛날이나 지금이나 당신은 마찬가지의 의미를 지녀요……."

그녀는 묘한 미소 비슷하게 얼굴을 조금 찡그리고는 아직도 나를 쳐다보지 않으면서 머리를 저었다.

더 얘기를 할 수가 없어서 나는 한심한 소리를 또다시 더듬거렸다.

"당신은 아직도 — 남편과 — 그때 결혼한 사람과 — 같이 사나요?"

"그래요, 같은 사람예요."

"그 사람 성을 모르겠는데…… 당신 남편의 성 말예요."

"난 미세스 피치예요. 그이 이름은 피치, 벤자민 피치고요."

아랫배를 한 대 맞은 기분이었다. 그 이름에는 그녀가 결혼했다는 공포가, 내가 어떤 일이 있어도 견디며 살아야 하는 공포가 결부되었다. 나는 기막힌 자아 연민에 사로잡혀 고통스럽게 얼굴을 찡그렸다.

"하틀리…… 남편은 뭘 하는 사람예요? 무슨 일을 하죠?"

"그이는 몸이 약간 온전치를 못하고, 판매원처럼 무슨 대행인으로 차를 타고 다니며 여러 가지 일을 하다가 지금은 은퇴를 했어요. 우린 미들랜드(잉글랜드 중부 지방)에서 살다가 이리로 와서 언덕 마을에서 살게 되었는데……."

"아, 이상하잖아요, 하틀리. 우린 서로 다시 만나려고 이곳으로 왔지만 그걸 알지 못했어요. 무슨 숙명 같잖아요? 하지만, 아, 얼마나 괴로운 일예요."

하틀리는 아무 말도 하지 않았다. 그녀는 시계를 보았다.

"그리고…… 아이들은…… 있어요?"

"아들이 하나 있죠. 열여덟 살예요. 지금은 멀리 떠나 있지만요."

그녀는 필요한 업무를 처리하듯 생각에 잠기며 훨씬 차분하게 얘기했다.

"아들 이름이 뭐예요?"

그녀는 잠깐 침묵을 지킨 다음에 말했다.

"타이투스요." 그녀가 되풀이해서 말했다. "타이투스가 그 애 이름예요." 그러더니 다시 시계를 보며 말했다. "난 가야 해요. 늦기 전에 가게에 가야 해요."

"하틀리, 제발, 가지 말아요, 얘기를 계속해야겠는데, 얘기해봐요……. 아, 은퇴하기 전에 남편이 무얼 하거나 팔았는지 얘기해봐요."

나는 자꾸만 캐묻지 않을 수가 없었다.

"소방관요. 불 끄는 사람이었죠." 그녀는 덧붙여 말했다. "저녁이면 항상 잔뜩 지쳐 있었죠."

그녀가 보낸 저녁들, 오랜 세월 동안 보낸 저녁들의 환상이 나로 하여금 서투른 질문을 하게 만들었다.

"그럼 결혼 생활은 행복했나요, 하틀리? 훌륭한 생활을 보냈어요?"

"아, 그럼요. 그래요. 난 아주 행복했고, 그래요, 결혼 생활도 행복했어요."

그녀의 얘기가 진지한지는 알 길이 없었다. 그랬는지도 모른다. 훌륭한 인생. 내가 사용한 말은 얼마나 우스꽝스러운가? 우리가 헤어진 이후에 두 사람의 인생은 다 흘러갔고 어쩌면 끝난 것이 아닐까? 나에

171

게는 한없이 매력적이던, 가늘게 떨리며 약간 단조로운 어투가 그대로 담긴 하틀리의 목소리에 지방 억양이 조금 섞여서, 내 목소리도 얼마나 달라졌을까 하는 생각이 들었다.

나는 갑자기 숨이 차서 두 손을 의자 등받이에 얹었다. 내 새끼손가락이 드레스에 닿자 그녀는 또다시 몸을 약간 흠칫했다. 어떤 시커먼 것이 머리 위에서 나를 위협하는 듯싶었다. 그녀는 그동안 줄곧 행복했는데, 그렇다, 행복하지 마라는 법도 없지만, 그래도 나는 믿어지지가 않았고, 견딜 수도 없었다. 그 오랫동안 그녀는 존재했고, 우리의 삶은 사라졌다. 입으로 숨을 몰아쉬니 암흑이 없어졌다. 나는 영리해야 된다고 생각했는데 '영리함'이라는 말은 나에게 도움이 될 것처럼 여겨졌다. 나는 영리해져서, 너무 괴로워하지 말아야 한다. 나는 여기에서 영리하게, 다만 약간의 안락함을 얻기 위해서라도 행복을 추구해야 한다.

나는 무슨 뜻인지, 왜 그러는지도 제대로 의식하지 못하며 말했다.

"어젯밤 차에 타고 있던 여자는 로시나 밤버라는 유명한 여배우인데, 날 잠깐 찾아온 길이고……."

"우린 극장에 간 적이 거의 없어요."

"볼일이 있어서 그냥 찾아온 거죠."

"난 텔레비전에서 당신을 봤어요."

"그래요? 그게 무엇이었는지……."

"잊어버렸어요. 이젠 가야겠어요."

그녀가 다시 말하고 일어서서는 장바구니를 집어 들었다.

나는 당황했다.

"하틀리, 가지 말아요. 당신 너무 피곤해 보여서……."

이것은 가장 훌륭한 말은 아니었지만, 늙은 여자가 되어 내 앞에 서 있는 그녀를 보고 느낀 보호 의식과, 부드러움과, 연민과, 일종의 겸허함의 고뇌를 나타내었다. 그녀는 피곤해 보이지 않았지만, 오랜 세월에 걸쳐 너무 힘들여 일한 사람의 끝없는 권태감이 비애나 고통보다 더 깊이 담긴 얼굴에는 피곤함이라는 표현이 어울렸다.

"속병이 끊이지 않기는 하지만 난 아주 건강해요. 당신은 아주 건강하고 젊어 보여요, 찰스. 난 가야겠어요."

그녀는 비척거리며 내 앞을 지나 문 쪽으로 갔다.

나는 벌떡 일어나 그녀를 뒤따라갔다.

"그럼 우린 어떡하죠?"

하틀리는 질문의 뜻을 모르겠다는 듯한 표정으로 나를 쳐다보았다.

내가 되풀이해서 말했다.

"우린 어떻게 하죠? 내 애긴…… 오, 하틀리, 하틀리, 언제 다시 만날지, 가게에서 일을 보고 나면, 술집에서 만나든지 집으로 찾아올 수 있을지……."

이 말에 뒤이어 광란의 환상이 펼쳐졌다.

하틀리는 힘들여 교회 문을 당겨 열었고, 그녀의 어깨 너머로 '멍청이'의 무덤과, 이리저리 살을 엮은 철문과, 사람들이 다니는 길거리들과, 바다의 아득한 수평선이 보였다. 나는 거칠게 말했다.

"물론 난 당신을 찾아가고, 당신 남편을 무척 만나고 싶고, 당신들도 내 우스꽝스러운 집으로 내려와 술이라도 한잔 나누면 좋겠는데, 내가 어디 사는지는……."

"예, 나도 알아요. 고맙지만 남편은 몸이 불편해서 지금 당장은 곤란하니까……."

"하지만 난 당신을 꼭 만나야 하니까…… 주소는 어떻게 되죠?"

"끝에 있는 니블레츠라는 집이지만, 그러지 마시고…… 내가 연락을 할 테니까……."

"부탁예요, 하틀리, 내가 도와줄 테니까 물건을 다 사고 난 다음에 만나서……."

"아뇨, 아녜요, 늦었어요. 여기 계시고, 따라오지 말아요. 나중에 다른 날 내가 연락해서 만나게 될 테니 아무 짓도 하지 말아요. 나중에 연락하기로 하고, 난 어서 가야 해요. 제발 여기 있어요. 안녕히 가세요."

나는 그녀를 만지고 싶었지만, 웬일인지 그녀가 스러져 없어질 유령처럼 여겨져서 손가락으로 그녀의 드레스만 만지고 싶었을 뿐이었다. 이제 나는 그녀의 머리를 잡아 조용히 끌어당겨 그녀의 심장이 뛰는 소리가 듣고 싶어졌다. 옛 욕망이 갑자기 되살아났다. 나는 조금도 변하지 않은 그녀의 푸른 두 눈과 동그란 얼굴에 나타난 묘하게 성난 표정을 보았다. 그리고 너무나 하얗고 차가운 입술을.

나는 "전화번호부에 내 이름이 없으니까……"라고 얘기를 꺼냈다.

그녀는 재빨리 교회 밖으로 나가 조심스럽게 문을 닫았다. 그녀의 말대로 나는 그냥 있었다. 나는 같은 자리로 되돌아가서 그녀의 손이 놓였던 곳을 만져보았다.

나는 어찌 해야 하며, 하틀리를 다시 찾아내었으니 앞으로 죽을 때까지 어떻게 살아갈 것인가? 매주 '니블레츠'로 찾아가 벤자민 피치 부처와 차를 드나? 아니면 슈러프 엔드에서 그들에게 콩과 소세지와 포도주를 대접하나? 그들을 런던으로 데려가 연극을 구경시켜줄까? 타이투스의 장래에 관심을 가져? 그들을 모두 돌봐주나? 내 재산을 타이투스에게 물려줄까? 내 머릿속은 제멋대로 날뛰었고, 시야가 광활하게 펼쳐졌고, 미래의 엄청난 가능성들이 갑자기 힘차게 살아났지만, 그 모두가 참혹했다.

영리해야지, 나는 생각했다. 약아야 해. 나는 시계를 보았다. 10시 20분이었다. 그토록 짧은 시간에 그토록 엄청난 생각이. 하틀리가 상점에 들렀다가 언덕으로 올라갔을 때쯤까지 그냥 앉아 있다가 교회에서 나와 멍청이의 묘지에 앉아서 엉킨 닻을 새겨 넣은 비석에 몸을 기대었다. 그곳에서는 숲 저편에 있는 방갈로들의 지붕과, 끝에 있는 피치 부부의 집도 보였다. 몸이 온전치 않은 떠돌이 판매원이라. 그는 어디가 이상할까? 불구자인가? 머지않아 벤자민 피치 씨를 만나야겠다는 생각이 들었다.

왜 하틀리는 그렇게 꺼려했고, "그래요, 우리를 찾아와요"라거나 "당신이 찾아오시면 기쁘겠어요"라는 말을 하지 않았을까? 감정이야 어떻든 사리분별을 아는 사람이라면 그런 제스처가 필요하다. 예의가 그것을 요구했고 적어도 현재로서는 예의로써 구제를 받을지도 모른다. 아니면 불구자인 남편이 정말 병이 심하고, 괴로워하고, 성미가 까다롭고, 혹시 병상에 눕기라도 했을까? 하지만, 아, 하틀리는 어떻게 느꼈으며, 무엇 때문에 그토록 초조하고 불안해 보였을까? 나를 집으로 초청하지 못한 까닭은 이해할 수가 있을지도 모른다.

"당신은 너무나 굉장하고 유명해서……."

그녀는 아마도 집과 남편을 창피하게 생각했는지도 모른다. 그렇다고 해서 꼭 그녀가 남편을 사랑하지 않는다는 얘기는 성립되지 않는다. 정말로 그를 사랑하는가? 알아내야 한다. 그녀는 정말로 행복했나? 알아내야 한다. 선택을 잘못해서 그녀가 틀림없이 무척 후회하리라는 감미롭고 끔찍한 생각이 자꾸만 되살아났다. 나와 결혼하지 않은 것을 평생 후회했으리라.

"난 텔레비전에서 당신을 봤어요."

어땠을까? '유명인'이 된 나를 보고 끈질기고 참기 힘든 회한을 느꼈을까? 내가 아직 그대로이고, 아직도 그녀를 그리워한다는 것을 어찌 알았겠는가? 당연히 내가 매력 있는 여자들에게 둘러싸이고, 정부도 두었으리라고 생각하지 않았겠는가? 그녀는 로시나를 보았고, 리지도 보았을지 모른다. 이것도 역시 감미롭고 고통스러운 생각이기는 했지만, 그녀는 회한과, 질투와, 가망 없는 꿈의 헛됨이라는 한스러운 생각에서 나를 만나기를 꺼리는지도 모른다. 그녀는 과거가 어떠했는지를 알고 싶어 하지 않는다. 아, 하느님, 그 오랜 세월, 우리가 함께 보냈을지도 모를 한평생. 그녀는 다시금…… 나를 사랑하고 싶지가…… 않아서…….

위험한 모험에 대한 본능은 이미 충분히 발달했던 터라 나는 이 생각을 밀어제치지는 않았다. 햇볕에 따스해지고 얼룩덜룩 이끼가 긴 짤막한 멍청이 비석에 몸을 기대고 나는 생존 계획을 세웠다. 그 계획은 대충 이러했다. 어떻게 해서든지 내 여생을 하틀리에게 바칠 묘안을 꼭 짜내야만 했다. (피치 씨가 병이 심해서 머지않아 죽으리라는 생각은 얼른 몰아냈다.) 그것은 내가 그들의 결혼 생활을 '인정'하고, 그녀와 그와 성공적으로 우정을 맺도록 노력을 한다는 것이었다. 하틀리와 내가 관광객으로 서로 만나지 않았다는 점은 왈가왈부할 여지도 없다. 적어도 남편은 나를 너그럽게 대해야 한다. 아마도 나는 재미있는 존재로서 용납이 될지도 모른다. 그것은 별로 달갑지 않은 생각이었어도, 상상력은 꽤나 빨라서 (감정은 약간 다르겠지만) 남편에게 "우리 찰스가

176

또 나타났군요. 정말 떨어질 줄을 모르는군요"라는 하틀리의 말이 벌써 귓전에 들리는 듯했다. 혹시 남편은 '연예계 인물'이 아내를 흠모했다는 데 대해서 기분이 으쓱할지도 모를 노릇이었다. 하지만 이런 것들은 기분도 나빴고 어쨌든 지나친 속단이었다.

지금 내가 신경을 집중해야 할 것은, 순수하고 깊은 상호간의 애정이 담긴 존경심과 끊임없이 계속 묶어주는 의식의 형태로서의 사랑의 가능성이었다. 물론 그것은 우리 사이의 사랑이어야 하지만, 광적인 소유욕을 배제하고, 자아를 배제하고, 시간과 되돌이키지 못한 우리의 숙명의 시련을 거친 사랑이어야 한다. 우리는 어떻게 마침내 서로 절대자가 되고 절대로 서로를 잃지 않으며, 한 번이라도 발을 잘못 디뎌 우리가 함께 경건하게 들고 있는 그릇에 넘치는 진실과 역사를 한 방울이라도 흘리지 않게 할 방법을 알아내야 한다. 나는 그녀를 존경하겠다, 나는 그녀를 존경하겠다, 나는 거듭거듭 다짐했다. 나는 그녀에 대해서 깊고 순수한 다정함을 간직했던 사랑의 기적을 느꼈다. 먼 과거의 그 샘물이 얼마나 맑게 흘렀던가. 그렇다, 우리는 조용히 과거를 주워 모아, 침묵의 이해를 지니고, 차이점이 있다고 우리끼리 탓하거나 꾸짖는 연극의 격렬함 없이 과거를 함께 모아야 한다. 정열적이면서도 부드럽고, 신성할 만큼 어리석고 짤막했던 교회에서의 대화를 되새겨보니 이 조용한 속죄의 과정이 얼마나 멋지고 가능하게 여겨지는가? 그토록 오랜 세월이 지난 다음 생애에서 가장 위대한 사랑을 나누었던 이들의 만남이 이러하던가? 우리 대화의 본질은 그르치지 않았고, 머뭇거리던 그 얘기에서는 뜻하는 바가 다시금 뚜렷하게 전해졌다. 그녀와, 이제는 어지럽힐 수 없을 만큼 순결해진 우리 옛사랑을 통해 나는 바다로 찾아왔을 때 바랐던 마음의 순수성을 발견하게 될지도 모른다.

'그녀는 미망인인가?' 하는 의문은 이미 머나먼 과거에 속하여 사라지고 완전히 망각된 개념에 속하는 듯싶었다. 스스로 위안을 얻게 된 이성적 생존 계획에도 불구하고 지금 괴로울 만큼 긴급해진 위험에 빠진 문제는 '그녀가 행복한가?'였다. 이것을 판단하기 위해서는 피치 씨를 관찰할 필요가 있었다. 천천히 걸어 슈러프 엔드로 돌아가는 동안에 나는 피치 씨를 오늘로 만나야겠다고 생각했다. 나는 오늘 저녁 여섯 시에 그들을 찾아가리라.

니블레츠의 초인종을 실제로 울릴 때가 되어서야, 그 오랜 세월 동안에 하틀리가 나에 대한 얘기를 한마디라도 그에게 했을지 처음으로 의문이 들었다.

니블레츠는 부분적으로 자연의 힘에 의해 다듬어진 빨간 벽돌로 지은 정사각형의 작은 방갈로였다. 땅도 고르지 않고 언덕 위에다 납작하게 지은 그 집의 앞에는 바람에 시달린 나무들이 마주 보고, 옆에는 마을로 내려가는 언덕, 뒤에는 바다로 내려가는 비탈길이며, 뒤와 위는 숲이다. 견고하고 튼튼한 인상을 주는 집이다. 다른 집들은 모래 위에 모래로 지었을지도 모르지만, 니블레츠는 그렇지 않았다. 벽돌은 다듬지를 않아 모서리가 날카롭고 거칠었다. 지붕에는 이끼가 없었으며, 앞으로도 전혀 자랄 것 같지 않았다. 마찬가지로 빛깔이 뚜렷한 빨간 판석을 간 길이 첫 꽃이 만발한 작고 가시 돋은 장미 밭 사이를 지나 앞문으로 뻗어나갔다. 현관의 한쪽 나무 기둥 위에서 자라는 하얗고 헝클어진 큰꽃으아리가 무척 두껍고 무척 반짝거릴 만큼 파란 페인트를 칠한 앞문에 약간의 우아함을 부여해서 분위기를 부드럽게 한다. 문에는 눈앞에서 무엇이 기어 다니는 듯 보이는 불투명한 젖빛 유리를 타원형으

178

로 박았다. 니블레츠는 매력이 없지도 않아서 예쁘고 아담하며, 여기저기 조금씩 빗물에 씻기고 닳은 흔적이 있고, 문은 환하게 꽃으로 테를 둘렀다. 안에는 큰 방이 넷인데, 거실과 부엌 겸 식당은 바다 풍경에 기가 죽은 비탈진 잔디밭이 있는 뒤쪽에 위치했다. 물론 이것은 나중에 알게 된 사실이다.

날씨가 더워졌다. 기온은 오후에 섭씨 27도로 올랐고, 공기 중에는 아직 더위가 가시지 않았다. 엷은 갈색 아지랑이 속에 자리 잡은 만의 아득한 곳들이 언덕에서 굽어보였다. 바다는 새파랗게 반짝이며 은빛 신기루와 빛 줄기들이 담긴 거대한 그릇 같았다. 다닥다닥 붙은 장미꽃 향기도 무더운 냄새를 풍겼다. 피치 씨는 아마도 내가 아내와 아는 사이임을 모르고, 따라서 그녀가 당황하리라는 것을 깨닫는 순간에 누른 초인종 소리는 천사 같은 소녀 합창단의 소리굽쇠처럼 지극히 감미로웠다. 안에서 곧 나지막한 목소리들이 들려왔다. 그러더니 잠시 후에 하틀리가 문을 열었다.

들뜨고 아끼는 내 마음속에서 그녀는 다시금 젊어졌었기 때문에, 달라진 그녀의 모습을 보자 나는 또다시 충격을 받았고, 곧 사라지기는 했지만 두려운 표정이 그녀 얼굴에 나타났다. 나는 보랏빛으로 변해 나를 꿰뚫어보듯 반짝이는, 베일에 가린 듯한 그녀의 커다란 눈 이외에는 아무것도 의식하지를 않았다. 나도 얼굴이 붉어지는 기분이었고, 난처한 붉은 기운이 목과 얼굴로 몰려 올라왔다.

나는 일부러 할 말을 미리 준비하지 않았다. 내가 말했다.

"아, 실례해요. 산책을 나왔다 돌아가는 길에 그냥 잠깐 들러보려고 왔어요."

그녀가 대답하기 전에 나는 그녀로 하여금 먼저 말을 꺼내게 할 것을 그랬다고 생각했다. 그러면 만일 정말로 남편에게 내 얘기를 한 적이 전혀 없다면 그녀는 내가 옷솔을 팔러 온 사람처럼 꾸며댈 수가 있었으리라. 나는 간편한 바지와 하얀 셔츠에, 색은 바랬지만 점잖은 저고리 차림이었다. 나는 눈에서 그녀의 표정을 읽으려고 했지만 불가능한 일이었고 얼굴에서는 두려움도 사라져버렸다.

그녀는 나에게 아무 말도 하지 않고 집 안쪽을 향해 뭐라고 말했다. "그 사람예요"라는 것 같았다. 얘기를 하며 그녀가 문을 반쯤 다시 닫아 나는 언뜻 그녀가 문을 닫아버리려는 줄 알았다.

안에서 그냥 "아"라는지, 무슨 놀란 대꾸가 들려왔다.

문이 다시 활짝 열리더니 하틀리가 미소를 지었다.

"잠깐 들어오세요."

나는 커다랗고 깨끗한 오렌지빛 우툴두툴한 발판에다 신발을 닦고 안으로 들어갔는데, 빛이 달라져서 눈앞이 보이지를 않았다.

슈러프 엔드에서 오는 동안 줄곧, 사실상 하틀리를 찾아오기로 결심한 이후 줄곧, 나는 흥분과, (지금이 훨씬 더 심하기는 했지만) 프리치에게 뽐내느라고 캘리포니아에서 아주 높다란 뜀판에서 다이빙을 했을 때 자주 느끼던 막연한 신체적인 흥분과 심한 두려움이 뒤섞인 흥분으로 속이 울렁거렸다. 갑자기 어두운 집 안에 들어선 나는 하틀리를 제대로 볼 수가 없었지만, 마치 하틀리가 집 자체이며 동굴로 빨려 들어간 나를 그녀가 포옹해도 나는 그녀를 만질 수가 없는 듯, 집 안에 온통 가득 찬 격렬하고 사방으로 뻗는 자력으로서의 그녀 존재를 의식했다. 그녀를 만지기가 불가능하다는 사실이 정말로 내 온몸을 음전기처럼 뒤흔들어놓았다. 그러면서도 나는 보이지 않는 남편을 역겹게 의식했다. 도착해서 초인종을 누르기 전에 나는 피치 씨를 만나는 장면을 생

180

생하게 머릿속에 그려보고 또 그려보았지만, 그것은 미지의 세계로, 되돌아오지 못할 세계로 뛰어드는 것처럼 여겨졌다. 지금은 내가 가까워질수록 멀어져서 내 몸이 공중에서 천천히 떨어지기만 하는 물로 고통스럽게 느릿느릿 내려가는 기분이었다.

하틀리는 나를 현관에 남겨두다시피 하고는 방으로 들어가 문을 거의 다 닫고 나지막한 소리로 무언가 물어보았다. 현관은 비좁았다. 이제야 나는 장미 꽃병이 놓인 제단 같은 탁자와, 그 위에 걸린 중세 기사의 커다란 그림을 식별할 수가 있었다. 하틀리가 나타나더니 다른 문을 활짝 열고, 나중에 알고 보니 거실인 빈 방으로 나를 안내했다. 그녀가 말했다.

"차를 마시던 중이라 정말 미안하지만, 곧 나올게요."

그러더니 그녀는 다시 나가서 문을 닫아버렸다.

이제야 나는 얼마나 위험하고 어리석은 짓을 했는지를 깨달았다. 여섯 시라면 내가 술을 마시는 시간이었다. 그 시간이라면 방문을 하기에 가장 알맞고 무난한 때라고 생각했다. 사실은 내가 그들의 저녁 식사를 방해한 셈이었다. 거북한 막간을 넘기려고 나는 방 안을 둘러보았다. 동그랗고 큼직하며 하얀 칠을 한 창턱이 달렸고, 활 모양으로 내민 창문으로는 마을 일부와 항구와 바다가 내다보였다. 묵직한 장미 꽃병 옆 선반에는 값비싸 보이는 쌍안경이 놓였다. 특별히 맑은 빛을 발산하는 에나멜로 윤을 낸 거울처럼 바다가 반사한 빛이 방 안을 밝혔다. 이 빛은 나를 흥분시키기도 하고 불안하게도 만들었으며, 너무 눈이 부셔서 주위를 둘러보기가 힘들었다. 발 밑에는 두툼한 양탄자가 깔렸고, 방 안은 무덥고 답답했으며, 장미 냄새가 너무 짙었다.

하틀리가 앞장을 서고 남편이 뒤를 따라 들어왔다. 당황한 눈으로 언뜻 보니 피치 씨는 흉할 만큼 어린애 같았다. 그는 키가 꽤 작고 몸집이 컸으며, 머리가 둥글고 소년 같은 표정에 목은 굵고, 머리카락은 쥐색이고 짧았다. 째진 눈은 짙은 갈색이었고, 약간 크고 선이 분명한 입은 육감적이었으며, 우뚝 솟은 코는 번들거리는 넓다란 콧구멍이 벌름거렸다. 그는 어깨가 넓고 힘이 세어 보였다. 불구자인지는 모르겠지만 그런 티가 보이지를 않았다. 그는 미소를 지으며 들어왔다. 눈을 좀 깜박이며 나도 미소를 지었고 우리는 머뭇거리지 않고 악수를 나누었다.

"반갑습니다."

"제가 찾아와서 불쾌하시지는 않으신지요?"

"천만에요."

작업복인지는 몰라도 문을 열었을 때 파란 옷을 입고 있었던 하틀리는 이제 노란 무명 드레스에 꼭 끼는 저고리와 커다란 치마 차림이었다. 그녀는 나를 쳐다보지 않으면서 불안하게 돌아다녔다.

"이런, 창문을 열어야겠어요. 이 방은 정말 후덥지근하군요. 앉으시겠어요?"

나는 옴폭하고 나지막한 벨벳 안락 의자에 앉았다기보다는 아예 파묻혔다.

하틀리가 피치에게 말했다.

"식사를 이리 가져올까요?"

그가 말했다.

"그것도 좋지."

하틀리가 그들이 식사를 하고 있던 부엌으로 되돌아가서 접시 두 개를 가져오는 동안에 피치는 벽에서 접는 탁자를 끌어내어 어정쩡하게 두꺼운 양탄자 위에다 펴놓았다. 그러자 하틀리가 접시 두 개를 내주었

182

고 피치가 그것을 들고 있는 동안에 그녀는 식탁 덮개를 찾느라고 수선을 피웠다. 나이프와 포크가 꽂힌 두 접시를 내려놓고, 빵 한 접시를 가져오고, 등받이가 높다란 의자들을 걸리적거리는 양탄자 위로 끌어온 다음에 하틀리와 피치는 나를 향하도록 의자를 반쯤 돌려놓고 앉았다. 그들은 햄 샐러드를 먹던 중이었지만, 보아하니 식사를 더 하기는 불가능해졌다.

하틀리가 나에게 말했다.

"식사 좀 하시겠어요?"

"아, 아뇨, 고마워요. 잠깐 들렀을 뿐이니까요. 보아하니 내가 방해를 해서 정말 미안하게……."

"천만에요."

피치는 아무 말도 안 하면서 째진 눈으로 나를 쳐다보며 커다란 두 콧구멍을 벌름거렸다. 꽉 다문 그의 커다란 입은 좀 엄격해 보였다.

갑작스러운, 또는 불쑥 들이닥친 귀찮은 방문에 그들이 대화의 능력을 상실한 것 같아서 나는 무슨 얘기라도 진행시키려고 재빨리 얼버무렸다. 나는 될 수 있는 대로 간단하게 인사말을 주고받은 뒤에 가야겠다고 마음먹었다.

"여긴 정말 경치가 좋군요."

"예, 그래요, 사실은 경치 때문에 이 집을 샀답니다."

"내 집에서는 바다와 바위만 보이죠. 하지만 수영을 하기에는 좋아요. 수영을 자주 하십니까?"

"아뇨, 벤은 수영을 못해요."

"여긴 창문이 커서 다 내다보이니까 좋군요."

"그래요, 좋아요." 그녀는 덧붙였다. "우리가 꿈꾸던 집이랍니다."

"당신 집에는 전기가 들어옵니까?"

그때까지 잠잠하던 피치가 물었다.

나는 그것이 분명히 친근한 얘기라고 판단했다.

"아뇨, 여긴 들어오는 모양인데, 정말 좋겠어요. 난 석유 등잔과 캘러 가스로 지내죠."

"자동차 있어요?"

"아뇨. 선생님은요?"

"없어요. 이 구석에는 왜 찾아오셨나요?"

"글쎄요, 특별한 이유는 없고, 이 근처에서 자란 어느 여자친구 얘기를 듣고 은퇴해서 바닷가 근처에 살고 싶던 차에, 여긴 집값도 싸고 해서……."

"뭐 그렇게 싸지도 않아요."

피치가 말했다.

그러는 동안에 이제는 눈이 빛에 익숙해져 주변의 사물들이 사진처럼 선명하고 정확하게 내 머릿속에 박혔다. 나는 엉거주춤 뻗은 내 다리와 아직도 붉어진 채로인 얼굴과, 심장의 빠른 맥박과, 창문을 열어놓아도 전혀 소용이 없을 만큼 장미 냄새로 숨 막히는 공기와, 낮은 의자에 앉았으므로 내가 불리하다는 입장을 의식하고 있었다. 나는 양탄자의 노랗고 갈색인 꽃무늬와, 엷은 갈색 벽지와, 벽에 달린 전등 둘레의 반짝이는 황토빛 타일을 눈여겨보았다. 교회를 나타내는 둥근 청동의 얕은 돋을새김이 전등의 양쪽에 달렸다. 양탄자 위에 놓은 우스꽝스럽고 보풀이 인 깔개 때문에 탁자 다리 하나가 더욱 씰그렁거렸다. 역시 장미를 올려놓은 커다란 텔레비전이 하나 있었다. 책은 없고, 방이 아주 깨끗하고 말끔한 것으로 미루어보아 텔레비전을 보는 것 말고는 생활이 부엌에서 대부분 이루어지는 듯했다. 사람이 사는 흔적이라고는 의자에 놓인 매끈매끈한 통신판매 목록과 파이프가 담긴 재떨이뿐이었다.

식탁에는 하틀리와 피치가 원시 시대 화가가 그린 부부처럼 꼿꼿한 자세로 딱딱하게 앉았다. 얼굴을 뜯어보면 유별나기는 해도 마음이 좀 끌리는 피치의 선명한 윤곽과 선이 뚜렷한 겉모습에는 어딘가 특별히 원시적인 면모가 있었다. 주눅 들고 겁먹은 눈으로 봐서 그런지는 몰라도, 하틀리의 얼굴은 훨씬 희미하고 초조한 표정이었으며 얼굴은 눈이 숨어버린 따스한 달 같았다. 나는 목의 선이 둥글고, 야회복과 비슷하고 온통 작은 갈색 꽃으로 무늬를 놓은 그녀의 치렁치렁한 드레스밖에는 볼 수가 없었다. 피치는 볼품없고 가느다란 갈색 줄무늬가 진 새파란 양복 저고리와 바지 차림이었다. 내가 왔다는 말을 듣고 나서 입은 듯한 단추를 채우지 않은 저고리 속으로 바지 멜빵이 보였다. 그의 파란 셔츠는 깨끗했다. 하틀리는 백발 머리를 쓰다듬어 내려서 부풀려 올렸다. 나는 이 자리를 벗어나 모든 것을 곰곰이 따져보려는 감정과, 거북함과, 수치와, 욕망으로 속이 뒤집힐 지경이었다.

"여기서 오래 사셨나요?"

"2년요."

피치가 말했다.

"사실 아직도 제대로 자리가 안 잡혔죠."

하틀리가 말했다.

"우린 텔레비전에서 당신을 봤어요." 피치가 말했다. "메리는 당신을 기억했고, 신이 났었죠."

"예, 물론 학교 다닐 때의 나를 기억했을 테니까……."

"우린 유명인들을 모르니까, 신도 날 만하지 않았겠어요?"

그 지겨운 얘기를 벗어나려고 내가 말했다.

"아들은 아직 학교에 다닙니까?"

"아들요?"

피치가 말했다.

"아뇨, 학교는 그만뒀어요."

하틀리가 말했다.

"양자로 들여온 아이랍니다."

피치가 말했다.

그들은 아까는 식사하는 흉내라도 내느라고 가끔 포크를 만지작거렸는데, 이제는 아예 내려놓았다. 그들은 내가 아니라 내 발치의 양탄자를 쳐다보았다. 피치는 가끔 힐끗 나를 내려보았다. 나는 자리를 뜰 때가 되었다고 판단했다.

"저를 맞아주셔서 고맙습니다. 이젠 가봐야겠어요. 식사에 방해가 되어서…… 정말 죄송해요. 곧 제 집을 한번 찾아주시기 바랍니다. 여기 전화가 있나요?"

"있지만 고장예요."

피치가 말했다.

하틀리가 서둘러 일어섰다. 나는 일어서다가 보풀이 인 깔개에 발이 걸렸다.

"정말 멋진 깔개로군요."

"예." 하틀리가 말했다. "조각 깔개죠."

"무슨……?"

"조각 깔개요. 벤이 만든답니다."

그녀는 거실 문을 열었다.

피치는 훨씬 느릿느릿 몸을 일으켰고, 나에게 나가라는 손짓을 해 보이며 옆으로 비켜서는 그를 보니 다리를 저는 것을 알 수가 있었다. 그가 말했다.

"먼저 나가세요. 난 다리를 절거든요. 옛날 전쟁터에서 입은 부상이죠."

어둑어둑한 홀을 지나 문의 눈부실 만큼 환한 타원형 유리를 향해 가면서 내가 말했다.

"우리 왕래라도 하고 지내고, 두 분 다 와서 내 우스꽝스러운 집도 구경하시고……."

하틀리가 앞문을 활짝 열었다.

"방문해주셔서 고마워요. 안녕히 가십쇼."

피치가 말했다.

나는 빨간 타일이 깔린 통로로 나섰고 문이 닫혔다. 눈에 띄지 않게 되자마자 나는 뛰기 시작했다. 마을 길거리에 이르자 숨을 몰아쉬며 바닷가 길로 뻗은 좁은 길을 따라 좀 천천히 걸었다. 걷는 동안 온갖 감정과 흥분이 가슴속에서 소용돌이를 치는 가운데에도 감시를 받는 듯한 기분을 등 뒤에 느꼈다. 뒤를 돌아다보려던 나는 니블레츠에서 잘 보이는 범위 내에 내가 있으며, 창턱에 올라앉아 내가 떠나는지 확인할 생각이 있다면 피치의 쌍안경에 잡힐 거리라는 생각이 떠올랐다. 교회와 교회 묘지는 나무에 가리기는 했지만, 마을 길거리들의 일부는 니블레츠에서 환히 보였다. 그렇다면 내가 하틀리를 길거리에서 만나 교회 쪽으로 데리고 가는 광경을 피치가 봤을지도 모른다는 이유로 하틀리가 불안해했다는 얘기가 성립되는가? 그녀가 나와 나란히 걷지 않고 뒤따라왔다는 사실이 생각났다. 하지만 미친 오르페우스 같은 나와 당황한 에우리디케 같은 그녀가 얼마나 묘하게 보였을까? 하지만 그녀는 누구를, 비록 나라고 해도, 길거리에서 만나다 들키는 것을 왜 두려워해야만 하나? 뒤를 돌아다보려는 유혹을 억누르며 나는 계속 점잖게 걸어서 길에 가까운 발육이 멈춘 나무들과, 가시금작화 덤불과, 튀어나온 바위들 사이를 지나 언덕이 보이지 않는 곳으로 나갔다. 날씨는 아직도 무척 더웠다. 나는 저고리를 벗었다. 초조해서 흘린 땀으로 젖어 저고리 겨드랑이는 검은 얼룩이 졌고, 염료가 셔츠에 묻었다.

나는 아주 다급하거나 무척 까마득하고 형이상학적인 여러 가지 일에 대해서 궁리하기 시작했다. 우선 내가 초인종을 누를 때 너무나 뒤늦게 스스로 물었던 질문이 있었다. 분명히 하틀리는 남편에게 나를 안다고 그랬지만, 언제, 어떻게, 그리고 왜 얘기했을까? 오래전 그들이 처음 만났을 때였을까? 결혼을 한 다음에? 텔레비전에서 나를 봤을 때? 아니면 혹시 오늘 아침 우리가 길거리에서 만나고 집으로 돌아간 다음에?

"글쎄, 옛날에 알던 사람을 하나 만났는데, 정말 깜짝 놀랐어요."

그런 다음에 그녀는 텔레비전에서 나를 봤던 때를 일깨워주었는지도 모른다. 하지만 아니다. 그것은 너무 속셈이 빠하다. 그녀는 훨씬 전에 얘기를 했을 터이고, 도대체 그러지 못할 이유도 없으며, 나를 비밀로 해주기를 그녀에게 내가 바랐던가? 내가 그토록 열심히 그녀를 비밀 속에 숨겨두었듯이……. 나는 왜 그랬던가? 그것은 그녀가 너무 신성해서, 어떤 말도 그녀를 욕되게 할 터이기 때문이었다. 여태껏 나는 누구에게 어쩌다 하틀리 얘기를 꺼내더라도 항상 후회를 했다. 아무도 이해하지 못했고, 이해를 할 수도 없었다. 침묵의 쓸쓸한 빈곤함이 더 좋다. 결혼의 한 가지 무서운 면은 서로 모든 것을 털어놓아야 한다는 점이다.

"그 사람예요."

그들은 보나마나 오늘 내 얘기를 했다. 오랜 세월에 걸쳐 그들이 내 얘기를 하고, 깔아뭉개고, 우습게 여기고, 결혼 생활의 얘깃거리로 잘근잘근 씹어대었으리라는 것은 생각만 해도 싫다.

"학창 시절에 당신을 흠모하던 녀석이 꽤 출세를 했구먼!"

피치는 그녀를 "메리"라고 불렀다. 하기야 그것도 그녀의 이름이다. 하지만 진짜 이름은 하틀리였다. 그 이름을 버리기로 결정하며, 그녀는 일부러 과거도 버렸을까?

집에 다다르니 아직 바깥은 무척 환했지만 집은 햇빛과는 대조적으로 컴컴해 보였고, 서늘하고 눅눅했다. 나는 셰리와 고미제(苦味劑)를 따라서 바위에 둘러싸인 집 뒤의 작은 풀밭으로 들고 나가 조약돌을 둔 물통 옆의 바위에 깔아놓은 융단에 앉았다. 하지만 물이 안 보이니까 곧 답답해져서 술잔을 조심스럽게 들고 조금 더 올라가 바위 꼭대기에 자리를 잡았다. 바다는 이제 하틀리의 눈처럼 푸르스름한 보랏빛이었다. 오, 하느님, 이 모든 일을 나는 어찌해야 하나? 무슨 일이 있어도 나는 괴로워하면 안 된다. 하지만 괴로워하지 않으려면 모순되는 두 상황이 존재해야 하니, 나는 하틀리와 지속적이고 영구하면서도 가까운 관계를 이루어야 하고, 질투의 지옥에 빠지지 말아야 한다. 그리고 물론 그녀의 결혼 생활을 방해하지 말아야 한다. 하지만 어째서 '물론'이란 말인가……?

아니, 아니다. 나는 그녀의 결혼 생활에 방해가 되면 안 되고, 그런 생각조차 말아야 한다. 그런 시도는 상상도 못 할 만큼 비도덕적이고,

시도를 한다고 해도 꼭 성공하리라고 상상할 까닭이 없다! 그것은 미쳐버리는 길이다. 그들 부부를 보고 '유명인'의 매력이 별로 소용이 없음을 알았다. 그러자 나는 과거를 둘러볼 때 항상 지니는 약간 모호하고 홀린 듯한 하틀리의 표정이 머리에 떠올랐다. 나는 가끔 그녀의 회한을 상상하며 흡족함을 누렸다. 그녀는 후회를 했을지도 모른다. 하지만 지금—내가 사랑했고, 지금도 사랑하는 사람은 바보처럼 '명성'에 눈이 멀 것 같지는 않다. 그래서 만일 빈틈을 찾는다면……. 하기야 물론 나는 그럴 생각은 없고 이해만 하려고 할 뿐이다. 곰곰이 따져보니 le mari(남편)에 대해서 거의 알지를 못한다. 지금 생각해보니 나는 하찮은 남자를 예상했었다. 나는 틀림없이 그가 보잘것없는 남자이기를 바라고 원했다. 하지만 어쩐지 피치는 이유를 잘 모르겠지만 시시하지가 않았다. 그는 어떤 남자였던가? 그 결혼 생활의 숨겨진 내면에는 어떤 상황이 벌어지고 있을까? 그리고 나는 그것을 언젠가는 알게 되려나? 타이투스가 양자로 들어왔다는 것이 그나마 기분이 좀 좋았다.

이 모든 것이 이제 중심이 되는 '그녀는 행복한가?'라는 문제와 결부되었다. 물론 그것이 결혼한 사람들에 대해서 묻기에는 까다로운 질문일지도 모른다는 것을 알 만큼은 나도 결혼의 신비에 대해서 많이 안다. 사람들은 지속적인 행복을 미리 배제하기는 하지만, 만족스럽고 다른 선택보다 훨씬 훌륭한 생활 형태로 정착하기도 한다. 아주 적은 숫자의 부부만이 서로 점점 더 상대방에게서 즐거움을 얻고 행복으로 충일한다. 시드니와 로즈메리 애쉬는 행복으로 가득했다. 물론 내가 불쑥 나타나서 초조했다는 것을 감안하더라도 니블레츠의 부부 사이는 확실히 그런 관계가 아니었다. 원인은 알 수 없지만 무엇인가 어정쩡했다.

그리고 비록 그들이 무척 행복했었더라면, 분명히 두 사람 다 본능적으로 그 행복을 침입자인 바깥 사람에게 과시하려고 했을 것 아닌가? 행복한 부부는 과시를 하지 않고는 못 배긴다. 시드니와 로즈메리는 항상 그랬다. 빅터와 줄리아도 마찬가지였다. 그렇지만 그것도 석연치가 않았다. 처음부터 사실상 나를 심한 고통에서 건져주었던 분명한 점이지만, 가능하다면 나는 하틀리를 곧 단둘이 다시 만나 사태를 좀 확실하게 밝혀야 한다.

해가 지기 시작하고 바다가 아주 연한 초록빛 하늘 밑에서 황금빛으로 바뀌자 나는 빈 술잔을 바위틈에 놓고 바닷물이 멀리 내다보이는 더 높은 바위로 기어 올라갔다. 눈부시면서도 가물가물한 빛 속에서 나는 경치를 눈여겨 살펴보았다. 나는 무엇을 찾고 있었던가? 나는 바다 괴물을 찾으려고 했다.

이튿날 아홉 시가 되기 전에 나는 교회로 들어갔다. 나는 돌아가는 길을 택해서 우선 길의 다른 쪽 바위로 기어 올라가 레이븐 호텔을 향해 가시금작화 숲을 우회하고는, 아모른 농장의 바다 쪽 늪을 건너고 세 개의 밭과 세 개의 가시덤불을 지나 큰길을 따라 내륙에서 내로우던으로 가서 이곳에 이르렀다. 그렇게 함으로써 나는 어느 지점에서도 니블레츠의 '시야'에 들지를 않았다. 나는 하틀리가 틀림없이 교회로 오리라는 기분을 느끼지 않으려고 애썼지만, 아무튼 그녀가 슈러프 엔드로 올 것 같지는 않았으므로 그곳이 길목을 지킬 유일한 장소라고 판단했다. 어제 이후로 누가 와서 제단에 냄새가 지독한 하얀 장미를 한 그릇 가져다 놓아 나로 하여금 온갖 터무니없는 걱정이 들게 하기는 했지만, 물론 그곳에는 아무도 없었다. 지나간 세월이 마음을 심히 괴롭혀

191

서 나는 먼 과거의 온갖 시커먼 찌꺼기들이 흔들거리다가 표면으로 떠올라옴을 느꼈다. 나는 괴로운 기분으로 앉아서 장미꽃 밑의 갈색 나무판에 새긴 거의 알아볼 수 없는 십계명을 읽으며, 열 번째〔네 이웃의 재물을 탐내지 마라〕와 일곱 번째〔간음하지 마라〕 계명에 특별한 관심을 쓰지 않으려고 애쓰면서 줄곧 하틀리가 나타나기를 기다리지 않겠다고 다짐했다. 교회의 높다랗고, 둥글고, 납으로 테를 두르고, 희미하게 초록빛이 나는 창문들을 통해 햇빛이 스며들어 다른 특징은 없는 커다란 실내를 괴이하고 불안한 분위기로 만들었다. 사방이 먼지투성이여서 햇빛을 받으며 가볍게 떠다녔고, 장미 냄새는 먼지와 퀴퀴하고 곰팡내 나는 나무의 냄새와 뒤섞여 교회는 버림받고, 텅 비고, 조금쯤 미친 듯한 곳처럼 여겨졌다. 잠깐 동안의 이상한 만남의 장소로는 어울리는 것 같았다. 나는 겁이 났다. 피치가 두려운 것일까?

나는 교회 안에서 한 시간 이상을 기다렸다. 오락가락 거닐었다. 조심스럽게 기념비들을 모두 읽었다. 장미 냄새를 맡아보았다. 겁을 주는 새 기도서를 여기저기 읽었다. (교회들이 텅텅 비는 것도 무리가 아니다.) 시골 여자들이 수놓은 무릎 방석들을 살펴보았다. 의자에 올라서서 밖을 내다보았다. 살았을 때나 마찬가지로 지금도 말을 못 하고 교회 묘지에 묻혀 있는 가엾은 멍청이를 생각했다. 10시 20분쯤에 밖으로 나가 바람을 쐬어야겠다고 마음먹었다. 하틀리가 마음 놓고 길거리에서 돌아다닐지도 모르는데 교회 안에 숨어 있다는 것은 큰 실수였다. 너무나 그녀가 보고 싶어 소리 내어 신음을 하다시피 했다. 밖으로 뛰어나가 철문을 지나 내려가서 언덕에서는 눈에 띄지 않으며 자그마한 '번화가'의 상당한 부분을 지켜볼 수 있는 곳에 자리를 잡았다. 얼마 후에 하틀리처럼 보이는 여자가 길거리 저쪽 담벼락을 타고 가게를 향해 기어가는 것을 보았다. '기어간다'고 한 까닭은 그녀가 누구인지를 알게 되기 전에 늙은 여자로서 받았던 첫 인상이 그러했고, 지금 내가 본 것이 그 '늙은' 여자의 인상이었기 때문이다. 나는 벌떡 일어나 그녀를 따라갔다. 그녀는 길거리를 건너며 약간 얼굴을 돌려 나를 보더니 걸음을 재촉했다. 틀림없는 하틀리였고, 그녀는 나에게서 도망을 치고 있었다! 그녀는 가게로 들어가지를 않고 내가 '어부들의 가게 거리'라고 이름 지은 길로 꺾어 들었다. 길모퉁이로 뛰어가 보니 그녀는 보이지를 않았다. '어부들의 가게'로 들어갔지만 그녀는 없었다. 나는 화가 나서 소리를 지르고 싶었다. 창살이 다섯 개인 창문과 허물어진 오두막 몇 채뿐이고 넓은 풀밭이 나무들에 둘러싸였으며, 길이 흐지부지 사라진 길거리 끝까지 달려갔다. 어느 집 안으로 숨어버렸나? 다시 되돌아 달려온 나는 두 집의 널빤지 담벼락 사이로 길거리에서 갈라져 나간 그늘지고 좁다란 골목을 보았다. 자갈이 흩어진 골목을 따라 뛰어내려가 모퉁이를 돌아서 철철 넘치는 쓰레기통들과 낡은 골판지 상자들과 버린 자전거 한 대가 있는 뒷마당의 나지막하고 빗물에 씻긴 울타리로 막힌 공터로 들어갔다. 그 한가운데 하틀리가 꼼짝 않고 서 있었다. 그녀는 내 집을 둘러싼 반짝거리는 노란 바위가 나지막이 튀어나온 바로 뒤에 서 있었다.

그녀는 포기를 한 듯 멍청하게 얼이 빠져 미소도 짓지 않고 나를 뚫어져라 쳐다보았는데, 속으로는 벌벌 떨고 있음을 알 수 있었다. 담벼락의 시커먼 그림자가 마당을 가로질러 드리워서 바위를 갈라놓고 바구니와 손가방을 든 하틀리의 발을 가렸다. 그녀는 오늘 하얀 실국화를 다닥다닥 무늬 놓은 파란 무명 드레스와, 날씨는 벌써 무더웠는데도 헐

렁헐렁한 갈색 스웨터를 그 위에 걸쳤다.

나는 그녀에게로 뛰어가서 팔이 아니라 바구니의 손잡이를 잡았다. 쫓고 쫓기다 붙잡혔는 데 대해서 두 사람 다 겁이 났다.

"오, 하틀리, 그러지 말아요. 나한테서 달아나지 말아요. 미치겠어요. 다행히 찾았지만, 그러지 못했다면 난 미쳐버렸을 거예요! 얘기를 해야겠어요. 부탁이니 교회로 갑시다."

나는 바구니를 끌어당겼고 그녀는 앞장을 서서 좁다란 골목을 따라 걸어갔다.

"교회로 들어가세요. 물건을 사고 나서 뒤따라갈 테니까요. 그래요, 약속해요."

나는 교회로 되돌아갔다. 쫓아다니고, 쓰레기통과 바위와 자전거가 있는 폐쇄된 장소를 거친 뒤라 나 역시 떨고 있었다. 10분 후에 그녀가 다시 왔다. 나는 무거운 바구니를 받아주었다. 두려움이기도 했지만 난 처함이라고도 느껴지던 어떤 깊고 무서운 장벽이 가로막은 듯싶어서 나는 그녀를 어떻게 대해야 할지를 몰랐다. 이 모든 고통을 은총의 손길이 사랑의 말과 행동으로 바꿔줄 수만 있다면, 지금 나는 그녀를 만지고 껴안으려는 미친 듯한 욕망을 느꼈지만, 그것이 엄청난 육체적인 시련인 듯, 어떻게 감히 행동하지를 못했다. 우리는 전에 앉았던 자리에 앉았고, 그녀는 앞줄에 앉아 나에게로 몸을 돌렸다.

"왜 숨었어요? 그러면 난 참을 수가 없어요. 우린— 우린 어떻게 해서든지 이 상황을 바로잡아야지— 난 미치겠어요."

"찰스, 제발 그러지 마세요—. 그리고 그런 식으로 불쑥 찾아오지도 마시고요—."

"미안해요. 하지만 난 당신을 만나야만 하고…… 난 아직도 당신 생각을 해요. 나더러 어떻게 하라는 건가요? 적어도 우린 친구가 되어야 하는데, 이제 우린 이 기회를 맞았으니— 이 기회를— 물론 당신이 원하지 않는 짓은 하나도 하지 않을 테니까— 제발— 이봐요, 남편하고 같이 나를 찾아와서, 내일 여섯 시에, 아니 다섯 시나 일곱 시에, 편한 대로 아무 때나 와서 술이라도 마셔요. 집을 보여주고 싶으니까, 초라한 집이지만 슈러프 엔드로 찾아와요. 왜 못 와요?"

하틀리가 몸을 도사리고 몸을 움츠려서 파란 드레스의 구겨진 옷깃이 머리카락을 덮었다. 그녀는 의자 뒤로 거의 숨어버리다시피 하며 밑을 내려다보았다.

"제발 우리에게서 아무것도 기대하지 마시고, 우릴 찾아오거나 우리더러…… 우린 파티에 다니지를 않으니까요."

"파티가 아녜요!"

"우리가 꼭 이래야 할 이유는 없고 비록 옛날에…… 그리고 사람들이 눈치를 챌 테니까 길거리에서 날 쫓아다니지 마세요."

"하지만 당신이 나한테서 도망을 치고 숨으니까……."

"우리가 사는 곳에서는 이웃이라고 해도 접대를 하며 어울리지 않고 자기들끼리만 지내요."

"하지만 당신은 이미 나하고 아는 사이예요! 그리고 우스꽝스러운 격식을 차린다는 의미에서 한 얘기라면 '접대' 따위는 필요도 없고, 나도 그런 건 싫어하죠. 하틀리, 이러면 난 참을 수가 없어요. 설명이라도 해줄 수가 없어요?"

하틀리는 나를 똑바로 쳐다보았다. 오늘은 립스틱을 바르지 않아서 그녀의 표정을 읽고, 늙은 얼굴에서 젊었을 때의 얼굴을 찾아내기가 쉬웠다. 피곤하고 창백하고 부드럽고 주름이 지고 동그란 얼굴은 그녀와 내가 헤어질 때에도 보지 못했던 자포자기한 슬픔을 지녀 아주 쓸쓸해 보였다. 하지만 그녀의 슬픈 얼굴은 단호하고 세심했으며 잔뜩 긴장을 했고, 흐릿하던 눈도 이제는 생기가 돌았다. 그녀는 약간 부어오른 빨간 손을 들어 구겨진 옷깃을 힘없이 잡아당겼다.

"설명할 게 뭐가 있고, 왜 내가……?"

"내 행동이 신사답지 못하다고 생각하나요?"

"아뇨, 아녜요……. 이런, 나 미장원에 가야 해요."

"옛날에는 내가 점잖게 행동했지만, 그래서 지금 내가 어떤 꼴이 되었나 봐요! 난 당신에게 강요를 하지 않았죠. 나하고 결혼하겠다고 했을 때 난 당신을 믿었어요. 난 당신을 사랑했습니다. 지금도 사랑해요. 좋아요, 그때 당신은 날 믿지 못하겠다고 말했고 내가 성실치 못하리라고 생각했어요. 아마 지금도 그런 식으로 생각하고 날 믿지 못하겠지만…… 여자도 없고 나에게는 아무도 없고, 난 혼자, 정말로 혼자뿐이니까 내 말을 믿어요. 그걸 알아주기를 바랍니다."

"그런 얘기는 상관이 없으니까 할 필요도 없고……."

"그래요, 날 잘못 보면 안 돼요. 나는 그대로고, 항상 변함이 없고, 걱정할 것도 없다는 것만 알아주기를 바랍니다."

"나 미장원에 가야 해요."

"하틀리, 제발…… 아, 좋아요, 당신이 설명할 이유야 없겠죠? 지금 내가 가버리고 다시는 당신을 찾으려고 하지 않기를 바라나요?"

물론 나는 그녀가 그렇다고 대답하기를 원하지 않았고, 그녀는 그런 대답을 하지 않았다.

"아뇨, 난 그걸 원하지는 않아요. 난 내가 뭘 원하는지 모르겠어요."

이 고독의 소리, 마침내 나온 필요했던 소리는 나를 훨씬 행복하고 개운하게 만들었다.

"하틀리, 당신은 나에게 얘기를 해야 해요. 할 얘기가 많다는 건 당신도 알잖아요? 난 아무 피해도 주지는 않겠어요. 그때는 당신에 대한 내 사랑이 지금은 존재하지 않는 온갖 갈등과 뒤범벅이었지만, 이젠 다 좋게 되었으니 다시 되돌아갈 수도 있어요. 모르겠어요? 우린 참된 친구가 될 수 있습니다."

그러고 나서 나는 한마디 덧붙여야겠다고 느꼈다.

"참, 그 사람 무척 마음에 들더군요."

이 말은 어설프게 들렸다.

하틀리는 의자 뒤에서 다시 몸을 도사렸다.

"어쨌든 우린 얘길 해야 해요. 너무 늦기 전에 당신한테 할 말이 무척 많아요. 그리고 당신한테 묻고 싶은 것도 몇백 가지고요. 그때 있었던 사건 얘기가 아닙니다. 당신 얘기, 그리고 어떻게 당신이 살아왔고…… 아…… 타이투스 얘기 말예요. 아들을 만나고 싶군요. 내가 도와줄 수도 있을 테니까요."

"그 애를 돕는다고요?"

"예, 왜 안 돼요? 예를 들면 경제적으로라든가……. 난 세상을 많이 알아요, 하틀리 — 적어도 어떤 특정한 세계에 대해서는요. 아들은 무얼 하고 싶어 하고 무얼 공부하죠?"

하틀리는 깊은 한숨을 짓더니 불그레한 손으로 두 뺨을 문질렀다. 그녀는 립스틱이 그대로 묻어 있는 손수건을 꺼냈다. 그녀 눈에서 눈물이 솟았다.

"하틀리……."

"그 애는 집을 나가 멀리 가버렸는데, 어디 있는지도 몰라요. 벌써 2

년째 소식이 전혀 없답니다. 멀리 가버렸죠."

"아, 맙소사……."

인간의 마음은 너무나 교활하고 악해서, 하틀리에게 그런 납득이 갈 만한 슬픔의 원인이 있음을 알고, 나에게 그 얘기를 하고 내 앞에서 흐느끼는 것을 보자 나는 당장 기쁨을 느꼈다. 갑자기 뜻이 통하고 공감이 이루어졌다.

"안되었군요. 하지만 경찰에는 연락을 했는지, 찾을 수는 없는가요? 사람을 찾는 길이 있어요. 그건 내가 도울 수 있죠."

하틀리는 얼굴을 닦고, 가방에서 분첩을 꺼내 거울을 보고 눈가에 분을 토닥토닥 발랐다. 나는 화장을 하는 여자를 무척 많이 보아왔다. 하틀리가 그 자그마한 허영의 예식을 치르는 모습은 처음 보았다.

"당신은 도울 수 없으니까 제발 그러지 마세요. 우릴 그냥 내버려두는 것이 더 좋으니까……."

"하틀리, 난 당신을 가만히 내버려둘 수는 없으니까, 당신은 마음을 잡고 나를 대할 어떤 인간적인 길을 찾아내야 해요! 나를 다시 사랑하게 될까 봐 걱정이 되는 건가요?"

그녀는 몸을 일으켜 내 옆에 놓인 장바구니를 들고 그 속에다 손가방을 넣었다. 나는 그녀가 앉은 의자로 가서 어깨를 꽉 잡았다. 아직도 불가능한 시도를 하는 기분이었다. 잠깐 동안 그녀는 머리를 숙이고 이마를 내 셔츠에 스치며 재빨리 이리저리 돌렸고, 나는 내 몸에 닿은 그녀의 살에서 타오르는 따스함을 느꼈다. 그러더니 그녀는 나를 밀치고 지나가 문으로 걸어갔다. 나는 그녀의 뒤를 따라갔다.

"언제 다시 만날까요?"

"제발 그러지 말아요. 우리에게 걱정만 끼칠 따름이니까 제발 편지도 쓰지 말고요."

"하틀리, 왜 그래요? 마음을 놓아요. 나를 조금쯤 사랑하더라도 해는 없을 테니까요. 내가 그렇게 굉장한 사람 같아요? 알겠지만, 난 그렇지가 않습니다. 난 그저 당신의 옛 친구에 지나지 않아요."

"내가 나중에 편지를 할 테니까, 아무 짓도 하지 말아요."

"약속하죠?"

"예, 편지 쓰겠어요. 찾아오지만 마세요."

"설명은 하지 않겠어요?"

"설명할 건 하나도 없어요. 여기 있으세요."

그러더니 그녀는 밖으로 나가버렸다.

리지에게

당신이 보낸 다정하고 현명한 편지에 적힌 내용과, 탑에서 만났을 때 한 얘기를 곰곰이 생각해봤어. 당신에게 용서를 빌어야겠더군. 따져보니 당신 말이 옳은 것 같아. 난 당신을 사랑하지만, (당신 말마따나) 우리가 함께 지낸다는 '추상적'인 생각은 우리를 위해 가장 훌륭한 사랑의 표현은 아니겠어. 우린 서로에게 혼란과 불행만 야기할 거야. 나에 대한 당신의 의심은 정말 맞는 얘기고, 그런 회의를 나타낸 건 당신이 처음도 아니었어. 아마 난 너무나 초조한 돈 후안이 되어버린 모양이야. 그러니 다른 길을 찾아야지. 이건 꼭 슬픈 결말은 아니고, 특히 다른 사람의 행복이 결부되었을 때 우린 둘 다 현실적이 되어야 해. 난 길버트와 당신의 관계를 직접 눈으로 보고는 무척 감격했어. 그건 하나의 업적이고 물론 존경을 받아야 해. 서로 사랑하고, 아끼고, 진실되다면, 상대방이 어떤 '존재'라는 게 무슨 상관이 있겠어? 그 점을 당신이 강조하기를 정말 잘했어.

당신은 내 성실성을 의심했는데, 우리가 모험을 하지 말아야 한다고 생각할 만큼은 나도 당신의 회의에 공감을 해. 우리가 무엇을 기대할 수 있음지 따져보지 않은 것도 잘한 일이고, 지금 이대로 행복하니 두 사람 다 다행이고, 이제 즐겁게 되살아난 옛 애정은 그냥 공짜 선물로 생각하면 되겠지. 우린 더는 고뇌하거나 허우적거리지 말아야겠어. 당신 말이 옳아. 난 당신의 지혜와, 소망과, 내 오랜 친구 길버트의 권리를 받아들이겠어! 당신 말마따나 우리 세 사람이 서로 좋아하는 게 중요하고, 당신이 원하던 대로 자유롭고 소유욕이 없는 서로의 애정을 누려야지. 그러니 당신이 그토록 용감하고 합리적으로 답장을 했던 어리석은 내 첫 편지를 무시하고, 지난번 만났을 때 좀 안하무인격이던 내 행동도 잊어줘! 당신과 길버트 같은 친구가 있다는 건 나에겐 복이니까, 난 그 복을 사리에 맞고 내 딴에는 너그럽게 아끼고 싶어. 곧 런던으로 갈 생각이니까 그때 만났으면 좋겠군. 연락하겠어. 두 사람 다 내 애정이 어린 안부와 늦기는 했지만 축하를 받아주기 바라.

　　잘 있고, 날 기억해줘, 리지.

옛 친구 찰스가

　　일부는 진지하지 못하고 일부는 진지한 이 편지를 나는 두 번째로 교회에서 하틀리를 만나던 날 오후에 썼다. 나는 비참하고 어찌해야 할지를 몰라 미친 듯한 기분으로 집으로 돌아왔고, 얼마 동안 다음에는 어떻게 할까 궁리를 하며 시간을 보낸 후에 시간을 보내는 가치 있는 일이 하나 있다면 그것은 리지를 제거하는 것이라고 결론을 내렸다. 거기에는 아무런 정신적인 갈등이나 문제가 없었고, 다만 적절한 편지를 쓰며 그 편지를 끝낼 때까지 리지에게 신경을 쓰면 그만이었다. 내가 얼마나 속속들이 철저하게 달라졌느냐 하는 점은 리지에 대한 내 생각이 이제는 미치광이의 환상이었으며, 그 결과로부터 리지 자신의 상식에 의해 내가 고맙게도 구원을 받았다는 사실에서 드러나며, 그런 면에서 나는 리지를 고맙게 생각했다. 과거에서 불꽃이 날름거리며 나와서 내가 마음먹었던 것들을 홀랑 태워버렸다. (여러 달처럼 여겨지던) 지난 이틀 사이에 분명해진 바는 내 인생에 참된 사랑은 오직 하나뿐이라는 생각이 얼마나 옳았느냐 하는 것이었다. 그것은 마치 어떤 정신적인 의미에서 내가 사실상 오래전에 하틀리와 결혼을 했고, 다른 여자는 거들떠보지도 않은 것 같았다. 물론 나는 이 사실을 줄곧 의식하고 있었다. 하지만 그녀를 다시 만나니 절대적인 소속감에 벅찼으며, 가장 오묘한 숙명의 잔혹함과 모든 현실에도 불구하고 우리는 한마음이었다.

사실 나는 편지를 쓰는 동안 일종의 너그럽고 포기를 한 애정을 느끼며 리지에 대해서 상당히 깊은 생각에 잠겼다. 나를 무척이나 사랑한다면서 웃어대던 젊었을 때의 환한 그녀의 얼굴이 눈에 선했다. 내 생각의 믿어지지 않을 gaucherie(어수룩함)에도 불구하고 나는 상당히 우연히 리지를 친구로 얻을 수가 있었으며, 그녀의 애정과 성실함은 어느 날엔가 보람을 줄 수도 있으리라. 하지만 지금은 길을 터놓아야 한다. 절대로 어떤 문체나, 대화와 편지와 방문에 얽힌 어떤 '흥미로운 관계' 도 없어야 한다. 나는 그런 골치 아픈 사태를 위한 시간과 기력도 없으며, 그런 모험을 한다는 것은 죄악이다. 런던에 간다는 암시는 물론 리지를 그곳에 묶어두려는 계략이었다. 지금 리지가 감격해서 문간에 나타난다면 참을 수가 없으리라. 다른 관심들은 모조리 처리해버리고, 미래라는 이상하고 하얗게 펼쳐진 공간에는 오직 한 가지만 남았다. 그래서 리지를 길버트와 함께 뒷전에 물려놓으면서 나는 그에게 은혜를 베푸는 기분까지도 느꼈다. 이 초연하고 새로운 너그러움은 하틀리가 돌아와서 내 마음속에 창조할 존재의 변모하고 순수해진 형태의 첫 징후일까 하고 나는 언뜻 느꼈다. 보고도 만지지는 못하고 사랑하면서도 소유하지는 못하는 하틀리는 나를 성자로 만들 운명인가? 내가 이기주의를 뉘우치려고 하필이면 이곳을 찾았다니, 얼마나 이상하고 뜻 있는 일인가! 하나뿐인 내 사랑과의 신비로운 인연이 지닌 결정적인 의미가 아닐까? 그것은 극단적인 생각이었지만 그 나름대로의 깊은 이치가 있으며, 선택의 여지가 없다는 상황 때문에 어느 정도 무르익었다. 나에게는 분명히 다른 선택이 없었던가?

나는 물론 '극단적인 생각'이 어떤 면에서는 지극히 순화되고 희박한 종류의 것일지언정 행복을 제공함으로써 나에게 위안을 준다는 사실을 의식했다. 최근 사건들의 두려움과 훨씬 관계가 깊은 다른 양상들은 덜 막연하고 기쁨도 적었으며, 성스러움을 향한 열망의 빛을 받지 않은, 행동을 하려는 긴박하고 어두운 욕망을 느꼈다. 하지만 어떻게 해야 하나? 타이투스를 찾아나설까? 적어도 하틀리가 불행한가 하는 근본적인 문제는 해답을 얻지 못했다. 하지만 이것은 더욱 근본적인 문제를 자아내었다. '왜 그녀는 불행한가?' 단순히 아들이 행방불명이 되었기 때문일까, 아니면 다른 이유들이 있는가? 왜 그녀는 내가 돕지 못하게 하고, 나를 '끼어주지' 않는가? 아니면 40년이 넘도록 만나지 못했던 여인에게서 속마음을 털어놓기를 기대하는 것이 너무 순진한 짓일까? 나는 그녀를 마음속에 간직했지만, 그녀에게는 내가 거의 잊힌 학생으로서, 그림자로서만 존재했는지도 모른다. 나는 그것이 믿어지지가 않았다. 혹시 그녀는 아직도 나를 사랑하며, 나를 만날 만큼 자신

202

을 믿지 못하는 것은 아닐까? 비참할 만큼 질투를 느껴야 할 멋지고 예쁜 정부들이 나에게 있다고 상상했을까? 로시나의 헤드라이트가 갑자기 그녀를 나에게 노출시켰을 때, 바닷가 길에서 그녀는 무엇을 하고 있었을까? 알아보기 위해 염탐을 하러 왔었나?

편지를 쓰마고 약속했지만 정말로 쓸 것이며, 쓴다고 해도 '설명'을 하려나? 나는 그냥 기다리고, 그 편지를 기다리고 또 기다리며, 그녀의 말대로 가만히 있을 수가 있으려나? 나는 나 자신에 대한 '설명'을 하고, 내가 느끼고 생각했던 바를, 얼핏 만난 그 비참한 순간에 미처 얘기하지 못했던 것들을 정말로 털어놓고 싶었다. 그녀에게 긴 편지를 쓸까? 그런 경우에 나는 절대로 우편으로 보내지는 않으리라. 그러자 다시 le mari로 문제가 귀착되었다. 왜 그녀는 불행한가? 남편이 질투가 심하고, 폭군이고, 사나운 사람이어서 아무도 그녀에게 접근하지 못하게 하기 때문인가? 그런가? 만일 그렇다면……. 그런 생각이 들자 내 마음은 마구 뛰놀며 수많은 현란한 환상을 눈앞에 펼치고 불타는 함정들이 갑자기 입을 벌렸다. 그러면서도 나는 더럽혀서는 안 될 하틀리에 대한 성실성과 합리적인 이성이 그런 추측을 용납하지 않음을 느꼈다.

나는 점심을 요리할 기분이 아니었다. 계란 프라이를 하나 했지만 먹지도 않았다. 레이븐 호텔에서 구한, 담근 지 얼마 되지 않은 보졸레를 좀 마셨다. (마을에서 돌아와보니 보졸레와 스페인 포도주가 문밖에 놓여 있었다.) 다음에는 여기에 옮긴 편지를 리지에게 쓰느라고 시간을 보냈다. 그다음에는 수영을 좀 하는 것이 정신적으로 좋으리라는 생각이 들었다. 파도는 아주 잔잔하고 보통 때보다 맑았다. 뛰어들기 전에 절벽에서 굽어보니 기다랗고 시커먼 해초가 나무처럼 너울대고, 그 사이로 물고기들이 헤엄쳐 다녔다. 나는 바닷속 경치를 둘러보며 조용히 헤엄쳐 다니면서 바다와 한몸이 된 기분을 느꼈다. 바다는 유리처럼 매끄럽고 조금씩 굽이쳤으며, 천천히 내 옆을 지나 조심스럽게 움츠리며 바다를 섬기는 인간을 허심하게 받들어 올렸다. 부리가 샛노랗고 커다란 갈매기들이 모여들어 나를 지켜보았다. 헤엄쳐 나올 걱정은 전혀 들지가 않았고, 절벽 정면으로 돌아간 나는 손잡이를 잡고 발판을 디뎌 쉽게 매달려 물 밖으로 몸을 끌어올릴 수가 있었다. 사실 작은 절벽은 기어오르기가 별로 어렵지 않았지만, 내가 설명했듯이 파도에 휩쓸려 걷잡을 수 없이 몸이 오르락내리락거리면 제대로 손과 발로 움켜잡고 매달리기가 힘들 뿐이었다. 물속에 있는 동안 나는 하틀리가 이제는 아름답지 않다는 사실이 별로 문제가 되지 않는다고 혼자 생각했다. 그것은 훌륭한 생각인 것 같아서, 포근하고 조금씩 차분한 기분과 더불어 그 생각을 그대로 지니고 돌아왔다.

그다음에 햇볕을 받으며 멍청하게 앉아 있었지만 너무 뜨거웠고, 물속에 들어가 있는 동안에도 별다른 지혜를 얻지 못했다. 바다가 평화로움의 원천이라는 내 생각이 틀리지는 않았지만, 그것은 한입에 삼켜버려 효과가 없는 약인지도 모른다. 섭생이 필요했다. 발이 화끈거려도 걸어서 여기저기 돌아다니며 웅덩이들을 들여다보았지만 즐거움은 사라졌고, 비록 강렬한 햇빛을 받아 알록달록한 조약돌들과 왜소한 해초나무들이 파베르제[러시아의 금속 공예가]의 보석들 같기는 했어도, 찬란하고 눈부시고 자그마한 그 아름다운 것들에 몰입할 수가 없었다. 나는 춤추는 참새우 떼와 초록빛의 투명한 해삼들이 기어 다니는 것을 보았고, 어쩐지 바다 괴물을 연상시키는 길게 똬리를 튼 빨간 지렁이를 또 보았다. 그러고 나서 레이븐 호텔에서 온 듯한 관광객 몇 사람이 내 땅에 서서 탑을 구경하는 것을 보고는 짜증이 났다. 나는 어깨가 따갑고 머리가 쪼개지는 듯한 두통을 느끼며 집 안으로 들어갔다.

이제는 내 상황과 연관을 짓거나 그 상황을 바꾸는 어떤 예식을, 무엇인가를 곧 해야만 한다는 것이 분명해졌다. 물론 내가 하고 싶은 것은 곧장 하틀리에게로 달려가는 일이었다. 나는 아직 그녀에게 키스조차 하지 않았다. 오늘 아침에 교회에서 나는 얼마나 나약하고 어리숙했던가. 하지만 서둘러 마구 밀어붙이는 대신에 다른 '교묘한' 방법을 찾아야 한다. 마약이 떨어진 중독자처럼 나에게는 평범한 대용물은 소용이 없다. 내가 하는 모든 일은 이제 하나의 근본으로 결부되어야 한다. 그저 계속 움직이기 위해서 나는 리지에게 편지를 부치러 마을로 내려가기로 작정했다. 물론 하틀리를 만나면 좋겠지만, 그러리라고는 상상도 하지 않았다. 늦은 오후여서 얼마 전에만 하더라도 나로 하여금 기뻐 환성을 지르게 했던 만큼 햇빛이 눈부셨다. 둑길을 건너자 개집에 들어 있는 편지들이 눈에 띄어 꺼내 들었다. 하나는 리지에게서 온 것이었다. 나는 편지를 찢어 열고는 걸어가면서 읽었다.

사랑하는 당신, 물론 동의를 하겠어요. 내 두려움은 어리석고 쓸데없는 것이었으니까. 당신의 훌륭한 제안에 대한 내 변덕스러운 대답을 용서해줘요. 항상 그랬듯이 나는 당신의 종이고, 비록 한순간 동안이나마 당신이 필요로 한다면 내가 가야 하지 않겠어요? 길버트에게는 아무 얘기도 하지 않았고, 난 어떻게 해야 할지 모르겠어요. 만나게 되면 제발 마음을 누그러뜨리고 이 문제에 대해서 절 도와주지 않으시겠어요? 난 그냥 그이를 차버릴 수는 없어요. 그이에게 너무 심한 상처를 주지 않을 무슨 방법이 있을 거예요. 제발 이해를 해줘요. 그리고 할 얘기가 너무 많으니 어서 만나게 해주세요. 내가 찾아갈까요, 아니면 런던으로 오시겠어요? 당신에게 전화를 할 수 있으면 얼마나 좋을까요. (길버트 생각을 해서 나한테 전화는 걸지 마세요.) 길버트가 편지를 쓰라고 해서 이 편지를 쓴다고 그이한테는 얘기했는데, 혹시 이곳에 오실 일이 있으면 다음 월요일에 여기서 식사를 같이 하자고 길버트가 그랬어요. 말은 전했지만 사정이 이러니 당신은 오고 싶지가 않겠죠.

정말 당신을 너무나 사랑해요.

리지

당신이 화를 내니까 난 너무 무서워요. 부탁이니 곧 화가 풀렸다고 말해주세요.

전혀 달갑지도 않고 변덕스러운 이 편지를 읽으니 한숨이 나왔다. 내가 그녀에게 무슨 '제안'을 했다는 말인가? 그녀는 마치 나를 꽤나 봐주는 투로 편지를 썼다. 그녀가 아직 길버트에게 얘기를 하지 않았고, 그와 헤어지려는 낌새를 나타내지 않았음을 나는 깨달았다. 하지만 이제는 관계가 없는 일이라 리지의 심리 상태를 따져보고 싶지가 않았다.

나는 걸음을 서둘러 문을 닫기 직전에 우체국에 도착했다. 리지에게 편지를 부치고 다음과 같은 전보를 보냈다.

〈당신 처음 생각이 옳았음. 당신 편지와 길이 엇갈린 내 편지를 볼 것. 곧 런던 가니 초청 고마워. 당신 길버트와 저녁 같이할 예정, 찰스〉

그만하면 난처한 상황도 충분히 정리가 되고 리지도 런던에 묶어놓을 수 있다. 물론 그들과 저녁 식사를 할 생각은 없으니까 마지막 순간에 취소를 하리라.

길거리로 나오니 아직도 햇빛이 남았고, 저녁빛에 지붕의 기와들까지도 짤막한 그림자를 던지고 비바람에 씻긴 벽들은 은박이 되었다. 교회로 올라가 안을 들여다보았다. 텅 비고 벌써 어둑어둑했으며, 안개처럼 먼지가 뽀얀 속에 하얗게 희미한 얼룩을 이룬 장미의 냄새가 가득했다. 환한 밖으로 나와서 비스듬한 햇살에 돋을새김처럼 두드러지게 보이는 묘비의 여러 가지 범선들을 얼마 동안 구경했고, 길거리를 다시 걸어 내려가다가 블랙 라이언의 문이 열린 것을 보고는 안으로 들어갔다. 여느 때처럼 갑자기 잠잠해졌다.

"유령을 또 봤어요?"

사과술을 내주면서 아크라이트가 물었다.

"아뇨."

"지난번엔 커다란 장어 얘기를 하셨는데, 또 있던가요?"

"아뇨."

"물개는 봤나요?"

"아뇨."

"아무것도 못 봤다는구먼."

킬킬대는 소리.

배가 고파서 치즈 샌드위치와 형편없는 돼지고기 파이를 먹었다. 얼마 동안 자리에 앉아 나머지 우편물을 보았다. 옆에 누가 있거나 남들이 무슨 신경을 써도 나는 아랑곳하지 않았다. 미스 카우프만이 보내준 편지들은 하나같이 사적인 내용이었지만 별로 흥미가 없었다. 온타리오의 스트랫퍼드에서 있었던 우스꽝스러운 일들을 적은 시드니 애쉬의 편지는 그전 같으면 재미있게 읽었으리라. (앞에서 얘기를 했던 것 같은데) 케임브리지의 물리학자인 친구 빅터 반스테드에게서 온 편지도 있었다. 리지의 편지를 포함한 모든 편지를 구겨서 근처의 쓰레기통에 넣었지만, 옆에 있는 사람들의 재미있어하는 눈초리를 받으며 다시 그 편지들을 쑤석거려 꺼냈다. 편지들을 호주머니에 쑤셔 넣고는 작별 인사를 했다. 아무도 대꾸가 없었다. 내가 문을 닫자마자 한참 동안 웃음소리가 터져나왔다.

나는 가로지른 오솔길이 아니라 항구로 곧장 뻗어나간 길을 따라 걸었다. 마을을 일단 벗어나자 걸음을 멈추고 언덕을 올려다보았다. 해는 기울었고 여기저기 괴이하게 창백한 불을 밝힌 창문들이 벌써 몇 되었다. 편지를 읽으려면 코안경이 필요해도, 멀리 있는 것은 아주 잘 보이므로 방갈로들을 꽤 똑똑히 볼 수가 있었다. 니블레츠의 거실에는 희미하게 불을 켜놓은 것 같았다. 저녁 식사는 끝났을 테니 텔레비전을 보고 있으리라. 말없이? 나는 결혼 생활을 상상할 수가 없다. 그런 상태가 어떻게 가능할까? 언덕을 올라가 문을 두드리려는 무척 강렬한 욕망을 느꼈다. 샴페인을 한 병 들고 나타난다면……? 하지만 다음 시간을 견뎌낼 방법을 생각해내었다. 내일 아침이면 하틀리에게서 편지가 오는지도 모른다. 그리고 만일 편지가 오지 않는 경우라면…… 어떻게 해야 할지는 그때 가서 결정하리라. 그렇지만 그 작은 집 어디에서 언제 그녀가 몰래 편지를 쓸 수 있을지 궁금해졌다. 변소에서? 남편이 가끔 집을 비우겠지. 그녀가 '비밀' 편지를 쓸까? 결혼 생활은 정말로 알다가도 모를 일이다.

계속해서 항구로 내려가니 잔잔하고 잔잔한 바다가 들릴락 말락 찰싹거린다. 짙은 먼지 같은 것을 내뿜는 듯한 바위 방파제의 힘찬 팔에

안긴 항구는 텅 비고, 조용하고, 어슴푸레했다. 여기저기 배회를 하며 발밑으로 돌멩이들의 따스함을 느꼈다. 불길한 검은 십자가처럼 파도 위로 나지막이 가마우지가 한 마리 날아갔다. 이제는 커다랗고 푸석푸석하고 파리한 달과 반짝거리는 개밥바라기가 떴다. 바로 그 너머 숙녀들의 수영장에서는 시간의 마술에 걸린 듯 소리 없이 두 소년이 시커먼 해초를 가지고 놀았다. 나는 바닷가 길을 따라 슈러프 엔드 쪽으로 천천히 걸어가서 그곳을 지나 호텔의 불빛이 바닷물에 비친 레이븐 만을 쳐다보며 시간을 좀 보냈다. 개밥바라기는 황금빛에서 은빛으로 바뀌었고, 달은 작아지면서 테두리가 선명해지고 환히 밝아졌다. 마침내 나는 발걸음을 돌려 둑길로 들어섰는데, 집 안에서 움직이는 듯 깜박이는 이상한 불빛을 보았다. 나는 걸음을 멈추고 지켜보았다. 빛은 잠깐 뚜렷하게 깜박이더니 숨었다가 앞쪽 어느 창문 뒤에서 희미해지더니 사라졌다. 누가 안에서 촛불을 들고 돌아다녔다. 처음에는 하틀리라는 생각이 들었다. 그런 다음 로시나일 확률이 더 많다고 생각했다. 길을 따라 되돌아가 보니 짐작했던 대로 튀어나온 바위 뒤에 전에처럼 흉측하고 작은 그녀의 빨간 자동차가 있었다.

나는 너무나 화가 치밀어서 바퀴를 발로 걷어찼다. 로시나를 만나면 견딜 수가 없으리라는 생각이 들었다. 염치 없이 나타난 그녀의 존재는 내 집에 대한 모독이었다. 그녀의 건방진 얼굴만 봐도 나는 이유 없이 화가 났다. 말다툼의 추악함과 가혹함을 견디지 못하겠고, 그녀를 떼어 버릴 방법도 없었다. 나는 발돋움을 하고 큰 걸음으로 둑길을 따라 집의 옆을 돌아서 풀밭으로 갔다. 이제는 부엌이 들여다보였다. 그렇다, 로시나는 식탁에 촛불을 두 개 켜놓고 등잔에 불을 붙이느라 헛수고만 하면서 심지를 망쳐놓는 중이었다. 심지를 마구 올렸다 내렸다 해가면서 불이 붙은 성냥으로 쑤셔대며 노려보는 사팔뜨기 눈과 고약한 성미를 드러내며 입을 씰룩거리는 그녀의 모습이 보였다. 등잔이 확 타오르디가 꺼졌다. 그녀는 검정 옷에 하얀 셔츠를 입었고, 검은 머리카락은 흘러내려 촛불에 닿을락 말락 흔들렸다. 나는 소리 없이 물러서면서 풀밭에 놓인 깔개와 방석을 거두었다. 술집에서 무얼 먹었기에 망정이지, 그러지 않았다면 배가 고파 집으로 들어가야만 했으리라.

나는 집이 보이지 않을 때까지 바위를 기어올라 넘어가서, 과거의 역사를 쓰던 무렵에 한두 번 일광욕을 한 적이 있는 바다 바로 위의 길고 얕게 파들어간 곳을 찾아내었다. 밤은 무척 따뜻하고 고요했으며, 안경을 안전한 곳에 벗어놓고 잠을 잘 준비를 하면서 행복했던 때 왜 여기 나와서 잘 생각을 한 번도 하지 못했을까 떠올리고 처량한 기분이 들었다. 바로 밑에서 조심스럽게 찰랑이는 바다가 너무나 가까워서, 배를 탄 것 같았다. 바위 침대가 바닷물을 향해 약간 기울어져서 방석을 베고 누워 곧장 수평선을 보니, 달이 움직이지 않는 듯 움직이는 듯 은빛 파편들을 뿌려놓았다. 첫 별들이 벌써 모습을 드러내고 반짝였다. 점점 더 많은 별들이 나타났다. 깔개로 몸을 감싸고 반듯하게 누워 두 손을 배에다 포개고, 나와 하틀리 사이에 모든 일이 순조롭게 되고, 평생 충실하게 잊지 않았던 보람이, 신비주의적인 인연이라고 생각되는 것이 헛되거나 상실되지를 않고 좋은 결과를 이루도록 기도를 드렸다. 그러자 마치 내 기도를 들은 혼령에게 꾸중이라도 들은 듯 나는 나 자신을 지워버리고 오직 하틀리만을 위해서, 그녀가 행복해지고, 타이투스가 집으로 돌아오고, 남편과 그녀가 서로 사랑하기를 기도했다. 그것은 훨씬 어려웠다. 사실 그것은 너무나 어려운 일이어서, 아무리 좋은 생각만 하려고 애를 써도 아까 마음속에 있었던 유혹이 그토록 단호하게 멀리 쫓아버렸어도 다시 옆에서 기어 들어오기 시작했다. 피치인가 벤인가, 이름이야 어떻든, 그녀의 남편은 질투가 심한 폭군이고 그녀를 불행하게 만든 장본인일까? 그렇다면 혹시……? 결국 나는 아침까지 하틀리에게서 편지가 오지 않으면 나중에야 어떻게 되든 방갈로로 찾아가기로 작정했다. 그 까닭은…… 그 질문에 대한…… 해답을…… 들어야 하기 때문이었다.

　얼마 후 나는 더는 하틀리가 아니라 어머니에 대한 생각을 하고 있음을 깨달았다. 나는 불안과 못마땅함과 사랑으로 잔뜩 주름진 어머니의 얼굴을 보았다. 다음에는 하얀 롤스로이스의 운전석에 앉아 작고 동그란 밀짚모자를 쓴 에스텔 숙모가 보였다. 그 커다란 차를 운전하는 그녀를 보면 아버지는 신이 났다. 에이블 삼촌도 신이 났다. 에스텔 숙모는 '머리띠(fillet)'처럼 생긴 널찍한 끈을 머리에 두르고 다녔는데, 학교에서 라틴어를 번역할 때면 우리는 그것에 대해서 한심한 농담을 자주 했다. 그녀는 테니스를 무척 잘 쳤다. 람스덴스에는 콘크리트 테니스장이 있었다. 그토록 예쁘고, 쾌활한 그녀가 어째서 조용하고 얼굴이 길쭉하고 푹 꺼진 제임스와 닮았다는 말인가? 내 눈에는 오랜 세월에 걸쳐 그토록 많은 여자들이, 심지어는 그녀와 너무도 달라 보이던 마을의 우스꽝스러운 늙은 여자가 하틀리 가면을 썼듯이, 제임스는 머리에 얇은 가면을 뒤집어썼다. 하지만 그 우스꽝스러운 늙은 여자가 진짜 하틀리임을 나는 벌써 잊었는가! 그렇다면 제임스는 진짜로 에스텔 숙모인가? 이제 에스텔 숙모는 빙글빙글 돌아가는 새까만 레코드 위에서 춤을 추고, 라벨이 붙었던 가운데에서 춤추고, 그러다 보니 그녀는 라벨이 되어 얼굴은 찢어진 종이, 레코드와 함께 돌고 또 도는 찢어진 종이였다. 그러는 동안 줄곧 나는 눈을 뜨고, 뜨려고 했고, 그래도 가장

211

놀라운 일들이 벌어지는 별들의 세계를 구경하고 싶은데 눈은 자꾸만
감길 따름이었다. 반짝거리는 인공위성이, 인간이 만든 별이 아주 천천
히 한쪽에서 다른 쪽으로 거대한 바위를, 팽팽한 반원을 그리며 조심스
럽게 하늘을 가로질러 지나가는데, 지구 둘레를 빙빙 돌면서 할 일을
천천히 해내는 친구 같은 인공위성은 별로 멀리 떨어져 있지 않다. 그
리고 훨씬, 훨씬 더 멀리 가면 별들이 조용히 날아가고, 소용돌이치고,
사라지고, 소리 없이 떨어지고, 꺼지며, 전혀 소리가 없는 길 잃은 유성
들은 무(無)에서 무로 떨어져 아무도 모르게 죽어버린다. 드디어 하늘
이 무너져 내려앉는 듯, 별똥별들은 많기도 하다. 그리고 나는 이 모든
것들을 아버지에게 보여주고 싶었다.

　나중에 알았지만 나는 잠이 들었고, 눈을 뜨니 놀랍게도 하늘은 다
시 완전히 바뀌어서 이제는 어둡지가 않고, 밝고, 황금빛이고, 황금 가
루를 뿌린 듯 황금빛이고, 마치 아까 본 별들의 뒤에 있는 휘장들을 하
나씩 하나씩 걷어버려서, 소리 없이 속과 겉이 뒤집히는 듯한 우주의
광활한 내면을 보게 되었다. 별들의 뒤에 있는 별들의 뒤에 있는 별들
의 뒤에 있는 별들의 뒤에 있는 별들, 그리고 별들의 사이와 그 너머에
도 아무것도 없으며, 뽀얗고 흐릿한 별들의 황금빛뿐, 별들만 있고 공
간도 빛도 없다. 달은 없어졌다. 바닷물이 더 높이, 더 가까이서 찰싹거
리며 무슨 진동처럼만 들릴 정도로 가볍게 바위를 어루만진다. 별들에
순종해서 바다는 캄캄해졌다. 그리고 별들은 광대하고 총총한 하늘의
회전과 더불어 움직였고, 다만 인간의 지각이 느끼거나 파악할 수 있는
움직임이나, 별똥별이나, 유성이 없을 따름이었다. 모두가 움직임이요,
모두가 변화이며, 눈에 보이기는 해도 상상이 이르지 못한다. 그리고
이제 나는 내가 아니라 원자로서, 원자의 원자로서 필연적으로 포로가

된 관측자요, 동작이 없이 끓어오르고 부글거리는 황금빛 뒤의 황금빛 뒤의 황금빛이 모두 무관심하게 투사된 작은 거울이다.

더 시간이 흐른 다음에 깨어나니 그 모두가 사라졌고, 잠깐 동안 나는 모든 별들을 꿈속에서만 보았다는 기분이 들었다. 거창한 교향악이나, 굉장하고 긴 형언할 수 없는 소음의 막간에서처럼 갑작스럽고 충격적인 괴이한 침묵이 흘렀다. 그렇다면 별들은 눈에 보일 뿐 아니라 소리로도 들리는 것이었으며, 나는 정말로 천체들의 음악을 들었다는 말인가? 이른 새벽빛이 희미하게 보이는 형태들을 붙잡아 아주 천천히 발버둥치는 그들을 어둠에서 끌어내듯 짙고 무서운 침묵과 더불어 바위와 바다 위에 걸렸다. 바닷물까지도 이제는 완전히 조용해서 흔들리거나 찰싹거리지도 않았다. 하늘은 투명하고 희미한 회색이었으며, 바다는 빛을 잃은 회색이었고, 바위들은 짙은 회색빛 갈색이었다. 별 밑에서보다 고독감은 더욱 강렬했다. 그때는 내가 공포를 느끼지 않았다. 이제는 공포를 느꼈다. 몸이 아주 뻣뻣하고 꽤 추웠다. 바위가 아주 딱딱해서 멍이 들고 아픈 느낌이었다. 깔개와 방석이 이슬에 젖은 것을 보고 놀랐다. 나는 뻣뻣하게 일어나서 그것들을 털었다. 주위를 둘러보았다. 산더미처럼 치솟은 바위들이 집을 가렸다. 나는 나 자신이 빛이 아직 빛이 아닌 공허하고 무섭도록 조용한 새벽의 한가운데 선 시커먼 그림자처럼 느껴지는 것이 두려워서 얼른 다시 눕고는 깔개를 여미고 눈을 감은 다음, 뻣뻣하게 누운 채로 다시는 잠이 들지 않을 것 같다는 생각을 했다.

하지만 잠이 들었고, 하틀리가 발레리나가 되어 까만 발레용 스커트와 다이아몬드가 반짝거리는 까만 깃털이 달린 머리 장식 차림으로 널따란 무대를 깡충깡충 뛰며 매암을 도는 꿈을 꾸었다. 가끔 그녀는 펄쩍 뛰어오르고, 나는 그것이 괴기한 공중 부양 같다고 생각하지만 그녀는 그대로 공중에 떠 있기만 했다. 구경을 하면서 나는 혼자 만족해서 우리 둘 다 그토록 젊고 인생이 우리 앞에 잔뜩 기다리고 있다는 생각을 했다. 늙은 사람들이 어찌 행복하겠는가? 우리는 젊고, 젊음을 의식하지만, 대부분의 젊은이들은 그것을 당연하게만 여긴다. 그러고 나서 무대는 숲이었고, 역시 검은 옷을 입은 왕자가 와서 하틀리를 끌고 갔으며, 목이 부러진 듯 그녀의 머리는 어깨 너머로 축 늘어졌다. 나는 그 자리에 남아서 악몽을 꾸어 늙었는 줄 알았지만 사실은 내가 젊으니 얼마나 좋으냐는 생각을 했다. 그리고 분명히, 틀림없이, 숲의 저쪽에 호수나 바다가 있으리라. 나는 햇빛을 받으며 잠이 깨었고, 무섭게도 힘없이 머리를 늘어뜨리고 죽은 하틀리의 얼굴을 아직도 볼 수가 있어서 무척 놀랐고, 꿈속에서는 느끼지 못했던 불길함과 공포를 느꼈다. 나는 팔꿈치를 괴고 몸을 일으켜 내가 왜 철썩이는 푸른 바다의 앞에 솟은 바위에 밝은 햇빛을 받으며 누워 있는지를 서서히 생각해내었다. 나는 천천히 일어나고는 꿈속에서 젊었기 때문에 그토록 즐거웠음이 떠올랐고, 가슴이 아팠다. 시계를 보았다. 여섯 시 반이었다. 그제서야 나는 오늘 아침에도 편지가 없으면 방갈로로 찾아가야 한다는 생각이 났다. 그것은 이미 결정된 사항이었다.

배가 무척 고팠다. 로시나가 집에서 밤을 보냈는지 궁금했다. 나는 길이 있는 곳까지 바위를 기어 넘어가서 슈러프 엔드로 걸어갔다. 그녀가 차를 세워두었던 움푹한 곳을 살펴보았다. 차가 없었다. 나는 계속해서 걸어 둑길을 건넜다. 물론 아직 편지는 오지 않았다. 안으로 들어간 나는 집 안을 샅샅이 살펴보았다. 사방에 타고 남은 성냥개비들이 잔뜩 흩어졌지만 내 침대에는 사람이 잔 흔적이 없었다. 나는 그것이 기뻤다. 그녀는 틀림없이 지난밤에 가버렸다. 그녀는 포도주 병과 올리브 깡통을 땄고 빵을 좀 먹었다. 편지는 남겨놓지 않았지만, 식탁 한가운데 꽤 예쁜 찻잔이 깨진 조각들을 흩어놓아 흔적을 남겼다. 더 심한 짓을 할 수도 있었다. 너무 배가 고팠기 때문에 나는 차와 토스트와 남은 올리브로 아침 식사를 했다. 나는 기다렸으며, 기다리면서 별을 쳐다보며 무엇을 느꼈는지 기억해내려고 했지만, 벌써 기억은 희미해졌다. 그러고는 개집으로 자꾸만 나가보았다. 아홉 시 반쯤에 우편물이 도착했지만 하틀리의 편지는 없었다. 열 시쯤에 나는 마을을 배회했다. 열 시 반에 나는 니블레츠의 문 앞에 섰다.

길을 걸어 올라오는 동안 나는 그 집을 살펴보려는 조급한 유혹을 물리쳤다. 우연히 들른 인상을 주고 싶었는데, 그러려면 정말로 어물어물 들이닥치는 것이 상책이었다. 마을에서 나는 하틀리와 가까이 있으려는 초조한 갈망으로 몸살이 날 지경이었다. 지금은 그녀의 친근하게 끌어당기는 힘이 절망적인 불손함을 자아내었으며, 나는 걷잡을 수 없이 답답하고 위험한 감정에 사로잡혔다. 감미로운 소리가 나는 초인종을 눌렀고, 그 공허하고 천사 같은 소리는 집 안에서 무시무시한 진동을 일으켰다.

발을 질질 끄는 가벼운 소리가 들렸지만 사람의 말소리는 없었다. 나는 뿌연 유리를 통해 내 머리가 엉성하게 보이리라는 것을 깨달았다. 이 집에는 손님이 많이 찾아올까?

벤이 문을 열었다. 하틀리의 마음을 차지하려고 너무나 열심히 노력했기 때문인지 이제 그는 머릿속에서 '벤'[벤자민의 애칭]이 되었다. 그는 하얀 무명 티셔츠를 입어서 건장해 보였고 면도를 하지 않은 것 같았다. 그의 얼굴에서 지저분하게 수염이 돋지 않은 부분은 개기름이 흘렀고 이마에는 뾰두라지가 솟았다. 동물적으로 그가 머리를 젖히자 넓은 콧구멍의 시커먼 속이 보였다.

나는 "안녕하세요"라고 말하면서 미소를 지었다.

그는 진짜인지 가짜인지 모를 놀란 표정으로 "무슨 일이오?"라고 말하면서 억지 미소를 지었다.

"아, 아침 운동 삼아 산책을 나왔다가 그냥 들렀어요. 이젠 아는 사이가 되었으니 당신과 하틀리를 잠깐 보는 게 좋겠다는 생각이 났죠. 그리고 드릴 게 있어서요. 잠깐 들어가도 될까요?"

이것은 미리 준비한 말이었다. 나는 층계에 올라섰다.

벤은 힐끗 뒤를 돌아보더니 한 손으로 문을 더 열면서 다른 손으로는 앞방의 문을 열었다. 그러더니 그는 내가 앞방으로 들어가도록 울타리나 칸막이처럼 두 문을 잡느라고 팔을 벌린 채 뒤로 물러섰다.

그곳은 분명히 남는 침실이었다. 무척 작았고, 침대 의자와, 의자와, 장롱이 놓여 있었다. 안감을 대지 않은 커튼의 밝고 빨간 꽃들을 햇빛이 비추었다. 방에서 가구의 헝겊과, 윤을 내는 약과, 먼지와, 사람이 살지 않는 냄새가 났다. 하얀 줄무늬 무명을 덮은 침대 의자는 야무지게 여미지를 않았다. 얼룩 고양이의 천연색 사진이 틀에 끼어 있었다. 벤은 안으로 들어와 문을 닫았고, 순간적으로 나는 그가 무서워졌다.

공간이 거의 없었다. 나더러 앉으라고 하지를 않아서 우리는 침대 의자 옆에서 마주 보고 섰다. 나는 우선 쾌활하게 잡담으로 시작해서 어떠어떠한 얘기로 이끌어 나가겠다고 계획을 세웠는데, 그 순서가 제대로 기억이 나기만 바랐다. 알아야 할 것이 너무나 많았지만, 알아낼 시간은 무척 짧았다.

"메리는 잘 있어요? 잘 있기를 바라지만요." 나는 그녀를 메리라고 불러야겠다고 기억해두었다. "잠깐이라도 봤으면 좋겠군요. 두 분께 드릴 간단한 편지가 있는데요."

"아내는 집에 없어요."

벤이 말했다.

틀림없이 거짓말이라고 나는 생각했다.

"저, 드릴 편지 여기 있습니다."

나는 피치 부부에게 가는 봉한 봉투를 넘겨주었다.

벤이 봉투를 받더니 찡그린 얼굴로 훑어보고는 나를 노려보았다. 그는 "고맙군요"라고 말하더니 문을 열었다.

"읽어보지 않겠어요? 초청장인데요."

나는 다시 미소를 지었다.

벤은 짜증스럽게 한숨을 쉬고는 봉투를 찢어 열었다. 그사이에 나는 그의 어깨 너머로 들어올 때 닫혔던 부엌문이 지금은 조금 열려 있음을 보았다. 바깥보다는 집 안에서 훨씬 처량해 보이고, 숨이 막히는 장미꽃의 짙은 냄새가 홀에서부터 흘러왔다. 유랑하는 갈색 기사의 그림이 걸린 '제단'을 볼 수가 있었다. 벤이 머리를 들더니 침실 문을 다시 닫았다.

설명을 하듯 초청장을 가리키고, 억지로 쾌활한 시늉을 해서 작은 방이 어색하지 않은 분위기로 가득 차게끔 대화를 이끌어내려고 애쓰면서 내가 말했다.

"보시다시피 공식적인 초청장에 지나지 않는데, 보세요, 당신과 메리가 들러주기를 바란다고 뒷장에다 써놓았습니다. 런던에서 친구가 한두 명 내려오기로 되어 있어서요."

그것은 물론 사실이 아니었지만, 그러면 trois〔셋이서〕만나자는 것보다 훨씬 덜 눈에 거슬릴 것 같은 생각이 들었다.

"그래서 혹시 당신과 부인이 고맙게도 금요일에 슈러프 엔드로 어려운 걸음을 하셔서 술이라도 한잔 들 수 있을까 하는 생각이 났는데, 공식적인 행사가 아니니 드레스 따위는 신경 쓰지 마시고 오래 머물지 않아도 됩니다."

그 말이 별로 겸손하게 들리지 않아서 벤이 아직도 찌푸린 얼굴로 뒷장에 쓴 친절한 말을 눈여겨보는 동안에 나는 말을 덧붙였다.

"물론 그쪽이 더 좋으시다면 두 분만 목요일이나 토요일, 아무 날이라도 나는 한가하니까 언제라도 오시면 환영입니다. 당신 집은 너무나 멋지고 잘 가꾸어졌으니까 내 집에 대해서 틀림없이 충고하실 얘기도 있겠고…… 정말 여러 가지 묻고 싶은 것도 많으니까…… 마을이나 이곳 지방의 특성……."

"우린 갈 수 없을 것 같군요." 벤이 말했다. 그는 덧붙였다. "미안합니다."

"아, 좋습니다. 지금 당장은 어려우시다면, 바쁘고 곤란한 일도 있을 테니까, 좀 뒤로 미루기로 하고, 여길 자주 지나다니니까 내가 다음 주에 들르기로 하죠. 나도 무척이나 바쁜 사람이었지만 이제는 시간이 잔뜩 남아도는데, 당신도 은퇴를 하셨으니 마찬가지겠죠? 물론 한가하다는 것은 멋지고 복된 일이고, 특히 이런 곳에 살면 더욱 그렇죠. 그래요, 난 이 집이 좋아요. 저건 집에서 기르는 고양이인 모양인데, 정말 귀엽군요."

나는 침대 위에 걸린 고양이의 천연색 사진을 가리켰다.

벤이 사진 쪽으로 시선을 돌리자 이맛살과 입이 누그러지고 눈빛이 밝아졌다.

"예, 탬벌린이죠. 탬비라고도 불렀어요. 이젠 죽고 없죠."

"정말 기막힌 이름이군요. 고양이란 참 중요하죠. 고양이 중에는 얼룩이가 최고라고 생각하지 않아요? 난 항상 떠돌이 생활만 해서 짐승이라곤 키워보지를 못했는데, 참 안타까운 일이죠. 지금도 고양이를 기릅니까?"

벤은 초청장과 봉투를 구겨 침대로 던졌다. 그 우악스러운 행동에 말문이 막혔다. 그는 입을 벌리고 가지런하지 못한 이를 내보이며 결정을 못 한 채 잠깐 동안 그냥 서 있었다. 그는 짧고 숱이 많은 쥐색 머리카락을 긁어대었다. 그가 말했다.

"이봐요."

잠깐 침묵이 흘렀고, 그는 숨이 막혀 침을 삼켰고 나도 호흡을 중단했다. 우리는 좁은 방에서 거북하게 서 있었고 나는 그에게로 몸을 조금 내밀었다.

"이봐요, 안 되겠어요. 미안하지만 우린 당신과 사귀고 싶지가 않습니다. 이런 식으로 얘기해서 미안하지만, 당신은 눈치가 없는 것 같군요. 그럴 필요가 없잖아요. 좋아요, 당신은 옛날에 메리를 알았지만, 옛날은 옛날입니다. 아내는 이제 당신을 만나길 싫어하고, 아시겠지만 그건 나도 싫어요. 예전에 알았거나 학교를 같이 다녔거나, 뭐 그랬다고 해서 지금 그 사람을 만날 필요는 없죠. 세상은 변하고 사람들은 그들대로의 세계가 있어요. 우린 당신과 질이 다르고, 글쎄요, 그건 분명하잖아요. 우린 당신 파티에 가서 당신 친구들을 만나고 당신 술을 마시고 싶지가 않습니다. 그리고 무례한 얘기라면 미안하지만, 우린 당신이 아무 때나 불쑥 쳐들어오는 게 싫고, 그걸 이번에 밝혀주고 싶어요.

당신 세계에서는 친구들과 어떻게 지내는지 모르겠습니다만, 우린 그런 식으로 살지 않고 우린 조용한 쪽이어서 우리끼리만 살아요, 알겠어요? '옛 학교 친구'니 뭐니 하는 건 잊어버려요. 마을에서 어쩌다 만나면 우린 물론 당신을 아는 체하겠지만, 초청한다든가 하는 건 우리한테 어울리지가 않아요. 그러니까 초청은 고맙지만…… 사정이 그래요."

이 말을 하며 하틀리더러 끼어들지 마라는 신호인 듯 그는 문의 손잡이를 요란하게 흔들었다.

그가 하는 얘기를 듣는 동안에 나는 줄곧 거의 벗겨지다시피 한 좁다란 침대를 쳐다보고 있었다. 그것은 분명히 벤의 침대가 아니었으므로, 그들은 같이 잤다. 나는 내가 녹음한 말을 듣기라도 하는 듯, 전혀 놀라지도 않으며 그의 두서없는 긴 얘기를 들어주었다. 그러면서도 나는 하틀리가 분명히 집에 있으면서 소리 없이 숨어 있다는 데 대해서 화가 나고, 당황하고, 괴로웠다. 왜 그러는가?

내가 미리 단단히 결심했던 한 가지 사실은 벤이 어떤 반응을 보이든지 흥분을 하거나 어떤 감정도 드러내지 않으리라는 것이었다. 이 순간에 품위를 지키기는 확실히 힘들었다. 얘기를 다 끝낸 벤은 자신의 말에 스스로 흥분해서 뻣뻣하게 선 채로 당황한 듯 얼굴을 찌푸리며 고양이 사진을 노려보았다. 그는 언성을 높이지 않았고, 상당히 낮은 목소리로 힘을 주고 얘기했으며, 아직 몸을 떨지 않았다. 보나마나 그는 그런 말을 할 때 틀림없이 나를 집에서 쫓아낼 생각이었다.

나도 모르게 얼굴이 붉어졌다. 얼굴과 목은 빛깔이 달라졌으며 두 뺨이 화끈거렸다. 나는 될 수 있는 대로 침착하고 경쾌하게 말했다.

"좋습니다만, 다시 생각해보기 바랍니다. 어쨌든 우린 아는 사이니까요. 그리고 만일 내가 무슨 거부(巨富)나 굉장한 인물이라고 생각한다면 그건 오해예요. 난 아주 단순한 사람이고, 그걸 알아주시기 바랍니다. 나중에 편지를 드리죠. 가기 전에 혹시 잠깐 메리를 만날 수 있을까요?"

"아내는 집에 없어요."

"가게에 나간 모양이군요. 곧 돌아오지 않을까요? 정말 만나고 싶은데요."

"집에 없다니까요!"

벤은 초청장과 봉투를 침대에서 집어 마룻바닥에 팽개쳤다. 그러더니 그는 요란하게 문을 활짝 열었다.

그는 나와 문 사이에 섰고, 어색한 순간이 흘렀다. 그는 조금 뒷걸음질을 쳤고, 나는 갑작스러운 격렬한 감정의 폭발을 가라앉히기 위해 본능적으로 타협의 손짓을 했다. 나는 그의 앞을 지나 홀로 가서 앞문을 더듬어 찾기 시작했다. 바로 뒤에서 따라오던 벤이 문을 여느라고 우리는 손이 서로 닿았다. 나는 집에서 나오려고 옆걸음질을 쳐야 했다. 나는 부엌 쪽을 되돌아볼 수도 없었고, 감정이 격해 앞이 보이지도 않았다. 마당의 통로 옆에서 자라는 무척 커다란 장미꽃들의 눈부신 주홍과 오렌지빛이 놀라울 정도로 선명했다. 문이 쾅 소리를 내며 닫혔다. 나는 황급하게 대문의 복잡한 빗장을 더듬어 열고는 겨우 포장도로로 나섰다. 나는 언덕을 빠른 걸음으로 내려갔다. 뛰지는 않았다. 점점 더 천천히 걸었고, 마을에 다다랐을 즈음에는 한가한 걸음걸이였다. 뼈아픈 분노와, 두려움과, 끓어오르는 수치심이 서서히 가라앉았다. 나는 겁에 질린 개처럼 도망쳐 나왔던가? 그 질문에 대한 대답은 상관이 없다고 생각했다. 나는 화끈거리는 뺨을 만져보고는 손등으로 문질러 식혔다.

격렬한 감정이 가라앉자 더 음산하고, 깊은 또 다른 감정이 서서히 머리를 들었다. 두 감정이 긴밀하게, 음산하게, 서로 엉켰다고 해도 되겠다. 나는 그 누추하고 제대로 덮지도 않은 침대와, 하틀리가…… 그 야만적이고 늙은 풋내기와…… 잔다는…… 생각에 가슴 아픈 고통을 느꼈다. 침대를 보았다는 이유 하나 때문이 아니라, 오늘 확인한 바를 확인하기 전까지는 어떤 상황과, 어떤 광경과, 어떤 무서운 사태를 몽땅 막아보려던 내 시도가 실패했기 때문에 지금 이 심한 고통을 느꼈다. 이 감정과 긴밀하게 결부되는 또 다른 감정인 일종의 무서운 환희가 이제는 음산하게 두드러지며 표면으로 떠올랐다. 벤은 내가 두려워하는—바라던 대로—그런 인간이었다. 그는 가증할 폭군이었다. 그는 철저히 악질적인 인간이었다. 그러니까…… 그러니까…….

셋

"결혼 생활은 두려움에 바탕을 두어야 지속이 되는 거야."

페레그린 아르빌로우가 말했다.

우선 설명부터 하자. (146페이지부터) 지금까지의 얘기와 마찬가지로 나는 이 글을 런던에 있는 내 유별나고, 초라하고, 방치된 새 아파트먼트에서 쓰고 있다. 세상을 버리고 은둔자처럼 살고 싶으면 여기가 훨씬 더 좋은 은거지이리라! (최근에 누가 이와 비슷한 얘기를 나한테 했다. 로시나였던가?) 너무나 많은 사건들이 일어나서, 현재 시제로 너무 자주 되바꿔놓지 않으면서 계속적인 서술체로 쓰는 것이 좋겠다. 그러니까 결국 나는 내 인생을 소설로 쓰는 셈이다! 그러지 못할 것도 없지 않은가? 형식을 찾아내야 하는 문제였는데, 역사가, 나의 역사가 내 대신 그 형태를 찾아내었다. 앞으로 써가는 동안에 명상하고 추억을 더듬고, 다른 얘기나 철학적인 내용을 삽입하고, 먼 과거에 깃들거나 방금 이루어진 현재를 묘사할 시간이 많을 테니까, 내 소설은 아직도 회고록과 일종의 일기의 성격을 지니리라. 따지고 보면 과거와 현재는 너무나 가깝고 거의 하나여서, 시간이란 이어지고, 서로 엉키고, 과학자들이 얘기하는 어떤 천체들처럼 무겁고도 아주 작아지려는 물질을 인위적으로 귀찮게 갈라놓은 것이나 마찬가지이다.

나는 이틀 전에 이곳에 도착해서 글을 쓰느라고 대부분의 시간을 보냈다. 잠시 후에 다시 얘기하겠지만, 이틀째 되던 날 저녁에 나는 페레 그린을 찾아갔다. 오늘은 계속해서 글을 쓰겠는데, 묘하게도 온통 난장판이 한가운데인 이곳이 슈러프 엔드의 넓은 곳에서보다 글을 쓰기가 쉽다. 여기에서는 신경을 집중할 수가 있는데, 나는 신경을 집중해야 할 일이 정말 많기도 하다. 오늘 저녁에 집으로 가는 기차를 타야 한다. (집? 집이다.) 역으로 나와달라고 시골 택시에 연락을 해두었다. 내가 앉아 있는 창가의 삐걱대는 책상에서는 아주 밋밋한 초록빛 플라타너스의 깃털 같고 뭉실뭉실한 꼭대기들과, 팔랑이는 그 나뭇잎들 너머 런던의 이 지역에 건축된 빅토리아 왕조 시대의 딱딱한 똥빛 갈색 벽돌로 지은 집들의 담벼락과, 창문과 굴뚝과 뒤쪽이 아무렇게나 늘어선 것이 보인다. 나는 어서 슈러프 엔드를 사고 싶어 들뜬 마음에 강도 그토록 가깝고 철도도 무척 가까운 반스의 바람이 잘 통하는 커다란 아파트먼트를 서둘러 팔아버렸다. 그리고 이 작은 아파트먼트는 일종의 참회를 위한 교회였다. 아직 시간이 없어 가구 정돈조차 하지 못했다. 내 옆에는 텔레비전을 얹어놓은 안락의자가 있다. (슈러프 엔드에서는 텔레비전이 없으니까 얼마나 좋았던가.) 그 뒤에는 벽을 향해 세워둔 책장의 허여스름한 뒷면이 보이는데, 거미줄이 여기저기 축 늘어졌고 나무좀이 구멍을 뚫어놓았다. 깨진 유리 그릇과 도자기들이 음산하게 흩어진 가운데 그림과, 등잔과, 책과, 장식품과, 둘둘 말아놓은 양탄자들이 잔뜩 쌓여 있다. 이삿짐을 부리는 사람들이 내가 서두르는 바람에 제대로 일을 못 했다. 풀어놓지 않은 식기 상자들이 작은 부엌에 가득했다. (극장에서 쓰던 추억이 담긴 물건들 몇 트렁크를 포함한) 많은 소유물을 팔아 치우기는 했어도 잡동사니가 너무 많다. 침실은 둘 다 작지만 바깥에 많은 화초와 나무들이 자라는 작은 집들의 새장 아래쪽의 멋진 경치가 내다보인다. 비좁아서 탈이지만 가스 난로와 냉장고를 갖춘 부엌이 마음에 든다. 어제는 기름과, 마늘과, 바질과, 치즈로 맛을 돋운 마카로니 치즈 통조림과 삶은 긴호박으로 만든 맛 좋은 요리로 점심을 먹었다. (내 생각에 긴호박은 절대로 튀기면 안 된다.) 잊지 말고 긴호박과 피망을 좀 사서 돌아갈 때 가지고 가야 한다. 음식 얘기가 나왔으니 말인데, (페리와 함께 보낸) 어젯밤이 내가 리지와 길버트와 같이 식사를 하기로 약속했던 저녁이며, 그 약속을 취소하는 것을 깜박 잊었다. 나를 위해 음식을 장만하느라고 그들은 하루를 다 보냈으리라.

나는 다음과 같은 일 때문에 런던으로 왔다. 우선 하틀리와의 문제를 해결하기 위해 차분히 따져보고, 계획을 세우고, 필요한 후퇴를 하기 위해 무척 중요한 시간의 공백을 두려는 뜻에서 런던으로 왔다. 훨씬 직접적인 이유는 로시나와 그녀의 흉측한 작고 빨간 자동차였다. 앞에서 서술했듯이 내가 벤을 만나 새로운 사실을 알아낸 날 저녁에 로시나는 다시 슈러프 엔드에 나타났고, 나는 이튿날 아침 일찍 떠날 예정이니 런던까지 차로 태워다주지 않겠느냐고 부탁을 함으로써 그녀를 놀라게 했고 결과적으로 쫓아버렸다. 혼자 떨어져 생각을 좀 해봐야겠다고 내가 그랬다. 그리고 런던에 남겨둔 하틀리의 사진들을 찾고 싶었다. 그리고 당분간이나마 로시나를 떼어버리기에는 여행이 좋은 방법이었다. 기꺼이 운전사 노릇을 하며 말동무가 되겠다던 그녀의 공헌이 내 마음을 움직일 것 같지는 않다는 이유뿐이 아니었다. (그녀는 운전을 아주 잘한다.) 나는 또한 여행을 하는 동안에 나와 리지 사이에는 아무런 문제도 없다는 것을 반쯤 농담 삼아, 물론 그런 생각은 진지하게 고려해본 적도 없다는 듯이 암시를 줄 수도 있었다. 로시나는 예상했던 대로 현명한 너그러움을 풍기는 태도로 차분하게 이 말을 받아들였는데, 만일 내가 완전히 진실만 얘기했다면 그런 태도에 나는 오히려 분노를 터뜨렸으리라. 심지어 그녀 덕택에 내가 '정신을 차렸다'는 얘기까지도 비친 셈이었다. 내가 리지를 버렸고 그녀의 공포 전략이 효과가 있었다고 로시나는 정말 믿었을까? 아니면 상당히 다른 어떤 사태가 태동한다고 의심했으려나? 판단하기가 어려웠다. 뭐니 뭐니 해도 그녀는 여배우였다.

나중에 여행이 얼마나 즐거운지를 깨닫고 우리는 둘 다 놀랐다. 우리는 개인적인 얘기를 하나도 하지 않았고, 줄곧 잡담과 남의 얘기만 했으며, 그 제한된 시간 내에 로시나가 나를 사랑하고 내가 그녀 때문에 미쳐버리기 전에처럼 즐겁게 얘기를 나누었다. 신경을 써가면서 그녀는 실패와, 공연의 파탄과, 파산과, 개인적인 재난 따위 내가 듣고 싶어 하는 얘기만 골라서 했다. 〈오디세이〉를 영화로 만들려던 프리치의 계획은 돈 때문에 말썽이 생겼고, 넬의 계약에 대해서 마커스는 앨을 고소했으며, 리타의 셋째 남편은 남자 발레 댄서와 도망을 쳤고, 페이비언은 다시 정신병원으로 들어갔다. Apr s moi le deluge〔내가 없는 다음에야 될 대로 되라지〕. 그러는 동안 나는 블랙 라이언에서 겪은 난처한 얘기로 그녀를 웃겨주었다. 그리고 전혀 내색을 하지 않으면서 나는 런던에 다다를 때까지 줄곧 하틀리 생각을 했다. 뭐니 뭐니 해도 나는 배우였다. 로시나는 나를 노팅 힐에서 내려주었다. 우리는 다정하면서도 애매한 작별을 했다. 그녀는 이런 시기에, 특히 힘을 적절히 구사해서 자기가 좀 유리한 입장이 되었다고 믿게 된 터에 나를 몰아세우기에는 너무 똑똑한 여자였다. 그녀가 무슨 생각을 하고 무엇을 원하는지 전혀 알 수가 없었던 나는 곧 로시나를 잊어버렸다. 나는 런던에 올 때마다 나를 사로잡는 약간 미친 듯하고 불쾌하지만도 않은 감정에, 기차나 자동차에서 사회의 유대가 갑자기 단절된 다음에 거대한 희비극적 대도시로 돌아올 때의 갈피를 잡지 못하고 형언할 수 없는 감정에 휩쓸려들었다. (로시나더러 거기까지 차로 태워다달라고 하기는 난처한 노릇이어서) 나는 아파트먼트까지 걸어가며 도중에 물건을 좀 샀다. 나는 고통스러운 흥분 상태에 자신을 내맡겼다. 아직도 옛날 삶의 냄새를 풍기는 낯설고 뒤죽박죽인 방들이 나를 싸늘하게 맞아주었다. 나는 당장 하틀리의 사진을 찾기 시작했다. 이사를 다니는 통에 없어지지나 않았는지 걱정을 했지만 모두 무사했다. 하나같이 누렇게 빛이 바래고 귀퉁이가 돌돌 말린 사진들을 봉투에서 쏟아 책상에 늘어놓았다. 거의 다 내가 틈틈이 찍은 사진들이었다. 하틀리는 항상 미소를 짓거나 웃었으며, 머리카락과 치마가 바람에 나부꼈고, 운하 다리에서 포즈를 취하며 자전거를 붙들고, 대문에 몸을 기대고, 미나리아재비 속에서 무릎을 꿇고 앉은 모습이었으며, 사랑이 불타오르는 얼굴로 나를 쳐다보았다. 나는 젊은 얼굴과 늙은 얼굴, 옛 얼굴과 새 얼굴의 닮은 점을 찾아내어 연결을 지으려고 애썼다. 하지만 옛 사진들이 발산하는 가슴 벅찬 젊음과 행복의 향기는 너무나 괴롭고 가혹했다. 차분하고 조심스럽게 슈러프 엔드로 가져가려고 그 사진들을 재빨리 모아 봉투에 다시 담았다.

다음에는 어머니의 사진을 찾으려고 뒤적이다가 초조한 표정이 아니라 쾌활하면서도 힘찬, 무척 낯익은 모습의 사진을 하나 발견했다. 머리를 쓸어 넘겨 큼직하고 둥근 이마가 드러났으며, 미간이 넓고 위풍이 당당한 눈은 곧장 앞을 응시했다. 어머니는 절대로 지성인이 되지는 못했겠지만, 성공했을 만한 분야는 많다. 그녀는 보통 쾌활했지만, 그 쾌활함이란 금욕적이고 소박하고 흠잡을 데 없는 생활에서 연유했거나 관계가 있었다. 우리 부모는 재즈 시대를 모르고 살았다. 일부러 찾지는 않았지만 나는 아주 젊었을 때, 1차 세계대전에서 보병 장교 군복을 입은 아버지의 가슴 아픈 (너무나 가슴 아픈) 사진을 발견했다. 도대체 아버지가 그 살육에서 어떻게 살아남았으며, 나는 왜 한 번도 그 얘기를 자세히 물어보지 않았을까? 아버지 역시 나를 쳐다보았지만, 미소를 짓지 않고, 소심하고, 눈은 초조한 표정이었다. 입이 너무나 부드럽고 어려 보였다. 저렇게 다정다감하고 소심한 사람이 어떻게 군인이 되었을까? 결정을 내리고 장사꾼들과 다투는 쪽은 어머니였다. 어머니의 북부인다운 강인한 기질을 좀 물려받았기 때문에 나는 세상 사람들의 기를 죽이며 내 판단 기준을 받아들이게 했는지도 모른다.

(도대체 왜 간직해두었는지 모르겠지만) 망아지를 탄 제임스의 사진들 틈에서 빠져나온, 에이블 삼촌과 에스텔 숙모가 함께 춤추는 사진이 눈에 띄었다. 나는 그 사진을 잡아 뽑았다. 그들은 야회복 차림으로 멀찌감치 떨어져 서로 잡고 있었는데, 서로 쳐다보는 그들의 눈길로 미루어보아 그렇게 떨어져 선 것은 잠깐뿐이었으리라. 다음 순간에 그들은 꼭 껴안았을 것이다. 탱고? 왈츠? 느린 폭스트롯? 그들의 태도를 보면 어딘가 행복감뿐 아니라 서로 의존하고 절대적으로 만족한 관계가 이루어졌다는 인상을 받는데, 그는 무척 건강하고, 당당하고, 말끔하고, 보호를 하며, 그녀는 아주 가냘프고, 우아하고, 상대방을 믿고 순종하며, 은근히 사랑하는 여자였다. 정말 기막히게 아름답다. 가엾지만 운이 좋게도 에스텔 숙모는 그 매력들을 잃지 않고 일찍 죽었다. 이 사진을 도대체 어떻게 구했을까? 그것을 람스덴스의 가족 사진첩에서 훔쳤다는 것이 불현듯 기억이 났다. 빳빳하고 갈색인 그 사진을 뒤집어보니 뒷장에는 풀과 사진을 떼어낸 두꺼운 종이에서 묻어난 약간 가무스름한 얼룩이 있었다.

햇살이 밝은 이른 아침에 로시나와 함께 자동차 도로를 따라 달려가며 캘리포니아와 배우 조합에서 최근에 벌어진 소동에 대해서 잡담을 나누는 동안, 런던에 도착하자마자 하틀리에게 쓰기로 마음먹었던 편지를 구상했다. 하지만 도착하고 보니 우선 머릿속을 정리하고 여태까지의 일을 빠짐없이 기록해서 홀가분해져야겠다는 생각이 훨씬 긴박했다. 그리고 아직은 그 편지를 쓰지 말아야 할 다른 이유들을 발견했다. 꼭 우유부단해서가 아니었지만 나는 사실 굉장히 혼란한 상태여서 초조하고, 불안하고, 두려운 감정을 느꼈다. 아직도 산란한 마음 한구석에 도사린 무섭고도 무자비한 질투의 고통을 억누르려고 싸우는 중이었다. 나는 의지로 그것을 물리쳐야 했으며, 그 결과로 다음과 같은 생각을 했다.

소름 끼칠 정도의 얘기를 나누고 벤과 헤어진 다음에 나는 그를 이제는 한껏 혐오할 수가 있으며, 혐오 이상의 훨씬 심한 무엇인가를 마음대로 해도 됨을 깨달았기 때문에 흉포하고 음흉한 환희를 맛보았다. 대충 사태를 정리해보니 나는 이제 하틀리를 구제한다는 각도로 생각을 해도 좋았다. 그 생각을 하니 마치 머나먼 미래에 벌써부터 존재하는 어떤 강렬한 힘에 밀린 듯 무시무시하고 격렬한 추진력이 생겨났다. 증오, 질투, 두려움, 그리고 끓어오르는 사랑이 내 마음속에서 뒤엉켜 타올랐다. 아, 가엾은 여인, 아, 가엾고 사랑스러운 여인아. 나는 보호와 소유를 하려는 사랑의 고뇌와, 평생에 걸친 불행으로부터 그녀를 지켜주지 못했다는 데 대해서 심한 아픔을 느꼈다. 그녀를 아껴주고, 그녀를 위로하고, 완전한 사랑을 베풀 수도 있지만, 그러려면……. 하지만 나는 아직 생각으로만 그칠 만큼은 신중했다.

나는 증거를 검토했고, 그것이 뜻하는 바에 대해서 거의 확신이 섰다. 하틀리는 나를 사랑했고 나를 잃은 것을 오래전부터 후회했다. 그럴 수밖에 없지 않을까? 그녀는 남편을 사랑하지 않았다. 어찌 그럴 수 있겠는가? 그는 이지적으로 뛰어난 면이 없어서, 재치나 정신적인 다정함을 지니지 못한 남자였다. 그는 육체적인 매력이 없어서, 커다란 입은 호색적이고 볼품도 없으며 얼굴은 어린 학생 같았다. 그리고 보아하니 야만인이며 약한 사람만 못살게 구는 자였다. 그는 폭군이었고, 질투가 몸에 배었고, 미련하고 불평투성이인 개였으며, 삶의 기쁨이란 전혀 깨닫지 못하고 꽉 막힌 옹졸한 자였다. 하틀리는 오랫동안 갇혀 살았다. 그녀는 처음에 도망칠 생각을 했지만, 학대를 받고 고립된 수많은 여자들처럼 서서히 절망에 빠졌다. 차라리 싸우지도 말고, 희망도 버려야지. 나를 다시 만난 충격은 엄청났으리라. 내가 그녀를 알아봤을 때쯤에는 물론 그 충격을 약간 소화했으리라. 그녀의 겁에 질린 부정적인 행동은 설명이 간단하다. 그녀는 남편이 두려웠을지도 모르지만, 아직도 살아서, 땅 속에서 석유가 타는 불길처럼 타오르는 나에 대한 옛 사랑이, 절망하여 안정을 찾은 조그마한 그녀의 마음을 철저히 파괴할 사랑이 훨씬 두려웠다.

이 모든 얘기와, 그녀가 원한다면 내가 어떻게 그녀를 멀리 데려갈 것인지를 남몰래 전해줄 편지에 쓸 계획이었다. 하지만 두려움과 더불어 이성과 반성이 뒤로 미루라고 말렸다. 두려움은 혹시 하나라도 굉장히 잘못되는 경우에는 내가 미쳐버리리라고 타일렀다. 이성은 증거가 결정적이지를 못해서 다른 각도로도 해석이 될 수 있다고 타일렀다. 벤이라는 인물에 대한 내 반감은 별로 믿을 만한 증인이 되지 못했다. 우리가 만났을 때 벤이 그토록 불쾌한 태도를 보였다고는 하지만, 나 자신의 행동도 분노를 살 만하지 않았을까? 하기야 그는 끝까지 자제를 했지만, 나는 처음부터 이치에 닿지 않을 만큼 심할 정도로 적의를 느꼈다. 그리고 타이투스에 대한 비밀도 있다. 그는 왜 달아났을까? 문제나 범죄자가 된 것이 아닐까? 그가 집을 나갔다는 비극이 슬픔을 함께 나누게 함으로써 그들을 더욱 가깝게 했을까? 슬픔을 함께 나누고, 침대도 함께 나누고, 나는 아직도 생각을 묶어두어야 했지만, 생각은 길고 어두운 골목들을 따라 달려가려고 안간힘을 썼다. 그리고 물론 (중대한 문제이지만) 비록 그가 추하고, 매력이 없고, 잔인하고, 우둔하더라도 그녀는 그를 사랑하고 만족했을 가능성도 있다. 나는 내 기분에 맞게 여러 질문에 대답을 했다. 하지만 이 마지막 질문이 남았다. '그녀는 그렇다면 그를 사랑하는가?' 하지만 그것은 불가능했다. 그래도 나는 확인을 해야 한다. 내 의지와 관심을 자꾸만 물고 늘어지는 계획들을 진행시키기 전에 알아내야만 한다. 그 질문에 대한 답을 알아낼 때까지 나는 기다려야 하고, 모든 것이 기다려야 한다.

하지만 어떻게? 너무 많은 위험이 뒤따르니까 섣불리 편지로 그녀에게 물어볼 수도 없고, 잘 생각해보니 그녀의 대답은 아리송할 것 같았다. 그때 (어제 말이다) 나는 약간 가혹하기는 하지만 필요한 해결 방법을 알아내었다. 그리고 그 얘기는 적절한 때에 하겠다. 그 대신에 좀 쉴 시간이 있어야겠다. 휴식을 시작하는 뜻에서 나는 페레그린에게 전화를 걸었고, 어젯밤에 돌아다니며 함께 취했고, 부분적으로는 내 상황과 관계가 있으므로 우리가 나눈 얘기를 여기에 적겠다. 사실 생각해보니 세상의 거의 모든 일이 내 상황과 관련이 있다. 물론 페레그린에게는 하틀리 얘기를 전혀 하지 않았다. 언젠가 '첫사랑'에 대해서 지나가는 말로 몇 마디 했을지는 몰라도, 그녀 얘기를 한 번도 그에게 하지 않았다.

나는 쇼핑을 조금 더 하고는 저녁 준비할 것들을 가지고 햄스태드에 있는 그의 아파트먼트로 찾아갔다. 사람이 우글거리고 비싼 레스토랑으로 가서 식사를 시작할 준비가 안 되었는데도 건방진 웨이터들이 가져다주는 형편없는 음식을 먹는다는 것은 어리석고 옳지 못한 짓임을 페리에게 설득시키느라고 시간이 많이 걸렸다. 우리는 그래서 오랫동안 기분 좋게 저녁 시간을 보내며 (페리는 요리를 못 하므로 내가 준비한) 맛 좋은 커리 라이스와 채소 샐러드에, 신선한 과일을 실컷 먹고, 카스텔라를 먹은 다음에 페레그린의 훌륭한 붉은 포도주 세 병을 마셨다. (나는 커리와 포도주를 함께 들기 싫다고 할 만큼 옹졸한 순수파가 아니다.) 다음에는 커피와 위스키와 터키 눈깔사탕으로 이어졌다. 나는 항상 소화가 잘 되어서 다행이다. 결론은 일상생활의 으뜸가는 즐거움이요, 어떤 사람들에게는 유일한 쾌락인 먹고 마시는 즐거움을 누리지 못하는 사람들은 얼마나 처량한가.

페레그린을 찾아간 이유는 술을 마시고 옛 친구와 얘기를 나누기 위해서뿐이 아니라, 남자끼리의 대화를, 마음이 통하는 남자끼리만의 대화를, 그러니까 범죄나, 배타적인 사상에 있어서의 공감이나 세상 일을 다 잊고 내일 벼락이 떨어진다고 해도 현재를 한껏 즐겨보려는 공범 의식을 맛보기 위해서였다. 하지만 내 경우에는 조잡한 음담패설은 포함되지 않는다는 것을 덧붙여 말해두고 싶다. 나는 노골적인 음담을 혐오한다. 이 점에 대해서 나는 페리와 다른 몇 사람에게 오래전에 단단히 버릇을 고쳐준 적이 있다. 윌프레드는 아니다. 그는 한 번도 더러운 소리를 입에 담지 않았다.

곰곰이 따져보고 결심이 선 다음에 나는 그렇게 휴식 기간을 둠으로써 기운을 차렸다. 하틀리는 기다릴 것이다. 그녀는 도망치지 않으리

라. 그녀는 달아날 수가 없었다.

　"결혼 생활은 두려움에 바탕을 두어야 지속이 되는 거야." 페레그린이 말했다. "두려움이란 기본적이어서, 인간의 본질을 파헤쳐보면 맨 밑바닥에는 그것이 깔려 있는 게 아니겠나? 기를 못 펴게 하거나 주눅이 들게 하는 악착같고, 잔인하고, 야비하고, 이기적인 두려움. 결혼으로 말할 것 같으면, 사람들은 다만 지배와 복종의 위치를 맡을 뿐이야. 물론 때로는 '함께 성장한다'거나 '조화를 이루는' 경우도 있어서 인생에서 두려움의 근거를 합리적으로 처리하지. 우리가 아는 부부들 가운데 몇이나 행복할까? 좋아, 시드(시드니의 애칭)와 로즈메리가 그렇고, 그들은 착한 자식들을 두었고, 서로 얘기가 통하고, 항상 즐겁게 웃고 떠들고, 기적이나 마찬가지이지만 그들이 정말로 행복한지 우리가 어찌 알 수가 있고, 그것이 얼마나 더 오래 계속될까? 겉으로 보기에는 괜찮은 부부들이 몇 있지만, 내용을 알고 나면 부질없다네! 정말이지, 찰스, 자네 절대로 결혼을 하지 않은 건 현명한 일이었어. 자넨 자유를 지켰지. 윌프레드 더닝처럼, 쇠사슬을 절대로 차지 않았어. 맙소사, 난 여자들이 지겨워. 하지만 난 여자가 없어도 못 살아. 그리고 나도 다 아니까 자넨 낯을 붉히고 시치미를 떼지는 말게. 자네와 프리치 아이텔이 어떤 사이였는지 알고 있으니까! 아냐, 그래도 난 윌프레드만 좋다고 했다면 그를 택했을 거야. 윌프레드는 섹스를 어떻게 처리했을까? 아무도 몰라. 아마 그런 건 전혀 없었는지 모르고, 그랬다면 그를 위해선 더 좋은 일이었어. 난 아직도 윌프레드가 그리워. 다정한 사람이었지. 그리고 그는 너그럽고, 다른 사람들은 재치를 좋아했지만 그는 보람 있는 일을 좋아했어. 난 그에게서 많은 영향을 받았어. 윌프레드하고 같

233

이 마시면 기분이…… 어이, 그 기분이 어땠지? 리지 셰러가 길버트 오피안과 같이 산다는 걸 아나? 두 사람 다 머리를 잘 썼어."

"나도 윌프레드가 보고 싶구먼. 그래, 리지 얘기는 들었어."

페레그린을 만나러 간 부수적인 동기 하나는 나와 리지에 대해서 정말로 어떤 소문이 돌고 있는지 알아보고 그것을 깔아뭉개버리기 위해서였다. 분명히 페리는 아무 얘기도 못 들었다.

"그리고 자네와 파멜라는……."

"그건 끝났어, 정말야. 내 얘긴, 그녀와 아직 같이 살기는 해도 우린 얘기를 주고받지 않는다는 거야. 지옥이야, 찰스. 자네는 상상도 못 할 지옥이지. 대화의 모든 샘이 더럽혀지고 독을 풀어놓은 가운데 어떤 사람에게 묶여서 지낸다는 것. 모두가 틀리고 더러운 얘기뿐이지. 맙소사, 난 사람을 정말 고를 줄 몰라. 처음엔 그 잡년 로시나이고, 다음에는 팜(파멜라의 애칭) 같은 친구라니. 최근에 로시나 만났어?"

"아니."

"나도 못 만났지만, 텔레비전을 틀기만 하면 그녀가 나타나니 무슨 저주라도 받는 것 같아. 난 한때 그녀를 사랑했나 봐. 아니면 그저 그녀가 날 마르쿠스 안토니우스 같은 기분이 들게 했든지. Pench sur elle l'ardent Imperator("그녀에게 몸을 기대고 정열적인 황제는……." 여기에서의 '그녀'는 클레오파트라임)…… 로시나의 눈에는 자신의 모습만 비쳐 보였지. 그러고는 이혼 재판이야. 로시나는 모든 남자를 원하기 때문에 탈이야. 줄리어스 시저, 예수 그리스도, 레오나르도(다빈치), 모차르트, 빌라모비츠(독일의 고전 학자), 미스터 글래드스톤(영국의 정치가), D. H. 로렌스, 지미 카터…… 이름만 대면 누구나 원하다니까. 팜도 나한테서 데려갈 생각은 혹시 없겠지? 싫어? 아, 좋아. 뭐라고 설명해야 알아들을지 모르겠

234

네만, 칼을 들고 싸우는 격인데, 사실은 지금도 계속되는 중이고……
이혼 수속을 시작할 만한 기운이 우리 두 사람에게는 다 없어. 이혼 절
차란 지옥이어서, 따질 건 따지고, 결정을 하고, 거짓말도 해야 하지.
그녀에게 놈팡이가 하나 생긴 모양인데, 난 알고 싶지도 않아. 집을 자
주 비우는데, 차라리 아주 돌아오지 않는 것이 편리해서 좋을 듯싶구
먼. 끝없이 파괴적이기만 한 더러운 반목, 다정함과 기쁨의 작은 촉각
들을 모조리 짓밟아버리는 무자비함, 한 인간을 다른 인간과 연결 짓는
모든 자질구레하고 순간적이고 터무니없는 말과 행동. 난 가끔 그녀와
대화를 해보려고 하지만, 그녀는 가장 고통스러운 얘기만 골라서 대꾸
를 한다네. 끝없이 얻어맞기만 하면 인간의 영혼은 기진맥진하고……
그리고 물론 그 사람도 악마가 되고, 악한 면에서 머리가 발달한다는
건 두말할 필요도 없어. 그건 다른 부부들의 경우에서도 보았는데, 터
무니없이라도 죄의식을 느끼는 쪽은 상대방에게 끝없이 시달리고, 정
상적인 위치를 전혀 지킬 수가 없어. 그러다 보면 서로 괴롭히게 되지.
그리고, 아, 우리가 아직 같이 잘 때에는 밤에 잠을 못 이루고 누운 채
로, 아래층으로 내려가 도끼를 찾아다가 상대방의 머리통을 쪼개고 짓
이겨 베개를 피투성이로 만드는 상상을 하는 것만이 유일한 위안이었
지. 아, 찰스, 찰스, 결혼 생활의 그런 기쁨을 자넨 모르겠지. 위스키 더
들게."

"고마워. 그 꼬마 아가씨는 어때? 이름이 뭐였지? 안젤라 말야."

안젤라는 파멜라가 전에 '진저' 가드윈과 결혼했을 때 얻은 딸이다.

"지금은 그렇게 꼬마도 아냐. 아, 학교에 갔지. 날마다 어딘가 가는
데 학교에 갔다고 해두세. 난 그 애를 못 본 체하고, 그 애는 나를 못 본
체하고, 사이가 아주 좋지 않아. 팜도 그 애를 가까이하는 것 같지가 않

더군. 요새 팜은 술을 많이 마셔. 교육적인 광경이야. 아, 찰스, 피를 철철 흘리고 고통스러워 아우성을 치고 자신이 악마가 되어가는 과정을 지켜봐야 하는 이 모든 무섭고도 뼈아픈 함정에서 훨훨 벗어난 자넨 정말 복도 많아. 그 모든 것에서 속 시원히 벗어났으니, 정말야, 자넨 머리가 좋아. 자넨 유유하고 깨끗한 놈이야, 찰스, 얼굴은 처녀처럼 말끔하고 매끄럽고 발그레해서, 면도는 틀림없이 한 달에 한 번만 해도 되겠고, 손도 아주 깨끗하고, 손톱도 깨끗하고, (내 손톱 좀 보게) 모든 것으로부터 자유, 기가 찰 만큼 자유라네. 그래, 난 한심하게 이혼을 해버려야겠는데, 그러려면 파멜라와 얘기를 나누어야 하고 난 그걸 못 하겠어……. 난 그녀와 나란히 앉고, 이제 우리는 상대방이 있는 장소에서는 앉지도 않는 처지인데 나란히 앉도록 해야 하고, 서로 상대방을 제거하려고 합리적인 계획을 세운다는 건 견딜 수가 없는 일이야. 어쨌든 그녀는 그러기를 원하지 않는지도 몰라! 여기서 살면서 이 집을 본 거지로 삼고 온갖 잡된 짓을 다 하는 게 좋을지도 모르니까! 매달 난 그녀의 계좌로 상당히 많은 액수의 돈을……."

"파멜라가 일거리를 얻거나……."

"일거리를? 팜이? Laissez-moi rire!〔웃기는구먼!〕 팜은 여배우가 아니고 단역밖에 못 했어. 아무것도 못 하지. 평생 남자들만 뜯어먹고 살았으니까. 진저에게 붙어살았고, 그 전에는 어느 불쌍한 미국놈한테 붙어살았고, 그 전에는 어떤 녀석인지 아무도 모르지. 진저는 요즈음에도 그녀에게 엄청난 이혼 수당을 주고 있어. 그리고 물론 나도 똑같이 해주면 헤어져주겠다고 동의를 하겠지. 그런데 로시나가 나보다 돈을 다섯 곱절이나 벌어도 그녀에게 내가 아직도 이혼 수당을 준다는 걸 아나? Suis-je un homme, ou une omelette?〔내가 뭐 밥인 줄 알아?〕 가끔 난 영문을 모르겠어. 난 너무 속이 뒤집혀서 어서 그녀를 제거하기 위해 무엇이나 다 서명을 했어. 정말야, 자네가 파멜라도 없애주기만 하면 얼마나 좋을까! 자넨 재수가 좋아. 깨끗하게 항상 재미만 본 다음에 쓰레기통에 버리니까. 세상에, 자넨 클레멘트에게서도 빠져나갔어. 왜 난 그런 걸 전혀 깨닫지 못했을까?"

"내가 클레멘트와 재미나게 지냈다고 생각하는 모양인데……."

"자네는 말야, 찰스, 근본적으로 여자를 경멸하는 게 탈인데, 언뜻 생각하기에는 어떤지 몰라도 나는 그렇지가 않아."

"난 여자를 경멸하지 않아. 난 열두 살도 되기 전에 셰익스피어의 모든 여주인공들을 사랑했어."

"하지만, 여보게, 그들이 존재하지 않는다는 게 문제야. 그들은 하나같이 셰익스피어의 재치와 지혜가 교묘하게 만들어놓은 예술의 꿈 같은 세계에 살면서 그곳으로부터 우리의 마음을 헛된 꿈과 거짓된 희망으로 가득 채워놓고 희롱을 하지. 현실의 여자는 악의와, 거짓과, 돈타령뿐이야."

이 글을 읽으면 페리가 혼자서만 떠든 인상을 받을지도 모르지만, 사실 밤이 깊었을 때는 그랬다. 그는 에이레 사람답게 술술 얘기를 풀어나가는 재주가 있었고, 완전히 취하면 말을 막기가 어려웠다. 어쨌든 나는 얘기를 하기보다는 그를 부추기고 싶은 심정이었다. 나는 그의 웅변적인 탄식에서 위안을 얻었고, 그의 고민에 기분이 좋아졌음을 고백한다. 그의 두 번째 결혼이 실패했다는 데 대해서 나는 마음이 아프기는커녕 오히려 즐거웠으니, en deuxi me noces[재혼]에서 그가 행복해진 간접적인 원인이 나였다면, 나는 어쩐지 기분이 좋지 않았으리라. 그런 감정이 나에게 보탬이 되지는 않지만, 그렇다고 해서 보기 드문 현상도 아니다.

우리는 페레그린의 아파트먼트에서 꽤 크고 잘 꾸민 식당에 앉아 있었다 포도주 얼룩이 많이 난 하얀 식탁보는 상당히 오랫동안 갈지 않은 것 같았다. 페리는 침대를 이 방으로 옮겼고, 아파트먼트의 나머지는 파멜라에게 내주려고 (내가 커리를 요리한) 전기 요리판과 전기 찻주전자도 들여놓았다. 요리판을 세워 올려놓은 신문지는 온통 음식 찌꺼기로 덮여 있었다. 하녀는 파멜라에게 모욕을 당한 다음에 그만두었다. 방 안은 먼지투성이였고 불에 탄 냄비와 더러운 속옷 냄새가 났다. 하지만, 페리의 말로는, 문을 닫고 잠가버릴 수가 있어서 좋았다.

아마 앞에서 얘기했겠지만 페레그린 아르빌로우는 내가 아는 인간들 가운데 얼굴이 가장 컸는데, 그래도 젊었던 '바람둥이' 시절에는 미남으로 통했다. 이제는 살이 찌고 투실투실한 그의 얼굴은 커다랗고 둥글었으며, 짧고 무성한 밤색 곱슬머리가 (과학에 힘입어) 테를 둘렀다. (머리카락의 구출 작전을 나에게 권고한 사람은 페레그린이었다.) 그의 커다란 눈에는 순진함이랄까 아니면 단순히 당황한 인상이 담겨 있었다. 그는 듬직하고 건장한 남자였으며, 아무리 날씨가 무더워도 꼭 트위드 양복과 조끼를 입었다. 쇠사슬이 달린 시계도 몸에 지닌다. 그는 길버트 오피안의 혀짤배기소리와는 달리 무대에 올라서기만 하면 물론 완전히 없어지기는 했지만, 고향인 얼스터 억양이 약간 섞인 말투로 얘기를 한다. 아무도 따라가지 못할 윌프레드는 못 당하지만, 페레그린은 사람을 아주 잘 웃긴다.

나는 여자라는 위험한 화제를 다른 얘기로 돌릴 때가 되었다고 생각했다.

"최근에 에이레에 가봤나?"

이 얘기만 나오면 언제나 페리는 솔깃했으며, 화제가 틀림없이 바뀌었다.

"에이레라고? 그것도 역시 한심한 거야. 맙소사, 에이레 사람들은 진짜 멍청이들이야! 푸슈킨이 폴란드인들에 대해서 그런 얘기를 했지만, 그들의 역사는 재난의 기록이어야 마땅하지. 적어도 폴란드인들은 비극적으로 괴로워하고, 유태인들은 이지적으로, 심지어는 재치 있게 괴로워하지만, 에이레 사람들은 수렁에 빠져 음매거리는 소처럼 멍청하게 괴로워해. 잉글랜드 사람들이 그 섬을 어떻게 견디어내는지 모르겠는데, 오래전에 결정적인 해결 방법이 나왔어야 하고, 하기야 애를 쓰기도 했지. 크롬웰이시여, 우리가 정말로 그대를 필요로 하는데, 당신은 어디에 계시나이까? 벨파스트는 엉망진창이야. 아무도 신경을 안 쓰지. 그 고통, 찰스, 그 고통, 기막힌 고생, 굴욕, 연속되는 처절한 보복. 그리스도가 그랬듯이, 왜 그들은 어디선가 멈추지를 못할까? 성자가 백 명이 있다면, 천 명이 있다면 그 섬을 구할 수 있었을까? 그리고 무슨 이름이 박힌 셔츠처럼 몸에 착 달라붙은 그 사태를 난 그냥 잊어버릴 수가 없다네. 가끔 기분이 좋지 않을 때 거기에서 얻는 바라고는 다른 사람들이 나보다도 훨씬 신세가 한심하고, 그들이 보는 앞에서 사랑하는 남편이나 아들이나 아내가 총에 맞아 쓰러지거나, 평생 휠체어에 앉아 살아야 한다는 등의 사실이 정말로 즐겁게 느껴진다는 거야. 난 그렇게 더러운 놈이지! 나는 에이레를 살고, 에이레를 숨쉬는데, 맙소사, 정말 진저리가 나고 거지 같은 스코틀랜드 사람이라도 되고 싶을 정도로, 난 그렇게 에이레 사람임을 싫어한다네! 난 에이레를 연극계보다도 더 싫어하는데, 그건 뼈 있는 얘기야."

그 순간에 문이 열리고 파멜라가 머리를 디밀었다. 그러더니 문에 매달려 흔들거리며 쓰러지듯 방으로 들어와서 우리를 빤히 쳐다보았다. 외투를 입고 있는 것을 보니 방금 들어온 듯싶었다. 백발이 잔뜩 굽이쳐 내리고 옷차림이 지저분했지만 아직두 그녀는 미인이었다. 주홍빛이 번진 입은 도전적이고 기분 나쁜 냉소를 지으며 입가가 밑으로 늘어졌다. 페리를 못 본 체하고 그녀는 눈을 부라리며 나를 노려보았다. 내가 말했다.

"안녕, 팜."

그녀는 아직도 문에 매달려 비척거리며 돌아서더니 나가려고 하다가 입술을 움찔거리고 뾰로통하게 얼굴을 찡그리며 몸을 돌려 입속에 침을 가득 모아 마룻바닥에 탁 뱉고는 허리를 굽혀 그 침을 살펴보더니 문을 열어놓은 채로 비틀거리며 나갔다.

페레그린은 벌떡 일어나더니 달려가서 문을 난폭하게 발로 차서 닫고는 술잔을 집어 벽난로에다 내던졌다. 잔은 깨지지 않았다. 그는 글자 그대로 입에 거품을 물고 식탁을 돌아 뛰어가더니 사자의 음량을 지닌 삵괭이처럼 "아으으윽" 소리를 내며 술잔을 집어 번쩍 들어 올렸다. 나는 몸을 일으켜 술잔을 빼앗아 탁자에 올려놓았다. 그러자 그는 천천히 문으로 가서 파멜라가 침을 뱉은 곳을 보더니 더러운 신문지를 찢어 조심스럽게 침을 덮었다. 그러고는 자기 자리로 되돌아갔다.

"잔을 비우게, 찰스, 이 친구야. 술을 안 마시는구먼. 자넨 덜 취했어. 쭉 마셔."

"연극계 얘기를 하던 중이었지."

"자네 희곡을 출판 안 하기를 정말 잘했어. 형편없는 물거품 같은 작품이들이었지만, 그래도 자넨 겉멋은 부리지 않았어. 기분이 상한 모양인데, 허영이야, 허영. 그래, 난 극장을 증오해." 페리의 말은 런던의 웨스트 엔드 극장을 뜻했다. "거짓, 거짓, 거의 모든 예술이 거짓이야. 그것은 지옥을 좋아해서 예쁘게 꾸미지. 쓰레기야. 참된 고통이란, 고통이란…… 제기랄, 나 취했어……. 그건…… 너무나 달라. 아, 찰스, 혹시 내가 태어난 도시를 보면…… 그리고 그 침을 뱉은 년은…… 어떻게 인간이 그럴 수 있고 어떻게 인간이 서로 그렇게 할 수가 있나? 차라리 입을 다물고 잠자코 있기만 해도 좋으련만. 연극과 비극은 인생이 아니라 무대에서 벌어지니 그게 문제지. 없어진 건 영혼이야. 모든 예술은 인생을 왜곡하고, 잘못 묘사하는데, 걸어다니고 얘기하는 사람들을 보면 연극이 가장 엉터리라는 걸 알게 돼. 맙소사! 라디오를 틀기만 하면 그게 배우가 하는 얘기라는 걸 항상 알게 되는 건 무슨 이유에서일까? 그건 천박함, 천박함이고, 극장은 천박함의 신전이지. 그건 우리가 진지한 얘기를 싫어하고, 그런 능력이 없을지도 모른다는 살아 있는 증거야. 모두가, 모든 것이, 가장 슬프고, 가장 성스럽고, 심지어는 가장 우스꽝스러운 것까지도 절박한 장난으로 바뀌었어. 자네 말이 옳아, 찰스, 셰익스피어가…… 그가…… 유일한 존재라던 자네 얘기가 생각나네. 셰익스피어와 어쨌든 아무도 이해할 수 없는 어떤 그리스 녀석하고. 나머지는 제멋에 겨운 천박함의 더럽고 냄새나는 바다일세. 윌프레드는 그걸 느꼈어. 남들을 허리가 부러질 만큼 웃게 만들어놓은 다음에 무척이나 슬퍼 보이던 그가 나는 가끔 머리에 떠올라. 아, 찰스, 신이 존재한다면 얼마나 좋으련마는, 존재하지를, 전혀 존재하지를 않으니……."

페리의 크고 동그란 갈색 눈에 눈물이 고였다. 그는 손수건을 더듬거리며 찾다가 식탁보로 닦았다. 잠시 후에 그는 덧붙여 말했다.

"난 퀸스대학교를 끝까지 다녀 차라리 의사가 될걸 그랬어. 난 날마다 무덤을 향해 기어가는 중이야. 아침에 일어나면 난 우선 죽음부터 생각하는데, 자네도 그래?"

"아니."

"아니라고. 자넨 아직 젊은이의 joie de vivre(삶의 기쁨)을 지니고 있으니까. 자네 경우는 선과 아무런 연관이 없지. 자넨 선하지 않아. 그건 자네의 멋진 몸매나 처녀 같은 혈색이나 마찬가지로 타고난 자질이고 천부의 재능이야. 하지만 지옥에서 사는 사람들이 있다는 거…… 그걸 잊지 말게."

내가 말했다.

"파멜라를 때린 적 있나? 로시나를 한 번이라도 때린 적이 있어?"

나는 페리가 생각했던 것보다 훨씬 취했었나 보다.

이 질문에 그는 기분이 좀 좋아진 것 같았다.

"그런 걸 묻다니 재미있구먼, 찰스. 마침 오늘 나도 그 생각을 하며 왜 한 번도 그러질 못했나 의아해졌네만, 때린 적이 전혀 없어. 그래, 누구에게도 손을 댄 적이 없어. 무생물의 세계에다 분풀이를 하니까. 유리잔, 접시, 발로 차고 부숴버릴 만한 걸 닥치는 대로 말야. 내 생각에…… 자네도 알겠지만— 그건 에이레와 무슨 관련이 있고, 묘한 방법이지만, 에이레에 대한 분풀이야. 물론 에이레는 까딱도 않지만. 하지만 자네도 알 듯이— 소리를 지르거나 침을 뱉거나 하는 대신에 누가 사람을 때리면— 한계를 넘게, 문명의 마지막 한계를 넘어서게 된다고나 할까……. 그다음에는…… 기관총을 들이대고 쏘아대기는 간단하지. 맙소사, 거지 같은 허섭스레기 텔레비전 연속극 같은 짓에 내가 왜 끼어들었을까. 팜과 로시나는 거침없이 나를 때렸지……."

"얼굴을 할퀴었나?"

"할퀴는 정도가 아니라 권투 선수처럼 치는 거야. 글쎄, 난 맞아야 마땅하겠지. 난 비열한 놈이야! 비열한 놈. 그래. 그래. 어서 마시게."

페리가 식탁보를 다시 눈으로 가져가려는 사이에 문이 열리더니, 머리를 짧게 깎고 검정 가죽 윗도리를 입은 키가 크고 야윈 소년이 터벅터벅 들어와서 우리를 못 본 체하고 찬장으로 가서 문을 열고 병을 하나 꺼내 들고 다시 밖으로 나가 문을 닫았다.

"도대체 저 소년은 누구야?"

"아, 소년이 아니라네, 찰스. 열여섯 살 난 내 의붓딸 안젤라야."

"세상에. 전에 봤을 때는 금발머리가 곱슬거리던 어린것이었는데."

"이제는 금발머리가 곱슬거리는 어린것이 아냐. 그 애가 지난달에 머리를 면도로 싹 밀어버렸다는 얘기를 들었나? 이제 겨우 다시 자라기 시작했어. 그 애 아버지가 모터사이클을 그 애한테 주었지. 그런데 그 모터사이클이라는 게 사람이 의자처럼 올라앉으면 털털거리며 가는 그런 물건이 아니라, 군마처럼 걸터앉고 와르르릉 소리를 내며 가는 기다랗고 덩치가 큰 무시무시한 물건이지. 언젠가 자네가 아들이 하나 있었으면 좋겠다기에 그러면 얼마나 골치가 아플 것인지 내가 얘기를 해준 일이 생각나네. 한데 딸이 더 심한 것 같아. 내가 낳은 자식이 하나도 없으니 천만다행이지. 아이들—순진하다니—하느님 맙소사! 앤지〔안젤라의 애칭〕의 말버릇 한번 들어보지. 정말 해괴한 아이가 되어버렸는데 파멜라는 신경도 안 쓰고, 그 여잔⋯⋯. 그래, 조금 아까 파멜라 봤겠지. 그 여자가 들어왔나, 아니면 내가 꿈을 꾸었나? 앤지, 그래. 그 애는 등산용 장화를 신고 뭐든지 가죽으로 된 걸 걸치고 다녀. 거기다가 술도 마시고. 누구나가 다 마시지. 세상에, 찰스, 자넨 복도 많아. 가족이 없으니까. 사랑의 보금자리인 가족. 그리고 그 두 여자를 사랑해야겠다고 마음만 먹었던 정도가 아니라 진짜로 사랑을 했다는 걸 생각하면…… 내가 사랑할 능력이 있는지는 모르겠지만. 그런 능력이 나한테 있을까? 모르겠어. 그리고—아—그전에 난—다른 여자들도 사랑했는데—이제는 영원히 가고 없지만—다 마찬가지였겠지—비열한 놈이나, 건달이나, 천한 놈들은 행복할 수가 없으니까 생각해보면 세상엔 정의라는 게 좀 있나 봐."

나는 자리를 뜨기가 무척 어렵고, 위스키나 마시며 눌어붙는 수밖에 없는 상태에 이르렀고, 어리석게도 페레그린의 눈물에 영향을 받기 시작했다.

"페리, 자네 첫사랑은 누구였나?"

"날 '페리'라고 부르지 마, 좆 같은 놈아. 그래, 얘기하지……. 그건 흔히 말하는—우리 삼촌 페레그린이었어……. 그래. 페레그린 삼촌. 이제는 돌아가셨지만 착하디 착한 사람이었지. 그리고 정말로 최후 심판의 날이 닥친다면, 좆 같은 우리 집안 사람들은 모두 페레그린 삼촌의 뒤에 꿇어앉아서 삼촌이 부탁을 잘해 지옥의 불구덩이에서 구해주기만 바라겠지. 그리고 난 땅바닥에 누워 그가 일으켜주기만 기다릴 것이고, 삼촌은 날 일으켜줄 거야. 다정한 사람이었어. 어려서 뭐가 뭔지를 몰랐을 텐데 왜 나는 그를 선하다고 할까. 그는 나를 무릎에 앉히고 손을 잡아주곤 했지. 그 시시한 삼촌은 날 사랑했어. 부모는 한 번도 날 쓰다듬거나, 껴안거나, 키스를 하지 않았고, 사실이지 날 별로 좋아하지를 않아서, 거지 같은 누이만 좋아했지 난 좋아하지 않았어. 하지만 페레그린 삼촌은 날 좋아했다네. 그는 자주 날 껴안고 키스를 해주었어. 그리고 자넨 모르겠지만, 그토록 좋은 키스를 난 어떤 여자에게서도 받아보지 못했는데, 비록 그게 기껏해야—자네가 생각하는 것하고

244

는 달라─무척 순진하고 달콤하고─그리고 우리 단둘이 있을 때만 그는 그런 키스를 했어. 거기서 난 뭔가 배운 게 있지. 그리고 우린 같은 나이 또래인 듯 별의별 얘기를 나누었고 그가 젖이라도 먹이듯 난 항상 그와 같이 있고 싶었다네. 그러던 어느 날…… 우리 부모가 보았거나, 아니면 페레그린 삼촌이 수상한 점이 있다는 생각이 들어서였는지, 그냥 그를 쫓아내었어. 난 다시는 그를 보지 못했어. 한 번도."

"삼촌은 어떻게 되었지?"

"모르겠어. 한참 후에 자살을 했다는 얘길 들었어. 배우가 된 다음에 난 그를 존경하기도 했지만 가족의 속을 긁으려고 그의 이름을 쓰기로 했어. 내 본명은 윌리엄이야. 그래, 그게 내 첫사랑이라네. 자넨?"

"잊어버렸어. 삼촌 얘기 해줘서 고마워. 그 얘기 재미있었어."

"자네한테 그 얘기 한 걸 난 벌써 후회하네. 자넨 심리학적으로 따지기 시작하겠지. 심리학은 엉터리야."

"심리학이 엉터리라는 건 나도 알아! 난 가야겠어, 페레그린."

"가지 마. 기억이 날지 모르지만 프로이트가 좋아할 재담을 하나 해주지. 왕이 자기하고 똑같이 생긴 사람을 만나 '자네 어머니가 왕궁에서 일했나?' 하고 물었더니 똑같이 생긴 사람이 '아뇨, 하지만 아버지가 거기서 일했죠'라고 그랬다네. 하하하, 그거 멋진 농담이야."

"난 가야 해."

"찰스, 자넨 그 재담을 이해하지 못했어. 들어봐, 왕이 자기하고 똑같이 생긴 녀석을 만나 말하길……."

"난 이해를 했어."

"찰스, 제발 부탁이니 술 한 병 또 있으니까 가지 말게. '아뇨, 하지만 아버지가 거기서 일했죠'란 말야!"

"난 꼭 가야 해."

"맞았어, 양심이 견딜 만하고, 이해의 빛이 동터오려고 하니 꺼져버리겠다 이거지, 자네한테 할 얘기가 아직도 무척 많아. 아, 좋아, 그렇다면 꺼져버리게! 바닷가에 있는 집으로 내가 자넬 찾아가고, 날씨가 좋으면 성신 강림 축일쯤에 가서 또다시 취해……."

"잘 있어, 페레그린. 에이레가 그래서 안되었구먼."

"자네도 취하긴 취했구먼. 꺼져버리라고."

문을 나서려니까 그는 "너무 깨끗해, 거지같이 너무 깨끗해"라고 중얼거리면서 포도주로 얼룩이 진 탁상보에다 천천히 머리를 떨구었다.

윗글을 써서 내 소설 일기를 현재까지 기록한 다음 가방을 꾸리고 나서, 의자를 옮겨놓거나 컵 하나 풀고 싶은 마음이 나지 않던 런던의 지저분하고 작은 아파트먼트를 떠났다. (마카로니 치즈를 몽땅 털어서) 점심을 먹고 나니 다음에 집으로 가는 저녁 기차를 탈 때까지 무료한 시간이 남겠구나 하는 생각이 들었다. (내 생각은 옳지 않았다.) 나는 화랑에서 시간을 좀 보내기로 작정했다. 나는 그림을 잘 모르지만, 그림을 보면 차분한 즐거움을 얻으며, 음악회는 싫어해도 화랑의 분위기는 좋아한다. 여자들을 그린 그림을 보면 단순한 선정적인 만족감을 느낀다는 사실도 고백을 하겠다. 화가들이 틀림없이 그런 기분을 느낄 텐데 나라고 해서 그러면 안 될 것도 없지 않은가?

얼마 동안 망설이다가 한참 못 가본 월리스 컬렉션으로 가기로 했다. 나보다도 그림을 더 몰랐던 아버지는 내가 어렸을 때 어쩌다가 런던으로 가는 길에 나를 데리고 가서 프란스 할스의 〈웃는 기마병〉을 보여주었고, 그래서 그곳은 아버지를 연상시킨다. 무척 조용할 뿐 아니라

246

가구가 무척 많아서 화려한 개인 저택처럼 여겨졌기 때문에 아버지가 화랑을 좋아했던 것 같다. (시계를 좋아했던) 그는 특히 시계가 많아서 즐거웠던 모양인데, 우리가 있는 동안은 시계들이 온갖 종소리를 내며 시간을 알리느라고 제멋대로 울렸다. 그곳은 거의 텅 비었고, 나는 그림들을 보고 하틀리 생각을 하며 멍청하게 서성거리기 시작했다. 아침 내내 가라앉지 않던 심한 숙취 때문에 나는 약간 어정쩡한 기분이었다. 좋은 포도주는 술기운이 강하지만 남이 보는 자리에서 물을 탈 수가 없어서 탈이다. 점심때 아스피린을 먹었지만 아직 두통이 있었다. 갈색 솜털들과 쏜살같이 휙휙 날아다니는 검은 점들이 가끔 내 시야를 흐려놓았다. 나는 갑자기 키가 굉장히 커진 듯 비틀거리고 묘하게 땅과 몸이 붙어버린 느낌이 들었다.

그러자 내가 아는 수많은 여자들이 그곳에 와 있는 것 같았고, 하틀리만 없었다. 그녀는 얼굴이 잡힐 듯 잡히지 않는 달처럼 내 시야의 바로 위에 걸린 하얗고 부분적으로 뭉개진 널따란 공백이었다. 나는 안식처를 찾으려고 항상 여자들에게로 도망쳤다. 사실 여자들이란 도피처가 아니겠는가? 그리고 때때로 여자의 품에 꼭 안기는 것이 어떤 공포에서도 완전한 보호를 받는 유일한 길처럼 여겨졌다. 그렇다, 그것은, 그토록 많은 여자들은 나에게 완전했는데, 그래도…… 얼마 후에는…… 사람이란 도피처를 떠난다. 하틀리는 달라서 나와 함께 길을 갔고, 그녀가 안전한 피신처로 생각된 적이 없었다. 그녀는 내 속으로 들어와 신경이나 피처럼 내 존재의 순수한 요소가 되었다. 하지만 미끄러지고, 눈을 깜박이고, 엉거주춤 어슬렁거리며 돌아다니는 동안 다른 여자들은 그곳에 있었으니, 테르보르흐[네덜란드의 초상화가]가 그린 리지, 니콜라스 마스[네덜란드의 초상화가로서 렘브란트 밑에서 공부했음]가 그린 지인,

도메니키노〔볼로냐의 화가〕가 그린 리타, 루벤스가 그린 로시나, 처음 만났을 때의 모습을 그뢰즈〔프랑스의 초상 및 풍속화가〕가 완벽하고 유쾌하게 묘사한 클레멘트…… 아름답고 사랑스러운 클레멘트, 그녀는 나이 먹기를 얼마나 싫어했던가. 본디 모습보다 약간 예쁘게 그렸지만 비슷한 레이놀즈〔영국의 초상화가〕가 그린 어머니도 있었다. 그렇다, 나는 하틀리를 찾으려고 했다. 캄핀〔벨기에의 화가〕이나, 멤링〔플랑드르의 화가〕이나, 반에이크, 누군가 그녀를 그렸으리라. 하지만 그녀는 없었다. 그러자 시계들이 한꺼번에 울려 네 시를 알렸다.

일꾼 몇 사람이 아래층에서 무슨 일인가 하느라고 망치로 두드렸고, 번쩍거리는 불빛이 오락가락하면서 내 두통을 돋우었다. 나도 모르는 사이에 마음속에서 어떤 기억해야 할 중요한 것을, 내가 바위에 누워 그날 밤 별들의 끝없는 동굴을 보았고 우주가 뒤집히는 것 같았으며 그것이 무엇인지 연상은 시켰지만 알 수가 없었던 그 무엇인가를 찾으려고 애썼는데, 이제서야 별들의 뒤에 있는 별들의 뒤에 있는 별들, 반짝이는 황금빛 별들의 한없이 깊고 서서히 변하는 광활한 둥근 지붕이 다시 눈앞에 어리자 내 마음속에 나타난 것이 무엇인지를 기억하게 되었다. 그것은 어릴 때 내가 하틀리와 가끔 갔던 오데온 영화관의 빙글빙글 도는 조명 불빛이었다!

나는 아버지가 〈웃는 기마병〉을 보여주려고 데리고 갔던 커다란 중앙 화랑 안에 있었는데, 단순히 숙취 때문인지는 몰라도 바깥은 햇빛이 밝은데도 내부의 빛은 약간 흐릿하고, 두껍고, 거무스름하고, 눈에 거슬렸다. 화랑은 텅 비었다. 그러자 나는 반복되는 우연처럼 묘한 어떤 것을 보았다. 나는 멍한 정신으로 티산이 그린 페르세우스와 안드로메다를 물끄러미 쳐다보면서, 그녀를 구하려는 사람 못지않게 가뿐히 공

248

중에 떠서 춤추는 듯한 자세로 쇠사슬을 풀려고 몸부림을 치는 여자의 우아한 발가벗은 몸에 감탄을 하고 있었는데, 불현듯 전에 여러 번 보기는 했어도, 거꾸로 하늘을 날며 달려드는 페르세우스와 싸우는 해룡(海龍)의 송곳니가 돋고 쩍 벌린 무시무시한 입에 눈이 끌렸다. 해룡은 내가 본 바다 괴물과 별로 닮지는 않았지만 입은 사뭇 비슷했으며, 환각인지 무엇인지는 몰라도 갑자기 그때의 기억이 처음 나타났을 때의 충격 이후로 그 어느 때보다도 훨씬 불안감을 불러일으켰다. 나는 얼른 몸을 돌려 렘브란트의 티투스(타이투스로도 발음이 되며, 렘브란트의 아들) 그림과 마주쳤다. 그러니까 타이투스도 이곳에 있다. 타이투스와, 바다 괴물과, 벽돌과, 40년 전에 영화관에서 잡았던 하틀리의 손.

나는 기다란 방을 걸어 내려가기 시작했고, 그러는 동안에 아래서 일꾼들이 망치질을 하는 소리가 점점 더 율동적이고, 뚜렷하고, 줄기차고, 빨라져, 일본 연극에서 긴장감을 자아내거나 불운한 운명을 나타내기 위해 사용하며 내 연극에서도 자주 썼던, 일본 사람들이 효시기라고 부르는 나무 딱따기의 소리처럼 변했다. 화랑을 걸어 내려가니까 숙취가 심해져 졸도를 할 것만 같았다. 끝에 있는 문에 다다르자 나는 걸음을 멈추고 돌아섰다. 다른 쪽 끝의 문으로 어떤 남자가 방으로 들어오더니 묘하게 흐릿하고 갈색인 공간 속에서 나를 쳐다보았다. 나는 손을 내밀어 벽을 짚었다. 물론 나는 그를 한눈에 알아보았다. 그는 내 사촌 제임스였다.

"기분 좀 괜찮아?"
"그래, 무슨 티베트의 술 깨는 묘약인 모양인데, 그게 기적을 행했구나."

시간은 다섯 시였고 나는 핌리코에 있는 제임스의 아파트먼트에 앉아 있었다. 어수선한 동양의 시장 비슷한 제임스의 아파트먼트를 나는 당연히 한심하게 생각했었는데, 청동으로 만들었다고 생각했던 높다란 모자를 쓴 부처와 몸의 곡선이 멋진 시바〔힌두교의 파괴 또는 구원의 신〕들이 모두 순금이라는 사실을 알고 나서는 생각이 달라졌다.

내 사촌은 무척 돈이 많은 사람이라고 언젠가 토비 엘스미어가 하던 얘기가 생각난다. (내가 어째서 부자가 되지를 못했는지 가끔 의아한 생각이 들기도 한다.) 그는 부모에게서 유산을 많이 물려받았으리라. 그것을 엘스미어가 그를 위해 투자를 했는지도 모른다. 사촌 제임스를 수집가나 미술품 감정가로서는 평가하고 싶지는 않지만, 그의 아파트먼트에는 값진 물건들이 많아 보인다. 그는 소유물들을 어떻게 분류하고 배열하느냐 따위는 전혀 모르는 것 같아서, 정리를 했다기보다는 마구 쌓아놓았고, 우아한 objets d'art〔예술품〕들은 잡화전에서 구한 지극히 시시한 잡동사니와 나란히 놓았다. 추억, 초탈함, 포기?

방 안의 광경은 묘사보다는 열거를 하는 편이 훨씬 쉽다. 제임스의 방들은, 그가 싫어하는 표현이겠지만, 주물(呪物)이라고 부르고 싶은 물건들로 가득해서, (누가 왜 그랬는지 모르겠지만) 깃털 따위 다른 물건들을 꽂거나 붙여놓은 묘하게 생긴 돌멩이와, 막대기와 조가비들, 이상한 표시(글씨?)를 하고 커다란 이빨과 가지런한 뼈와 대충 얼굴을 새긴 울퉁불퉁한 나무토막들이 즐비하다. 벽들은 책이나 자수품, 별로 유쾌하지 못한 온갖 탈에 매달린 파랗고 요란한 벽걸이들로 뒤덮였다. 여기저기 상당히 많은 목걸이(염주?)들이 뒤엉켜 그릇에 담겼거나, 족자와 만다라〔힌두교와 불교에서 명상에 도움이 되도록 쓰이는 신비주의적 그림으로, 사각형이나 대칭으로 신을 나타내는 상징을 원 안에다 그려 넣음〕 그림과, 쿰붐이라는 희한한 이름이 붙은 곳의 사진들 앞에 걸렸다. 또 내가 가끔 슬쩍 호주머니에 넣고 싶었던 옥을 아주 오묘하게 깎아 만든 동물과, 손수건으로 먼지를 닦아내면 바람에 나부끼는 연꽃과 국화가 짙은 유약 밑에서 어렴풋이 나타나는, 기막힌 청자 접시와 그릇들도 수없이 많다. 내가 보기에는 작은 제단 같은 칠기(漆器) 위에는 불상과, 기도 윤당(輪堂)으로 생각되는 물건과, 소형 탑과, 어떤 것들은 산호나 터키옥이나, 다른 보석을 올리기도 했으며 복잡한 탑을 위해 세우기도 한 묘한 상자들을 세웠거나 앉혀놓았다. 그런가 하면 라마승들이 흔히 악마를 가둬둔다고 제임스가 설명한 탑 모양의 장식을 섬세하게 올린 나무 손궤가 까치발에 걸려 있다. (그 상자에 악마가 갇혀 있느냐고 물었더니 제임스가 웃었다.) 칼집과 단검 손잡이에도 보석들이 박혔으며 (보통 때는 제임스가 책상에 놓아두는) 칼의 황금 손잡이는 길고 곡선을 이루었다. 그것이 그의 침대에 놓여 있는 것을 본 적도 있다. 나는 가끔 사촌이 어딘가 어린애 같은 면이 있다고 생각했다.

아파트먼트에서는 묘하고 독특하게 들척지근한 냄새가 나서 향 냄새가 아니냐고 물었더니 제임스는 '쥐새끼'라고 그랬는데, 아마 농담으로 그렇게 대답했으리라. 묘하게 가끔 짤랑거리는 소리는 (내 생각에) 길고 볼품없는 복도의 움푹한 곳에 걸린 유리 장식품에서 났다. 이 소리는 슈러프 엔드의 구슬 커튼이 희미하게 딸그락거리는 소리를 연상시켰고, 바람에 조용히 흔들리는 딸그락딸그락 소리 이외에는 (차라리 그랬으면 좋으련만!) 조용하고 텅 빈 내 '우스꽝스러운 집'이 생각나서 이상한 기분이 들었다. 제임스의 아파트먼트는 한때 초라했지만 이제는 무척 멋지고, 강으로 뻗어나간 핌리코의 긴 길거리에 위치했다. 커다란 아파트먼트였지만 그림을 그린 침침한 창막이를 아무렇게나 달아놓았고, 낮에는 커튼들을 반쯤 내리고, 방마다 등잔을 하나씩만 켜놓는 제임스의 습관 때문에 이상할 만큼 컴컴했다. 보통 너무 어두워서 볼 수가 없었기 때문에 나는 시간이 좀 지난 다음에야 제임스의 수집품들을 감상할 수가 있었다. 그곳에는 내가 모르는 여러 언어로 쓴 책들도 물론 잔뜩 있었다. 이곳이 여러 해 동안 제임스의 런던 근거지였는데, 워낙 외국에 나가 있는 때가 많아서 지저분한 쓰레기통처럼 보이는 것도 무리가 아니었다.

우리는 믿어지지 않을 만큼 약하고 투명한 작은 자기로 차를 마셨고, 제임스가 어릴 때 무척 좋아했던 기억이 나는 커스터드 크림 비스킷을 먹었다. 나는 어렸을 때 음식에 대한 감각이 없었지만, 제임스는 항상 까다롭고 도락을 즐겼다. 그는 물론 채식주의자인데, 그때는 무척 이상하게 여겨질 정도였지만 이미 어렸을 때 완전히 혼자서 그런 결정을 내렸다. (방은 무척 후텁지근하고 '쥐새끼' 냄새가 났는데) 그는 이제야 창문을 열더니 특별히 그런 용도로 쓰기 위해 마련해둔 듯한 컵과 종이로 파리를 잡아 조심스럽게 밖으로 내보냈다. 그가 창문을 닫았다. 나는 재채기를 했다. 멀리서 종이 쨀랑거렸다. 내 눈에 띄기 전에 얼마나 오랫동안 제임스가 화랑에서 나를 지켜보고 있었으며, 하필이면 그날 그 시간에 왜 그가 그곳에 와 있었는지 궁금했다.

그러면 이제 다시 한번 사촌의 용모를 묘사해보겠다. 얼굴은 꼭 거무튀튀하지는 않지만 검게 보인다. 면도는 하루에 두 번 해야 한다. 가끔 그는 눈에 띌 만큼 더러워 보인다. 지금은 약간 대머리가 벗겨진 곳 둘레에 상당히 무성하고 지저분하고 뻣뻣하게 자란 머리카락은 에스텔 숙모처럼 암갈색이지만, 숙모는 매끈매끈한 데 비해서 그는 아주 윤기가 없고 제멋대로 흩어졌다. 눈은 흐릿한 갈색이어서, 딱 잘라 말할 수 없는 중간색이며 검다가도 싯누런 땅빛으로 변하기도 한다. 가느다란 매부리코에 입술은 얇고 교활해 보인다. 얼굴은 기억에 남지 않는데, 밋밋한 얼굴이라는 뜻이 아니라 오히려 상당히 강렬하지만, 그가 없을 때 머릿속에 그려보려고 하면 하나하나 부분만 생각날 뿐, 전체적인 뚜렷한 상은 떠오르지 않는다. 아마도 그저 별로 또렷하지 않은 얼굴인지도 모른다. 마치 그 얼굴 위에는 흐트러진 구름이 걸린 것 같은데, 제임스가 거무스레하거나 더럽다는 내 생각은 아마도 거기에도 이유가 있는지 모른다. 그런가 하면 멍청한 소년처럼 모가 난 이를 드러내며 히죽 웃는 미소는 그를 실없는 사람처럼 보이게도 한다. 그의 '흐릿한 표정'은 꿍꿍이속이 있다거나 음흉해 보이지는 않지만, 어딘가 답답한 데가 있다. 창문으로 파리를 내보내며 약간 미소를 짓는 그를 지켜보자니 도대체 무엇 때문에 그가 에스텔 숙모를 닮아 보이는지 또다시 의아했다. 아마도 에스텔 숙모의 경우에는 일종의 기쁨이지만 제임스의 경우에는 아주 딴판인 그 무엇에 대한 몰입으로 빛나는 표정의 어떤 장난인지도 모른다.

"그러니까 정말 바위 위에 덩그러니 홀로 선 바닷가 집에서 산다는 얘기야?"

"그래."

"좋아, 그것 좋지."

제임스의 흐릿한 눈이 넓어지더니 마치 정신이 다른 곳에 팔린 듯 잠깐 동안 멍해졌다. 이 순간적인 멍청함도 특징이어서, 오래 계속되지는 않았다. (동양을 탐구하는 많은 사람들이 그러듯이) 그가 혹시 마약을 복용하나 의심도 가끔 해봤지만, 단순한 권태 때문이었는지도 모른다. 어릴 때 제임스가 지루해할까 봐 나는 얼마나 걱정을 하곤 했던가!

"하지만 법석대는 극장이 그립지 않아? 내가 알기로는 넌 별 취미도 없었는데. 하루 종일 무얼 하지? 집에 페인트를 칠하나? 은퇴한 사람들은 그런 일을 한다더군."

제임스는 나하고 얘기할 때면 어쩌면 본능적인지도 모를 약간 선심을 쓰는 듯한 농담조의 말투를 가끔 써서, 어릴 적부터 나는, 더구나 그가 나보다 어리기 때문에, 자주 화가 나곤 했다.

'법석대는 극장'이라는 진부한 표현과 '은퇴한 사람들'과 나를 동격으로 취급하는 것은 과거와 현재의 내 활동이 대수롭지 않다는 뜻으로 여겨졌다. 아니면 내가 아직도 너무 감정이 예민한가.

"난 회고록을 쓰고 있어."

"연극계 얘기 말이지? 여배우들에 대한 일화?"

"그건 절대 아냐! 내가 쓰고 싶은 건 심오한 것, 참된 분석, 참된 자서전으로서……."

"어려울 텐데."

"어렵다는 건 나도 알아!"

"우린 무척이나 내성적이고 비밀스러운 존재이고, 그 내향성이 우리에게서는 가장 놀라운 점이어서, 이성(理性)보다도 훨씬 놀라운 거지. 하지만 우린 무턱대고 동굴로 들어가 휘휘 둘러보듯 할 수는 없어. 인간에 대해서 우리가 알고 있는 것은 대부분 사이비 지식이야. 우린 모두 너무나 저 잘난 멋에 살아서 자기가 소중하게 생각하는 것의 중요성을 과장하는 재주가 아주 훌륭해. 스테시코로스[그리스의 서정시인]의 말에 의하면 트로이의 영웅들은 가상의 헬렌을 위해 싸웠다는 거야. 가상의 선을 위한 헛된 전쟁들. 너도 인간의 헛된 마음에 대해 생각을 많이 해보길 바라. 사람들은, 우리처럼 늙은 사람들도 거짓이 참 많아. 하기야 어떤 면에서는 예술성만 충분하다면, 예술은 또 다른 종류의 진리를 지니니까 상관은 없지만. 우리에게는 프루스트가 프랑스 귀족들에 대해서는 권위자야. 그들이 진짜로 어떠했는지 누가 관심이 있겠어? 그게 무슨 의미가 있단 말야?"

"어떤 단순하고 분명한 의미가 있을 것 같지만, 난 철학자가 아냐! 그리고 그건 관심을 둘 만한 일이기도 해. 그건 역사가들과 관계가 있고, 비평가와도 관계가 있지."

나는 "우리처럼 늙은 사람들"이라는 말에는 신경을 쓰지 않았다. 마음대로 지껄이려무나.

"그건 정말로 데라에서 로렌스에게 있었던 일[아랍의 독립을 위해 싸우던 로렌스가 데라에서 포로로 잡힌 일]을 의미하는 거야? 개의 이빨이라도 진실로 숭배를 하면 빛을 내. 숭배를 받는 대상에게 힘이 부여된다는 건 본체론적인 증거가 지니는 간단한 일이야. 그리고 예술성만 충분하면서 진리 못지않게 거짓이 우리를 깨우쳐주지. 진리가 뭐란 말야? 우리가 거짓된 객체이고, 가짜이고, 착각의 덩어리라는 건 우리도 스스로 알고 있어. 형은 무엇을 느꼈거나, 생각했거나, 행동한 것을 정확히 판단할 수가 있어? 법정에서 우린 그것이 가능한 체하지만, 그건 편의상 그러는 것뿐이야. 그래, 좋아, 그런 건 상관이 없어. 바닷가 집과 새들을 보러 꼭 찾아가야겠어. 거긴 북양가마우지들도 있나?"

"난 북양가마우지가 어떻게 생겼는지 몰라."

제임스는 놀라서 입을 다물어버렸다.

나는 이상하게도 그동안 잊어가던 옛 감정을, 마치 제임스와 대화를 나누고 싶어 애타게 기다렸다가 제대로 대우를 받지 못하고 배척당한 듯한 기분을, 마치 그에게 얘기하려던 중요하고 마음속 깊이 담아두었던 것이 그의 지성이 무의식적으로 내뿜는 레이저 광선에 쪼그라들어 시시해진 듯한 기분을 느끼기 시작했다. 제임스의 사고방식과 추상의 수준은 나와 완전히 달랐고, 때때로 그는 우리 사이에 의사소통이 불가능함을 일부러 강조하는 것처럼 여겨졌다. 하지만 물론 그런 의도나 배척은 없었고, 사촌은 지루하기만 하고 염세주의자 기질을 지닌 괴팍한 탁상공론가로 생각될 때가 많았다. 그도 자기 나름대로 실망을 맛보았겠지만 틀림없이 그 얘기를 나에게는 절대로 털어놓지 않으리라. 내가 바라던 바는 다만 제임스와의 평범하고 다정한 대화에 지나지 않았지만, 그런 대화는 한 번도 이루어지지 않았고, 그런 것을 꿈이라도 꾸었다는 사실 자체가 잘못이었는지도 모른다. 그렇기는 해도 아버지와 어머니와 에이블 삼촌과 에스텔 숙모를 잃고 나니 나에게는 제임스만 남았다.

"바다여, 바다여, 그래." 제임스가 말을 이었다. "플라톤의 아버지 쪽 선조가 포세이돈이라는 걸 알아? 거기에 가면 참돌고래와 물개가 있는지 모르겠군."

"물개가 있다는 얘긴 들었어. 한 마리도 보지는 못했지만."

나는 작고 깨지기 쉬운 찻잔을 너무 세게 놓아서 혹시 금이 가지나 않았는지 다시 집어서 확인을 해야 했다. 나는 의자 옆구리를 꽉 잡았다. 내가 화랑에서 경험했으며 제임스의 묘약이 고쳐준 괴이한 감정이 단순한 숙취가 아니라 엘에스디가 빚어낸 환각이 다시 시작되려고 했었기 때문인지도 모른다는 생각이 들었기 때문이었다. 티샨이 그린 해룡이 벌린 입의 생생한 영상이 머리에 떠오르자 비슷한 기분을 갑자기 다시 느끼기 시작했다.

"왜 그래, 찰스? 뭐 신경이 곤두서는 게 있군그래. 화랑에서도 넋이 빠져 있더니. 내가 지켜보고 있었지. 뭐야? 어디 아파?"

"내가 혹시 메리 하틀리 스미스에 대해 한 얘기 기억나는 거 없어?"

나는 그럴 만큼 확신이 없었기 때문에 제임스에게 하틀리에 대한 얘기는 할 생각이 분명히 없었다. 그것은 마치 내가 어떤 궁지로 몰렸거나 무슨 마술에 걸려서, 그녀의 이름을 꼭 대야만 부적이 드디어 효능을 나타내는 것과 같았다.

권태로운 분위기로 되돌아가며 제임스가 생각을 해보았다.

"아니, 그런 것 같지가 않아."

사실 나는 제임스에게 하틀리 얘기를 절대로 하지 않으려고 여태껏 조심을 했었다.

"한데 그게 누구지?"

"내가 처음으로 사랑했던 여자인데, 다른 여자는 정말로 사랑한 적이 없었다고 생각해. 그녀도 날 사랑했지. 같이 학교를 다녔어. 나중에 그녀는 다른 남자와 결혼을 하고는 행방을 감추었어. 난 그녀를 잊은 적이 없었고, 그래서 끝까지 결혼도 안 했지. 그러다가 그녀를 우연히 다시 만났는데, 그녀는 내가 사는 바닷가의 마을에서 남편과 함께 살아. 난 그녀를 만나고 얘기까지 나누었고, 믿어지지 않지만 옛사랑은 그대로 변함이 없어. 내 인생에서 처음부터 지금에 이르기까지……."

"그럼 안심이군." 제임스가 말했다. "난 독감을 앓는 줄 알고 옮을까 봐 무척 걱정을 했지."

"난 그녀의 남편을 만났어. 키가 작고, 무식하고, 깡패 같은 보잘것없는 사람이더구먼. 하지만 그녀는…… 아, 그녀는 날 보고 너무 반가워했고 아직도 날 사랑하는데…… 아무리 생각해도 그건 새로운 시작이라는……."

"같은 남자야?"

"무슨 말…… 아, 그래, 같은 남자야."

"아이들은 있고?"

"열여덟 살인가 하는 양자가 있지만 가출을 했고, 행방불명이 되어 그들은 그가 어디 있는지도 모르고……."

"행방불명이라…… 마음이 아프겠군."

"하지만, 아…… 하틀리, 그녀는 물론 변했어도 어떻게 보면 변하지는 않았어……. 그렇게 만나다니 운명의 장난인지는 몰라도 믿어지지 않을 만큼 운이 좋아. 그리고 그녀는 너무나 불행하게 살아서, 내가 나타나기를 기도했는데 정말 내가 나타난 셈이지."

"그래서……."

"그래, 그러니까, 난 그녀를 구원해서 우리의 남은 여생 동안이나마 그녀를 행복하게 해주겠어."

그렇다, 그것은 간단한 일이며, 그렇게 하지 않고는 어떤 해결 방법도 없으리라. 나는 의자에 몸을 기대었다.

"차 더 마시겠어?"

"그만하지. 이젠 술이 좋겠어. 드라이 셰리로."

제임스는 찬장을 뒤지기 시작했다. 그가 술을 한 잔 채워 나에게 주었다. 벌써 잊어버렸는지 그는 내 놀라운 얘기에 서둘러 대꾸를 하지 않았다. 그는 계속해서 조용히 차를 마셨다.

"좋아." 잠시 후에 내가 말했다. "내 얘긴 그만하지. 네 얘기를 해. 제임스, 요샌 군대 생활이 어때? 홍콩이나 어디로 갈 거야?"

양수겸장이었다.

"내가 무슨 얘기를 하길 바란다는 건 알아." 제임스가 말했다. "하

258

지만 뭐가 뭔지 몰라서 무슨 얘기를 해야 할지 모르겠어. 옛사랑이 불타오른다니, 어떻게 해야 옳은지 알 수가 없어. 여러 가지 생각이 떠오르는데……."

"몇 가지만 말해봐."

"한 가지는 그토록 오랫동안 정말로 그 여자를 사랑했다는 생각이 착각일지도 모른다는 거야. 증거가 뭐야? 그리고 도대체 사랑이 뭐지? 사랑은 분명히 아름다움이 사라진 다음에도 지속되는 그 무엇이겠지만, 그토록 오래전에 행방을 잃어버린 어떤 사람에 대한 그토록 오랫동안 계속되는 사랑에서는 별로 의미를 찾지 못하겠어. 아마 혼자 상상해낸 개념이겠지. 물론 그다음에 어떻게 되느냐 하는 건 다른 문제지만. 또 한 가지는 구원하겠다는 생각은 완전히 상상이고 허구라는 거야. 네가 진담으로 그런 소리를 했다고는 믿어지지 않아. 그녀의 결혼 생활이 어떤지 정말 알아? 그 여자가 불행하다지만, 대부분의 사람들이 그래. 오랜 결혼 생활이란 이상적이 아니더라도 맺어주는 힘이 아주 강하고, 그 오래된 체제는 존중해야 해. 남편 생각을 별로 안 할지 모르지만, 다시 만나 아무리 감격했다손 치더라도 그녀에겐 그 남자가 어울릴지도 몰라. 그 여자가 구원을 받고 싶다는 얘기를 했던가?"

"아니, 하지만……."

"남편은 찰스를 어떻게 생각해?"

"경고를 하며 날 쫓아버렸어."

"그럼 그 경고를 받아들이라는 충고를 하고 싶군."

내 처지에 흥분해서 관심을 표현하지 않으려던 제임스의 태도에 나는 별로 놀라지 않았다. 나는 전에도 사촌이 결혼에 대한 어떤 얘기도 좋아하지 않았음을 깨달았다. 그런 얘기는 그를 당황케 하고, 아마 답답하게 했는지도 모른다.

내가 말했다.

"이성의 소리로구나."

"육감의 소리야. 그러다간 모두 눈물로 끝장이 날 것 같은 기분이 들어. 마음을 가라앉히는 게 좋아. 다른 사람들의 고통을 야기할 일에는 너무 접근을 않는 게 좋아."

"신경을 써줘서 고마워. 이젠 네 얘기를 해봐."

"기차를 놓치면 안 될 텐데. 하지만 빅토리아에 꽤 믿을 만한 회사가 있으니까 전화로 택시를 불러도 되지. 그 사람 이름이 뭐지?"

"남편 말야?"

"아냐, 미안해. 행방불명이 된 소년, 아들 얘기였어."

"타이투스."

"타이투스라." 제임스는 생각에 잠기며 말했다. 그가 말을 이었다. "그래서 찾아보기는 했대? 경찰에 신고를 한다든가, 사람들이 그럴 때하는 거 있잖아?"

"모르겠어."

"가출한 지는 오래됐고, 어디 있는지 단서나 짐작이 가는 건 있대? 편지는 받지 않았나?"

"몰라, 난 모르겠어……."

"기막히겠군."

"그래, 그럴 거야. 이젠 내 해괴한 얘기는 잊어버리지. 네 계획은 어떻고, 최근에는 군대 생활이 어땠어?"

"군대…… 아…… 난 군대를 떠났어."

"군대를 떠나?"

군대가 제임스를 안전하게 보호했거나, 편안하게 맡아 길렀거나, 탈 없이 시간을 보내게 해주었다든가 하는 식으로 생각했던 나는 바보처럼 놀랐고, 공연히 어안이 벙벙해졌다. 나는 항상 그의 군대 놀이 때문에 우리가 충돌하거나 경쟁하는 일이 다행히도 불가능하다고 느꼈나 보다. 그러다가 이제……

"아, 그래, 넌 물론 은퇴를 해서 악수를 나누고 뭐 그랬겠지. 그러니까 우린 둘 다 퇴역장성이구먼!"

"꼭 퇴역을 한 건 아냐."

"그 얘긴……?"

"사람들의 표현을 빌리면 윗사람의 비위를 건드렸기 때문에 군대를 떠난 거야."

나는 잔을 내려놓고 꼿꼿하게 일어나 앉았다. 이제 나는 정말로 놀라고 당황했다.

"그럴 리가! 제임스, 네가…… 내 얘긴……."

어떻게 윗사람의 비위를 건드려서 사촌이 군대를 떠나게 되었는지에 대한 별로 억측은 아닌 추측들이 잔뜩 머릿속에 떠올라서 나는 입을 다물었다.

나는 제임스의 음울해진 얼굴을 쳐다보았다. 그는 등잔을 등지고 앉아 있었다. 커튼이 벌어진 틈으로 보니 저녁 하늘은 아직 눈부신 푸른 빛이었다. 제임스는 파리를 놓아줄 때처럼 약간 미소를 지으면서, 손가락에 앉은 또 한 마리의 파리를 쳐다보았다. 파리는 앞발을 비비더니 부지런히 머리를 쓰다듬었다. 파리가 비비던 짓을 그만두었다. 제임스와 파리가 서로 쳐다보았다.

"하지만 걱정할 건 없어." 제임스가 말했다. 그가 손가락을 움직이

자 파리가 날아가버렸다. "어쨌든 난 군대 생활을 훌륭하게 끝냈으니까 할 일이 없어서 걱정을 하지는 않을 거야."

"집에다 페인트 칠도 하고."

제임스가 웃었다.

"북양가마우지 사진 보여줄까? 그래, 나중에 보지. 내일도 여기 있으면 로드(런던의 크리켓 경기장인 Lord's Cricket Ground를 뜻함)에 갈 수가 있을 텐데. 국제 결승 경기가 아주 흥미 있게 진전되었지. 전화로 택시를 불러야겠어. 자, 이 비스킷 좀 가지고 가. 형이 이걸 좋아하지. 형네 집에서 나올 때마다 마리안 숙모가 내 주머니에 몰래 넣어주곤 했지!"

제임스가 전화로 택시를 부른 다음에 내가 말했다.

"지난번에 내가 여기서 본 노인은 누구였지?"

지난번 제임스의 아파트먼트에 왔다가 나가던 참에 나는 반쯤 열린 문을 통해 다른 방에 있던 키가 작고 수염이 성긴 동양 노인이 의자에 앉아 있던 것을 보았는데, 그동안 까맣게 잊어버리고 있었던 듯싶더니 갑자기 생각이 났다.

제임스는 약간 놀란 것 같았다.

"아, 그 노인…… 대수롭지 않은 사람인데…… 가버려서 내 마음이 가벼워. 자, 택시가 왔다고 초인종 소리가 나는구먼. 기차에서 저녁 식사 잘 해."

"하지만 이봐, 찰스." 로시나가 말했다. "당신이 둘도 없는 괴짜라는 건 알지만 나이가 여든이나 되어 보이고 수염이 난 여자를 좋아할 순 없잖아!"

이튿날이었다. 나는 아주 늦게 돌아왔다. 택시는 정거장에서 기다리

262

고 있었지만 집으로 가는 길은 짙은 안개 때문에 더디었다. 파업이 일어나 기차에서는 저녁 식사가 없었으므로 커스터드 크림 비스킷으로 때웠는데, 오래전에 그 과자를 제임스의 호주머니에 넣어주던 어머니 생각이 나서 불쾌하기도 하고 슬프기도 했다. 슈러프 엔드에 도착한 다음 빵에 치즈를 발라 먹었다. (버터는 모두 썩어버렸다.) 침대가 기분이 나쁠 만큼 눅눅했지만 뜨거운 물병과 피곤함 덕택에 잠이 들었다. 몸이 뻣뻣하고 추위를 느끼며 늦게 일어나 앉으니 이빨이 덜덜거렸다. 그날 실천하기로 마음먹었던 일 때문에 겁이 나서였는지도 모른다.

도리스가 준 두툼한 에이레 스웨터 따위 제일 따뜻한 옷을 입었어도 마찬가지로 떨렸다. 독감이라던 제임스의 짐작이 결국은 옳았던가? 두툼한 황금빛 회색 안개가 땅과 바다를 뒤덮어 무서운 침묵이 사방을 둘러쌌다. 밖으로 나가니 바위들을 에워싼, 기름처럼 미끄러운 바다가 겨우 보였다. 별로 추운 날씨는 아닐 텐데도 공기는 눅눅하고 차갑게 느껴졌다. 풀밭에 널어놓았던 셔츠가 함빡 젖었다. 그런가 하면 집안은 무덤처럼 정말로 싸늘했고 땟국물 냄새가 났으며, 창문 안쪽에는 김이 서렸다. 어부들의 가게에서 산 새 파라핀 난방기를 켜려고 했지만 실패했다. 차를 끓이고 기분이 좀 좋아지려는 참에 둑길 끝에서 빵빵거리는 자동차 소리가 들려왔다. 로시나라는 것을 당장 알아채고 순간적으로 그녀에게 소리를 지르면서 뛰어나가고 싶을 만큼 화가 심하게 났다. 숨을 생각도 해보았지만 배가 고파왔고, 공연히 집을 비우면 그녀가 더 오래 버티리라는 생각이 들었다. 그때 자신을 보호하는 현명한 방법으로 그냥 그녀에게 얘기를 해버리자는 묘안이 떠올랐다. 그것은 올바른 판단이었다.

우리는 캘러 가스 난로를 피우고 부엌에 앉아 말린 살구와 체다 치즈를 먹었다. (말린 살구는 케이크와 같이 먹으려면 우선 물에 담가 보글보글 끓여야 하고, 치즈와 먹을 때는 처음부터 말라 있어야 한다.) 나는 차를 마셨고, 로시나는 브랜디를 청해서 마셨다. 이제는 안개가 너무 짙어 방에 커튼을 친 것 같아서 촛불을 두 개 켰지만, 희미하고 작은 불은 이상하게도 불투명하고 어슴푸레한 갈색 방 안을 밝히지 못했다. 로시나는 그것을 '멋있는 불빛'이라고 불렀다. 끔찍한 계획을 품은 현재의 기분으로는 거짓말이나 임기응변으로 둘러대다가 공연히 위험한 싸움을 벌이고 싶지가 않아서 하틀리 얘기를 약간 수정해서 해주기로 작정했다. 사실 나는 로시나의 증오가 터무니없을 만큼 두려웠다. 나는 당분간 그 증오를 누그러뜨리고, 그녀에 대해 걱정을 하고 싶지 않았다. 얼마 안 있으면 다른 결정들과 위험들이 닥칠 터였고, 내가 얘기를 털어놓으면 그녀가 어떤 반응을 보일는지 육감적으로 오는 것이 있었는데, 그 추측은 제대로 들어맞았다.

그녀는 앙칼진 성미를 드러내어 (내가 예상했던 대로) 리지를 포기했다고 내가 최근에 한 얘기와 런던에서 머물었다는 얘기도 믿지 않았고, 자기가 짐작했던 대로였다면서, 혹시 내가 자기를 떼어버릴 수 있으리라고 꿈이라도 꾼다면 어림도 없다고 했는데—나는 말을 가로막고 '옛사랑의 이야기'를 짤막하게 추려서 그녀에게 해주었다. 그 상투적인 표현은 얼마나 편리하고, 아픈 마음을 잘 달래주고, 오해를 불러일으키고, 얼마나 비밀스러운가. 사랑과, 두려움과, 머리를 들기 시작하는 무서운 질투심으로 마음이 괴로운 나는 이렇게 로시나에게 '옛사랑'에 대해서 얼빠지고 우습기까지 한 얘기를 하며 진실을 털어놓음으로써 그녀를 속이고 있는 셈이었다. 로시나는 차분했고, 귀가 솔깃할 만큼 흥미를 느꼈고, 똑똑했다. 그녀는 사촌과는 달리 훨씬 만족스럽게

264

경청하는 사람이었다. 사실 이 약삭빠르고, 알고 보니 동정심이 없지도 않은 여자에게 간추린 얘기를 함으로써 나는 어느 정도 안도감을 느꼈다. 신경을 곤두세우는 작고 빨간 차의 안하무인격인 경적 소리를 듣고 난 다음 (인간의 머리는 정말로 빨리 돌아가서) 몇 초도 안 되어, 처음부터 나는 로시나가 '하틀리 문제'를 '리지 문제'와는 상당히 다른 각도로 받아들이리라는 사실을 직감했다.

(이 회고록에서 분명히 중요한 주제들 가운데 하나인) 질투가 여러 면에서 전적으로 비논리적이고 전혀 저항을 할 수 없는 감정이면서도, 일시적인 판단에 있어서는, 얼마쯤 제한되기는 했지만, 합리성을 보여준다는 것은 흥미있는 사실이다. 나는 로시나를 만나 맛보고 난 다음에 리지를 접하게 되었는데, (상당히 틀린 생각이지만) 로시나의 머릿속에는 리지가 나를 '빼앗아갔다'는 관념이 고정되었다. 더구나 리지는 아직도 매력이 있는 여자였다. 그런 사실들이 전통적인 관념을 이루었고 전형적인 반응을 자아내었다. 하지만 '옛사랑'이라는 꼬리표가 붙은 하틀리는 완전히 문제가 달라서, 로시나의 순수한 지성은 논리적으로 작용하지 못했다. 하틀리는 머나먼 과거에 파묻혔고, 하틀리는 (나처럼) '늙었고', 하틀리는 매력이 없고, 두드러지게 잘난 데도 없고, (중요하지 않다고는 못 할 점이지만) 완전히 결혼한 몸이었다. 이런 자료들을 잽싼 로시나가 받아 넣고 수집했는데, 나는 반짝이고 음흉한 그녀의 눈 뒤에서 돌아가는 전자 계산기가 환히 보이는 것 같았다. 로시나는 내가 지닌 가능성을 따져보고는 별로 신통치 않다고 판단을 내렸다. 제임스나 마찬가지로 그녀는 눈물로 끝장이 날 것이라고 생각했는데, 솔직한 내 얘기가 교묘하게 그 믿음을 북돋아주었다.

물론 로시나가 어떤 관점에서도 하틀리를 심각한 경쟁자로 간주할 수 없음이 곧 분명해졌는데, 거기에서 그치지 않고 그녀는 악의를 품어서가 아니라 흥미 있는 관찰 대상으로서 하틀리를 가엾게 여기기까지 했다. 로시나는 하틀리와 만났기 때문에 리지에 대한 내 관심이 시들해졌음을 알아챘다. 그러니까…… 이 바보 같은 사건이 파탄으로 끝나고 나면…… 똑똑한 로시나가 기다리고 있다가 아량을 베풀면서 마무리를 지어준다. 물론 로시나는 내가 얘기를 함으로써 안도감을 느끼고, 그녀의 현명하고 열성적인 반응을 고맙게 생각함을 눈치챘고, 사실 나는 그 순간뿐이나마 그녀가 마음에 들었다. 물론 나는 그녀에게 모든 사실을, 특히 눈앞에 닥친 내 계획을 알려주지는 않았다. 그 순간에 나는 눈치 빠르고 위험한 로시나와 그런 식으로 하틀리 얘기를 하면서도 전혀 배반한다는 의식을 하지는 않았을 만큼 철저히 교활했다. 나는 로시나를 조종했고, 필요할 때면 그녀는 자신의 약삭빠른 상상에 의해 스스로 속아 넘어갔다.

바위에 달라붙은 하틀리의 모습을 자동차의 헤드라이트가 드러냈을 때를 로시나가 똑똑히 기억했다는 사실은 흥미가 있다.

"난 그 할망구를 차로 딱정벌레처럼 깔아뭉개는 줄 알았어. 이봐, 찰스. 그 여자가 쪼글쪼글한 할망구라는 걸 부인할 수는 없어."

"사랑이란 그런 식으로 생각하지는 않아. 좋아, 눈먼 장님이라지만……."

"장님은 지팡이라도 있지. 당신은 지팡이도 소용이 없어."

"사람이란 누구라도 사랑할 수 있다는 건 페리의 삼촌 페레그린을 봐도 알지."

"페리의 누구라고?"

"아무것도 아냐……."

"내가 런던으로 차를 태워다주었을 때 당신이 날 속이고 있다는 건 알았어. 당신은 형편없는 배우야. 당신이 왜 연극을 하겠다고 나섰는지, 전혀 알 수가 없어. 뭔가 꿍꿍이속이 있다고 느꼈지만, 리지 때문인 줄 알았지."

"난 리지에게 그런 감정을 느껴본 적이 없어."

"리지에게 그랬다간 큰일 나지."

"리지가 아냐! 그래도 못 믿겠어? 난 이 여자를 사랑해."

나는 사실상 지금까지 그 오랜 세월 동안 그녀와 결혼을 하고 그녀가 서서히 늙으며 아름다움을 상실하는 과정을 지켜보기라도 한 듯 그녀를 사랑한다고 생각했다.

"아니, 이봐, 그건 틀림없이 거짓말이야. 갑자기 바닷가로 와서 이 괴이하고 쓸모없는 집에서 살다가 당신 머리가 삐끗했어. 이렇게 고약한 집은 처음 봐. 환각을 느끼는 것도 무리가 아니지."

"무슨 환각 말야?"

"첫사랑에 대해서 당신이 얘기를 한 게 기억나지만, 그건 지어낸 옛날 얘기야. 그 여자를 보고 충격이 컸을 뿐이니까, 좀 두고 생각해. 그리고 그 여잔 범속한 결혼을 했고 아들이 있어, 찰스. 그런 평범한 여자와 학교 다닐 때 풋사랑을 했다고 해서 지금 이러는 건 말도 안 되고, 그 여자도 이해를 못 할 거야! 거기다가 당신은 스스로 생각하는 것처럼 실제로 대단치도 않아. 그러다간 누구보다도 당신이 더욱 싫어하는 아주 불쾌한 사태를 맞게 돼. 망신을 당한단 말야! 그 생각을 해봐! 가당치도 않은 짓을 하다가 얼마나 못 볼 꼴을 당할지 자각을 해야지. 그 여자가 당신하고 얘기조차 하지 않으려고 그랬다면서!"

"그건 그녀가 나를 너무 사랑하고, 내 감정을 아직 충분히 믿지 못해서 두렵기 때문에 그랬던 거야. 믿게 되겠지. 그러면 그녀는 사랑의 힘에 끌려 나에게로 오겠지."

나는 생각했다. 내가 그녀를 절대적으로 사랑한다는 걸 알려주고 확신시키기 위해 긴 편지를 써서 몰래 전해주면 그녀가 정말로 이해를 하겠고, 그렇게만 되면…….

심각하지만 일반적이고, 자세하지 않게 나름대로 꾸민 얘기에서 나는 타이투스를 언급하기는 했지만, 이유가 있어서 양자로 들어왔다거나 도망쳤다는 말은 하지 않았다. 타이투스 얘기를 내 나름대로 해석하거나, 그가 내 가능성들에 어떤 영향을 줄지에 대해 털어놓을 마음이 내키지 않았기 때문인지도 모른다. 철저히 내 기를 죽였던 벤과의 대담도 얘기하지 않았다. 그거야말로 '체면'이라는 문제 때문이었다! 나는 타이투스가 집에 살지 않고, 마을에서 하틀리와 만났어도 얘기를 마무리 짓지 못했고, 그녀와 남편과 함께 셋이서 점잖은 대화를 나누었다고 말했다. 그 상황이 지닌 두려움과 위험에 대해서는 비치지도 않았다. 다행히 로시나는 너무 재미가 있었는지 자세한 질문은 하지 않았다.

"찰스, 사람답게 좀 굴어. 그 여자는 소심하고 수줍은 데다가 그녀는 그녀대로, 당신은 당신대로 한평생을 살고 나서 만나니 굉장히 자기가 모자라고, 어디라도 숨고 싶고, 무감각하게 느끼는 거야. 아마도 시시한 남편을 부끄럽게 생각해서 감싸주고 싶고, 당신이 밉게 느껴질지도 모르지. 상상을 좀 해보라고. 그리고 그 여잔 미칠 지경으로 당신을 따분하게 만들 상대라는 걸 알아, 이 양반아? 그 여잔 연금으로 먹고 사는 늙은이이고, 이제는 쉬고 싶고, 다리를 얹어놓고 텔레비전이나 보길 바라고, 모험이나 머리가 복잡한 일들은 싫어해. 그리고 그 여잘 빼앗았다가 권태로워지면 도대체 어떻게 하겠어? 당신은 재치 있고 개성이 뚜렷한 여자들만 상대했고, 이제는 아무튼 늙은 독신자이니까 나처럼 똑똑하고 오래 사귄 친구가 아니라면 누구하고도 정말 편히 같이 살지를 못해. 당신은 모르는 여자와 새 시작을 할 수가 없고, 그 여잔 자전거 소풍이라는 눈물 어린 추억 이외에는 생판 모르는 여자인 셈이야. 내 생각에 당신은 내 결혼 생활을 파탄시켰듯이 그 여자의 결혼 생활을 파탄시키고 싶을 뿐이야. 난 무척 강하지만, 그래도 당신 때문에 오랫동안 많은 고통을 받았고, 난 순순히 놓아줄 생각이 아니니까, 연속극에서처럼 내가 흘린 눈물에 대한 대가를 당신이 치러야 해. 당신은 평생을 향락주의에 젖은 몽상가로 살았고, 자신을 스스로 돌볼 능력이 있는 여자들만 골랐기 때문에 비열한 짓을 하고도 무사했지. 그리고 당신은 선수를 치고, 절대로 약속을 하지 않고, 정말로 사랑했을 때도 사랑한다는 말을 절대로 하지 않았어! 요리조리 빠져나가는 냉혈한이야! 하지만 여자들이 견디어냈다면 그건 사실 재수가 좋았기 때문이지. 당신은 슈퍼마켓에서 기관총을 쏘아댔는데도 살인은 범하지 않은 사람이나 마찬가지야. 아니지, 아냐, 이건 달라서, 당신은 그 늙은 것이 선택한 것과, 그녀의 삶과, 아들과, 재미없고 늙고 사랑하는 남편과, 작고 멋진 새 집을 존중해야 해. 그 여잘 그냥 내버려둬, 찰스. 그 여자가 당신을 보면 십 리나 달아난다고 해도 무리가 아냐!"

"당신은 이해를 못 해."

어찌 그녀가 이해를 할 수 있었겠는가? 그녀가 한 얘기의 많은 부분은 스스로 의식하는 이상으로 이치에 맞는 얘기였는지도 모른다. 하지만 나와 하틀리 사이의 절대적인 유대와, 하틀리의 태도야 어떻든 우리 두 사람 다 그 유대를 간직해왔다는 사실을 하나 빼놓았다. 하틀리는 '생판 모르는 여자'가 아니었고, 내 인생에서 가장 오래되고, 가장 강하고, 가장 긴 것이었다. 그리고 재치 있고 '개성이 뚜렷한 여자들'에게 내가 얼마나 신물이 났고, 그 '늙은 것'이 나에게는 세상에서 가장 소중하고 더럽혀지지 않은 존재이며, 가장 가슴 벅차게 매혹적이라는 얘기를 로시나에게 설명을 할 수도 없었고, 하고 싶지도 않았다. 나는 '향락주의에 젖은 몽상가'나 '냉혈한'이 되기 전에, 완전히 순수하고 첫 번째이며, 단 하나뿐인 사랑을 하틀리에게 주었다. 물론 그런 모욕적인 표현들은 질투 어린 증오의 소산이었지만, 내가 정말 '비열한' 인간이었다면 그것은 어떤 면에서 하틀리의 탓이기도 했다. 나는 그녀에게 순수함을 영원히 주어버렸지만, 이제 기적적으로 그것을 되찾을 수가 있었다. 그리고 이런 생각들이 쌓여서 소유하려는 갈망의 정열로 바뀌었다. 나는 하틀리를 아껴주고, 더 많은 고통이나 피해로부터 보호해주고, 응석을 받아주고, 그녀가 원하는 모든 것을 주고, 그녀를 영원히 행복하게 해주려는 깊은 욕망과, 연민과, 부드러움을 느꼈다. 우리에게 남은 시간 동안에 나는 신이 위로하듯 그녀를 위로하고 싶었다. 하지만 부드러움을 불태워 없애다시피 한 격렬함을 느끼며 점점 더 그녀를 소유하고, 그녀의 육체와 영혼을 차지하기를 원했다.

그녀를 알아본 순간 이후로 육체적인 욕망이 솟아 내 마음속에서 혼란과 무질서에 휘말려 몸부림을 쳤으며, 그녀의 젊음과 늙은 나이를 연결시키려고 애쓰고 그녀를 욕망하기 무척이나 바랐기 때문에 내 관능은 이성과 대화를 시작했다. 이것을 이룩한다는 것은 그녀를 위해 치른 산고(産苦)요, 중대한 시험이고 시련이었다. 이제는 다 이루어졌으니, 욕망은 힘으로 길을 뚫어 바다로 나가는 강물과 같았다. 나를 버리고 떠난 이후로 처음 그녀는 나를 완전하게 만들었다. 그녀는 내 존재 전체를 손짓해 불렀으며, 나는 영원히, jusqu' la fin du monde(세상의 마지막 날까지) 그녀를 껴안고 황홀케 해서 나란히 눕고, 그렇다, 사랑의 힘으로 순박한 그녀를 놀라게 하겠지만, 내가 스스로 겸손해져서 결국은 그녀로 하여금 나를 위로하고 가장 훌륭한 내 자아를 돌려주고 싶어 하게 되기를 원했다. 그 까닭은 그녀가 나의 미덕을 간직했고, 여태껏 항상 그것을 지켜왔으며, 나의 알파요 오메가이기 때문이었다. 그것은 환상이 아니었다.

나를 쳐다보며 로시나는 킬킬거리기까지 했다. 나는 식탁 위로 두 팔을 뻗고 앉아서, 에이레 스웨터를 입고 (이제는 그 술기운도 도움이 되겠기에) 브랜디를 마셨고, 캘러 가스 난로가 아직 타오르고 있었어도 추위를 느꼈으므로, 작고 빨간 방에 불을 지피려고 했더니 로시나가 말렸다. 한쪽 무릎을 올리고 의자에 쪼그려 앉은 그녀는 널찍하고 파란 무명바지와, 위를 말아 젖힌 캔버스로 만든 파란 장화와 파랗고 보랏빛 줄무늬가 진 평상복 셔츠에 허리에는 가느다란 가죽 허리띠를 맨 차림이었다. 그녀는 한가하고, 현실적이고, 해적 같고, 놀랄 만큼 젊어 보였다. 검고 꿰뚫어보는 사팔뜨기 눈은 음흉하게 재미있어하며 나를 쳐다보았다. 숱이 많고 질긴 검은 머리는 뒤로 끌어당겨 리본으로 단단히 묶어서 그녀의 얼굴은 가혹한 짐승의 강렬한 표정을 보였다. 외투를 벗어던진 그녀는 추위를 느끼는 내색을 전혀 보이지 않았다. 여름철이라 추울 까닭이 없는데 내가 왜 이럴까 하는 생각이 들었다. 하지만 나는 줄곧 떨었다. 그리고 오전 열한 시에 촛불을 켜놓는다는 것도 똑같이 엉뚱한 짓이 아닐까? 전혀 빛을 내지 않는 것 같아서 촛불을 불어 껐다. 유리창이 아직 부옜지만 안개가 좀 걷히는 듯싶었다. 로시나가 막 내 말에 대꾸를 하려는데 부엌문이 조용히 열리더니 누가 들어왔다. 여자였으며, 얼핏 나는 내 생각이 현실이 되어 나타난 하틀리가 틀림없다는 터무니없는 생각을 했다. 하지만 아니다. 리지 셰러였다.

서로 눈이 마주치자 두 여자가 다 놀라서, 나오는 비명을 억눌러 삼켜버리듯 자그마한 소리를 냈다. 로시나는 아주 재빨리 일어나서 의자 뒤로 자리를 옮겼다. 리지는 로시나를 쳐다보며 나를 향해 오더니 선전 포고라도 하듯 손가방을 탁자에다 던졌다. 나는 그냥 앉아 있었다. 리지는 엷은 갈색 방수 외투를 입고 아주 길고 노란 인도 스카프를 두르고 있었는데, 스카프는 풀어 조심스럽게 접어서 탁자 위 손가방 옆에다 놓았다. 그녀는 얼굴이 새빨갰다. (나도 그랬다.) 그녀의 머리카락에는 물방울이 잔뜩 덮였다. 밖에서는 지금 비가 내리는지도 모를 일이었다.

로시나는 의자를 집어 판석이 깔린 마룻바닥에다 옆으로 던져버렸다. 그녀는 나에게 말했다.

"거짓말쟁이 배반자!"

내가 리지에게 물었다.

"비가 와?"

리지가 말했다.

"그렇지는 않아요."

내가 말했다.

"로시나는 방금 가려던 참이었어."

나는 재빨리 몸을 일으켜 식탁을 한 바퀴 돌았다. 로시나의 주홍빛 손톱이 내 얼굴을 휙 내리치더니 겨우 벗어난 내 목을 살짝 건드렸다. 리지가 문으로 뒷걸음질을 쳤다. 나는 식탁을 가운데 두고 분노한 로시나를 마주 보았다.

"이봐, 난 거짓말을 하지 않았어. 난 리지와 아무런 계획도 한 것이 없어. 리지는 그냥 불쑥 나타났을 따름이고, 알지도 못해."

"저 여자 여기서 살아요?"

리지가 물었다.

"아냐! 여기선 나 이외에 아무도 살지 않아! 사람들이 들르고, 당신이 지금 들르듯이, 그냥 들른 거야. 차나, 브랜디나, 치즈나, 살구 같은 거 뭐 좀 들어."

"저 여자가 모른단 말이지?" 나에게 눈을 부라렸지만 화가 풀린 로시나가 말했다. "그렇다면 얘기를 해주는 게 좋잖아? 내가 할까?"

"당신, 로시나와 결혼하려는 거예요?"

호주머니에 두 손을 찌르고 뻣뻣하게 리지가 말했다.

"아냐!"

"찰스, 단둘이 얘기 좀 할까요?"

리지가 말했다.

"아냐, 안 돼." 로시나가 말했다. "정말이지, 리지하고 나뿐이라면 당신을 놓고 싸움을 벌이겠어. 부엌칼로."

또 몸이 떨려오는 것 같아서 나는 다시 식탁 앞에 앉았다.

"나 몸이 별로 좋지 않아."

"단둘이 얘기할 수 없을까요?"

"안 돼." 로시나가 말했다. "찰스, 방금 나한테 한 얘기를 리지도 들어야 하니까 어서 해줘."

"길버트는 바깥에 있나?"

내가 리지에게 물었다.

"아뇨, 나 혼자 차를 몰고 왔어요. 좋아요, 저 여자가 가지 않겠다면 있는 자리에서 그냥 얘기를 하겠는데……."

로시나를 무시하고 리지는 식탁에 나와 마주 앉았다.

"당신의 다정하고 너그러운 편지를 받고는 고맙다는 얘기를 하고 싶었어요……."

"얘기를 해, 얘기를 하라고!"

"다정하고 너그러운 편지를 보내줘서 고마워요. 당신은 우리 두 사람 모두에게 아주 친절히 해줬어요."

"그날 밤 저녁 식사에 가지 못해서 정말 미안해. 난……."

"우리 두 사람 모두에게 무척 친절했죠. 하지만 당신이 그렇게까지 너그러울 필요는 없어요. 난 둘도 없는 바보였으니까요. 길버트는 문제가 아녜요. 어떤 조건이라도 난 당신의 것이니까 아무것도 문제가 되지 않아요. 따질 것도 없고요. 난 그냥 당신 것이고, 무엇이나 당신 뜻대로 하시고, 모든 일이 다 잘못되어도 난 개의치 않고, 무슨 일이 일어나도 상관이 없고, 물론 영원히 계속되기를 바라긴 하지만 얼마 동안 계속되느냐 하는 것도 개의치 않으니까 당신이 원하는 대로 하세요. 난 그 말만 하고, 당신이 말했듯이 혹시 아직도 나를 원하신다면 당신에게 나를 드리려고 이렇게 찾아왔어요."

"정말 눈물이 나는구먼!" 로시나가 말했다. "저 여자한테 뭐라고 그랬는지, 찰스, 드디어 진실을 밝혀보시는 게 어때?"

그녀는 리지의 손가방을 집어 마룻바닥에 던지고는 발로 찼다.

리지는 로시나에게 전혀 신경도 쓰지 않으면서, 발갛게 상기한 정열적인 얼굴은 감정으로 불타오르고, 입술은 축축하고, 눈은 자신을 내맡기는 순종의 진실성으로 빛나면서 나를 빤히 쳐다보았다. 나는 무척 마음이 끌렸다.

"리지…… 착한 여인……."

"너무 늦었어, 리지." 로시나가 말했다. "찰스는 수염 난 여자와 결혼할 거야, 안 그래, 찰스? 그리고 우린 방금 리지 얘기를 하던 중인데, 찰스는 리지를 전혀 거들떠보지도 않았다고 그랬어."

"그런 소리는 하지 않았어! 이봐, 나 위층에서 리지하고 얘기 좀 하겠어. 로시나는 여기 있어. 돌아올 테니까."

"돌아오지 않으면 재미없어. 5분 동안 시간을 주지. 만일 둘이서 런던으로 도망을 치면 내가 쫓아가서 박살을 낼 테야."

"돌아온다고 약속할게. 그리고, 그래, 리지한테 얘길 하겠어. 제발 물건들이나 부수지 마. 이리 와, 리지."

리지는 식탁에서 스카프를 집고 마룻바닥에서 손가방을 집어 들었다. 그녀는 로시나를 쳐다보지 않았다. 나는 그녀를 부엌에서 데리고 나와 위층으로 올라갔다. 위쪽 층계참에 이르자 나는 머뭇거렸다. 구슬 커튼은 꼼짝도 안 했고, 나는 그곳을 지나가지 않기로 작정했다. 나는 리지를 작은 가운데 방으로 데리고 들어가 문을 닫았다. 안개 때문인지 아니면 창 가리개를 모르고 올리지 않았기 때문인지, 거실 쪽으로 난 기다란 창문으로 빛이 별로 들어오지를 않아서 방 안은 컴컴했다. 탑으로 가던 길에 떨어뜨려서 바위틈에 그대로 있는 탁자를 치웠기 때문에 방 안은 텅 비었다. 방 안에는 실밥이 튿어진 네모난 양탄자를 깔았다. 이제야 갑자기 눈에 띄고 음산해 보이는 꼬불꼬불한 주철 등잔 까치발이 벽에 높다랗게 달려 있었다. 양탄자를 밟으면 퀴퀴한 냄새가 났다.

"그 여자 때문에 난 무척 무서웠어요. 찰스, 당신 그 여자한테 매인 몸은 아니죠?"

"아니, 아냐, 아냐, 그냥 날 괴롭힐 따름이지. 리지……."

"그 여자가 하던 얘기는 무슨 뜻인지 모르겠지만, 그건 상관없어요. 내 말 들어요, 찰스, 난 당신 것이고, 당장 그렇게 얘기하지 않았던 걸 보면 난 내 정신이 아니었나 봐요. 난 바보처럼 겁이 났고, 또다시 한 사람에게 마음의 상처를 주면 견디지 못하리라고 느꼈고, 평화를 원한다고 생각했고, 옛날처럼 무서운 광증으로 당장 또다시 휩쓸려 들어가지 않겠다고 자제를 하려고 했지만, 다 소용이 없어서 다시 달려왔고, 난 다시 미쳤어요. 난 길버트에게 미안한 느낌이 들었고 타협할 방법을 생각해볼 시간이 필요했지만, 타협이란 불가능해요. 난 무슨 일이 벌어지거나 당신이 나한테 어떻게 하든 개의치 않고, 이러다가 죽어도 상관이 없어요. 난 당신이 이기심을 버리거나 신중하고 너그럽기를 바라지도 않고, 항상 그랬듯이 왕으로 군림하기를 바라요. 난 당신을 사랑해요, 찰스. 난 당신의 소유이고, 이 순간부터 영원히 당신이 하라는 대로 하겠어요."

우리는 컴컴하고 감옥 같은 작은 방의 주철 등잔 까치발 밑에 서서 떨며 서로 물끄러미 쳐다보았다.

"리지, 내 실수였으니까 용서해줘. 우리 리지, 그래 봐도 소용이 없고, 우린 다시는 함께 살 수가 없고, 내가 생각했던 것처럼 당신을 데리고 같이 지낼 수도 없고, 난 이젠 왕이 될 수도 없어. 내가 쓴 편지 미안해. 난 당신을 무척 좋아하고 사랑하지만, 그렇게는 안 돼. 그건 헛된 생각이었고 당신 말마따나 추상적인 개념이어서, 제대로 되어갈 리가 없고 지속되지도 못하리라는 당신 말이 옳았어. 아냐, 로시나가 아니라, 누군가 다른 사람을 만났는데, 오래전에 알았고 사랑했던 여자여서, 내가 한 얘기 기억하겠지만 첫사랑을 했던 그 여자야. 그러니까 난 영원히 당신 것이 되지 못하고 리지, 당신은 내 것이 될 수가 없어. 당신은 길버트에게로 돌아가서 그를 행복하게 해주고 본디대로 되어야 해. 아, 제발 내 말을 믿고 날 용서해줘. 내 실수였으니까."

"실수라고요." 둑길의 풀밭에서 젖어 반짝이는 까맣고 굽 높은 구두를 내려다보면서 리지가 말했다. "알겠어요."

그녀는 새빨개진 얼굴을 들어 아랫입술을 파르르 떨며 멍한 눈으로 나를 쳐다보았다.

"내가 언젠가 얘기한 그 여자에 대해서 당신도 기억할 텐데, 그 여자가 여기 살고 있어서 다시 만났고……."

"그렇다면 작별 인사를 드려야겠군요."

"리지, 이런 식으로 가버리지는 말고, 우린 친구가 될 수 있잖아, 안 그래? 당신이 첫 편지에서 요구했듯이 내가 당신과 길버트를 만나러 가고……."

"난 이제 길버트에게 돌아갈 수가 없을 것 같아요. 사정이 달라졌으니까요. 미안해요. 안녕히."

"리지, 내 손을 잠깐만 잡아줘……."

그녀는 축 늘어진 손을 내밀었다. 그 손은 축축하고, 반응이 없고, 작았으며, 이어서 포옹으로 연결이 될 수가 없었다. 그녀는 손을 빼더니 손가방을 뒤적거리기 시작했다. 로시나가 발로 차서 깨진 거울 조각과 하얗고 작은 손수건을 꺼냈다. 손수건을 손에 들더니 그녀는 아주 조용히 울기 시작했다.

나는 너무나 마음이 아프고 슬프면서도 묘하게 자랑스럽고 초연하며 조금쯤은 감상적인 기분으로, 내 아기 천사, 내 에어리얼, 내 퍼크, 내 아들인 리지와 내가 누렸을 삶이, 내가 달랐거나 그녀가 달랐더라면 함께 누렸을 어떤 삶이 공처럼 돌돌 뭉쳐서 순식간에 사라지는 환상을 보았다. 다음에 어떻게 되든지 간에 그 삶은 사라졌고, 세상은 달라졌다. 나는 처량하고 자신을 괴롭히는 쾌감을 느끼며 말을 되풀이했다.

"아냐, 리지, 용감한 리지, 그럴 리가 없어. 난 당신과 당신의……
당신의……."

"이상해요." 조용히 울며 차분할 정도로 리지가 말했다. "우스워요.
런던에서부터 차로 오려면 무척이나 먼 길이어서 길버트의 차를 타지
않고 세를 낸 차로 왔어요. 그동안 줄곧 당신과 멋진 사랑의 대화를 나
누었어요. 그렇게 오래 차를 몰고 오지만 않았더라면 대관식처럼 절정
에 이르렀을 텐데, 난 당신이 나를 보면 얼마나 놀라고 기뻐할 것이며,
우리는 둘 다 옛날처럼 아주 행복해서 웃고 또 웃으리라는 상상도 했
고, 그 광경을 머릿속에 자꾸만 그려보며 굉장한 기쁨과 사랑을 느꼈
고, 비록 마음의 상처만 받고 끝날지도 모르며, 그러면 이번에는 죽으
리라고 혼잣말을 되뇌이면서도―끝장이 어떻게 나고 내가 얼마나 괴
로워하게 되든지 간에 그이가 나를 원하고 안아주기만 하면 상관이 없
으리라고 생각했는데…… 미처 시작도 되기 전에 끝이 났으니 처음부
터 모두 어그러지고 가슴이 터질 줄이야 상상도 못 했고―이제는 잔
뜩 다시 부풀었다가 거절을 당한―다시 잔뜩 부푼―당신에 대한 사
랑 말고는―나에겐 아무것도 남지 않아서―영원히, 영원히……."

"리지, 그 사랑은 가라앉고, 전에 잠들었듯이, 다시 잠들 거야."

그녀는 손수건을 이빨로 깨물며 머리를 저었다.

"리지, 내가 편지 쓸게."

그녀는 눈물을 그쳤다. 그녀는 손수건과 깨진 거울을 치우고는 노란
스카프를 풀었다.

"편지는 쓰지 말아요, 찰스, 그러는 쪽이 더 친절한 거예요. 그때 끝
나는구나 생각했더니 그렇지 않다가 지금 끝나다니, 참 우스워요. 친절
을 베푸시려거든 편지는 하지 마세요. 전 이제…… 더는……."

그녀는 스카프를 구겨 호주머니에 쑤셔 넣었다. 그러더니 돌아서서 문을 벌컥 열어 문밖에 서 있는 로시나와 부딪힐 뻔했다. 로시나가 얼른 뒤로 물러났고 리지는 난간에 몸을 잔뜩 기대고 굽 높은 구두를 딸각거리고 미끄러지면서 층계를 달려 내려갔다. 그녀 뒤를 따라가려고 했지만 로시나가 힘껏 내 팔을 움켜잡고는 장화를 신은 발로 내발을 걸었다. 우리는 벽 쪽으로 비틀거렸다.

"가게 놔둬요."

앞문이 쾅 닫혔다.

나는 딸그락대며 흔들리는 구슬 커튼을 물끄러미 쳐다보며 잠깐 동안 서 있었다. 그런 다음에 천천히 아래층으로 내려갔다. 로시나가 내 뒤를 따라왔다. 우리는 부엌으로 들어가 다시 식탁에 앉았다.

"걱정 마, 찰스. 그 원기 좋은 어린 짐승 같은 건 가슴이 터지지는 않을 테니까."

나는 잠자코 있었다.

"그럼 이제 당신은 나하고 리지 이야기를 하고 싶겠지?"

"아니."

"가엾은 우리 찰스, 당신은 신의 위치에서 강등이 되었어."

"좋아. 제발 가줘."

"만일 당신이 리지 셰러와 살림을 차리면 둘 다 죽여버리겠어."

"아, 로시나, 천박하고 바보 같은 소린 그만해. 제발 그냥 가줘. 그래, 런던으로 돌아가 로시나가 리지의 새 출발을 도와주는 게 좋겠어."

"아냐, 난 레이븐 호텔로 가서 혼자 점심이나 아주 잘 먹어야겠어. 그다음에는 영화 촬영 때문에 맨체스터로 가지. 혼자 생각이나 해보라고 당신은 남겨두고 가겠는데, 속이 푹푹 썩길 바라. 한 가지 조건만 들어주면 당신이 수염 난 여자와 무슨 장난을 해도 간섭하지 않겠어."

"뭔데?"

"하나도 빼놓지 않고 나한테 알려준다는 조건으로."

"좋아."

"약속하지?"

"그래."

"일어서, 찰스."

나는 기계적으로 몸을 일으켰다. 로시나가 식탁을 돌아 나에게로 오자 나는 언뜻 그녀가 때리려고 한다는 생각이 들었다. 그녀는 키스를 해주었다.

"그럼 잘 있어. 다시 올게."

앞문이 다시 쾅 닫혔고, 잠시 후에 작고 빨간 차가 떠나는 요란한 소리가 들려왔다. 잠깐 동안 나는 리지가 되돌아오기를 바랐다. 그런 다음에 첫 편지를 받고 리지가 달려오지 않았던 것이 얼마나 다행이었나 하는 생각을 했다.

나는 옆방으로 들어가 불을 지피려고 했지만 실패했다. 불쏘시개가 넉넉하지 못했다. 리지의 울음과 로시나의 키스로 마음이 완전히 혼란해졌다. 리지에 대한 비참한 기분은 좀 공허했으며, 그녀 생각을 할 마음이 내키지를 않았다. 나는 그녀의 공감을 원했다. 로시나와의 철저히 촌스러운 대화가 벌써 후회가 되었다. 하틀리에 대한 얘기를 하는 것이 그때는 똑똑한 짓 같았지만, 이제는 불길한 생각이 머릿속에 가득 찼다. 결과적으로 로시나에게 무기를 하나 더 준 셈이었다. 그러자 나는 사촌 제임스가 어떻게 쫓겨났을까 궁금한 생각이 들기 시작했다. 동성애를 했을까? 아니면 미치광이 불교 신자는 안보상 위험하다는 판단을 군대가 내렸을까? 로시나의 빨간 손톱이 스친 목이 쓰라리기 시작했다. 체온을 재보고 싶었지만 체온계가 없었다.

이제는 안개가 걷혔다. 방금 어둠이 낙조를 집어삼켰고, 무섭게 환한 작은 달이 빛나며 별들을 희미하게 만들고 바다에 금속 같은 찬란함을 퍼붓고, 조용한 바위와 나무들의 유령 같은 모습을 품은 땅에 생기를 불어넣었다. 하늘은 맑고 거무스름한 푸른빛이었으며 달의 풍요한 빛을 맞으면서도 반사를 하지 않았다. 땅과 물체들은 윤곽을 잃은 짙은 갈색이었다. 그림자들은 뚜렷했고 주변에는 모든 것의 음울한 그림자들이 너무나 강렬해서 나는 자꾸만 불안하게 뒤를 돌아다보았다. 아침의 안개 낀 침묵과는 본질적으로 다른 광활한 침묵을, 가끔 부엉이가 울거나 멀리서 개가 짖는 소리가 깨뜨렸다.

나는 마을을 지나가지 않았다. 커다랗고 노란 바위들이 육지로 파고들어와 언덕 옆구리에 덩어리를 이루며 쌓이고, 그 사이로 틈이 벌어져 길이 지나가게 되어 있어서 내가 '카이버 준령'이라고 이름 지은 좁다란 골짜기를 지나 항구 쪽으로 뻗은 바닷가 길을 따라 걸어갔다. 바위들은 암갈색이었지만 석영(石英)의 작은 표면에 반사되어 달빛이 반짝거리는 수많은 점으로 잔뜩 뒤덮였다. 컴컴한 골짜기를 지나 항구에서 조금 더 가니 오솔길이 언덕을 올라가 숲의 언저리를 돌더니 포장도로와 만나 방갈로들 바로 뒤에서 흐지부지 사라졌다. 니블레츠의 정원으로 어떻게 들어갈지를 조사하기 위한 낮 동안의 정찰에서 이 모든 것을 확인해두었다. 정원의 낮은 쪽은 마을 쪽의 오름길과 경계선을 이루며, 가시금작화 숲과 튀어나온 바위들로 가득한 길고 경사진 들판으로부터 헐거운 철사로 연결된 기둥들로만 분리가 되었기 때문에 정원으로 들어가기는 어렵지가 않았다. 들킬지도 모른다는 악몽 같은 가능성 이외에도, 내 모험의 중요한 약점은 정원으로 눈에 띄지 않고 들어갈 만큼 늦은 시간이라면 결혼한 부부가 잠자리에 들었을 만한 시간이기도 하다는 것이었다. 물론 그들이 말없이 텔레비전을 보고 있을 가능성도 있었다.

도덕적인 이유에서가 아니라, 감정이 격해지고 끔찍해서 속이 뒤집힐까 봐 하틀리와 벤을 염탐질하려는 생각을 전에는 꺼렸다. 결혼 생활이란 소름이 끼칠 만큼 은밀하다. 그 커튼을 잘못 열었다가는 신의 보복을 받을 만했다. 무섭고도 예기치 않게 노출된 어떤 장면이 그 후 영원히 추잡할 지경의 환경으로 죄 지은 자를 괴롭힐 수도 있다. 그리고 친밀감과 상호간의 속박이라는 상상도 못 할 상태를 뜻하는 결혼에 대한 나 자신의 미신적인 공포와도 싸워야 했다. 하지만 지금은 상황의 합리성이 이 위험하고 역겨운 모험을 나에게 강요했다. 그것은 다음 질문에 대답을 하기 위한 다음번 조처였다. 가능하다면 그들의 결혼이 정말로 어떠하며, 그들 두 사람이 서로 어떤 의미를 지니는지 알아내야만 했다.

바다에서 빛나는 달이 나무 말뚝들의 그림자를 니블레츠의 경사진 잔디밭에 던졌다. 풀은 서리가 덮인 것처럼 보였다. 나는 밑에서 벌써 거실의 커튼을 닫은 창문이 불빛으로 환한 것을 보았었다. 나는 축 늘어진 철사를 넘어 집 쪽으로 아주 조용히 잔디밭을 올라가며 벌써 이슬이 맺힌 풀을 소리 없이 밟는 내 발소리와 고통스럽게 두근거리는 가슴과 깊은 숨소리에 귀를 기울였다. 아까 비가 좀 내리기는 했어도 땅바닥은 해가 난 다음 딱딱하게 굳어서, 눈에 띌 만큼 발자국이 남지는 않으리라고 생각했다. 집에서 10미터쯤 떨어진 곳에서 나는 걸음을 멈추었다. 꼭대기의 작은 통풍구 이외에는 창문이 닫혔다. 커튼을 닫아놓아서 안에서 비추는 불빛에 레몬나무에 앉은 앵무새들의 무늬가 그림처럼 유리창에 비쳤다. 커튼이 서로 닿지 않은 한가운데에 좁다란 틈이 벌어졌다. 나는 다시 다가가서 귀를 기울였다. 사람들의 목소리가 들렸다. 텔레비전일까? 커튼이 벌어진 위험한 곳을 피하고, 허공으로 곧 내동댕이질이라도 당할 기분을 느끼며 정신을 가다듬어 소리 없이 곧장 창문으로 가서 벽돌 벽을 손으로 짚고 무릎을 꿇고는 창턱 바로 밑에 머리를 숨기고 앉았다.

이슬은 예상치 못했지만, 장미 덤불에 긁힐 생각을 해서 방수 외투를 입고 왔다. 달빛으로 꽃밭들의 위치는 알았지만, 집으로 다가가는 동안에 불을 밝힌 창문에 눈이 부셨거나 두려움으로 앞이 보이지를 않아서 그만 장미 덤불을 깔고 앉은 것 같았다. 딱딱 부러지는 소리가 희미하게 났고, 뾰족한 작은 가시가 종아리를 찔렀다. 나는 엉성하게 엉거주춤 앉아서 벽에 몸을 기대고 눈과 입을 크게 벌린 채 아래쪽의 달빛이 비친 광활한 바다를 노려보며 "누구야?"라고 누가 소리를 칠까봐 겁을 잔뜩 먹고 있었다.

목소리가 계속 들려왔는데, 이제는 꽤 분명하게 얘기를 알아들을 수가 있었다. 방심을 한 사람들을 염탐하기는 아주 쉬운 일이었다. 그다음에 겪은 것은 너무나 괴이하고 글자 그대로 나를 미치게 했으므로, 느낀 감정을 묘사하려는 시도는 하지 않겠다. 다만 희곡에서처럼 대화만 기록하겠다. 누가 무슨 얘기를 하는지를 빤히 알 수 있으리라.

"그렇다면 그 남자가 왜 왔어?"
"모르겠어요."

"'모르겠어요, 모르겠어요' 소리만 하는데, 다른 말은 할 줄을 모르나, 아니면 머리가 모자라는 거야? 틀림없이 알고 있을 텐데. 내가 뭐 바보인 줄 알아? 난 그 정도로 둔하지는 않아."

"당신, 진담으로 그러지는 않겠죠……."

"뭘 진담으로 그러지 않아?"

"지금 한 얘기요……."

"도대체 무슨 소리야? 무슨 얘길 진담으로 믿지를 않아? 그럼 내가 거짓말을 했단 말야?"

"내가 알고 있었다고 그랬지만, 제정신이 아니고서야 어떻게……."

"그러니까 난 거짓말쟁이거나 미치광이로군. 그렇지? 그렇지?"

"아뇨, 아녜요……."

"얘기가 갈팡질팡해서 난 당신을 이해하지 못하겠어. 그 사람이 왜 여길 왔지?"

"모르겠어요. 우연히 어쩌다……."

"별 희한한 우연도 다 있구먼. 세상에, 무엇보다도 그게 날 더 괴롭힌다는 걸 알고 있는 걸 보니 당신은 정말 똑똑한 여자야. 가끔 난 당신이 날 미치게 만들어서 내가 참다못해……."

"여보, 빙키, 제발 그런 말 말아요. 미안해요. 정말 죄송해요."

"자꾸 똑같은 소리만 거듭하는데, 미안하다거나 몰랐다는 얘길 해도 소용이 없어. 당신 머리를 쪼개서 무엇을 알고 있는지 속을 들여다보고 싶어. 이젠 설명을 하지그래? 왜 인정을 하지 못하는 거야? 그만 하면 실컷 질질 끌었을 텐데. 얘기나 한다면 난 차라리 마음이 놓여서……."

"할 얘기가 없어요!"

284

"내가 그 말을 믿을 줄 아나?"

"전에는 믿었잖아요."

"난 절대로 믿지 않았고, 그저 믿는 척만 하면서, 맙소사, 당신이 품은 꿈과 같이 사는 데 지쳐서, 지쳐서 다 잊어버리고 싶었던 거야."

"꿈이라곤 없었어요."

"이거 왜 이래⋯⋯."

"꿈이라곤 없었다니까요."

"거짓말은 그만하고, 소리도 지르지 마. 당신은 정말 나한테 심한 거짓말을 했어! 난 처음부터 거짓말 속에서만 살아온 셈야. 그러더니 드디어 그놈이⋯⋯."

"아녜요, 아녜요."

"하기야 무척 수상하기는 했지만, 그래도 믿어지지가 않아서⋯⋯."

"아녜요!"

"제기랄, 처자식을 거느리고, 소박하면서도 깨끗한 삶과, 평범한 사랑과, 애정을 누리는 재수 좋은 사람들도 있는가 하면 난⋯⋯."

"우린 사랑과 애정을 누렸고⋯⋯."

"그건 우리 둘 다 지쳤고 솔직하게도 너무 지쳐서 겉으로만 그랬던 거야. 우리가 갇혀 사는 지옥 같은 감옥에 대해 진실을 얘기하기도 지쳤고, 가끔 마음이 편할 때도 있어야겠기에 사실은 그렇지 않아도 모든 일이 잘 되어가는 척했고, 결혼 생활이라는 이 거짓을 그냥 참아왔어. 우린 스스로, 그리고 서로 진실이라는 칼질을 멈춰야만 했지. 그래서 우린 거짓에, 당신의 거짓에 빠져 허우적거렸고, 사방에서 수렁처럼 에워싼 그 구역질 나는 거짓 속으로 빠져들어갔어. 우리가 멀리, 바다로 떠나면 사태가 좋아지리라고 생각했고, 정원이라도 가꾸면서⋯⋯ 하지만, 맙소사, 그 자식이 여기에 와 있다니. 그건 이상하잖아?"

"아, 여보, 그러지 말아요. 당신은 이곳을 좋아하잖아요."

"그런 소리 이제 하지 마, 당신 얼굴에 침이라도 뱉어줘야 속이 시원하겠어? 우린 겉으로만 조용하고 착한 사람들인 척⋯⋯."

"당신은 별로 그러지도 않았어요."

"그 애긴 다시 하지 마."

"그럼 당신도 하지 말아요."

"당신, 조심하는 게 좋아. 또 하나 당신이 못마땅한 것은 당신이 날⋯⋯ 당신이 날 너무나 나쁜 사람으로 만들어서⋯⋯ 아, 제기랄, 왜 우린 벗어날 수가 없지? 한 번만이라도 당신이 진실을 얘기해줬으면 좋겠어. 내 입장이 어떤지를 알고 싶을 따름이야. 그 사람이 왜 여기로, 이 마을로, 하필이면 이곳으로 왔지?"

"똑같은 질문만 자꾸 하는군요. 난 몰라요. 난 그가 이곳에 오기를 원하지 않았고⋯⋯."

"거짓말. 그 사람을 얼마나 자주 만났지?"

"그때 한 번뿐이었어요."

"거짓말. 내가 본 것만 해도 두 번인데. 둘이서 얼마나 더 만났는지를 누가 알아. 왜 그렇게 바보 같은 거짓말을 하지? 그리고 그 사람더러 이리로 찾아오라고 당신이 시켰겠지."

"난 안 그랬어요!"

"과거, 거지 같은 과거, 과거 때문에⋯⋯ 우리 사이에는 전혀 아무것도 없었고, 모든 것을 망쳤고, 당신이 다 망쳤고, 당신과 그⋯⋯."

"여보, 빙키, 그러지 말아요."

"애칭은 부르지 마. 그건 놀리는 것 같아."

"나에게 상냥하고, 동정을 하려고 조금이라도 노력을 해보지 않으시겠어요?"

"우린 노력을 할 수 없어! 당신이 어쩌면 그렇게 잔인할 수가……."

"난 잔인하지 않아요. 당신은 제정신이 아녜요. 당신 미쳤어요."

"소리 지르는 것도 신물이 나니까 나한테 소리는 지르지 마. 당신은 평생 나한테 소리만 질러왔고, 그나마 우리 인생도 이제는 끝날 때가 되었어. 내 삶이 벌써 끝났더라면 좋았을걸. 내가 심장마비라도 일으켜 죽기를 바랐겠지. 그렇게 되면 당신은 마음 놓고……."

"미안해요, 미안해요, 미안해요."

"아무 의미도 없이 앵무새처럼 되풀이만 하는 그 얘기에도 신물이 났으니까 그 말은 그만해. 난 너무 지쳤어. 다 망쳤으니까. 당신 때문에 우리 삶은 시작도 못 했지. 그 엄청난 거짓을 난 멋모르고……."

"거짓은 없었어요!"

"아, 그만해. 우리가 태엽을 감는 인형들처럼 이 모든 얘기를 몇만 번도 더 했다는 건 알지만…… 항상 그 생각이 머리를 떠나지 않아서 가끔 입 밖으로 튀어나오지. 달리 어쩔 도리가 없어서 난 그 거짓말까지도 받아들이려고 했지만, 난 그저 행복하기를, 아니지, 그건 불가능하니까 행복한 게 아니라, 적어도 썩어빠지고 실패작인 내 삶에서 조금이나마 마음의 평화를 얻고, 좀 쉬려고 했지만, 아, 아냐! 당신은 내가 마음이나마 편하게……."

"그건 사실이 아녜요."

"조심해, 조심하라고. 난 별 다른 수가 없어서 당신과 당신의 거짓말을 참아낼 생각을 했는데…… 내가 미쳤지. 난 오히려 꺼져버리고 당신은 그 사람과……."

"아녜요!"

"당신은 만세를 불렀겠지. 그런데 이제는 뻔뻔스럽게도 그놈이 나타나서 우리 집 초인종을 누르다니! 그런 계략을 꾸미면서 당신은 재미가 있었겠지."

"믿지도 않는 얘기는 하지 말아요."

"난 정말 그렇게 믿어. 달리 내가 어떻게 생각하겠어? 당신이 거짓말을 할 때를 난 알지. 나를 속여 넘길 수 있다고 생각해? 그 사람 편지들은 어디다 숨겨두었지? 어디에다?"

"편지는 하나도 없어요."

"없애버렸으니까 없겠지. 아, 당신은 교활해! 하지만 내 말 들어. 내 말 들으라고."

"듣고 있어요."

"당신의 시시한 계획은 성공하지 못할 거야."

"무슨 시시한 계획요?"

"당신은 내가 '좋아, 어디로 가도 좋으니 꺼져버려'라고 말하기를 바라지. 당신을 놓아줄 때까지 나를 괴롭힐 생각이야. 그 말이 맞지?"

"아녜요."

"그런 꼴같지 않은 표정을 계속 짓고 있으면 내가—어쨌든 마음대로 안 될 거야. 난 절대로 당신을 놓아주지 않을 테니까. 알겠어? 우리가 서로 다시는 말 한마디 나누지 않더라도 당신은 여기 머물면서 날 돌봐야 해. 알겠어? 비록 쇠사슬을 채우는 한이 있더라도……."

"날 용서해요, 제발 날 용서하고 화를 내지 말아요. 너무 괴롭고 당신이 너무 무서워서 견딜 수가 없으니까……."

"당신 눈물도 진저리가 나니까 그만 울어. 그가 왜 이곳으로 왔고,

무슨 수작을 벌이려는지, 난 그걸 알고 싶으니까, 아무렇지도 않은 척하면서 악몽 속에서 살기도 지쳤으니까 이제는 사실대로 말해. 그토록 고생을 해서 마련한 이 거지 같은 집과, 가구와, 정원과, 좆 같은 장미꽃들과, 거짓과, 거짓, 그 모두 다 때려부수고 싶어. 왜 사실대로 얘기하지 못해? 그 사람이 여기 나타난 이유가 뭐야?"

"제발, 아파요, 제발, 제발, 미안해요. 미안해요."

"무슨 꿍꿍이속이 있어서 그러지?"

"아, 그만해요, 미안해요."

반복되는 말까지도 기억이 나는 대로 기록했다. 그럴 생각도 없지만 나는 귀에 거슬리게 그가 소리치고 그녀가 눈물을 머금고 훌쩍이고 사과하는 목소리를 묘사하려고는 하지 않았다. 나는 절대로 그것을 잊지 못한다. 나는 들어 마땅한 소리를 엿들었다.

더 빨리 자리를 뜨려고 했지만 무섭기도 한 데다가 엉거주춤하게 불편한 자세로 앉아 줄곧 꼼짝 않고 있었기 때문에 몸에서 쥐가 나 움직이지를 못했다. 마침내 나는 몸을 굴려 짧게 깎고 달빛을 받아 회색인 축축한 잔디밭으로 기어갔다. 뻣뻣한 몸을 일으켜 정원에서 나와 기울어지는 달을 향해 오솔길을 뛰어 내려가기 시작했다. 위스키를 조금 마시고 수면제를 든 다음에 잠자리에 들어 어느새 잠이 들었다. 슈러프엔드에 있는 새 비밀의 방을 꿈속에서 찾아내었는데, 그곳에는 죽은 여자가 누워 있었다.

이튿날 나는 미친 사람 같았다. 집 둘레를, 잔디밭 주변을, 바위 너머로, 둑길 너머로, 탑으로 거닐기도 하고 뛰다시피 돌아다녔다. 우리

안에 갇혀 아프게 몸을 부딪치는 광포한 동물처럼 처량하게 펄쩍펄쩍 뛰고 자꾸만 되돌아서며 나는 여기저기 돌아다녔다. 황금빛 안개가 걸려 서서히 걷히는 것을 보니 날씨가 무더울 터였다. 수영을 하는 낯익은 곳들과 노란 바위를 장난스럽게 찰싹찰싹 때리는 잔잔한 바다를 놀란 눈으로 지켜보았다. 부엌으로 다시 달려갔지만, 차 한 잔도 준비할 수가 없었다.

"어떻게 하나? 아, 난 어떻게 하나?"

나는 자꾸만 큰 소리로 혼잣말을 했다. 이상한 일은, 비록 원하던 바로 그 증거를 남아돌아갈 정도로 잔뜩 얻었어도 일단 사실을 알고 나니까 슬픔과 두려움과 역겨움으로 정신이 혼란해졌다.

나는 대화를 모두 이해하지는 못했다. 무시무시한 말투라든가, 이런 일이 전에도 거듭거듭 벌어졌었다는 느낌 따위 추하고 노골적인 사실 이외에는 얘기를 알아듣기가 어려운 순간들도 있었다. 서로 혐오하면서도 함께 묶여 죄의식과 고통 속에서 소리치는 영혼들의 끔찍한 비명! 결혼의 지옥. 나는 들려오던 대화의 의미와 암시를 추측하려고 애를 쓰지 않았고 그럴 수도 없었다. 분명히 그 녀석은 (그를 갑자기 '녀석'으로 생각하게 되었다) 내가 나타났다는 사실이 불쾌했다. 그래서 어쨌다는 말인가. 니블레츠로 올라가서 문을 여는 순간에 그의 목덜미를 틀어잡고 얼굴을 후려치는 상상을 자꾸만 했다. 하지만 그래 봤자 소용이 없다. 더구나 그는 로시나가 생각하던 '착하고 미련하고 늙은 남편'과는 거리가 멀었다. 한쪽 다리가 뻣뻣할지언정 그는 만만치 않은 상대였다. 그는, 겉으로 보기에만 그런지는 몰라도, 위험한 남자였다. 약한 사람만 괴롭히는 전형적인 그런 인물들은 위협만 해도 물러선다고들 하지만, 그런 자들을 위협하려고 해도 정말로 그런 편리한 인간형들이 존재하는지는 알 수가 없다. 그런 실험을 해봤자 득이 되기가 어렵다. 그냥 하틀리를 빼앗아야 하고, 그 방법을 생각해내야 된다. 쉽지가 않다.

처음에는 하틀리의 결혼이 실패였다고 밝혀지기만 하면 그 결혼을 파괴하고 그녀를 빼앗아오기가 어렵지 않으리라는 막연한 생각이 들었다. 그런 상황이라면 그녀가 나에게 오고 싶어 할 터이며, 나에게로 오면 드디어 오랫동안 소중히 간직해온 환희에 찬 도피가 마침내 이루어지는 셈이었다. 이 추측은 너무 순진한 생각일지 모르지만, 내가 불안해진 까닭은 어떤 순진성 때문도 아니었다. 다만, 행동을 하지 않고는 배겨낼 수 없을 정도로 궁지로 몰려서 정확히 어떻게 행동해야 할지를 몰랐으며, 사소한 문제들이 굉장히 중요하게 되었다. 니블레츠와 장미꽃들, 흉측한 새 양탄자, 청동 장식품, 야단스러운 커튼, 초인종은 희미한 환상처럼 전혀 상관이 없었다. 벤의 말마따나, 겉치레를 위한 거짓이었다. 내 머리에 남은 것은 그 끔찍한 대화, 흘러간 긴 세월, 감옥을 형성한 힘과 분위기에 대한 어떤 느낌이었다. 그래도 내가 "오라"고만 하면 그녀가 올 듯싶었다. 그렇다면 언제 어떻게 그 말을 해야 할지를 결정할 일이 남았고, 그 결정은 모든 막연한 어려움들을 다시 제기할 것처럼 여겨졌다. 내가 벤을 두려워한다는 문제만 남은 것이 아닐까?

열한 시쯤에 돌아다니는 짓을 그만두고 차를 좀 준비했다. 그 대화를 듣고 어떤 생각이 떠오르기는 했지만, 얼마 동안 그 생각을 가다듬거나 갈피를 잡을 수가 없었다. 그것은 벤이 나에게 불어넣은 생각이었다. 그것은 그가 정말로 그녀를 쫓아내고, 그녀를 마다할 입장으로 몰리면 어찌 되느냐 하는 문제였다. 그렇다면 내가 정의를 내리기가 무척 힘들었던 그 감옥에 대한 문제들이 해결되지 않을까? 벤은 그녀를 절대로 쫓아버리지 않겠다고 말했지만, 그 말이 나왔다는 사실 자체가 그럴 가능성을 의미하지 않겠는가? 어째서 그렇게 격분했는지는 모르겠지만 벤 자신의 못된 성미나 질투심 때문에 스스로 발광을 하게 내버려두자. 틀림없이 달갑지 않은 일이었겠지만, 이제는 유명인이 된 옛 친구가 나타나 문을 두드렸다는 사실 때문만은 아니지 않겠는가? 만일 궁지로 잔뜩 몰아넣고, 그곳의 사태가 엉망이 되기만 한다면 그녀에게는 도피처도, 감옥도 없어질 터이니 곧장 내 품으로 달려오리라. 그렇지만…… 만일 그가 미쳐버리면…… 그의 세계가 비틀거리기 시작하면…… 그는 그녀를 불구로 만들거나 죽이지 않을까? 그 걱정 때문에 나는 미친 표범처럼 바위들 사이를 뛰어다녔다. "그만해요, 그만해요, 아파요"라던 그녀의 비명. 그 가증할 여러 해 동안 얼마나 자주 그런 비명이 터져나왔을까? 견딜 수가 없었다. 나는 큰 소리로 떠들면서 찻잔을 뒤엎고 벌떡 일어나 다시 잔디밭으로 뛰쳐나갔다. 어찌해야 하나? 여러 가지가 이제는 분명해졌지만, 그 소름 끼치는 대화가 마음속에서 가시지를 않고 끈질기게 달라붙는 벌레처럼 방해가 되어 나는 생각을, 최후의 전략을 생각할 수가 없었다. 나는 하틀리를 구출해야 했고, '구출'이 내가 찾던 바로 그 말, 단순하고 참된 말이 되었다. 하지만 이제는 '어떻게'가 문제였다.

나중에는 하틀리가 스스로 나를 도우러 온 듯싶었다. 나를 쳐다보는 창백하고 상냥하고 불행한 얼굴이 내 눈앞에 어렸고, 그녀의 존재가 바람에 실려 온 듯 나는 스산한 차분함을 느꼈다. 어떤 노골적인 행동도 하기에 앞서 가능하다면 몇 차례 그녀와 얘기를 나누어야 된다는 사실을 깨달았다. 그 기분 나쁜 방갈로로 곧장 가서 무조건 그녀를 데리고 와야 한다는 충동을 느꼈는데, 결국은 그렇게 될 터였다. 하지만 그녀에게 마음의 준비를 시켜야만 한다. 만일 본격적인 행동을 취하는 경우에는 실수나 서툰 짓은 용납이 안 된다. 그녀가 알지 못하는 수많은 생각들이 내 머릿속에서 오고갔다. 그녀에게 내 뜻을 모두 밝혀야만 한다. 그녀가 너무 마음이 혼란하고 두려워서 제대로 행동할 수가 없을 터이므로 마을에서 또다시 만나봐야 아무런 소용도 없으리라는 생각이 들었다. 결정적인 설명은 편지로 전해야 한다. 자신의 마음과 내 의도를 아직 몰랐기 때문에 그녀는 두려워했었다. 나에게 다른 감정적인 문제들이 얽혀 있으리라고만 알았으리라. 그녀는 틀림없이 어리석게도 거부했던 옛사랑에 대해서 꽤나 후회했고 은근히 슬퍼했으리라. 하지만 이제 나는 더 절박한 다른 두려움들을 엿볼 수가 있었고, 쌍안경을 들고 앉아 그녀가 집으로 돌아오기를 기다리는 옹졸하고 '어린애 같은' 남자를 생각하고는 역겹고 초조한 분노를 느꼈다. 얼마 후에는 문제가 간단하게 여겨졌고, 이렇듯 더 따져보니 긴 편지를 써서 그녀로 하여금 생각할 시간을 준 다음에…… 하고 안심이 되었다. 이제는 너무 서두를 필요도 없고, 오늘로 언덕을 올라가서 질투가 심한 폭군과 꼭 대결하지 않아도 된다고 생각하니 놀라고 두렵던 마음이 가라앉았다. 그녀에게 편지를 전해주는 문제가 있었지만, 해결이 가능한 것이었고, 나는 벌써 어떻게 해야 할지를 구상하는 중이었다.

콘드비프와 양배추와 절인 호두와 남은 살구와 체다 치즈로 식사를 했다. 너무 정신이 산란해서 가게를 다녀오지 않았기 때문에 빵이나 버터나 우유는 없었다. 식사 후에는 휴식을 취했다. 그다음에는 지금까지의 이 일기를 적었다. 그다음에는 하틀리에게 편지를 썼는데, 그 편지는 조금 있다가 옮겨 적겠다. 그다음에는 빨래를 잔뜩 해서 내다 널었다. 그다음에는 탑의 층계로 수영을 하러 나갔다. 그러고는 탑 옆에 앉아 레이븐 만의 둥근 바위들 뒤로 커다랗게 얼룩덜룩 그늘을 던지는 늦은 오후의 그림자를 지켜보았다. 그다음에는 아무것도 몸에 걸치지를 않았는데 관광객 몇 사람이 오는 것이 눈에 띄자 옷을 입고 집으로 돌아가 다 마른 빨래를 거두었다. 다음에는 런던에서 가져온 하틀리의 사진들을 가지고 물통 옆에 나가 앉아서 천천히, 자세히 보았다.

어떤 사진들은 둘이서 같이 찍은 것이었다. 누가 찍은 사진들일까? 생각이 나지 않았다. 빛깔이 변하고 돌돌 말린 사진의 죄 없는 세계에는 밝고, 부드럽고, 애티가 나는 얼굴들이 있었다. 그것은 내가 그녀를 절대적으로 믿었고 어린 시절의 앳된 순결에 젖어 성교를 할 생각조차 않았으므로 때묻지 않은 세계, 참되고 소박하고 순수한 기쁨의 세계, 행복한 세계였다. 오늘날의 아이들보다 그때의 우리가 행복했다고 생각된다. 낮이면 함께 있고 밤이면 따로 있던 우리를 순수한 사랑과 순수하고 초조하지 않은 낭만이 비춰주었다. 이것은 젊음이 넘치는 아르카디아(고대 그리스 펠로폰네소스 반도 내륙의 유토피아)의 어둡지 않은 이상화였다. 우리는 소박한 세계의 아이들이었고, 부모와 선생들을 사랑하고 그들에게 순종했다. 무서운 선택과 피치 못할 죄악이라는 인생길의 고통은 미래에 속했다. 우리는 자유롭게 사랑했다.

그것이 언제부터 끝나기 시작했는가? 내가 런던으로 갔을 때인지도 모른다. 그렇지만 우리의 사랑은 그대로 지속되었다. 그리고 나는 끝까지 그녀를 의심하지 않았다. 얼마만큼이나, 얼마나 오랫동안 그녀는 나를 기만했을까? 아마도 그녀에 대한 내 이기적인 욕망은 너무 커서 그것이 충족되지 못하리라고는 상상을 하지도 못했다. 그리고 그 욕망을 되돌이켜보는 동안에 그 시절에 하틀리가 제임스에게서 나를 얼마나 지켜주었는지가 머리에 떠올랐다. 사실은 그들이 서로 전혀 몰랐다는 게 이상할 지경이었다. 나는 제임스에게 하틀리에 대해서, 그리고 하틀리에게 제임스에 대해서 거의 얘기를 하지 않았다. 그녀는 내 자존심이 무너지지 않도록 그녀의 사랑이 얼마나 꿋꿋하게 지켜주었는지를 알지 못한다.

그러면 이튿날 어떻게 해서든지 전해줄 작정으로 하틀리에게 쓴 편지를 여기에 옮겨 적겠다.

하틀리, 내 사랑, 난 당신을 사랑하고, 당신이 나에게로 오기를 바라오. 이 편지에서 하려는 얘기는 그겁니다. 하지만, 내가 꼭 설명해줘야 할 일들이 있습니다. 당신을 나에게로 다시 데려온 우연은 내 인생에서 하나의 거대한 폭풍 같아요. 할 얘기가 너무 많습니다. 당신은 내가 다른 세계, 당신이 전혀 모르는 무슨 '위대한 세계'에 살며, 그 세계에는 나에게 친구와 아는 사람들이 많다고 여기겠죠. 그렇지 않아요. 여러 면에서 연극계에서의 내 생활은 꿈처럼 생각되고, 현실은 당신과의 옛 시절뿐이었습니다. 난 친구도 별로 없고, '애정 관계'도 없으며, 혼자이고 자유로운 몸이죠. 마을에서 만났을 땐 그 얘기를 제대로 하지 못했어요. 난 성공을 했지만, 인생은 공허했습니다. 마땅한 결과죠. 내가 결혼할 만한 여자라고는 한 사람뿐임을 알았기에 난 한 번도 결혼할 생각을 해보지도 않았습니다. 하틀리, 이 말을 생각해보고, 믿어줘요. 다시 만나리라고는 감히 상상도 못 했지만 난 당신을 기다려왔어요. 그리고 이제, 헛된 세상을 버리고 나는 바다로, 당신에게로 왔습니다. 내 옛사랑은 항상 조금도 변함이 없이, 조그만 감정조차 상하지 않고 지금까지 간직했습니다. 물론 나는 나이를 먹었고, 그런 의미에서 다른 사람의 사랑이겠지만, 사랑은 마찬가지입니다. 그 까닭은 그 사랑이 본질을 그대로 간직했고, 지금까지 항상 내 곁에 있으면서 거의 기적처럼 지속되었기 때문입니다. 오, 내 사랑, 당신이 아무것도 모르면서 내가 '멋진 세계'로 멀리 떠나가버렸다고 생각했을 수많은 밤과 낮을 나는 홀로 앉아 가슴 아파하면서 당신을 생각하고, 당신을 그리워하고, 당신이 어디에 있을까 궁금해했습니다. 어디 있는지도 모르게 어쩌면 사람들이 그렇게 사라져버릴 수가 있을까요? 하틀리, 난 한순간도 빠짐없이 당신을 원했고──지금도 원합니다.

어떻게 알아내었는지는 아실 필요가 없지만, 난 당신의 결혼이 지극히 불행했음을 압니다. 당신이 폭군 같고 어쩌면 난폭할지도 모르는 남자와 살고 있음을 나는 알고, 과거에 얼마나 자주 당신이 도피를 하고 싶었으며, 도피할 곳이 없어 좌절하고 초라한 기분으로 체념을 했을지도 알아요. 하틀리, 이제 난 당신에게 내 집과, 나 자신과, 내 영원한 헌신을 바치려 합니다. 하나뿐인 내 사랑이여, 난 아직도 당신을 기다리고 있어요. 나에게로 오고, 나에게로 도피해서, 남은 세월 동안 헤어지지 말고, 함께 지낼 수 없을까요? 오, 하틀리, 난 당신을 행복하게 할 능력이 있다는 걸 압니다! 하지만 이 말도 하겠어요──만일 당신의 결혼 생활이 행복했다고 생각했다면, 난 꺼질 줄 모르는 내 사랑을 밝힘으로써 당신의 마음을 어지럽힐 꿈도 꾸지 않았을 터이고, 내 사랑을 말없이 괴로워하고, 심지어는 그 사랑을 숨기고 떠나버렸을지도 모릅니다. 이런 소리를 하는 걸 용서해주기 바랍니다만, 내가 '신나는 인생'을 살아가고 완전히 나를 상실했다는 생각에 당신이 회한을 느낀 때가 한두 번이 아니었으리라고 생각되는군요. 하지만 만일 그러면서도 당신이 조금이나마 만족스럽거나 어느 정도 참을 만한 삶을 산다고 생각했다면 나는 참견을 않고, 먼발치서 물끄러미 당신을 쳐다보다가 돌아섰을 겁니다. 하지만 당신이 무척 불행하다는 걸 알고 난 그냥 지나칠 수는 없어요. 이렇게 사랑하는데 당신이 괴로워하도록 내가 어찌 가만히 있겠습니까? 하틀리, 당신은 처음부터 항상 있었어야 할 곳으로, 나에게로 와야 해요.

　이 편지를 어떻게 할지 몰라서 두려워하거나 당황하지 말아요. 당장 당신이 해야 할 일도 없고, 답장도 하지 마세요. 난 내 사랑과 마음가짐만 얘기하고 싶었을 따름이니까요. 언제 어떻게 응답을 해야 할지는 당신이 생각할 문제입니다. 당장 내 집으로 달려오리라고 꼭 기대를 하지는 않으니까요. 하지만 생각을 해본 다음에 나에게로 돌아오겠다는 마음이, 나에게로 다시 돌아온다는 마음이 굳어지면, 어떻게 처리해야 할지를 생각해봐요. 그러면 우린 서로 얘기를 할 마음의 준비가 될 터이고, 대화를 나눌 방법이 나오겠죠. 우린 조용히 한 번에 한 단계씩—한 번에—한 단계씩 처리를 해야죠. 영원히 당신을 보살펴달라고 할 준비가 되었다는 표시를 할 수 있게 되면, 그때는 우리가 어떻게 해야 할지를 내가 생각해보겠고, 당신이 원한다면 내가 책임을 지겠어요. 두고 보면 알겠지만 다 잘될 테니, 하틀리, 걱정을 말아요.

　하루나 이틀, 아니면 며칠 동안 내가 한 얘기를 생각해보기만 해요. 그다음에—마음이 내키면—편지를 써서 우편으로 부쳐요. 지금으로서는 그것이 최선의 방법입니다. 두려워하지 말고, 걱정도 말아요. 당신과 연락할 방법을 내가 알아내겠어요. 난 당신을 사랑하고, 아끼고, 당신을 행복하게 해주기 위해 헌신적으로 최선을 다하겠습니다. 항상 당신의 것이었고 지금도 당신의 충실한 사람인

찰스가

　추신. 물론 아무 조건도 없으니까 어쨌든 나에게로 오고, 나로 하여금

당신을 돕고 당신에게 봉사하도록 해주면, 당신은 자유롭게 마음 놓고 어디에서 어떻게 살아야 할지를 판단할 수 있을 거예요.

나는 이 편지를 빨리 정열적으로 썼으며, 고치지 않았다. 한번 읽어보고 처음에는, 뭐랄까, 가끔 잘난 체하고, 약간 건방지고, 약간 신파조인 것 같아서 손질을 하고 싶은 충동을 느꼈다. 그러다가, 아니다, 이것이 내 목소리이니 그녀로 하여금 그대로 듣게 하자는 생각이 들었다. 이 편지를 읽을 때 그녀는 비판적인 기분은 아닐 터이다. 고치거나 다듬으면 진심처럼 들리지를 않고, 힘을 상실하리라. 그리고 이기적인 점은 내가 본디 이기적인 사람이니 그대로 두자. 여기에서 나는 나 자신의 관심사를 추구하고, 이타적으로 그녀의 이해 관계만을 따지지는 않음을 확실히 알게 하자. 그녀로 하여금 스스로 자유를 찾음이 나에게는 행복임을 알려주자.

편지를 쓴 다음 그만하면 쓸 만하다고 만족하고는 봉투에 넣고 그녀의 주소와 이름을 타자로 쳤다. 타자를 치는 솜씨가 서툴러서 편지는 손으로 썼다. 그런 다음에는 앉아서 생각에 잠겼고, 거의 행복할 만큼 희망을 느꼈다. 앞에 적었듯이 다음에는 수영을 했다. 따뜻한 내 팔다리에 시원한 바닷물이 서늘한 비늘처럼 감겼다. 과일 껍질처럼 수면이 매끄럽고 빛나는 바닷물이 조용히 출렁였다. 장난이 심한 바다가 다시 풀어놓은 '커튼 끈'이 없었어도 쉽게 기어나올 수가 있었다. 이 글을 쓰는 지금은 이튿날이고, 두툼한 봉투에 담긴 하틀리에게 갈 편지는 아직도 바다 쪽 책상에 그대로 놓여 있다. 이 일기는 아침에 쓰는 중이다. 콘드비프와 그냥 끓인 쪽파로 곧 점심을 먹을 참이다. (그냥 끓인 쪽파도 임금님 상에 올릴 만한 음식이다.) 어젯밤에 스크램블드 에그와 함께 양배추를 다 먹어 치웠고, 레이븐 호텔에서 구한 스페인 백포도주를 잔뜩 마셨다. (실수였다.) 과일과, 버터를 바른 토스트와, 차에 탈 우유가 무척 먹고 싶어서 곧 가게에 다녀와야겠다. 이번 주에는 버찌가 들어올지도 모른다고 상점 여주인이 말했다.

나는 왜 망설이고 기다리는가? 왜 삶이 평범하고, 옛날이나 마찬가지라고 생각하는가? 나는 아직도 일을 잘했으니 쉬어도 좋다는 기분에 도취되어 있다. 나는 결정적인 증거를 찾으려 했고, 그것을 발견했다. 무엇을 어떻게 해야 할지도 결정했다. 아직 내 말이 그녀에게 전해지지는 않았지만, 나는 명확하게, 웅변적으로 얘기를 했다. 마치 그 말이 공중을 날아 그녀의 가슴에 전해지는 듯싶었다. 내가 기다리는 참된 이유는 두렵기 때문일까? 안전하게 편지를 전해주기가 어려울지도 모르고, 자칫 실수를 하면 그 결과는 상상도 못 할 지경이지만, 내가 두려워하는 바는 그 어려움이 아니었다. 편지를 빨리 전할수록 그만큼 그녀의 반응을 빨리 알게 되리라. 어떤 반응을 나타낼까? "싫다"고 하거나 답장을 하지 않으면 물론 그녀가 두려움에 사로잡혔을 따름이라고 믿으리라. 하지만 그렇다면 나는 어떻게 하고, 다시 행동을 하기 전에 얼마나 기다릴 수가 있으며, 기다리는 동안 도대체 무엇을 하나? 그때는 휴식 기간도 마음이 편치 않으리라. 그렇다면 이 공백 기간을 연장하는 편이 더 좋다. 대화를 엿들은 이후로는 훨씬 더, 무서울 정도로 그들 두 사람과 다 관계가 깊어진 기분이다. 나는 한식구가 되었고, 그래서 증오와 질투라는 낯익은 악마들이 뒤따랐다. 또는 그녀가 자유를 얻기 위해 나를 이용만 하고 나중에는 가버린다면? 그럴 수도 있을까? 그녀가 행방을 감추고, 나는 그녀를 두 번씩이나 상실할 수 있을까? 나는 미쳐버리리라. 편지를 읽어보고는 추신을 덧붙이는 것이 점잖은 일이라고 여겨졌다. 하지만 그것은 현명한 짓인가? 지워버리는 것이 더 좋을지도 모른다. 나에게로 도망쳐 오면 스스로 약속을 하는 셈이라고 그녀가 느끼게 하자.

이런 억측은 터무니없고 너무 이르다는 점을 느끼고 깨닫도록 노력해야겠다. 하지만 여기 앉아 편지를 쳐다보며 아직은 전해주지 않는 이유를 나는 잘 안다.

그러면 다음에 일어난 전혀 예기치 못했던 일들을 서술하겠다. 윗글을 쓴 다음, 사실은 그날 저녁까지만 기다렸다. 갑자기 당장 내 운명을 알려는 절망적이고 초조한 광란이 내가 서술한 꾸물거리던 침체를 뒤따랐다. 그래서 편지를 전달하려는 계획에 착수했다. 가벼운 방수복에 허름한 여름 모자를 쓰고, 추신을 지우지 않은 채 편지를 호주머니에 넣고는 학교를 다닐 때 새를 보라고 제임스가 준 쌍안경을 목에 걸었다. 그 쌍안경으로 새를 본 기억은 하나도 없다. 어릴 적에 제임스는 가끔 꽤 비싼 선물들을 나에게 주었지만, 나는 그에게 하나도 주지 않는 것이 일종의 말없는 통례였다. 부모는 이것이 돈 많은 자가 가난한 자를 돌봐주는 불가피한 현상이라고 받아들였으리라 추측하는데, 물론 그 선물들이 사실은 에이블 삼촌과 에스텔 숙모가 보냈으리라는 것을 나는 훨씬 뒤에야 깨달았다. 그 쌍안경은 별로 좋지가 못해서 아내를 감시하는 벤의 쌍안경과는 비교도 안 되었지만, 그런대로 쓸 만하리라고 생각했다.

늪지대를 거치고 아모른 농장을 돌아서 다른 쪽에서 마을로 들어가는, 전에 갔던 내륙 쪽의 길을 따라갔다. 목표는 니블레츠의 정원을 경계 짓는 들판 뒤의 숲이었다. 육지 측량부 지도를 보았더니 (교회 바로 앞) 마을 입구에서 오른쪽으로 갈라져 나가는 작은 길이 방갈로들 위에 있는 숲의 위쪽과 언덕을 빙 돌아 올라갔다. 그러니까 전혀 시야에 들지 않으면서도 한 바퀴 완전히 돌 수가 있었다. 언덕을 오르니 덥고 기운이 빠졌지만, 생각했던 대로 니블레츠 길의 끝을 조금 지난 지점에 바다 쪽으로 뻗어나간 숲길이 나타났다. 잠시 후에는 탁 트여 환한 들판이 보였고, 나무들 사이로 이제는 거리가 그리 멀지 않은 집을 쌍안경으로 자세히 살펴볼 수가 있었다.

상당히 오랫동안 기다렸더니 아직 해가 지지 않았는데도 서늘하다가 나중에는 꽤 쌀쌀해졌다. 팔과 눈이 아파왔다. 마침내 남자가 밖으로 나왔다. 나는 몸이 화끈 달아오르고 가슴은 훨씬 빨리 두근거렸다. 그가 정원을 가꾸는 쇠스랑을 가지고 나왔으므로 나는 기뻤다. 잔디밭을 내려가는 그의 기다란 저녁 그림자가 보였다. 그가 나에게 그랬듯이, 아주 몰래 벤을 지켜보려니까 어떤 쾌감이 느껴졌다. 진짜 총은 만져보지 못했지만 무대에서 소도구 권총은 여러 번 다루었어서 그 기분이 어떤지를 안다. 정원의 아래쪽 근처에서 어느 공들인 화단에 신경이 쓰이는지 그는 여기저기 푹푹 찔러보았다. 그러더니 갑자기 쇠스랑으로 무엇인지 때리기 시작했다. 파는 것이 아니라 때렸다. 무엇을 때리는가? 민달팽이나 야생화일까? 그 작고 죄 없는 것을 죽이려고 저렇게 무섭도록 열을 올리면서 그는 무엇을 생각하고 있으려나? 나는 호기심이 생겼지만 낭비할 시간은 없었다. 가끔 그를 살펴보며 숲에 몸을 숨기고 언덕을 올라가다가, 포장도로와 나 사이를 2백 미터가량의 탁 트인 풀밭이 가로막았으며 집에 가려 벤이 보이지 않게 된 길의 꼭대기 맞은편에 이르게 되었다. 터진 곳으로 내가 나가면 그가 볼 수 있는 시간이 2, 3초쯤 되리라고 추측을 했다. 나는 그를 마지막으로 쳐다보았다. 그는 나에게 등을 돌리고 화단 옆에 쪼그리고 앉아 있었다. 나는 조심스럽고 빠른 걸음으로 잔디밭의 앞 부분을 성큼성큼 나아가다가 길로 뛰어나가 곧장 대문을 지나 앞문으로 올라갔다.

초인종을 누르지는 않았다. 병적으로 고음을 내며 딩동거리는 소리가 저녁 바람에 실려 갈지도 모른다. 하틀리와 내가 어렸을 때 서로 집을 찾아가면 조용히 불러내려고 사용하던 암호를 써서 문을 두드렸다. 잠시 후에 그녀가 문을 열었다. 내가 바라던 대로 문을 두드린 데 대해 그녀는 본능적으로 놀란 반응을 보였다. 둘 다 겁에 질려 우리는 입을 멍하니 벌리고 서로 노려보았다. 나는 놀라고 겁이 난 그녀의 응시하는 눈을 쳐다보았다. 나는 어정쩡하게 편지를 내밀었다. 그녀의 손을 찾지 못해서 나는 편지를 우리 사이로 떨어뜨릴 뻔했다. 그러자 그녀는 편지를 치마에 대고 잡았으며 나는 몸을 돌려 본능적으로 마을을 향해 언덕을 내려가는 길을 따라 뛰기 시작했다. 편지를 전달하는 장면에서 끝났던 내 상상 속에서는 사실 철수 과정이 포함되지 않았으므로, 블랙 라이언을 지나갈 때가 되어서야 온 길로 되돌아갔어야 더 좋았을 것이라는 생각이 떠올랐다. 하지만 마을 길거리를 의기양양하게 걸어서 벤의 쌍안경 시계(視界)에 충분히 들어설 만큼 흙길로 접어들자 나는 힘이 나고 무모한 기분까지 들어 조금 아까의 조심스러운 행동까지도 비겁하게 여겨졌다. 벤은 아직도 꽃밭에 쪼그리고 앉아 있을까, 아니면 집 안에서 내 편지를 하틀리의 손아귀에서 빼앗으려고 소동을 부리는 중일까? 나는 관심이 없는 듯한 기분까지 느꼈으며, 오히려 바로 그 순간에 그가 내 편지를 읽으며 질투와 분노로 흥분에 들떠 있기를 바라기까지 했다. 그의 공포가 지배하던 시대는 종말에 가까워졌다.

집을 향해 올 때는 분명히 날이 저물지는 않았지만 한여름 철이면 완전히 캄캄해지지 않는 석양이 가까워옴을 알리며 어슴푸레하게 빛나는 온화함이 깃들었다. 개밥바라기가 겨우 보였고, 더 오랫동안 찬란한 빛만이 자리 잡을 터였다. 바다는 어느 때보다도 잔잔했고, 파도를 가득 담은 거대한 그릇 같았다. 바닷물은 새파란 에나멜 빛깔이었다. 바다 새(북양가마우지?) 두 마리가 중간쯤에서 나지막이 날며 볼록한 금속 표면처럼 흐릿하고 일그러진 그림자를 던졌다. '내로딩 1마일'이라고 써놓은 멋진 이정표를 지나 걸어가려니까 따뜻한 바람 기운이 하루 종일 햇볕을 쬐던 노란 바위들로부터 흘러왔다.

대조적으로 집은 시원하고 무슨 짓궂은 장난이라도 치려는 것 같았다. 눈부시고 빛깔이 요란한 바깥에서 들어오니 집 안은 침침하고 공기가 탁하게 느껴졌다. 열린 문으로 들어오는 바람결에 구슬 커튼이 딸그락거리는지 희미한 소리가 났다. 나는 귀를 기울이며 잠깐 동안 현관에서 서 있었다. 지겨운 로시나가 돌아와서 나를 놀래주려고 어딘가 숨어 있는지도 모를 노릇이었다. 나는 위층, 아래층, 묘한 가운데 방들을 뒤져보고 싶은 충동이 생겼다. 물론 아무도 없었다. 집 안을 돌아다니며 문과 창문을 모두 활짝 열고 주위를 둘러싼 노란 바위에서 불어오는 신선하고 따스한 바닷바람이 들어오게 했다. 변장을 하느라 입은 방수 외투와 모자를 벗고 셔츠 자락을 바지 허리춤에서 끌어냈다. 고미제를 탄 달콤한 셰리를 커다란 잔으로 하나 들고 잔디밭으로 나가 얼마 동안 발돋움을 했다 말았다 하며 서서 박쥐들을 구경하며 하틀리에게 별일이 없을지, 읽고 난 다음에 그 긴 편지를 어떻게 했을지 궁금한 생각이 들었다. 태웠거나, 변소에 넣어버렸거나, 스타킹 속에 말아 넣어 숨겨두었을까?

안으로 들어가서 다 마신 큰 잔에다 백포도주를 따르고, 올리브 통조림과 한국 훈제 대합조개 통조림을 따고, 아무것도 바르지 않은 비스 킷을 뜯었다. 이번에도 상점을 들르지 않았기 때문에 물론 신선한 음식 은 없었다. 집은 아직도 스산했지만 이제는 묘한 분위기에 익숙해져서 훨씬 다정한 기분이 들었다. 꼭 음산하거나 위태로운 분위기는 아니었 지만, 마치 집이 과거에 일어났거나, 또는 처음으로 그런 생각이 들기 는 했지만 미래에 일어날 일들을 잠깐잠깐 기록하는 감광판 같았다. 불 길한 예감일까? 쌀쌀하게 느껴져서 하얀 에이레 스웨터를 입었다. 바 깥은 훨씬 환해진 것 같은데 이제 집 안은 더욱 음침해져서, 올리브를 씻어 물기를 빼고 올리브 기름을 붓는 동안은 눈을 부릅뜨고 봐야만 보 였다. 그때 누가 앞문을 무척 난폭하게 두드리기 시작했다.

누구인지는 몰라도 놋쇠 손잡이를 까맣게 칠해놓은 초인종이 눈에 띄지 않은 모양이었다. 돌고래 모양으로 만든 낡고 녹슨 노커도 있었 는데, 이제는 그 돌고래의 묵직한 머리가 집 전체를 뒤흔들 듯한 힘으 로 문을 쾅쾅 쳤다. 나는 기겁을 해서 벌떡 일어섰다. 로시나일까? 아 니다. 벤. 분노한 남편. '편지를 본 모양이다.' 아, 맙소사, 내가 그런 바 보짓을 하다니. 그가 들어오지 못하게 문에다 빗장을 지를 생각으로 달 려나갔지만, 공포에 사로잡힌 나머지 차라리 최악의 사태를 직시하고 싶은 욕망을 느낀 나는 문을 열었다. 겁에 질린 새처럼 하틀리가 왈칵 들어왔다. 그녀는 혼자였다.

처음 몇 초 동안 그녀는 나 못지않게 놀라고 당황했다. 아마도 집 안 의 갑작스런 어둠에 앞이 보이지 않았는지도 모른다. 곧 비명이라도 지 르려는 듯 그녀는 얼굴을 두 손에 파묻고 서 있었다. 멍할 지경으로 정 신이 나갔던 나는 활짝 열어두었던 문을 닫으려고 서두르다가 그녀와 부딪쳤다. 실수로 스치는 동안에 나는 그녀의 허벅지에서 따스함을 느껐다. 문을 닫고 나서 "아— 아— 아—"라고 신음을 하는 나 자신을 의식했고, 그녀 역시 두서없는 말을 중얼거렸다. 나는 허우적거리며 손을 내밀어 그녀의 어깨를 잡았다. 그녀가 무슨 얘기를 하려고 손짓을 했지만 그때쯤에는 내가 어설프지만 제대로 그녀를 움켜잡고는 너무나 오랫동안 꿈꾸어왔듯이 와락 껴안았다. 번쩍 들어서 온몸이 으스러지도록 껴안았더니 그녀는 숨 막히는 소리를 냈다. 그러고는 위층에서 커튼이 조용히 딸그락거리는 속에서 천천히 그녀를 내려놓고 우리는 묘하게 어슴푸레한 현관에서 아무 말도 없이 꼼짝 않고 서서, 나는 그녀를 두 팔로 끌어안았고, 그녀는 두 손으로 내 셔츠를 움켜잡았다.

마침내 긴장이 풀려 한숨을 지으며 그녀가 손가락으로 내 가슴을 더듬는 사이에 내가 말했다.

"밖에 와 있어요?"

"아뇨."

"당신이 여기 온 걸 아나요?"

"아뇨."

"편지는 없앴어요?"

"뭐라고요?"

"편지는 없앴느냐고요."

"예."

"그 사람이 보지는 않았겠죠?"

"그래요."

"좋아요. 이리 들어와서 앉아요."

나는 그녀를 부엌으로 끌어들여 식탁 옆의 의자에 앉혔다. 그러고는 다시 돌아가서 앞문을 잠갔다. 등잔불을 켜려고 했지만 손이 너무 떨려 심지가 확 타오르다가 꺼져버렸다. 나는 촛불을 켜고 커튼을 닫았다. 그러고는 의자를 끌어당겨 가까이 앉아 무릎을 마주 대고 그녀를 안아 부드럽게 흔들어주었다

"아, 내 사랑, 내 소중한 사랑, 당신이 왔군요."

"찰스……."

"아직 아무 얘기도 말아요. 당신이 여기 와 있다는 것만 알면 되니까요. 난 너무나 행복해요."

"내 말 들어요, 난……."

"제발, 아, 얘기를 하지 말고— 날 이렇게 밀어내지 말아요."

"아녜요, 시간이 너무 없으니까— 난 얘기를 해야 해요."

"시간은 얼마든지, 많이 있어요. 편지는 읽었죠?"

"그래요, 물론……."

"그래서 여기 왔잖아요?"

"그래요."

"그렇다면 다른 건 상관없어요. 당신은 여기 있어야 해요. 당신은 왔잖아요?"

"그렇기는 하지만 그건 다만 설명을 하려고……."

"하틀리, 그러지 말아요. 설명할 게 뭐가 있어요? 이미 모든 것은 설명이 되었어요. 난 당신을 사랑합니다. 당신은 여기 와 있고요. 당신은 날 사랑하고, 내가 필요해요. 저항을 하지 말아요. 내일 아침에, 오늘 밤, 런던으로 갑시다. 옷은 걱정 말아요. 옷은 내가 사줄 테니까요. 당신은 이제 내 아내예요."

나는 그녀를 한 발자국 떼어놓고는 한 손으로는 어깨를 꽉 움켜잡고 다른 손으로는 촛불을 들어 얼굴을 비추었다. 두 눈은 주름살 속에 움

306

푹 파묻혔고, 눈꺼풀은 얼룩처럼 갈색이었으며 푹 꺼졌고, 뺨은 황급히 분을 발라서인지 희미한 분홍빛이었으며, 통통하지가 않고 흐물흐물하게 축 늘어졌다. 곱슬거리고 짤막한 백발 머리는 보나마나 형편없는 미장원을 무관심하게 오랜 세월에 걸쳐 드나들었기 때문에 윤기가 없어졌고 푸석푸석해 보였다. 이제는 머리에 신경조차 쓰지 않는 나이가 되었고, 머리끈 하나가 아무렇게나 늘어졌다. 아무것도 바르지 않은 입술을 침으로 적신 부분과 갑자기 눈물이 가득 고였지만 흘러내리지 않는 신비하고 영원한 연못 같은 눈 말고는 그녀의 얼굴은 메말라 푸석푸석했다. 그녀가 어깨를 움직여 힘없이 몸을 빼자 나는 그녀를 놓아주었다. 다시 만난 이후 그녀의 얼굴을 자세히 살펴보기는 지금이 처음이었고, 그 사랑스러운 얼굴이 사실은 변하지 않았으며, 그녀가 늙었다는 것이 내 사랑과는 아무런 상관도 없음을 깨닫고 나는 깊이 승리감에 도취된 기쁨을 느꼈다.

초조하고 슬퍼 보이기는 했어도 그녀의 얼굴에서 나는 젊음의 어떤 생동감도 보았다. 립스틱을 바르지 않으니 훨씬 더 아름다운 그녀 입의 생김새를 내가 얼마나 잊고 있었는지도 깨달았다. 옛날처럼 나는 부드럽게, 짤막하게, 그녀의 입술에 키스를 했고, 키스를 조용히 소극적으로 받아들이는 그녀의 태도는 이해심을 지니고 있었다.

그녀가 말했다.

"난 너무 많이 변했고 다른 사람이 되어서, 당신 편지는 무척 친절하기는 해도 그럴 수가 없고요……. 당신은 옛날을 소중히 여기지만, 그건 지금의 내가 아니니까……."

"그건 당신예요. 키스에서 난 당신을 확인했어요."

그것은 사실이었다. 동화에서처럼 키스가 그녀를 변모시켰다. 그녀

입의 감촉과, 느낌과, 움직임을 나는 기억했고, 그녀를 껴안기가 불가능하다고 느꼈던 교회에서의 거북함이 사라졌다. 우리의 몸은 갑자기 같은 공간에서 긴장했고, 같은 힘에 의해 움직였다. 그런 느낌이 들자 나는 기뻐서 소리를 지르고 싶었지만, 겁을 주지 않고 얘기를 하도록 유인하고 싶어서 조용한 어조를 유지했다.

"하틀리, 난 연극을 버리고 고독을 찾아 이곳에 왔다가 당신을 찾았으니, 이건 기적예요. 이제야 알겠는데, 난 당신을 찾으려고 이곳으로 왔나 봐요."

"하지만 내가 여기 있다는 걸 몰랐잖아요."

"모르긴 했지만 난 항상 당신을 찾고 있었어요."

그녀는 "그럴 리가 없어요"라고 말하고는 얼굴을 가리려는 듯 손을 들었다. 그러더니 식탁에 손을 놓았고, 나는 그 손을 꼭 잡았다.

"찰스, 시간은 없는데 꼭 할 얘기가 있으니까 들어봐요."

그녀가 다른 손등으로 눈을 문지르자 고여 있던 눈물이 떨어졌다. 그러더니 그녀는 "오, 찰스, 당신이, 당신이"라고 말하고는 머리를 숙여 강아지처럼 나에게로 내밀었다. 나는 윤기가 없고 푸석푸석한 머리카락을 쓰다듬고는 늘어진 머리끈을 찬찬히 풀어 내 바지 호주머니에 넣었다.

"이제 당신은 나하고 영원히 같이 있어야 해요, 하틀리."

그녀는 머리를 들더니 내가 전에 본 적이 있는 노란 드레스 위에 입은 초록빛 면직 외투의 소맷자락으로 또다시 눈을 닦았다.

"하틀리, 외투를 벗어요. 당신의 모습을 보고, 당신을 만져보고 싶으니까 그걸 벗어요."

"싫어요, 여긴 추워요."

내가 외투를 잡아당겼더니 그녀가 벗어버렸다. 무엇인지도 모르면서 천사들이 장난을 하듯, 여자의 옷을 벗기는 지극히 순진하고 정신적인 상징 같았던 그 동작은 강렬한 마력을 지니고 있었다. 목이 둥근 드레스의 노란 천 밑의 젖가슴을 만져보니 따뜻하고 팽팽했다. 유혹을 하려는 아무런 시도가 없다는 것이 나는 기뻤다. 내 인생에서는 희귀한 일이었다. 얼굴의 분은 버릇이 되어 그냥 발랐고, 옷은 후줄근하고 형편없었다. 아무것도 바르지 않은 깨끗한 입술만이 나에 대한 찬사라고 느꼈다. 오래전부터 용모에 신경을 쓰지 않았던 여자가 갑자기 날씬하고 매끄러울 수는 없다. 나는 있는 그대로의 하틀리가 내 마음을 끌었으므로 기뻤다. 평생 동안의 어떤 공포가 제거된 듯 나는 자랑스럽고, 소유욕을 느끼고, 마음이 놓였다. 그리고 나는 생각했다—내가 아주 예쁜 옷들을 사줘야지—요란히 멋을 부린 옷이 아니라, 자연스럽게 어울리는 옷으로. 내가 돌봐줘야지.

"찰스, 당신 편지를 읽고 나서 얘기만 하려고 왔으니까, 그이가 돌아오기 전에 빨리 얘기를 해야겠어요."

"어딜 갔는데요?"

나는 그의 존재를 잊었었다.

"목공 일을 하러 갔어요."

"목공?"

"예, 목공 강습을 받으려요. 사실은 조선을 배우는 시간인데 목공 일만 하니 그이가 배를 만들기는 틀린 일인 것 같아요. 이번 주에는 선반 만들기예요. 강의가 있는 날 저녁에만 그이가 외출을 하니까 지금 올 수밖에 없었죠. 꽤 늦게까지 계속하는데, 끝나고 나면 같이들 맥주를 마시나 봐요."

"그 사람 애기는 하기 싫어요."

내가 말했다. 자동차가 있고 운전만 할 수 있다면 당장 그녀를, 지금 당장 데리고 떠날 텐데 하고 나는 생각했다.

"찰스, 내 말 들어요, 제발, 편지에서 당신이 바라던 건 불가능하니까, 당신이 생각하는 그런 이유에서 내가 찾아온 건 아녜요. 난 그냥 할 얘기가 좀 있어서 왔는데, 오, 찰스— 당신을 만나다니 참 희한해요. 우리 두 사람이 한 번이라도 다시 자리를 같이 한다는 건 불가능한 일이어서 절대로 이루어지지 않으리라고 생각했어요. 난 영원히 다시는— 당신을 만나고 마주 앉아 손으로 만져볼 수 없으리라고 생각했는데, 이건 정말이지 꿈만 같아요."

"그 말이 훨씬 듣기 좋아요. 하지만 이건 꿈이 아니죠. 내가 없는 당신의 인생은 꿈이었어요. 당신은 꿈에서, 악몽에서 깨어나는 중입니다. 아, 왜 당신은 나에게서 떠나갔는지, 어쩌면 그럴 수가 있었는지, 난 슬퍼서 죽을 지경이었죠."

"지금은 그런 얘길 할 수가 없어요."

"아녜요, 할 수 있으니까, 난 흘러간 시절 얘기를 하고, 우리가 모든 것을 되새기고, 모든 것을 이해하고, 모든 것을 다시 살려서 우리는 함께 하나의 존재로, 절대로 헤어지지 말았어야 할 하나의 존재로 만들어야 해요. 왜 날 버렸나요, 하틀리, 왜 도망을 쳤어요?"

"모르겠어요, 생각이 안 나요."

"기억해내야 해요. 이건 수수께끼나 마찬가지죠. 꼭 기억해내야 합니다."

"안 돼요, 안 돼요."

"하틀리, 꼭 기억해야 해요. 내가 충실하지 못하리라고 당신이 말했어요. 정말 그것이 이유였나요? 내가 얼마나 당신을 사랑했는지 알고 있었으니까 그런 생각은 하지 않았을 거예요!"

"당신은 런던으로 갔어요."

"그래요, 하지만 어쩔 수가 없었고, 난 당신을 버린 게 아니라 항상 당신만 생각했고 날마다 편지를 썼다는 건 알잖아요. 다른 남자가 있어서 그런 건 아니었죠? 그 남자 때문은 아니었겠죠?"

이상하게도 이 무서운 생각이 이제서야 떠올랐다.

"아녜요."

"하틀리, 그 사람을 그때 알았나요, 아니면 나와 헤어진 다음에 알게 되었나요?"

"생각이 안 나요."

"틀림없이 생각이 나겠죠!"

"제발, 제발 그만해요."

거의 기계적으로, 회피하려는 동물적 본능으로 그녀가 한 이 말, 아주 최근에 내가 엿들었던 그녀의 얘기와 너무 비슷한 그 말은 나로 하여금 고통과, 분노와, 그녀에 대한 가슴 아픈 연민으로 소리를 지르고 싶게 만들었다.

"그때 그를 알고 있었나요?"

"그건 상관없는 일예요."

"상관이 있고말고요. 아무리 사소한 일들이라도 모든 상관이 있으니까 다시 찾아내고 주워 모아 부활을 시키고, 과거를 다시 살아 그것을 순수하고 깨끗하게 만들고, 마침내 서로 구원을 하고 상대방을 다시 완전하게 만들어야 한다는 걸 모르겠나요……."

"그때 난 그이를 몰랐고, 당신도 기억하겠지만, 아니, 에드나를 모르겠지만요, 내 사촌인 에드나는 그이와 결혼을 약속한 사이였지만 그를 차버려서, 난 그이가 불쌍하게 생각되었고…….”

“하지만 어디서 만났나요? 도망을 간 다음이었나요?”

“그래요, 숙모 한 분이 사는 스토크 온 트렌트로 갔는데, 에드나는 거기서 살았죠. 우리가 사귈 때에는 그이를 몰랐어요. 그런 이유가 아니고, 아무 이유도 없었고, 난 당신이 배우가 되는 게 싫었고, 어쨌든 무슨 이유인지는 모르겠으니까 그러지 마세요.”

“하지만, 하틀리, 난 화가 나지 않았고, 이건 중요한 일이니까 마음을 진정시키고 내 질문에 대답을 해봐요. 내가 배우가 되길 원하지 않았다고요! 그런 얘긴 한 번도 하지 않았잖아요.”

“했어요. 난 당신이 대학교로 가길 바랐어요.”

“하지만, 하틀리, 단순히 그 이유 때문만은 아니었겠죠.”

“어떤 이유 때문만도 아니었으니까, 아, 내 마음을 괴롭히지 말아요. 우린 남매나 마찬가지였고, 당신은 너무 휘어잡으려고 했고 난 그것이 싫었어요.”

눈물이 조금 더 흘러내렸다.

“손수건 있어요?”

나는 깨끗한 찻수건을 가져다주었고 그녀는 눈과, 얼굴과, 목을 힘없이 닦았다. 꼭 끼는 노란 드레스의 젖가슴에서 단추가 하나 떨어져나갔다. 나는 그녀를 끌어안고 드레스를 찢어버리고 싶은 충동을 느꼈다.

나는 다시 자리에 앉았다.

“하틀리, 그렇게 불만이 많았다면 어째서 얘기를 하지 않았나요? 어떻게 해결을 할 수도 있었을 텐데. 한마디 말도 없이 가버리다니 너무나 기막히고 나쁜 일이었어요.”

"미안해요, 미안해요. 쉽지는 않았지만 방법은 그 길뿐이었으니까 난 그렇게 가버릴 수밖에 없었어요. 아, 춥군요, 너무 추워서 외투를 입어야겠어요."

그녀는 외투를 입더니 둘러가며 깃을 끌어올렸다.

"당신이 그냥 내린 결정은 아닐 테니까 무슨 일인가, 나에게 얘기하지 않은 무엇인가 있을 텐데, 어째서 그런 일이 생겼을까요. 그날이 생각나는지 모르겠는데……."

"찰스, 시간도 없고, 난 정말 기억 못 해요. 너무 오래전 일이라서요."

"나한테는 언제나 마찬가지죠. 그 후 줄곧 그 순간을 되살고 회상하며, 무엇이 잘못이었으며 당신은 어떻게 되었고 어디에 있는지를 거듭거듭 생각하고 궁금해하며 살아왔답니다. 당신이 어디에 있는지를 평생 하루도 빼놓지 않고 궁금해했던 것 같아요. 그리고 난 여태껏 혼자, 당신 때문에 결혼을 하지 않고 살아왔어요. 어제만 같아요, 하틀리. 내가 살았던 참된 시간이란 그때뿐이죠."

"혼자서라고요? 미안해요."

그녀의 말이 비꼬는 얘기가 아님을 깨닫는 데는 시간이 좀 걸렸다. 혼자서? 글쎄, 그런 셈이다. 그녀는 상상이나 추측을 못 했단 말투였다.

"그냥 나를 원치 않게 되었다고 그랬지만, 그건 설명이 안 되니까 내가 알고 싶은 건……."

"아, 그만해요. 그냥 그렇게 되었으니까요. 만일 내가 당신을 충분히 사랑한다면 난 당신과 결혼하고, 당신이 날 충분히 사랑한다면 나하고 결혼하게 되는 거 아녜요? 이유란 하나도 없어요."

"내가 당신을 충분히 사랑했느냐는 얘기라면— 날 미치게 만들지 말아요! 난 한없이 당신을 사랑했고, 지금도 사랑하고, 끝까지 노력했고, 난 도망을 치지도 않았고, 누구하고도 결혼을 안 했고, 모두가 당신 잘못이니까, 만일 당신이 그러면 난 미치고⋯⋯."

"이제는 다 소용없는 것들을 여기저기 찔러보는 셈이니까 이런 얘기는 하지 말아요. 난 할 얘기가 있는데 당신은 들으려고 하지를 않으니⋯⋯."

나는 감정이 격해 미쳐버리면 안 되고, 지금은 그녀에게 질문을 그만하지만, 꼭 알아내고야 말겠다고 생각했다.

"하틀리, 포도주를 좀 들어요."

스페인 포도주 한 잔을 따라주었더니 그녀는 기계적으로 조금씩 마시기 시작했다.

"올리브를 들어요."

"시큼해서 올리브는 좋아하지 않아요. 부탁이니 제발 내 얘기 좀 들으세요."

"이렇게 추워서 미안한데, 이 집이 어느 정도로 추운가 하면⋯⋯ 좋아요, 얘기를 해요. 하지만 잊지 말아야 할 것은 당신이 여기에 와 있고, 가면 안 되며, 과거에 어떤 일이 있었거나 없었거나 간에 당신은 이제 내 소유라는 거예요. 하지만 하나 알고 싶은 건, 여기 길에 있다가 자동차의 불빛이 당신을 비추었을 때, 그때, 그날 밤, 당신은 나를 만나러 오던 길이었나요?"

"아뇨. 하지만 난, 그저 당신 집이 보고 싶었어요. 목공 강습이 있는 날 밤이었죠."

"당신은 내 집을 보고 싶어 했군요. 길에 서서 불 켜진 창문들을 쳐다보려고요. 아, 내 사랑, 당신은 날 사랑하지 않을 리가 없어요."

314

"찰스, 그건 상관없는 일이니까……."

"날 또 미치게 만들려고 그런 소릴 하는군요!"

"어떤 곳도, 어떤 가능성도, 어떤 종류의—뼈대조차 남김없이—모두 다 무너져버렸으니, 내 얘기를 듣고 나면 이해가 갈 테니까……. 내가 찾아와서 하고 싶었던 말은……."

"좋아요, 얘기를 듣겠지만, 우선 키스를 하게 해줘요. 그러면 다 잘될 테니까요. 평화의 키스죠."

나는 몸을 앞으로 내밀고 그녀의 젖은 입술에 내 마른 입술을 아주 부드럽게, 하지만 떨어지지 않으려는 듯이 대었다. 키스란 저마다 얼마나 다른가. 이것은 성스러운 키스였다. 우리는 둘 다 눈을 감았다.

"좋아요, 그럼 얘기를 계속해요."

나는 그녀의 포도주 잔을 채웠다. 내 손이 떨려 포도주가 식탁으로 엎질러졌다.

그녀가 다시 말했다.

"시간이 너무 없는데 우린 벌써 그 시간을 조금 써버렸어요." 그러더니 다시 말했다. "이런, 내가 시계를 안 차고 왔네요. 지금 몇 시죠?"

나는 손목시계를 보았다. 10시 15분 전이었다. 내가 말했다.

"9시 10분이군요."

"찰스, 타이투스 때문에 그래요."

"타이투스?"

타이투스에 대해서는 심각하게 생각하지 않았던 나는 어리둥절해졌다.

"그래요, 지금 말씀드리고 싶어요. 포도주를 별로 마셔보지 않아서 난 벌써 취한 기분이네요. 꼭 말씀드려야겠어요. 당신을 마을에서 본 이후로 난 가끔 당신이 어떻게 도와줄 수 없을까 생각을 했지만, 사실은 당신이 근처에 없는 것만이 돕는 길이 되겠어요."

"그거 말도 안 돼요⋯⋯."

"타이투스가 양자로 들어왔다는 얘기는 제가 했죠?"

"예, 그래요."

"우린 아이를 바랐고, 벤은 하나 있었으면 하고 원했고, 나도 마찬가지여서 우린 기다렸어요. 다음에는 난 양자를 원했고, 그이는 희망을 버리지 않아서 싫다고 그랬어요. 그런데 난 시간적인 제한 때문에 초조해지기 시작했고, 일정한 나이가 넘으면 양자를 주지 않는데, 그때만해도 벌써 난 나이를 속여야 했어요. 벤은 나보다 나이가 아래이고, 그에게는 그것이⋯⋯."

"그래요? 전쟁에 나갔던 걸로 알고 있는데."

"가기는 했지만 말기에였죠."

"전쟁 때 그는 무얼 했죠?"

"보병이었어요. 그 얘긴 별로 안 하더군요. 그이는 포로가 되어 수용소에 있었어요."

"난 영국 군사 위문단에서⋯⋯."

"그이는 스스로 군인이라고 생각했고, 전쟁을 꽤 즐겼던 것 같아요. 그이는 군대에서 쓰던 권총을 너무 좋아해서 불법인데도 그냥 간직해두었죠. 그이는 사실 민간인 생활에 조금도 적응을 하지 못했어요. 가끔 그이는 '다시 전쟁만 터지거라' 소리를 했어요."

"하지만 그가 포로였을 때 두 사람은 결혼한 상태였죠? 당신은 어디 있었나요?"

"난 레스터의 집단 주택에서 살았어요. 배급표 사무실에서 직원으로 일하면서요. 외로운 때였죠."

외로운 때였다고 그랬다. 그러니까 내가 클레멘트와 놀아나며 전쟁에 공헌을 한답시고 위문 공연을 하며 버스로 돌아다니는 동안에 하틀리는 혼자 외로워했다. 맙소사, 난 레스터에도 갔었다.

"그랬을 줄이야……."

"하지만 타이투스 얘기를 들어봐요. 결국, 사실은 마지막 순간에, 양자를 두어야 한다고 난 벤을 설득했어요. 그이는 사실 그럴 마음이 없었지만, 내가 어떤 상태인지를 알았기 때문에 그런 모양인데…… 난 거의— 난 거의— 난 무척 마음이 혼란했고…… 사실 공식 수속 절차니 서류니 하는 건 내가 다 맡아서 했고, 벤은 알고 싶지도 않아서 멍한 정신으로 보지도 않고 서명만 했어요. 그이가 기분 나빠하는 건 알았지만 일단 어린아이를 데려다놓으면 그이도 흐뭇해할 터이고, 만사가 모두 달라지고, 우린 행복해지리라고 생각했는데……."

"울지 말아요, 하틀리. 자, 이제부터는 내가 돌봐줄 테니까, 손을 이리 줘요."

"타이투스는 가엾고 어린 꼬마였는데 언청이라 수술도 했고……."

"그래요, 그래요, 꼭 해야 할 얘기라면 울지 말고 어서 계속해요."

"그런데 내가 큰 실수를 했어요."

"하틀리, 견딜 수가 없으니까 그렇게 슬퍼하지 말고, 포도주를 좀더 들어요."

"난 끔찍하고도 끔찍한 실수를 저질렀고…… 그에 대한 끔찍한 대가를 치렀는데…… 다 내가 덜떨어졌기 때문이었어요."

"그래, 그게 뭔데요?"

"난 당신 얘기를 벤에게 전혀 하지 않았어요. 내 얘긴, 처음에 털어놓지를 않았더니 말을 하기가 점점 더 불가능해져서……."

"우리가 함께 자라고 서로 사랑했다는 얘길 전혀 하지 않았나요?"

"어떤 상황이었는지를 전혀 얘기하지 않았어요. 과거에 누가 없었느냐고 그이가 물었을 때 난 없었다고 그랬어요. 그리고 물론 당신도 알다시피 어릴 때 우리가 무척이나 비밀을 지켰기 때문에 사촌들도 몰랐고, 그이는 아무것도 몰랐어요."

"그래요. 너무나 소중했기 때문예요, 하틀리. 물론 우린 비밀을 지켰죠. 그건 고귀하고 성스러운 비밀이었으니까요."

"그러니까 다른 누가 그이에게 얘기를 할 위험도 사실은 없었고요."

"위험이라뇨? 그게 무슨 걱정이 되어서요? 따지고 보면 당신이 날 버린 셈인데."

"벤은 질투가 너무 심했고, 무서울 정도로 질투심이 강한 남자여서 처음엔 난 질투를 이해하지 못했고, 그러니까 그것이 광증이나 마찬가지라는 걸 몰랐어요."

그렇다, 광증이나 마찬가지다. 나는 그것을 잘 안다.

"그리고 결혼을 하기 전에 그이는 걸핏하면 나한테 협박을 하다시피 했어요. 나 때문에 화가 나면 그이는 '결혼한 다음에 이 분풀이를 하겠다'고 그랬는데, 난 그것이 농담인지 진담인지 전혀 분간을 못 했죠. 그리고 그런 일들은 흔히 질투 때문에 생겨났어요. 내가 다른 남자를 쳐다보기만 하면, 글자 그대로 그냥 쳐다보기만 해도 그이는 마구 화를 냈고—그런 일이 결혼한 다음에 계속되었는데요—결국 나는 두렵고 얼이 빠진 순간에 얘기를 해버렸어요."

"당신이 나를 사랑했고, 내가 당신을 사랑했다는 얘기를요?"

"그런 셈이죠. 난 중요하지 않았던 일처럼 얘기를 했지만, 전에 얘기를 하지 않았다는 사실 때문에 물론 아주 심각하게 여겨졌어요."

"그건 중요했고, 심각했어요!"

"용기가 있어서 처음에 얘기를 했거나, 절대로 말을 꺼내지 않았어야 하는 건데 그랬어요. 하지만 벤이 얼마나 질투심이 강하고 화를 잘 내는 사람인지를 알게 된 다음에는 언젠가 당신이 불쑥 나타나면 어떻게 될까 하고 겁이 나서……."

"그런데 내가 나타났죠!"

"그리고 당신 얘기를 미리 했다는 것으로 적어도 나 자신을 변호해야 했어요. 누가 얘기를 하거나 당신이 나를 찾아낼까 봐 난 두려웠고, 당신에게 알려줄 만한 사람들에게 내 행방이 알려지지 않도록 무척이나 애를 썼고, 아는 사람들과 인연을 모두 끊었고, 우리 부모도 이사를 했으니까 당신이 날 찾아내려고 애를 쓰더라도……."

"인연은 정말 잘 끊었더군요! 하지만, 하틀리, 처음부터 그토록 그 남자가 두려웠다면 왜 그 지긋지긋한 놈과 애초에 결혼을 했나요?"

"난 항상 세월이 흐르면 다 좋아지리라는 생각을 하죠."

"당신은 날 두려워한 적은 없잖아요?"

"예, 없어요. 하지만 내가 있는 곳을 알아내고 편지를 쓸까 봐 두려웠어요. 그이는 항상 내 편지들을 뜯어봤어요. 오랫동안 난 언제나 먼저 일어나 혹시 당신한테서 온 편지가 있을까 봐 아침마다 먼저 내려가 우편물을 살펴보았어요."

"세상에."

"그이가 뜯어보고 오해를 할 만한 것이 눈에 띌까 봐 항상 무서웠기 때문에 난 그이한테 얘기를 한 다음에도 아침마다 그랬죠. 어쨌든 그이가 알아낼까 봐 걱정을 하며 산다는 게 너무 비참해서 얘기를 해버렸는데…… 정말…… 무서운 일이었죠."

"그가 질투를 하고 화를 내던가요?"

"굉장했어요. 순진한 사랑이었다는 걸 그이는 믿지 못했으니까요."

"하틀리, 그건 순진했지만 진지했고, 그 시절에 우리에게는 영원한 어떤 변화가 있었어요. 그러니까 모든 것을 달라지게 한 어떤 것에 대한 얘기를 하는 당신을 보고 벤은 옳은 판단을 한 거죠. 난 이해가 갑니다."

"우리가 정을 통하지 않았다는 걸 그이는 믿지 않았고, 내가 처녀라고 말했더니 거짓말이라고 생각했어요. 그이의 생각이 옳지 않았어도, 아무리 내가 얘기를 해도 납득시킬 수가 없었기 때문에 정말 난처했어요. 가끔 그이는 내가 인정만 한다면 용서를 하겠다고 하면서 함정에 빠뜨리려고 했지만, 난 그것이 거짓말이라는 걸 알았죠. 그이는 믿지 못해서 자꾸만 캐물었고, 괴롭히고, 거듭거듭 묻기만 했어요."

"우린 남들이 생각하는 그런 뜻에서는 아니지만, 정은 통했어요."

"그이는 날마다, 때로는 시간마다 자꾸만 묻고 또 물었어요. 그리고 내가 무슨 대답을 하든지 간에 똑같은 질문만 자꾸 되풀이했어요. 그리고 그이가 화를 낼수록 난 점점 더 바보 같고, 비참하고, 어물어물해져서 내가 마치 거짓말을 하는 것처럼 들렸을 거예요."

"그 남자를 죽여버리고 싶어요."

그녀는 포도주를 좀 더 마시고는 울음을 그치고 눈동자가 팽창되고 음울해진 커다란 눈으로 촛불을 응시하며 찻수건을 무의식적으로 들어 베일처럼 광대뼈에 대고는 바들바들 떨었다. 촛불에 비쳐 하얗게 보이던 그녀의 널찍한 이마는 주름이 지고 작은 그림자들로 패었지만, 머리 뒤로 초록빛 면직 외투의 깃을 올려서 소녀 같은 모습이었다. 아마 우리가 자전거를 타고 돌아다니던 시절에 그녀는 방수 외투의 깃을 저렇게 올리곤 했으리라. 그리고 비록 그녀의 말에 잔뜩 귀를 기울이기는 했어도 나는 줄곧 일종의 창조적인 정열을 품고, 촛불이 비춘 그녀의 얼굴이 내 기분에 맞게끔 그녀의 아름다움을 닮은 어떤 신인 양 물끄러미 쳐다보고 있었다.

"걱정할 필요 없으니까 잠깐 기다려요, 하틀리." 그녀가 갑자기 놀란 얼굴로 올려다보자 내가 말했다. "당신을 보고 싶어서 촛불을 더 켜고 싶을 뿐이에요."

바깥은 점점 캄캄해졌다. 나는 양초를 한 갑 와르르 쏟아서 네 자루에 불을 붙여 찻잔에 촛농을 떨어뜨려 세워놓았다. 나는 제단의 불처럼 초를 그녀 주변에 돌아가며 켜놓았다. 그런 다음에 그녀 맞은편으로 가서 멀찌감치 앉아 쳐다보았다. 나는 그녀가 미소 짓기를 무척 바랐다. 그러면 재창조의 과정에 도움이 되리라.

"하틀리, 그 베일을 치워요. 나한테 미소를 짓지 않겠어요?"

그녀가 찻수건을 내렸고, 나는 침으로 젖고 초라한 그녀의 입을 보았다.

"찰스, 시간이 어떻게 되었나요?"

10시 25분이었다.

"아, 9시 반이나, 그 전이겠죠. 이봐요, 하틀리, 그런 건 하나도 상관이 없고, 다 끝난 일이라는 걸 모르겠어요? 좋아요, 그는 어리석고 질투심이 많은 남자이며, 벌을 받아 마땅한 가혹한 남자이지만, 당신은 그 지옥으로 돌아갈 필요가 없으니까 이제는 상관이 없어요. 하지만 그게 타이투스와 무슨 관계가 있나요? 타이투스에 대한 애기를 하겠다고 그러더니."

"그이는 타이투스가 당신 아들이라고 생각해요."

"뭐라고요?"

"그이는 타이투스가 당신 아들이라고 생각해요."

하틀리는 두 손을 식탁에 펴 얹었다. 촛불이 환하게 비춘 그녀는 심문을 받는 죄수처럼 보였다.

나는 놀라고 당황해서 붉어진 얼굴로 나도 모르는 사이에 역시 손을 식탁에 올려놓고는 아주 꼿꼿하게 앉았다. 우리는 서로 쳐다보았다.

"하틀리, 진심으로 하는 소리가 아니겠죠. 그가 진담으로 그러지는 않았겠죠! 타이투스가 어떻게 내 아들이 될 수가 있어요? 당신 남편은 정신 이상이 아닌가요? 타이투스가 양자로 들어왔고, 어디서 온 아이인 줄을 알 텐데…….."

"아녜요, 그게 탈이죠. 그이는 타이투스가 어디서 온 아이인지를 몰라요. 타이투스를 데려오자는 제안도 내가 했고, 그 애를 데려온 사람도 나였고, 일도 모두 내가 처리했으니까요. 벤은 줄곧 충격을 받아 멍청한 상태로, 읽지도 않고 서류에 서명하는 일 이외에는 아무것도 하지 않았어요. 언젠가 양자회에서 누가 벤을 만나러 집으로 찾아왔지만, 얘기는 내가 다 했어요. 벤은 유령 같았죠."

"하지만, 하틀리, 잠깐만, 그는 내가 과거지사라는 걸 알았고, 타이투스는 당신이 날 버린 다음 여러 해 뒤의 일 아녜요?"

"그이는 우리의 관계가 계속되었다고 생각했죠. 우리가 몰래 만난다고 생각했어요."

눈물이 마른 눈으로 응시하던 하틀리는 부릅뜬 절망의 눈초리와 창백하고 주름진 이마에 비난의 표정을 담았다.

"하틀리, 사람들은 완전히 미친 소리이고 증거도 전혀 없는 얘기를 믿을 수는 없어요. 당신이 나를 만나지 않는다는 걸 그는 분명히 알았을 거예요."

"어떻게 알아요? 낮이면 난 하루 종일 혼자 있었고, 때로는 밤에도 그랬는데요. 그이는 출장을 다녀야 했거든요."

"좋아요. 이 문제를 올바른 정신으로 생각해봅시다. 그것이 지극히 터무니없는 이야기라고 해둬요! 거기다가…… 아, 어떻게 당신을 믿지 못하고, 그런 미치광이 같은 지어낸 얘기로 당신을 괴롭힐 수가 있을까!"

"불쑥 터진 일은 아녜요." 하틀리가 말했다. 그녀는 포도주를 조금 더 꿀꺽 삼켰다. "양자를 두는 것이 처음으로 내가 그의 뜻을 어기고 강요했던 일이었고, 그래서 못마땅하고 실패하기를 무척 바랐기 때문인지 그이는 처음부터 타이투스를 못살게 굴었어요. 그이는 당신이 내 정부였고 지금도 그렇다는 얘기만 끝없이 되풀이했고, 나는 끝없이 부인하기만 해서 결국 내가 지쳤고, 두 사람 다 지친 것 같았는데, 그이가 당신 얘기를 하는 동안 난 다른 생각을 하려고 애를 썼어요. 처음에 난 당신과 관계를 가져왔다는 걸 그가 정말로 믿지는 않으면서 나를 괴롭히려는 생각에서 그런다고 믿었는데, 처음에는 믿지 않았더라도 우리의 관계가 깊다고 틀림없이 생각할 거예요. 그리고 물론 우리는 당신을 잊을 수가 없었던 노릇이, 항상 신문에 기사가 났고 나중에는 텔레비전에서 보게 되어……."

"맙소사……."

"그리고 이것이 그이의 마음을 곪게 했고, 그러다가 갑자기 무슨 계시라도 받은 듯 당신과 타이투스를 연결 짓게 되었어요. 그이의 인생에서는 나쁜 것이 두 가지 있었는데, 결국 그 두 가지는 필연적으로 연결이 되었고, 두 가지 다 내 잘못으로 돌린 거예요."

"하지만 타이투스의 나이가 그때 몇 살이었고, 무슨 증거가……?"

"타이투스가 몇 살이었는지는 기억이 안 나고, 그렇게 모든 일이 한꺼번에 터지지는 않았어요. 그이는 아주 어렸을 때도 항상 타이투스에게 가혹했고, 점점 더 심해졌어요. 그이는 나를 괴롭히려고 그런 정신 나간 소리를 했을지 모르지만, 나중에 내가 너무 흥분하는 걸 보더니 다시 생각해보고는 내가 한 모든 얘기를 죄의식의 증거로 여기게 되었던 것 같아요."

"하지만, 하틀리, 이건 미친 짓이고, 그는 틀림없이 미쳤고, 의학적으로 미친 사람예요……."

"미치지는 않았어요."

"믿고 싶은 것에 대한 증거로 모든 것을 해석하려는 건 미친 사람들이 하는 행동이죠."

"타이투스가 당신을 닮았다고 그이가 말하는데……."

"자, 그것 봐요."

"그리고 이상하게도 그 애는 당신하고 약간 닮았어요."

"당신이 키웠기 때문에 그 애는 당신을 닮았고, 오랜 세월에 걸쳐 우리 두 사람은 서로 보았기 때문에 당신은 날 닮았어요. 사랑하는 두 사람은 서로 닮게 돼요."

"정말예요? 그 말이 맞을지도 모르죠. 묘하고, 기분 나쁠 정도였어요."

내가 한 어떤 얘기보다도 그 사실에 하틀리는 훨씬 관심을 보였으며, 잠깐 동안 그녀는 즐거워하기까지 했다.

"타이투스의 출생과 부모를 밝히는 증거도 따로 있었을 텐데요."

"그것도 말썽이었죠. 타이투스를 데리고 왔을 때 그 애가 완전히 내 소유가 아니라는 기분이 싫어서 부모가 누구인지는 알고 싶지가 않았어요. 양자회에서는 그 애 어머니가 보낸 편지를 포함한 자료를 잔뜩 주었지만 난 읽지도 않고 그 자리에서 없애버렸어요. 집으로 데려오기 전에 타이투스와 관련된 건 하나도 기억해두고 싶지가 않았고, 머릿속에서 지워버려 아무 기억도 남지를 않았어요. 그래서 벤이 관심이 생겨 의심을 가지고 묻기 시작했을 때 난 어떻게 대답해야 할지를 몰랐고, 처음에는 양자회의 이름조차 제대로 생각나지 않았어요. 너무 엉성한 얘기라 아마 거짓말처럼만……."

"하지만 기록이, 공적인 기록이 어디 있지 않아요?"

"지금은 있지만 그때는 격식을 덜 차리던 때라 부모가 누구인지를 알려는 아이의 권리에 대한 법이 하나도 없었죠. 물론 기록이 있었겠지만 벤이 자세한 내용을 알아내려고 했을 때쯤에는 양자회가 없어졌고, 누가 그러는데 불이 나서 서류가 많이 타버렸다더군요. 벤은 그런 얘기를 전혀 믿지 않았고, 편지를 보내도 회답을 하는 사람이 없었어요. 나는 런던으로 가서 알아보려고 했지만 그이가 같이 가려고 하지를 않아서 난 호텔에 들어……."

"오, 하틀리, 하틀리……."

나는 그 여행과 집으로 돌아올 때의 그녀를 머릿속에 그려보았다.

"애는 썼지만 알아내지를 못했고, 웬일인지 그때도 알고 싶지가 않더군요."

"하지만 아직도 이해가 안 가는 것이, 무슨 일이 있었다고 그는 생각했나요? 우리가 무슨 짓을 했다고 생각했을까요?"

"항상 그러지는 않아도 가끔 몰래 한 번씩 우리가 만난다고 생각했죠. 내가 임신을 했다고 생각해서……."

"하지만 당신과 같이 살고 있었잖아요!"

"그게 또 일이 아주 묘하게 돌아가고 말았지 뭐예요. 입양이 마지막으로 결정되기 직전에, 꼭 그때 한 번뿐이었지만, 꽤 오랫동안 난 집을 떠나 있었어요. 병든 아버지를 뵈러 갔었는데, 아버진 그때 돌아가셨죠. 한데 벤은 그동안에 우리 사이에 아이가 생겼다고 생각했어요. 나도 그때는 몸매가 날씬하지 않았으니까 임신을 했다는 의심이 잘 맞아들어가게 되었죠. 그리고 그이는 아이를 집에 들여놓기 위해 내가 입양 얘기를 다 지어냈다고 생각했어요."

"하지만 서류들을 봤을 텐데……."

"내가 어떻게 서류를 구했다고 하더라도 어쨌든 그이는 읽지도 않았을 거예요. 그리고 양자회에서 찾아온 사람과 짰다고 생각할 수도 있으니까요."

"당신 남편은 정말 머리가 좋기도 하군요. 더럽고 악질적이고, 잔인하고, 반쯤 미치고, 교묘하게 괴롭히는 자예요."

촛불을 응시하며 하틀리는 머리를 젓기만 했다.

"하지만 벤이 그런 생각을 한다는 걸 타이투스는 몰랐겠죠?"

"물론 알았죠." 그녀가 말했다. "나중에, 아홉 살이나 열 살쯤 되었을 때 말예요. 물론 당연히 우린 그 애가 양자라는 얘길 항상 해주었어요. 하지만 그러다가 벤은 그 애가 엄마와 놀아나던 남자의 자식이고, 엄마는 갈보 같은 년이라는 얘기를 하기 시작했어요."

"정말 철저히 악질적인 괴물이군요."

"벤은 한참 동안 타이투스를 두들겨 패기도 했어요. 이웃 사람들이 학대를 방지하는 사람들을 불러올 정도였죠. 나는 그 애 편을 들지도 못하고 속수무책이어서, 오히려 벤을 옹호해야 할 입장이 되었는데, 그 참혹한 시절에는 마치 모든 뼈마디가 부러져서 아직 일어설 수는 있지만 온몸이 깨어진 듯, 모든 것이 깨어졌고, 온전치가 못해서 사람이라고 할 수도 없었죠."

눈물이 천천히 흘러내렸고, 아직도 촛불을 응시하며 그녀는 수건을 집으려고 장님처럼 식탁을 더듬었다. 내가 수건을 그녀에게 밀어주었다.

"하지만 왜 그 애 편을 들지 못했는지…… 아, 바보 같은 질문이겠죠. 하틀리, 난 이 얘기를 듣고 참을 수가 없어요."

"그이는 모두가 다 내 잘못이라고 생각했는데, 과거에 누가 없었느냐고 물었을 때 처음부터 얘기를 해야 하는 건데, 우리가 깊은 관계는 아니었어도 당신이 있었기 때문에 난 거짓말을 한 셈이어서 사실 모두가 내 잘못이었고, 나중에 얘기를 하니까 너무 수상하고 대단한 것처럼 생각이 들었겠죠. 그리고 난 가엾다는 생각이 들어 행복하게 해주려는 마음에서 그이와 결혼을 했는데…… 그만…… 그만……."

"아, 하틀리, 그만해요."

"그리고 웬일인지 그이의 화만 돋우려는 듯 난 모든 일을 그르치고, 다 잘못해서 기분만 상하게 했어요. 어느 날 밤 그이가 야간 강습을 받으러 나갔을 때 난 실수로 문에 쇠사슬을 채우고 침실로 가서 잠이 들었는데, 그이는 비가 내리는데도 새벽 3시에 내가 일어날 때까지 집 안으로 들어오지를 못해서, 잠도 안 재우며 나를 때렸는데……."

"하틀리, 제발 그 무서운 얘기들은 그만해요. 어쨌든 다 끝난 일이니까 더 듣고 싶지가 않아요."

"아, 난 너무나, 너무나 어리석었고, 타이투스는 물론 학교 공부도 제대로 못 했고, 모든 일이, 모든 일이 잘못되었고, 처음에 벤이 그걸 다 믿었는지 아니면 나중에 그렇게 믿게 되었는지조차 자신이 없고, 마치 내가 죄의식을 느끼며 행동하게 그이가 최면이라도 건 듯 내가 하는 일이라고는 모두 사태를 악화시키기만 했어요. 그리고 타이투스가 그 애기를 믿었는지, 그리고 무엇을 믿고 있는지도 자신이 없고요. 타이투스는 엉망으로 쓴 시나 탄원 기도처럼 벤과 내가 하는 엇갈린 애기만 들었는데 모두가 무의미하고, 한심한 소동과 말다툼이 안개만 같아서, 무엇이 진실이고, 진실이 도대체 있기나 한지 그 애는 알지도 못했을 거예요. 모두가 뒤죽박죽 악몽이 되었고, 결국은 내 잘못이라고 그 애가 탓했는데 어떻게 보면 그 말이 맞기도 하고, 때로는 벤보다도 그 애가 나를 더 탓하고 미워했던 것 같아요. 물론 어렸을 때는 항상 무서워서 입을 다물고, 창백하게 긴장해서 말없이, 무서울 만큼 조용히 저녁 내내 벽에 기댄 작은 의자에 앉아 시간을 보냈어요. 나중에 열다섯 살쯤 되자 그 애는 가끔 당신 자식인 척 행동했고, 한두 번 벤더러 내가 그런 소릴 했다고 그랬죠. 이제는 너무 자라 벤이 때릴 수 없게 되자 약을 올리려고 타이투스가 그런 소릴 한 것 같아요."

"하틀리, 그만해요. 이제는 타이투스 애기나 더 해요. 언제 가출을 했죠? 어디 있는 것 같아요?"

"학교를 나온 그 애는 공예, 있잖아요, 공예 기술을 배우기로 했는데, 장학금을 얻어 전기를 공부했죠. 집에서 같이 살면서도 그앤 우릴 못 본 체하더니 우리를 코번트리로 보내버리더군요. 나는 가끔 그 애가 우리를, 우리 두 사람을 다 증오한다고 느꼈어요. 그리고 어렸을 때 보호해주지를 않았다는 데 대해서 날 절대로 용서하지 못했죠. 그러다가 이곳으로 이사를 오기 직전에 하숙에 든 다음에 그냥 없어져버렸어요. 하숙을 떠나고는 우리한테 연락도 없고 주소도 알려주지 않았어요. 내가 찾아가서 수소문을 해봤지만 그 애가 어디로 갔는지 알거나 관심을 쓰는 사람이 하나도 없는 것 같았고, 편지 한 통 보내질 않았어요. 그 앤 우리가 이리로 오는 걸 알았죠. 친부모를 찾으러 간 모양인데, 입버 릇처럼 부모를 찾아가겠다는 얘길 했었죠. 가끔 그 애는 부모가 부자일 거라는 둥 한없이 얘기를 늘어놓았죠. 어쨌든 이젠 가버리고 없어요. 가버렸어요."

"다시 나타날 테니까, 하틀리, 그렇게 슬퍼하지 말아요. 당신이 어 디 사는지를 그 애가 알죠? 나타날 겁니다. 모두들 그러지만, 돈이 떨 어지면 집으로 와요."

그녀는 머리를 저었다.

"가끔 난 그 애가 돌아오지 않기를 바랄 때가 있어요. 가끔 난 그 애 가 죽었다고 믿죠. 가끔 난 희망과 두려움과 공포의 고뇌가 끝나고 우리 의 마음이 편해지게 그 애가 죽었기를, 그 애가 죽었다는 소식이 들려오 기를 바라기도 하죠. 만일 그 애가 돌아오면…… 그건…… 무서워요."

"무슨 얘기예요?"

"무서워요."

천천히 눈물이 솟았고, 자꾸만 그녀가 눈을 내리깔자 눈물은 두 뺨 으로 흘러내렸다. 그녀가 말했다.

"벤의 말이 맞아서 양자를 두지 않았더라면 더 좋았을걸. 다 내 잘 못이죠. 그랬다면 난 벤이…… 내가 좋아할 만큼 어떻게……."

그녀의 얘기가 지닌 고통과 공포에도 불구하고 내 마음은 밝은 땅으 로 뛰쳐나갔고, 갑작스러운 희망의 온갖 환상들을 그려보았다. 나는 하 틀리를 멀리 데리고 가고, 우리는 함께 타이투스를 찾으리라. 어떤 이 상한 형이상학적 의미에서 타이투스는 내 아들이요, 우리 옛사랑이 낳 은 자식이라는 생각이 들었다.

"하틀리, 끔찍한 일을 너무 많이 겪었으니 이젠 그만 울고, 그런 얘기도 그만해요. 이제 당신은 내 것이고, 난 당신을 돌보고 보호할 테니까."

그녀는 다시 머리를 젓기 시작했다.

"그리고 난 행복하게 해주려고 그이와 결혼했어요! 하지만, 사실은 그렇지 않았으니까, 그렇게 나빴다고만 생각하시면 안 돼요. 난 나쁜 쪽 얘기만 했고, 아마 당신에게 상당히 옳지 않은 인상을 주었을지도 모르죠."

"그럼 당신은 행복한 결혼 생활을 했다는 얘기를 할 셈이군요!"

"아녜요. 하지만 그렇게 나쁘지만도 않았고, 벤이 항상 타이투스에게 그토록 심하게 굴지는 않았어요. 모든 남자들이 그런지도 모르지만 벤은 지킬과 하이드 기질이 좀 있죠. 다만 당신이 자꾸만 입에 올랐고, 그러면 항상 그이가 이성을 잃었는데, 당신이 너무 유명해서 우린 당신을 잊고 지낼 수가 없었지만, 우린 좋았던 때도 있어서……."

"어떻게 좋았어요?"

"그저 평범한 생활이었는데, 당신은 따분하다고 생각하겠지만 우린 조용한 생활을 누려서……."

"조용한 생활이라고요!"

"벤은 자기 직업을 별로 좋아하지는 않았지만 DIY를 좋아해서 집안 일을 즐겨 했고……."

"DIY요?"

"스스로 일을 한다(Do It Yourself)는 뜻예요. 언젠가 우린 런던의 올림피아 전람회에도 갔었어요. 그이는 야간 교습소를 다녔고요."

"당신이 문에 쇠사슬을 채웠던 조용한 날 저녁에 교습소에서 그는 무얼 배웠나요?"

"도자기에 대갈못을 박는 방법요."

"참…… 세상에! 하틀리, 그동안 당신은 뭘 했나요? 친구들을 집에 초대했어요?"

"벤은 사교 생활을 싫어했죠. 난 개의치 않았어요. 우린 사실 이곳 사람들 아무와도 친하지 않아요."

"그럼 당신도 야간 교습소에 다녔어요?"

"언젠가 독일어 공부를 시작했지만 날짜가 달랐고, 그이는 내가 저녁에 외출하는 걸 좋아하지 않았어요."

"오…… 하틀리, 그건 그렇고, 그토록 오랫동안 그는 당신에게 충실했고, 다른 여자 관계는 없었나요?"

잠깐 동안 그녀는 얘기를 알아듣지 못한 듯싶었다.

"예, 물론이죠!"

"어떻게 그토록 확신할 수 있는지 모르겠군요. 그리고 당신은, 당신은 한 번도 다른 남자와 관계가 없었어요?"

"그럼요, 물론이죠!"

"보아하니 그렇고 그렇게 살았겠군요."

"우린 정말 서로 한마음이었고, 무척이나……."

"한마음이라고요! 예! 빤하죠."

"아뇨, 당신은 몰라요."

갑자기 나에게로 시선을 돌리고 눈을 깜박이며 손가락으로 눈가와 입가를 닦으며 그녀가 말했다.

"당신은 알지 못하고, 결혼 생활이란 아무도 이해하지 못하죠. 난 계속해서 벤을 사랑할 수 있기를 기도하고 또 기도했고……."

"웃기는 얘기예요, 하틀리. 결국 사태가 참을 수 없을 지경이 되었다는 걸 모르겠어요? 고문을 즐기는 그에게 예수 그리스도처럼 구는 일은 그만해요."

"그이도 괴로워하고 난…… 아, 너무나 매정한지도 몰라요. 처음부터 내 탓이었지, 그이 잘못은 아니었어요."

"당신은 참혹한 얘기만 잔뜩 늘어놓더니 이제는 내가 그를 동정하기를 바라잖아요! 당신은 무엇 하러 여길 왔고, 무엇 하러 날 찾아왔고, 왜 이런 얘기들을 하나요?"

아직도 나를 응시하며 하틀리는 생각에 잠기는 듯싶었다. 그녀가 천천히 말했다.

"난 당신이 무섭다고 말할 이 한심한 얘기들을 누구에겐가 항상 털어놓고 싶었는데, 아마 그래서인지도 모르죠. 그리고, 아까 말씀드렸듯이, 벤과 나는 우리끼리만 너무 오래 같이 지내서, 범죄자들처럼 비밀스러운 삶을 살아가기 때문에 정말로 친구가 없어요. 난 얘기가 하고 싶어도 같이 얘기를 나눌 만한 사람이 하나도 없었죠."

"그러니까 당신 친구는 나 하나뿐이로군요!"

"그래요, 이 얘기를 털어놓을 사람은 당신뿐……."

"털어놓는다니…… 당신은 고통을 나와 나누고 싶어 하는군요."

"글쎄요, 어떻게 보면 당신에게 책임이 있으니까……."

"당신의 인생이 파멸을 한 데 대해서 말이죠? 내 인생에 대한 책임이 당신에게 있는 것처럼요! 그러니까 이건 복수인가요? 아뇨, 아녜요, 그건 진심으로 한 얘기가 아녜요."

"내 얘긴 그게 아니고, 당신에 대한 벤의 생각은…… 우리 생활에선 악마와 같다는 거예요. 하지만 물론 누구에겐가 얘기를 하고 싶다는 게 전부는 아녜요. 처음 마을에서 당신을 봤을 때 난 기절할 뻔했어요. 방갈로 모퉁이를 막 돌아 나오다 보니 당신이 술집으로 들어가는 참이었고, 난 무릎이 떨려 언덕으로 좀 올라가 풀밭에 주저앉았어요. 난 내가 꿈을 꾸고 있거나, 미쳤다는 생각이 들었고, 어떻게 해야 할지도 몰랐어요. 그리고 이튿날 상점에서 누가 당신이 은퇴해서 이곳에서 살려고 왔다는 얘길 하는 걸 들었어요. 그래도 당신이 사진하고는 별로 비슷하지 않아서 벤이 알아볼 것 같지가 않기에 벤에게 얘기를 하지 말까 좀 생각했지만, 조선 강습소에서 누가 얘기를 꺼내면 결국 듣게 될 테니까 당신을 봤다는 얘기를 해버렸고, 그이는 발광을 하듯 당장 집을 팔고 떠나자고 했는데, 물론 그이는 나 때문에 당신이 일부러 찾아왔다고 그러면서 아주 이상한 일이지만……."

"벤이 집을 팔 거예요?"

"물어보지 않아서 모르겠지만 부동산 업자를 만나겠다고 했는데, 정말 만났는지도 모르죠. 하지만 사실은 오늘 밤 내가 찾아온 이유는 당신에게 타이투스와 벤의 엉뚱한 추측 얘기를 하고 당신 도움을 청해……."

"내 도움요! 발 벗고 나서서 돕겠다고 했잖아요! 가요, 그냥 갑시다. 내일, 아니 기차만 있다면 오늘 밤 런던으로 갈 수 있으니까……."

"아뇨, 아녜요, 아녜요. 마음이 갈팡질팡해서 결정을 못 내리겠어요. 처음엔 그냥 당신더러 집을 팔고 떠나라는 얘기를 해야겠다고 생각했죠. 당신이 여기 있는 게 나하고 벤에게 얼마나 중대한 문제고, 얼마나 끔찍한 악몽인지를 이해만 하신다면 당신은 당장 떠나실 거예요."

"하틀리, 우리가, 당신하고 내가 떠나는 것, 그것이 해결 방법예요."

"당신더러 떠나달라고 편지를 쓸 생각도 했지만, 편지로 모두 설명을 하기엔 너무 어려웠어요."

"하틀리, 오늘 밤, 내일, 가겠어요? 가는 거죠?"

"그러자— 정말 미친 짓인지는 몰라도— 당신이 어떻게 벤을 설득해서, 그동안 줄곧 난 진실만을 얘기했다고 납득시키고, 어떻게 이해를 시켜……."

"어떻게요?"

"아, 모르겠어요. 무슨 성스러운 것에 대고 맹세를 하거나 공증인을 내세우면……."

'공증인'이라는 말은 그녀가 하는 얘기의 꾸밈없는 광증을 집약하는 것 같았다. 그러니까 이제 우리는 공증인들까지 동원하는 판국이었다! 그러면 벤이 얼마나 감동할지가 눈에 선했다. 그러면서도 나는 재빨리 현실적인 계획을 세웠다. 물론 나는 지금, 오늘 밤 하틀리가 나와 함께 지내기를 아직도 바랐다. 하지만 그러지 않을 가능성도 있었고, 그런다고 해도 어떤 무섭고 역겨운 감정이 뒤따를지도 모른다. 그런 충격적인 전략은 이롭기보다는 해가 더 크다. 그녀로 하여금 나와의 재결합을 조용히 따져보고 스스로 결론을 내리도록 하는 편이 좋다. 그녀는 아직도 악몽에 사로잡혀 꿈속에 갇힌 여자처럼 보였다. 꿈에서는 깨어나겠지만, 시간이 걸리리라. 그녀에게 희망과 생명을 주고, 아직도 그녀에게 너무나 자연스럽게 어울리는 자유의 충동을 불어넣으려면 오랫동안 애를 써야 할지도 모른다. 그사이에 그녀와 접촉을 하고, 계획을 세우고, 그녀로 하여금 내가 포함된 미래를 설계하게 만들 방법을 찾아야만 한다. 그녀는 일단 행복의 가능성을 믿게만 되면 당장 달려들 터이다. 하지만 내가 벤을 '설득'한다는 그녀의 미치광이 같은 생각에 맞장구쳐주는 것이 지금 당장으로서는 현명할지도 모른다. 만일 그녀가 음울하게,

단도직입적으로 나더러 가라고 하면, 결국은 성공을 할 것이 아직도 확실하기는 해도, 일이 훨씬 어려우리라. 하틀리는 병적인 여자였다.

내가 말했다.

"벤에 대한 당신 생각은 훌륭해요. 그를 설득시켜 옛날에 무슨 일이 있었는지, 아니, 무슨 일이 없었는지를 믿게 해서 내가 문제를 해결할 수도 있을지 모르니까 어떻게 그 일을 처리할지 우린 의논을 해야죠. 당신은 벤과 헤어지고 나에게로 와서 영원히……."

어울리지 않을 만큼 열을 올리던, 자신의 얘기에 몰두해서 멍청하게 앉아 있던 하틀리가 갑자기 겁에 질린 표정을 지었다. 그녀는 머리를 젖히더니 방 안을 둘러보았다.

"찰스, 시간이 어떻게 되었어요?"

11시가 가까웠다. 내가 말했다.

"아, 10시 10분 전쯤 되었어요. 여기서 묵지그래요?"

"시간이 그렇게 이르지 않을 텐데요. 집에 가려면 35분이 걸리고, 벤은 보통 11시에 돌아와요." 그녀는 몸을 일으키며 말했다. "포도주를 자주 마시지 않기 때문에 난 취한 것 같아요. 가야겠어요."

그녀는 돌아서더니 왈칵 내 손을 움켜잡고 시계를 보고는 찢어지듯 울부짖는 소리를 내었다.

"11시예요, 11시요! 아니, 왜 그랬어요! 내가 왜 당신을 믿었을까. 왜 내가 시계를 가지고 오지 않았나! 어쩌나, 아, 난 어쩌나! 내가 어디 있었는지 분명히 알 텐데, 그이더러 뭐라고 하나! 아, 난 무척 조심하고 그이한테 거짓말을 하지 않았는데 이제 그이가 생각하길— 이럴 수가 있나, 아, 난 바보, 바보야, 어쩌면 좋아?"

"돌아갈 필요가 없으니까 여기 있어요!"

겁에 질리고 슬퍼하는 그녀를 보고 나는 놀라고 약간 미안했지만, 이런 생각도 들었다. 재난에 재난이 겹치고, 위기에 위기가 겹쳐 모든 일이 빨리 산산조각이 나거라. 그러면 내가 득을 본다, 그러자 이런 생각도 들었다. 그가 하틀리를 죽이지만 않는다면. 그리고 이런 생각을 했다. 그녀를 여기 잡아두어야 한다. 그러면 당장 모든 것이 뜻대로 되고 결판이 난다. 난 그녀를 집으로 보내면 안 된다.

"난 돌아갈 수도 없고 여기 있을 수도 없어요! 난 그이한테 당신과 같이 있었다고 얘기해야 하지만, 또 난리가 터질 텐데 어떻게 그런 애기를 하고, 아, 난 죽어야지, 난 죽어야지, 난 죽고 싶어. 왜 난 이렇게 괴롭기만 할까. 아, 어쩌면 좋아, 어쩌면 좋아?"

"하틀리, 신경질은 그만 부려요. 여기 있겠다고 결심만 하면 돼요."

"난 그럴 수 없고, 뛰어야, 뛰어가야 해요. 하지만 그건 소용이 없죠. 그이는 지금쯤 집에 와서 걱정을 하며 잔뜩 화가 나 있겠죠. 그럴 수도 없고, 집으로 가지도 못하고, 아, 왜 난 그렇게 어리석고 아무것도 몰라서, 항상 이렇게 점점 곤란한 짓만 벌여놓고, 난 시간을 알았어야 하는데 그랬어……."

"자신을 탓하지 말고, 나와 뜻을 같이 하기 위해 일부러 시계를 두고 왔으며, 이젠 집으로 돌아가기가 불가능해졌으니 일이 훨씬 더 잘되었다는 식으로 생각을 해봐요!"

"여길 오지 말고, 당신한테 그런 애길 하지 말았어야 하는데, 내가 당신과 얘기를 했다는 걸 알면 그이가 무슨 얘기를 했는지 꼬치꼬치 캐물을 텐데."

"당신은 옛 친구를 만나보러 여길 왔고, 그건 아무 잘못도 없으며, 당신 말마따나 난 당신 친구이고, 당신이 찾아와서 난 기쁘고, 친구들이란 서로 도울 수 있으니까……."

"한 시간 전에만 내가 갔더라도 아무 일도 없을 텐데! 난 여길 나가고, 뛰어가야 해요."

"하틀리, 진정해요! 꼭 가겠다면 내가 같이 가서……."

"아녜요, 당신은 날 혼자 내버려두고, 우린 다시는 만나면 안 돼요! 아, 정말 죽고 싶어요!"

"참을 수가 없으니까 우는 소린 그만해요!"

하틀리는 울어대면서 부엌에서 발광을 한 짐승처럼 우왕좌왕하며 문으로 쪼르르 몇 발자국 달려갔다가는 다시 식탁으로 몇 발자국 달려왔다. 정신이 혼란한 나머지 그녀는 찻수건을 집어 호주머니에 쑤셔 넣기까지 했다. 겁에 질려 고민하는 이 광경에 나는 소름이 끼쳤고, 그녀 못지않게 두려워졌다. 난 나의 공포를 가라앉히려고 달려가서 그녀를 껴안았다.

"너무 그렇게 무서워하지 말고, 그러지 말고 여기 있어요. 당신을 사랑하니까 내가 당신을 돌봐줄 테고……."

그러자 그녀는 놀라운 힘으로 소리 없이, 격렬하게 덤벼들기 시작해서, 내 발목을 걸어차고, 몸을 이리저리 비틀고, 한 손으로는 내 팔을 꼬집고 다른 손으로는 목을 힘껏 눌렀다. 그녀의 벌린 입과 거품을 문 반짝이는 하얀 이가 언뜻 보였다. 나는 그녀를 들어 올리고, 한쪽 손을 잡으려고 했지만 꼬집고 발길질을 하는 이 동물을 짓눌러 복종시키기가 너무 힘들고 끔찍한 일이어서 얼른 놓아주었고, 몸을 가누지 못해 뒤로 비틀거리다가 식탁을 쳐서 촛불들이 넘어졌다. 하틀리는 부엌에서 달려나가 앞문이 아니라 뒷문으로 곧장 풀밭과 바위들이 있는 곳으로 사라졌다.

충실한 개처럼, 번개같이 나는 그녀의 뒤를 따라갔어야 했다. 강제로 끌고 와서 그녀를 집에서 못 나가게 했어야 했다. 하지만 어떤 바보 같은 본능이 나로 하여금 멈칫해서 초를 집도록 했다. 찻잔에다 초를 아무렇게나 집어넣은 다음에 나는 어둠이 푸르고 침묵이 공허한 바위 투성이 바닷가로 나갔다. 환한 촛불을 보다 나와서 처음에는 아무것도 보이지 않았지만, 하틀리와 얘기를 하는 동안에는 바다를, 바다가 거기에 있다는 사실을 잊었었는데, 지금 그 무서운 바위들 가운데 갇힌 장님처럼 당황한 자신을 의식하자 묘한 기분이 들었다.

하틀리는 자취도 보이지를 않았는데, 틀림없이 소녀처럼 민첩하게 작은 잔디밭을 에워싼 어느 바위로 기어 올라가 달아났으리라. "하틀리!"라고 소리를 질렀더니 그 소리는 무시무시하고 위험스럽게 들렸다. 어느 쪽으로 갔을까? 마을이나 탑, 어느 방향으로도 길로 되돌아가기가 쉽지 않았다. 사방의 푸른 어슴푸레함 속에는 온통 금이 가고 층이 진 바위들과 미끄러운 웅덩이들과 불쑥 나타나는 바위틈이 많이 있었다. 그녀가 나를 부르거나 기어 올라가는 소리가 들리기를 바라며 나는 간신히 서서 귀를 기울였다.

침묵처럼만 여겨지던 것이 지금은 나지막한 소리들의 연속이었는데 하틀리가 간 방향을 알려주는 음향은 하나도 없었다. 작은 벼랑의 밑을 쓰다듬고는 물러섰다가 다시 다가오는 작은 파도들이 찰싹이고 꾸루룩거리는 희미한 소리가 났다. 레이븐 호텔 근처 길에서 툴툴거리는 자동차의 소리가 아주 까마득했다. 들릴락 말락 윙윙거리는 소리도 들렸는데, 그것은 아마 포도주를 마셨기 때문에 머릿속에서 나는 소리인지도 모른다. 그리고 민의 가마솥에서 빠져나가는 물이 규칙적으로 쏴르르거리고 뒤를 이어 조용히 반향되는 소리도 들려왔다.

가마솥 생각을 하니 또 다른 걱정에 가슴이 철렁했는데 ─ 하틀리는 헤엄을 칠 줄 알까? 그녀가 집에서 달려나가 곧장 바다에 몸을 던졌으리라고는 아직 생각되지가 않았다. 그녀는 "죽고 싶다"고 그랬었다. 오래전부터 틀림없이 자살을 염두에 두고 있지 않았겠는가? 수영을 잘하는 사람이라면 죽으려고 잔잔한 바다에 몸을 던지지야 않겠지만, 헤엄을 못 치는 사람에게는 바다가 평온한 죽음 그 자체를 의미할 수도 있다. 그녀는 수영을 할 줄 아는가? 우리 두 사람에게 바다가 아득한 꿈만 같았던 옛날에 그녀는 전혀 수영을 배우지 않았다. 맥도웰 씨와 열네 살에 웨일스에 갔을 때 내가 어설프게나마 수영을 배우기는 했지만 시커먼 운하에서 둘이 헤엄을 칠 생각은 엄두도 내지 않았다. 방갈로에서 첫 대화가 있었을 때 그녀는 벤이 수영을 못 한다고 그랬지만 자기 얘기는 전혀 없었다. 그러면 그녀는 내 품과 거짓으로부터 도망쳐 바다에 빠져 죽는다는 편안한 평화로움을 찾아갔는가?

이런 생각을 하며 나는 그녀가 집으로 갔다면 본능적으로 향하게 될 마을이 있는 오른쪽 바위로 기어 올라갔다. 마을 쪽의 바위와 길 사이에는 깊숙한 도랑이 있어서 낮에는 건너기가 힘들지 않아도 밤에는 아주 위험한 곳이었기 때문에 탑 쪽으로 가야 더 쉬웠다. 하지만 하틀리는 그 사실을 모르리라. 나는 미끄러지며 기어 올라갔고, 어슴푸레한 어둠에 더 익숙해지자 다시 그녀를 부르기 시작했다. 개밥바라기와, 다른 별들과, 새하얀 달이 떴다. 그녀가 미끄러져 발이 삐어서 내 집으로 다시 데려가고, 그놈이 무슨 짓을 하나 두고 보게 되었으면 좋겠다. 나는 속으로 은근히 빌었다.

제멋대로 들쑥날쑥한 바위들 위를 제대로 걷기란 지극히 힘든 일이었다. 바위들의 멍청함을 그만큼 의식하기도 처음이었다. 바닷가로 가려고 했지만 저절로 얼기설기 엉겨붙은 바위들이 계속해서 길을 가로막아서, 나는 해초가 잔뜩 자라는 웅덩이로 비탈에서 미끄러지거나 검은 벼랑과 구멍과 매끄러워서 기어오를 수가 없는 표면들 때문에 무척 고생을 했다. 바다에서 언뜻 무언가 반짝이는 듯싶었는데, 물에 빠진 여자의 검은 머리와 허우적거리는 두 팔이 잔잔한 수면을 깨뜨리지나 않나 살펴보고 싶었다. 나는 조용히 신음을 하고는 부엉이가 울듯 그녀 이름을 가끔 외치면서 바위에 매달리고 건너뛰었으며, 어쩌다 보니 높다란 바위의 둥근 꼭대기에 올라섰고 바로 밑은 바닷물이었다. 나는 제일 높은 자리에 서서 바다를 내려다보았다. 어렴풋하게 주름지고 반짝이는 수면에는 개밥바라기와 나지막이 걸린 달의 노란 영상들만이 굽이칠 뿐, 아무것도 없었다. 하늘은 아직도 푸른빛이 희미했으며 완전한 밤의 어둠이 깃들지를 않았다. 커다랗게 반짝대는 등불 같은 개밥바라기 너머에는 깨알 같은 별이 두엇 보이지 않는 듯 보였다. 나는 육지 쪽으로 눈을 돌렸다. 집에서의 이상한 냉기가 사라졌고 이제는 따뜻한 바람과 따뜻한 바위가 느껴졌다. 시커멓고 움푹한 그늘 위로는 웅크린 바위들이 멀리 뻗어 나갔다. 그 너머에는 길과 마을과 아모른 농장의 아득한 불빛들이 흩어져 있었다. 나는 더 큰 소리로 불렀다.

"하틀리! 하틀리! 내가 갈 테니까 소리를 쳐요!"

소리를 치면 나는 가리라. 하지만 대답은 없고, 희미한 소리들이 이룬 침묵뿐이었다.

다음에는 어떻게 해야 할지를 몰랐다. 하틀리는 도랑을 건너 길에 다다랐을까? 이 바위들은 그녀가 나보다 잘 알고 있을지도 모른다. 그녀와 벤은 이곳으로 가끔 놀러 왔을는지도 모르니까. 결혼 생활이란 비밀스러운 장소들과 마찬가지라는 것이 맞는 얘기이다. 그 비밀 장소는 어떠하며 하틀리의 신세 타령은 신경질적인 여자의 과장된 어설픈 꿈에서 나온 것이나 아닐까? 벤이 정말로 믿은 것은 무엇이었나? 나는 길로 다시 나가 탑 쪽으로 돌아가기로 작정했다. 도랑을 조심스럽게 엉금엉금 건너느라고 5분쯤 걸렸고, 다음에는 소리를 지르며 뛰어가서 집을 지나 길이 꼬부라져 레이븐 호텔의 불빛이 보이는 곳에 이르렀다. 아무것도, 아무도 없었다. 하지만 이제는 정말 캄캄해져서 바위를 더 기어올라 봤자 아무 소용도 없을 듯싶었다. 하틀리는 지금쯤 집에 이르렀을까, 아니면 어느 캄캄한 바위틈에 의식을 잃고 쓰러졌을까……. 아니면 더 심한 일이? 이제는 어떻게 하나? 슈러프 엔드로 돌아가 촛불을 끄고 잠을 잔다는 것만은 말도 안 되었다.

몰래 가서 하틀리가 집으로 돌아갔음을 확인하거나 그러지 않으면 어찌 해야 할지는 몰랐어도 니블레츠로 가야 한다는 것이 분명해졌다. 나는 다시 마을 쪽으로 부지런히 걸음을 서둘렀다. 아직도 에이레 스웨터를 입고 있어서 너무 덥게 느껴져 그것을 벗어 내로딘 이정표 밑에 쑤셔 넣고는 셔츠 자락을 여미면서 뛰다시피 마을로 향했다. 처음에는 항구를 돌아 숲 옆으로 올라가서 뒷길로 집에 접근하는, 안전하지만 먼 길로 갈 생각이었지만, 너무 마음이 조급해서 마을을 향해 옆으로 갈라져나간 직통 길을 택했다. 불이 꺼진 잠잠한 상점과 블랙 라이언의 야단스러운 간판을 지나 텅 빈 거리를 뛰어가노라니까 노란 가로등 세 개가 서 있었다. 마을 사람들은 일찍 잠자리에 들기 때문에 술집도 문을 닫았고 창문 몇 개만 불을 켜놓았다. 뛰어가는 내 발자국 소리는 긴박하고 두려운 분위기를 자아내었다. 교회에 다다르자 숨을 헐떡이며 언덕을 올라갔다. 그곳은 불빛이 없어서 뒤쪽의 늘어진 나무들 그림자 밑의 길이 캄캄했다. 목적지에 다 왔음을 알고 나는 걸음을 늦추었다. 니

341

블레츠에는 불을 켜놓지 않았고, 문은 활짝 열렸으며, 대문에는 내가 올라가는 길을 내려다보면서 벤이 서 있었다.

숨기에는 너무 늦었고, 이제는 그러고 싶지도 않았다. 숨는다는 졸 렬한 짓은 어울리지도 않는 것 같았고, 지금은 때가 달랐다. 나는 대문 에서 나를 살펴보는 벤에게로 서둘러 갔다. 아마도 그는 어둠 속에서 다가오는 그림자를 아내로 생각했던 것 같다.

"하틀리 돌아왔나요?"

벤이 나를 노려보았고, 나는 그가 그녀를 메리라고 부르며, 진짜 이 름은 들어보지도 못했을지 모른다는 생각에 바보짓이라도 한 기분이 들었다.

내가 말했다.

"메리 돌아왔어요?"

"아뇨. 어디 있죠?"

앞쪽 창문과 열린 문에서 불빛이 벤의 소년처럼 동그랗고 짧게 깎은 머리와 파란 군용 작업복 같은 저고리를 비추었다. 그는 걱정스럽고 젊 어 보였으며, 그에게서 나는 얼핏 하틀리의 참혹한 얘기에 등장하는 '악마'가 아니라, 아내가 사고나 당하지 않았을까 걱정하는 초조하고 젊은 남편의 모습을 보았다.

"마을에서 만나 내가 술을 한잔 하자고 청했는데, 잠깐만 같이 있었 죠. 바위들을 지나 지름길로 집에 가겠다고 그랬는데, 그녀가 나간 다음 에 갑자기 어디서 넘어져 발목이라고 삐지 않았을까 걱정이 되었어요."

너무나 엉성하고 거짓말 같은 얘기였다.

"바위를 지나 지름길로요?"

터무니없는 얘기였지만 벤은 너무 걱정이 된 나머지 사실 여부를 따지지도 않고 악의를 보이지도 않았다.

"당신 집 근처의 바위 얘기예요? 거기서 넘어졌을지도 모르겠군요. 우리가 가서 찾아보는 게 좋겠고…… 내가 손전등을 가져 오죠."

그가 집으로 들어가자 나는 창문과 불빛이 비치는 길에서부터 길 아래쪽으로 시선을 돌렸다. 잠시 후에 시커먼 그림자가 나타났다. 하틀리가 나를 향해 천천히 언덕을 올라왔다.

순간적으로 수많은 생각들이 떠올랐다. 그동안 집을 비운 이유를 하틀리가 뭐라고 꾸며대었을지 모를 텐데 공연히 내가 나타나서 일을 망쳐놓았으니 얼마나 미친 짓이었는가 하는 생각도 들었다. 그리고 그녀가 찾아왔었다고 벤에게 내가 얘기했다는 것도 경고를 해야 한다. 어떻게 해서든지 그에게서 그녀를 보호하기 위해 같이 있어야겠다는 생각도 했다. 그것은 불가능하다는 생각에 괴로움도 느꼈다. 이런 생각도 했다. 그냥 언덕을 달려 내려가 그녀의 손을 움켜잡고 끌고 가서 멀리, 아무 데로나, 마을을 지나 들판으로 도망을 칠까. 아모른 농장에서 밤을 지내고 내일 기차를 타고 런던으로 간다. 아니면 맨체스터, 요크, 브리스톨, 카디프, 글래스고, 칼라일 등, 아무 데로나 가는 짐차를 얻어 타고. 잘 설명이 되지 않는 이유들 때문에 이것 역시 불가능하게 여겨졌다. (난 가진 돈이 없고, 벤이 뒤쫓아 올 터이고, 그녀는 너무 겁이 나서 따라오지 않는다는 등등.) 이런 생각도 했다 ─ 다 깨어지고, 그들이 가장 참혹하고 짐승 같은 싸움을 벌이게 내버려두자. 그녀는 한 번 나에게로 도망을 왔다. '그녀는 다시 나에게로 도망을 오리라.' 나는 기다리기만 하면 된다.

4초쯤 이런 생각들을 하고 나서 나는 언덕을 달려 내려가 하틀리와 만났다. 나는 그녀를 잡지 않고 아주 빠르지만 또박또박하게 나지막한 목소리로 말했다.

"걱정이 되기에 난 그에게 우리가 마을에서 우연히 만났고, 내가 당신에게 술을 한 잔 들라고 청했고, 당신은 나중에 바위들을 지나 집으로 출발했다고 얘기를 했는데, 미안해요. 난 이제 가야 하지만 곧 날 찾아와요. 곧 찾아와서 영원히 나하고 같이 있어요. 당신은 여기서 더 살면 안 됩니다. 날마다 난 당신을 기다리고 있겠어요."

하틀리의 얼굴은 볼 수가 없었지만 그녀의 온몸은 두려움보다는 공포를 넘어서서 완전히 자포자기를 하고 좌절한 고뇌를 나타내었다. 그녀는, 사실은 물에 빠져 죽었으며 내 앞에 선 것은 물귀신이어서 물을 뚝뚝 흘리고 있다는 인상을 주었다.

벤이 문으로 되돌아오자 내가 "여기 왔군요!"라고 소리쳤고, 하틀리와 나는 그에게로 갔다.

벤이 길로 나왔다. 우리가 다가가자 그가 말했다.

"그럼 됐어요. 좋아요. 잘 가요."

그러더니 그는 하틀리가 따라오는지 보지도 않으면서 돌아서서 집 안으로 다시 들어갔다. 내가 대문을 열어주었다. 그녀는 물에 빠져 뚝뚝 물방울이 떨어지는 듯한 머리로 장님처럼 내 앞을 지나갔다.

나는 따라가서 집으로 밀고 들어가 자리에 앉아 대화를 시작하고 커피를 청하고 싶은 충동을 느꼈다. 하지만 그러면 하틀리만 더 곤란해질 터이니 불가능한 일이었다. 모든 일이 빗나갔다. 문이 쾅 닫혔다.

엿듣고 싶은 생각도 없었고, 정말로 아무런 호기심도 남지 않았으며, 그 집의 내부와 결혼 생활로부터 내 마음은 공포감을 느끼며 비켜 달아났다. 나는 나 자신과, 그와 심지어는 그녀에 대해서도 역겨움을 느꼈다.

나는 빠르지도 느리지도 않은 걸음으로 집으로 갔다. 이슬에 젖어버린 속옷을 잊지 않고 챙겼다. 집은 캄캄했다. 초들이 다시 넘어져 식탁 위에서 저절로 다 타버려 시커멓고 기다란 얼룩을 남겼는데, 나중에 그 흔적을 볼 때마다 나는 그 무서웠던 밤이 머리에 떠올랐다.

〈2권에 계속〉

옮긴이 **안정효**

서강대학교 영문과를 졸업하고
《코리아 헤럴드》,《코리아타임즈》,《주간여성》 기자,
한국 브리태니커 편집부장,《코리아타임즈》 문화체육부장을 지냈다.
가브리엘 가르샤 마르케스의《백년 동안의 고독》으로 번역 활동을 시작해
저지 코진스키의《페인트로 얼룩진 새》,《대지》,《바람과 함께 사라지다》,
《뿌리》를 비롯해 현재까지 150여 권의 책을 번역했다.
《은마는 오지 않는다》,《하얀전쟁》,《미늘》,《헐리우드키드의 생애》 등의 소설을
집필했으며《악부전》으로 김유정문학상을 수상했다. 그 외에《가짜영어사전》,
《번역의 공격과 수비》,《헐리우드 키드의 20세기 영화 그리고 문학과 역사》,
《지압장군을 찾아서》,《글쓰기 만보》 등의 저서가 있다.
그의 소설은 영어, 일본어, 독일어, 덴마크어로 번역 출판되었다.

바다여 바다여 1

1판 1쇄 발행 1983년 4월 30일
4판 1쇄 발행 2024년 12월 16일

지은이 아이리스 머독 | 옮긴이 안정효
펴낸곳 (주)문예출판사 | 펴낸이 전준배
출판등록 2004. 02. 11. 제 2013-000357호 (1966. 12. 2. 제 1-134호)
주소 04001 서울특별시 마포구 월드컵북로 21
전화 02-393-5681 | 팩스 02-393-5685
홈페이지 www.moonye.com | 블로그 blog.naver.com/imoonye
페이스북 www.facebook.com/moonyepublishing | 이메일 info@moonye.com

ISBN 978-89-310-2418-0 04800
ISBN 978-89-310-2365-7 (세트)

• 잘못 만든 책은 구입하신 서점에서 바꿔드립니다.

🍃문예출판사® 상표등록 제 40-0833187호, 제 41-0200044호

(뒷면 계속)